CE VOLUME CONTIENT

Les Mille et une Nuits, Contes Arabes, traduits en françois, par M. Galland :

Tome troisième.

LE CABINET

DES FÉES,

OU

COLLECTION CHOISIE

DES CONTES DES FÉES,

ET AUTRES CONTES MERVEILLEUX,

Ornés de Figures.

TOME NEUVIÈME.

A AMSTERDAM,

Et se trouve à PARIS,

RUE ET HÔTEL SERPENTE,

M. DCC. LXXXV.

LES

MILLE ET UNE NUITS,

CONTES ARABES.

CXCIX^e NUIT.

AVANT que le jouaillier fe retirât , Ebn
Thaher ne manqua pas de le conjurer par l'amitié qui les uniffoit tous deux , de ne rien dire à
perfonne de tout ce qu'il lui avoit appris. Ayez
l'efprit en repos, lui dit le jouaillier, je vous
garderai le fecret au péril de ma vie.

Deux jours après cette converfation, le jouaillier paffa devant la boutique d'Ebn Thaher , &
voyant qu'elle étoit fermée, il ne douta pas qu'il
n'eût exécuté le deffein dont il lui avoit parlé.
Pour en être plus fûr, il demanda à un voifin
s'il favoit pourquoi elle n'étoit pas ouverte. Le

voifin lui répondit qu'il ne favoit autre chofe, finon qu'Ebn Thaher étoit allé faire un voyage. Il n'eut pas befoin d'en favoir davantage, & il fongea d'abord au prince de Perfe. Malheureux prince, dit-il en lui-même, quel chagrin n'aurez-vous pas quand vous apprendrez cette nouvelle ? Par quelle entremife entretiendrez-vous le commerce que vous avez avec Schemfelnihar ? Je crains que vous n'en mouriez de défefpoir. J'ai compaffion de vous ; il faut que je vous dédommage de la perte que vous avez faite d'un confident trop timide.

L'affaire qui l'avoit obligé de fortir, n'étoit pas de grande conféquence ; il la négligea, & quoiqu'il ne connût le prince de Perfe que pour lui avoir vendu quelques pierreries, il ne laiffa pas d'aller chez lui. Il s'adreffa à un de fes gens, & le pria de vouloir bien dire à fon maître qu'il fouhaitoit de l'entretenir d'une affaire très-importante. Le domeftique revint bientôt trouver le jouaillier, & l'introduifit dans la chambre du prince, qui étoit à demi-couché fur le fopha, la tête fur le couffin. Comme il fe fouvint de l'avoir vu, il fe leva pour le recevoir, lui dit qu'il étoit le bien-venu ; & après l'avoir prié de s'affeoir, il lui demanda s'il y avoit quelque chofe en quoi il pût lui rendre fervice, ou s'il venoit lui annoncer quelque nouvelle qui le

regardât lui-même. Prince, lui répondit le
jouaillier, quoique je n'aie pas l'honneur d'être
connu de vous particulièrement, le défir de vous
marquer mon zèle m'a fait prendre la liberté de
venir chez vous pour vous faire part d'une nouvelle qui vous touche ; j'efpère que vous me
pardonnerez ma hardieffe en faveur de ma bonne
intention.

Après ce début, le jouaillier entra en matière, & pourfuivit ainfi : Prince, j'aurai l'honneur de vous dire, qu'il y a long-tems que la
conformité d'humeur, & quelques affaires que
nous avons eues enfemble, nous ont liés d'une
étroite amitié, Ebn Thaher & moi. Je fais qu'il
eft connu de vous, & qu'il s'eft employé jufqu'à
préfent à vous obliger en tout ce qu'il a pu ;
j'ai appris cela de lui-même, car il n'a rien eu
de caché pour moi, ni moi pour lui. Je viens
de paffer devant fa boutique, que j'ai été affez
furpris de voir fermée. Je me fuis adreffé à un
de fes voifins pour lui en demander la raifon,
& il m'a répondu qu'il y avoit deux jours qu'Ebn
Thaher avoit pris congé de lui & des autres
voifins, en leur offrant fes fervices pour Balfora, où il alloit, difoit-il, pour une affaire de
grande importance. Je n'ai pas été fatisfait de
cette réponfe ; & l'intérêt que je prends à ce
qui le regarde, m'a déterminé à venir vous

demander fi vous ne favez rien de particulier
touchant un départ fi précipité.

A ce difcours , que le jouaillier avoit accommodé au fujet pour mieux parvenir à fon deffein , le prince de Perfe changea de couleur ,
& regarda le jouaillier d'un air qui lui fit connoître combien il étoit affligé de cette nouvelle.
Ce que vous m'apprenez , lui dit-il , me fur-
prend ; il ne pouvoit m'arriver un malheur plus
mortifiant. Oui, s'écria-t-il les larmes aux yeux ,
c'eft fait de moi, fi ce que vous me dites , eft
véritable ! Ebn Thaher , qui étoit toute ma confolation , en qui je mettois toute mon efpérance ,
m'abandonne ! Il ne faut plus que je fonge à
vivre après un coup fi cruel.

Le jouaillier n'eut pas befoin d'en entendre
davantage pour être pleinement convaincu de
la violente paffion du prince de Perfe , dont Ebn
Thaher l'avoit entretenu. La fimple amitié ne
parle pas ce langage ; il n'y a que l'amour qui
foit capable de produire des fentimens fi vifs.

Le prince demeura quelques momens enfe-
veli dans les penfées les plus triftes. Il leva enfin
la tête , & s'adreffant à un de fes gens : Allez ,
lui dit-il , jufques chez Ebn Thaher , parlez à
quelqu'un de fes domeftiques , & fachez s'il eft
vrai qu'il foit parti pour Balfora. Courez , &
revenez promptement me dire ce que vous

aurez appris. En attendant le retour du domeftique, le jouaillier tâcha d'entretenir le prince
de chofes indifférentes ; mais le prince ne lui
donna prefque pas d'attention : il étoit la proie
d'une inquiétude mortelle. Tantôt il ne pouvoit
fe perfuader qu'Ebn Thaher fût parti, & tantôt
il n'en doutoit pas, quand il faifoit réflexion
au difcours que ce confident lui avoit tenu la
dernière fois qu'il l'étoit venu voir, & à l'air
brufque dont il l'avoit quitté.

Enfin le domeftique du prince arriva, & rapporta qu'il avoit parlé à un des gens d'Ebn
Thaher, qui l'avoit affuré qu'il n'étoit plus à
Bagdad, qu'il étoit parti depuis deux jours pour
Balfora. Comme je fortois de la maifon d'Ebn
Thaher, ajouta le domeftique, une efclave bien
mife eft venue m'aborder ; & après m'avoir demandé fi je n'avois pas l'honneur de vous appartenir, elle m'a dit qu'elle avoit à vous parler,
& m'a prié en même-tems de vouloir bien qu'elle
vînt avec moi. Elle eft dans l'antichambre, &
je crois qu'elle a une lettre à vous rendre de
la part de quelque perfonne de confidération. Le
prince commanda auffitôt qu'on la fît entrer ;
il ne douta pas que ce ne fût l'efclave confidente
de Schemfelnihar, comme en effet c'étoit elle.
Le jouaillier la reconnut pour l'avoir vue quelquefois chez Ebn Thaher, qui lui avoit appris

qui elle étoit. Elle ne pouvoit arriver plus à propos pour empêcher le prince de se désespérer. Elle le salua...... Mais, sire, dit Scheherazade en cet endroit, je m'apperçois qu'il est jour. Elle se tut, & la nuit suivante elle poursuivit de cette manière :

CC^e NUIT.

LE prince de Perse rendit le salut à la confidente de Schemselnihar. Le jouaillier s'étoit levé dès qu'il l'avoit vue paroître, & s'étoit tiré à l'écart pour leur laisser la liberté de se parler. La confidente, après s'être entretenue quelque tems avec le prince, prit congé de lui, & sortit. Elle le laissai tout autre qu'il étoit auparavant. Ses yeux parurent plus brillans, & son visage plus gai ; ce qui fit juger au jouaillier que la bonne esclave venoit de dire des choses favorables pour son amour.

Le jouaillier ayant repris sa place auprès du prince, lui dit en souriant : A ce que je vois, prince, vous avez des affaires importantes au palais du calife. Le prince de Perse fort étonné & alarmé de ce discours, répondit au jouaillier : Sur quoi jugez-vous que j'ai des affaires au palais du calife ? J'en juge, repartit le jouaillier, par l'esclave qui vient de sortir. Et à qui croyez-vous qu'appartienne cette esclave, répliqua le prince ? A Schemselnihar, favorite du calife, répondit le jouaillier. Je connois, poursuivit-il, cette esclave, & même sa maîtresse, qui m'a quelquefois fait l'honneur de venir chez moi acheter des pierreries. Je sais de plus que Schemselnihar n'a rien de caché pour cette esclave, que je vois depuis quelques jours aller & venir par les rues, assez embarrassée, à ce qu'il me semble. Je m'imagine que c'est pour quelque affaire de conséquence qui regarde sa maîtresse.

Ces paroles du jouaillier troublèrent fort le prince de Perse. Il ne me parleroit pas dans ces termes, dit-il en lui-même, s'il ne soupçonnoit, ou plutôt s'il ne savoit pas mon secret. Il demeura quelques momens dans le silence, ne sachant quel parti prendre. Enfin il reprit la parole, & dit au jouaillier : Vous venez de me dire des choses qui me donnent lieu de croire que vous en savez encore plus que vous n'en dites. Il est important pour mon repos que j'en fois parfaitement éclairci : je vous conjure de ne me rien dissimuler.

Alors le jouaillier, qui ne demandoit pas mieux, lui fit un détail exact de l'entretien qu'il avoit eu avec Ebn Thaher. Ainsi il lui fit connoître qu'il étoit instruit du commerce qu'il avoit avec Schemfelnihar, & il n'oublia pas de lui dire qu'Ebn Thaher effrayé du danger où fa qualité de confident le jetoit, lui avoit fait part du deffein qu'il avoit de fe retirer à Balfora, & d'y demeurer jufqu'à ce que l'orage qu'il redoutoit, fe fût diffipé. C'eft ce qu'il a exécuté, ajouta le jouaillier, & je fuis furpris qu'il ait pu fe réfoudre à vous abandonner dans l'état où il m'a fait connoître que vous étiez. Pour moi, prince, je vous avoue que j'ai été touché de compaffion pour vous, je viens vous offrir mes fervices; & fi vous me faites la grâce de les agréer, je m'engage à vous garder la même fidélité qu'Ebn Thaher; je vous promets d'ailleurs plus de fermeté; je fuis prêt à vous facrifier mon bonheur & ma vie; & afin que vous ne doutiez pas de ma fincérité, je jure par ce qu'il y a de plus facré dans notre religion, de vous garder un fecret inviolable. Soyez donc perfuadé, prince, que vous trouverez en moi l'ami que vous avez perdu. Ce difcours raffura le prince, & le confola de l'éloignement d'Ebn Thaher. J'ai bien de la joie, dit-il au jouaillier, d'avoir en vous de quoi réparer la perte que j'ai faite. Je n'ai point d'expreffions capables de vous bien marquer l'obligation que je vous ai. Je prie dieu qu'il récompenfe votre générofité, & j'accepte de bon cœur l'offre

obligeante que vous me faites. Croiriez-vous
bien, continua-t-il, que la confidente de Schemfelnihar vient de me parler de vous. Elle m'a dit
que c'eft vous qui avez confeillé à Ebn Thaher
de s'éloigner de Bagdad. Ce font les dernières
paroles qu'elle m'a dites en me quittant, & elle
m'en a paru bien perfuadée. Mais on ne vous
rend pas juftice : je ne doute pas qu'elle ne fe
trompe, après tout ce que vous venez de me
dire. Prince, lui répliqua le jouaillier, j'ai eu
l'honneur de vous faire un récit fidèle de la
converfation que j'ai eue avec Ebn Thaher. Il
eft vrai que quand il m'a déclaré qu'il vouloit
fe retirer à Balfora, je ne me fuis point oppofé
à fon deffein, & que je lui ai dit qu'il étoit
homme fage & prudent ; mais cela ne vous empêche pas de me donner votre confiance, je fuis
prêt à vous rendre mes fervices avec toute l'ardeur imaginable. Si vous en ufez autrement,
cela ne m'empêchera pas de vous garder très-
religieufement le fecret, comme je m'y fuis engagé par ferment. Je vous ai déjà dit, reprit le
prince, que je n'ajoutois pas foi aux paroles de
la confidente. C'eft fon zèle qui lui a infpiré ce
foupçon, qui n'a point de fondement ; & vous
devez l'excufer de même que je l'excufe.

Ils continuèrent encore quelque tems leur
converfation, & délibérèrent enfemble des

moyens les plus convenables pour entretenir la correspondance du prince avec Schemsel-nihar. Ils demeurèrent d'accord qu'il falloit commencer par désabuser la confidente , qui étoit si injustement prévenue contre le jouail-lier. Le prince se chargea de la tirer d'erreur la première fois qu'il la reverroit, & de la prier de s'adresser au jouaillier lorsqu'elle auroit des lettres à lui apporter , ou quelqu'autre chose à lui apprendre de la part de sa maîtresse. En effet , ils jugèrent qu'elle ne devoit point paroître si souvent chez le prince , parce qu'elle pourroit par-là donner lieu de découvrir ce qu'il étoit si important de cacher. Enfin le jouaillier se leva, & après avoir de nouveau prié le prince de Perse d'avoir une entière confiance en lui, il se retira.

La sultane Scheherazade cessa de parler en cet endroit, à cause du jour qui commençoit à paroître. La nuit suivante elle reprit le fil de sa narration, & dit au sultan des Indes :

CCI^e NUIT.

SIRE, le jouaillier en fe retirant en fa maifon, apperçut devant lui dans la rue une lettre que quelqu'un avoit laiffé tomber. Il la ramaffa. Comme elle n'étoit point cachetée, il l'ouvrit, & trouva qu'elle étoit conçue en ces termes :

LETTRE

De Schemfelnihar, au prince de Perfe.

« JE viens d'apprendre par ma confidente une
» nouvelle qui ne me donne pas moins d'af-
» fliction que vous en devez avoir. En per-
» dant Ebn Thaher, nous perdons beaucoup
» à la vérité ; mais que cela ne vous empêche
» pas, cher prince, de fonger à vous con-
» ferver. Si notre confident nous abandonne
» par une terreur panique, confidérons que
» c'eft un mal que nous n'avons pu éviter ;
» il faut que nous nous en confolions. J'avoue
» qu'Ebn Thaher nous manque dans le tems
» que nous avions le plus befoin de fon fe-
» cours ; mais muniffons-nous de patience con-
» tre ce coup imprévu, & ne laiffons pas de

» nous aimer conftamment. Fortifiez votre
» cœur contre cette difgrace ; on n'obtient
» pas fans peine ce que l'on fouhaite. Ne rous
» rebutons point ; efpérons que le ciel nous
» fera favorable, & qu'après tant de fouffrances,
» nous verrons l'heureux accompliffement de
» nos defirs. Adieu ».

Pendant que le jouaillier s'entretenoit avec
le prince de Perfe, la confidente avoit eu le
tems de retourner au palais, & d'annoncer à
fa maîtreffe la fâcheufe nouvelle du départ
d'Ebn Thaher. Schemfelnihar avoit auffi-tôt
écrit cette lettre, & renvoyé fa confidente fur
fes pas pour la porter au prince inceffamment, & la confidente l'avoit laiffé tomber par
mégarde.

Le jouaillier fut bien aife de l'avoir trouvée ;
car elle lui fourniffoit un beau moyen de fe
juftifier dans l'efprit de la confidente, & de
l'amener au point qu'il fouhaitoit. Comme il
achevoit de la lire, il apperçut cette efclave
qui la cherchoit avec beaucoup d'inquiétude,
en jetant les yeux de tous côtés. Il la referma
promptement, & la mit dans fon fein ; mais
l'efclave prit garde à fon action, & courut à
lui. Seigneur, lui dit-elle, j'ai laiffé tomber la
lettre que vous teniez tout-à-l'heure à la main ;

je vous fupplie de vouloir bien me la rendre.
Le jouaillier ne fit pas femblant de l'entendre,
& fans lui répondre, continua fon chemin jufqu'en fa maifon. Il ne ferma point la porte après
lui, afin que la confidente qui le fuivoit, y pût
entrer. Elle n'y manqua pas ; & lorfqu'elle fut
dans fa chambre : Seigneur, lui dit-elle, vous
ne pouvez faire aucun ufage de la lettre que
vous avez trouvée, & vous ne feriez pas difficulté de me la rendre, fi vous faviez de quelle
part elle vient, & à qui elle eft adreffée ; d'ailleurs, vous me permettrez de vous dire, que
vous ne pouvez pas honnêtement la retenir.

Avant que de répondre à la confidente, le
jouaillier la fit affeoir, après quoi il lui dit :
N'eft-il pas vrai que la lettre dont il s'agit,
eft de la main de Schemfelnihar, & qu'elle eft
adreffée au prince de Perfe? L'efclave, qui ne
s'attendoit pas à cette demande, changea de
couleur. La queftion vous embarraffe, reprit-
il ; mais fachez que je ne vous la fais pas
par indifcrétion ; j'aurois pu vous rendre la
lettre dans la rue, mais j'ai voulu vous attirer
ici, parce que je fuis bien aife d'avoir un
éclairciffement avec vous. Eft-il jufte, dites-
moi, d'imputer un évènement fâcheux aux gens
qui n'y ont nullement contribué ? C'eft pourtant ce que vous avez fait, lorfque vous avez

dit au prince de Perfe que c'eſt moi qui ai
conſeillé à Ebn Thaher de ſortir de Bagdad
pour ſa sûreté : je ne prétends pas perdre le
tems à me juſtifier auprès de vous ; il ſuffit
que le prince de Perfe ſoit pleinement perſuadé
de mon innocence ſur ce point. Je vous dirai
ſeulement, qu'au lieu d'avoir contribué au départ d'Ebn Thaher, j'en ai été extrêmement
mortifié, non pas tant par amitié pour lui, que
par compaſſion de l'état où il laiſſoit le prince,
dont il m'avoit découvert le commerce avec
Schemſelnihar. Dès que j'ai été aſſuré qu'Ebn
Thaher n'étoit plus à Bagdad, j'ai couru me
préſenter au prince, chez qui vous m'avez trouvé, pour lui apprendre cette nouvelle & lui
offrir les mêmes ſervices qu'il lui rendoit. J'ai
réuſſi dans mon deſſein ; & pourvu que vous
ayez en moi autant de confiance que vous en
aviez pour Ebn Thaher, il ne tiendra qu'à vous
de vous ſervir utilement de mon entremiſe.
Rendez compte à votre maîtreſſe de ce que je
viens de vous dire, & aſſurez-la bien que quand
je devrois périr en m'engageant dans une intrigue ſi dangereuſe, je ne me repentirai point
de m'être ſacrifié pour deux amans ſi dignes
l'un de l'autre.

La confidente, après avoir écouté le jouaillier avec beaucoup de ſatisfaction, le pria de

pardonner la mauvaife opinion qu'elle avoit conçue de lui, au zèle qu'elle avoit pour les intérêts de fa maîtreffe. J'ai une joie infinie,
ajouta-t-elle, de ce que Schemfelnihar & le
prince retrouvent en vous un homme fi propre
à remplir la place d'Ebn Thaher. Je ne manquerai pas de bien faire valoir à ma maîtreffe
la bonne volonté que vous avez pour elle.

Scheherazade en cet endroit, remarquant
qu'il étoit jour, ceffa de parler. La nuit fuivante, elle pourfuivit ainfi fon difcours :

CCII^e N U I T.

APRÈS que la confidente eut marqué au
jouaillier la joie qu'elle avoit de le voir fi difpofé à rendre fervice à Schemfelnihar & au
prince de Perfe, le jouaillier tira la lettre de
fon fein & la lui rendit, en lui difant : Tenez,
portez-la promptement au prince de Perfe, &
repaffez par ici, afin que je voie la réponfe
qu'il y fera. N'oubliez pas de lui rendre compte
de notre entretien.

La confidente prit la lettre, & la porta au
prince, qui y fit réponfe fur le champ. Elle
retourna chez le jouaillier lui montrer la réponfe, qui contenoit ces paroles :

RÉPONSE

Du prince de Perse, à Schemselnihar.

« VOTRE précieuse lettre produit en moi
» un grand effet ; mais pas si grand que je le
» souhaiterois. Vous tâchez de me consoler de
» la perte d'Ebn Thaher. Hélas ! quelque sen-
» sible que j'y sois, ce n'est que la moindre
» partie des maux que je souffre. Vous les con-
» noissez ces maux, & vous savez qu'il n'y a
» que votre présence qui soit capable de les
» guérir. Quand viendra le tems que j'en pour-
» rai jouir sans crainte d'en être privé ? Qu'il
» me paroît éloigné ! ou plutôt faut-il nous
» flatter que nous le pourrons voir ? Vous me
» commandez de me conserver ; je vous obéi-
» rai, puisque j'ai renoncé à ma propre vo-
» lonté pour ne suivre que la vôtre. Adieu ».

Après que le jouaillier eut lu cette lettre,
il la donna à la confidente, qui lui dit en le
quittant : Je vais, seigneur, faire en sorte que
ma maîtresse ait la même confiance en vous
qu'elle avoit pour Ebn Thaher. Vous aurez
demain de mes nouvelles. En effet, le jour
suivant il la vit arriver avec un air qui marquoit combien elle étoit satisfaite. Votre seule

vue,

vue , lui dit-il , me fait connoître que vous
avez mis l'esprit de Schemselnihar dans la disposition que vous souhaitiez. Il eſt vrai, répondit la confidente , & vous allez apprendre
de quelle manière j'en suis venue à bout. Je
trouvai hier , poursuivit - elle , Schemselnihar
qui m'attendoit avec impatience ; je lui remis
la lettre du prince; elle la lut les larmes aux
yeux ; & quand elle eut achevé, comme je vis
qu'elle alloît s'abandonner à ses chagrins ordinaires : Madame , lui dis-je , c'eſt ſans doute
l'éloignement d'Ebn Thaher qui vous afflige ;
mais permettez-moi de vous conjurer au nom
de dieu de ne vous point alarmer davantage sur
ce ſujet. Nous avons trouvé un autre lui-même ,
qui s'offre à vous obliger avec autant de zèle ,
& ce qui eſt de plus important , avec plus de
courage. Alors je lui parlaï de vous , continua
l'eſclave , & lui racontai le motif qui vous
avoit fait aller chez le prince de Perſe. Enfin ,
je l'affurai que vous garderiez inviolablement
le ſecret au prince de Perſe & à elle , & que
vous étiez dans la réſolution de favoriſer leurs
amours de tout votre pouvoir. Elle me parut
fort conſolée après mon diſcours. Ha , quelle
obligation, s'écria-t-elle , n'avons-nous pas , le
prince de Perſe & moi , à l'honnéte homme
dont vous me parlez ! Je veux le connoître ,

le voir, pour entendre de fa propre bouche tout ce que vous venez de me dire, & le remercier d'une générofité inouie envers des perfonnes pour qui rien ne l'oblige à s'intéreffer avec tant d'affection. Sa vue me fera plaifir, & je n'oublierai rien pour le confirmer dans de fi bons fentimens. Ne manquez pas de l'aller prendre demain, & de me l'amener. C'eft pourquoi, feigneur, prenez la peine de venir avec moi jufqu'à fon palais.

Ce difcours de la confidente embarraffa le jouaillier. Votre maîtreffe, reprit-il, me permettra de dire qu'elle n'a pas bien penfé à ce qu'elle exige de moi. L'accès qu'Ebn Thaher avoit auprès du calife, lui donnoit entrée par-tout, & les officiers qui le connoiffoient, le laiffoient aller & venir librement au palais de Schemfelnihar ; mais moi, comment oferois-je y entrer? vous voyez bien vous-même que cela n'eft pas poffible. Je vous fupplie de repréfenter à Schemfelnihar les raifons qui doivent m'empêcher de lui donner cette fatisfaction, & toutes les fuites fâcheufes qui pourroient en arriver. Pour peu qu'elle y faffe attention, elle trouvera que c'eft m'expofer inutilement à un très-grand danger.

La confidente tâcha de raffurer le jouaillier. Croyez-vous, lui dit-elle, que Schemfelnihar

foit affez dépourvue de raifon pour vous expofer au moindre péril, en vous faifant venir
chez elle, vous de qui elle attend des fervices
fi confidérables? Songez vous-même qu'il n'y a
pas la moindre apparence de danger pour vous.
Nous fommes trop intereffées en cette affaire,
ma maîtreffe & moi, pour vous y engager mal-
à-propos. Vous pouvez vous en fier à moi &
vous laiffer conduire. Après que la chofe fera
faite, vous m'avouerez vous-même que votre
crainte étoit mal fondée.

Le jouaillier fe rendit aux difcours de la confidente, & fe leva pour la fuivre; mais de quelque fermeté qu'il fe piquât naturellement, la
frayeur s'étoit tellement emparée de lui, que
tout le corps lui trembloit. Dans l'état où vous
voilà, lui dit-elle, je vois bien qu'il vaut mieux
que vous demeuriez chez vous, & que Schemfelnihar prenne d'autres mefures pour vous voir;
& il ne faut pas douter que pour fatisfaire
l'envie qu'elle en a, elle ne vienne ici vous
trouver elle-même. Cela étant ainfi, feigneur,
ne fortez pas; je fuis affurée que vous ne ferez
pas long-tems fans la voir arriver. La confidente
l'avoit bien prévu; elle n'eut pas plutôt appris à Schemfelnihar la frayeur du jouaillier,
que Schemfelnihar fe mit en état d'aller chez lui.

Il la reçut avec toutes les marques d'un pro-

fond refpeɛt. Quand elle fe fut affife, comme
elle étoit un peu fatiguée du chemin qu'elle
avoit fait, elle fe dévoila, & laiffa voir au
jouaillier une beauté qui lui fit connoître que
le prince de Perfe étoit excufable d'avoir donné
fon cœur à la favorite du calife. Enfuite elle
falua le jouaillier d'un air gracieux, & lui dit :
Je n'ai pu apprendre avec quelle ardeur vous
êtes entré dans les intérêts du prince de Perfe
& dans les miens, fans former auffitôt le deffein de vous en remercier moi-même. Je rends
grâce au ciel de nous avoir fitôt dédommagés
de la perte d'Ebn Thaher.

Scheherazade fut obligée de s'arrêter en cet
endroit, à caufe du jour qu'elle vit paroître.
Le lendemain, elle continua fon récit de cette
forte :

CCIIIᵉ NUIT.

Schemselnihar dit encore plufieurs autres chofes obligeantes au jouaillier, après quoi
elle fe retira dans fon palais. Le jouaillier alla
fur le champ rendre compte de cette vifite au
prince de Perfe, qui lui dit en le voyant : Je
vous attendois avec impatience ; l'efclave confidente m'a apporté une lettre de fa maîtreffe ;

mais cette lettre ne m'a point foulagé. Quoi que me puiſſe mander l'aimable Schemſelnihar, je n'oſe rien eſpèrer, & ma patience eſt à bout. Je ne ſais plus quel conſeil prendre ; le départ d'Ebn Thaher me met au déſeſpoir. C'étoit mon appui : j'ai tout perdu en le perdant. Je pouvois me flatter de quelque eſpérance par l'accès qu'il avoit auprès de Schemſelnihar.

A ces mots, que le prince prononça avec tant de vivacité, qu'il ne donna pas le tems au joüaillier de lui parler, le joüaillier lui dit : Prince, on ne peut prendre plus de part à vos maux que j'en prends, & ſi vous voulez avoir la patience de m'écouter, vous verrez que je puis y apporter du ſoulagement. A ce diſcours, le prince ſe tut & lui donna audience. Je vois bien, reprit alors le joüaillier, que l'unique moyen de vous rendre content, eſt de faire en ſorte que vous puiſſiez entretenir Schemſelnihar en liberté. C'eſt une ſatisfaction que je veux vous procurer, & j'y travaillerai dès demain. Il ne faut point vous expoſer à entrer dans le palais de Schemſelnihar ; vous ſavez par expérience que c'eſt une démarche fort dangereuſe. Je ſais un lieu plus propre à cette entrevue, & où vous ſerez en ſûreté. Comme le joüaillier achevoit ces paroles, le prince l'embraſſa avec tranſport. Vous reſſuſcitez, dit-il, par cette charmante promeſſe, un malheureux amant qui s'étoit déjà condamné à la mort. A ce que je vois, j'ai pleinement réparé la perte d'Ebn Thaher : tout ce que vous ferez, ſera bien fait ; je m'abandonne entièrement à vous.

Après que le prince eut remercié le jouaillier du zèle qu'il lui faiſoit paroître, le jouaillier ſe retira chez lui, où, dès le lendemain matin, la confidente de Schemſelnihar le vint trouver. Il lui dit qu'il avoit fait eſpérer au prince de Perſe, qu'il pourroit voir bientôt Schemſelnihar. Je viens exprès, lui répondit-elle, pour prendre là-deſſus des meſures avec vous. Il me ſemble, continua-t-elle, que cette maiſon ſeroit aſſez commode pour cette entre-vue. Je pourrois bien, reprit-il, les faire ve-nir ici ; mais j'ai penſé qu'ils ſeront plus en liberté dans une autre maiſon que j'ai, où ac-tuellement il ne demeure perſonne. Je l'aurai bientôt meublée aſſez proprement pour les re-cevoir. Cela étant, repartit la confidente, il ne s'agit plus à l'heure qu'il eſt, que d'y faire conſentir Schemſelnihar. Je vais lui en parler, & je viendrai vous en rendre réponſe en peu de tems.

Effectivement elle fut fort diligente ; elle ne tarda pas à revenir, & elle rapporta au jouail-lier, que ſa maîtreſſe ne manqueroit pas de ſe trouver au rendez-vous vers la fin du jour. En même tems, elle lui mit entre les mains une bourſe, en lui diſant que c'étoit pour acheter la collation. Il la mena auſſitôt à la maiſon où les amans devoient ſe rencontrer, afin qu'elle ſût où elle étoit, & qu'elle y pût amener ſa maîtreſſe ; & dès qu'ils ſe furent ſéparés, il alla emprunter chez ſes amis de la vaiſſelle d'or & d'argent, des tapis, des couſſins fort riches & d'autres meubles, dont il meubla cette maiſon très-magnifiquement. Quand il y eut mis toute choſe en état, il ſe rendit chez le prince de Perſe.

Repréſentez-vous la joie qu'eut le prince, lorſque le jouaillier lui dit qu'il le venoit prendre pour le conduire à la maiſon qu'il avoit préparée pour le recevoir lui & Schemſelnihar. Cette nouvelle lui fit oublier ſes chagrins & ſes ſouffrances. Il prit un habit magnifique, & ſortit ſans ſuite avec le jouaillier, qui le fit paſſer par pluſieurs rues détournées, afin que perſonne ne les obſervât, & l'introduiſit enfin dans la maiſon, où ils commencèrent à s'entretenir juſqu'à l'arrivée de Schemſelnihar.

Ils n'attendirent pas long-tems cette amante trop paſſionnée. Elle arriva après la prière du ſoleil couché, avec ſa confidente & deux autres eſclaves. De pouvoir vous exprimer l'excès de joie dont les deux amans furent ſaiſis à la vue l'un de l'autre, c'eſt une choſe qui ne m'eſt pas poſſible. Ils s'aſſirent ſur le ſopha, & ſe regardèrent quelque tems ſans pouvoir parler, tant ils étoient hors d'eux-mêmes. Mais quand l'uſage de la parole leur fut revenu, ils ſe dédommagèrent bien de ce ſilence. Ils ſe dirent des choſes ſi tendres, que le jouaillier, la confidente & les deux autres eſclaves en pleu-rèrent. Le jouaillier néanmoins eſſuya ſes larmes pour ſonger à la collation, qu'il apporta lui-même. Les amans burent & mangèrent peu; après quoi s'étant tous deux remis ſur le ſopha, Shemſelnihar demanda au jouaillier, s'il n'avoit pas un luth ou quelqu'autre inſtrument. Le jouaillier, qui avoit eu ſoin de pourvoir à tout ce qui pouvoit lui faire plaiſir, lui apporta un luth. Elle mit quelques momens à l'accorder, & enſuite elle chanta.

Là s'arrêta Scheherazade, à cauſe du jour qui commençoit à paroître. La nuit ſuivante, elle pourſuivit ainſi :

CCIVᵉ NUIT.

Dans le tems que Schemfelnihar charmoit le prince de Perfe en lui exprimant fa paffion par des paroles qu'elle compofoit fur le champ, on entendit un grand bruit, & auffitôt un efclave que le jouaillier avoit amené avec lui, parut tout effrayé, & vint dire qu'on enfonçoit la porte; qu'il avoit demandé qui c'étoit; mais qu'au lieu de répondre, on avoit redoublé les coups. Le jouaillier alarmé, quitta Schemfelnihar & le prince pour aller lui-même vérifier cette mauvaife nouvelle. Il étoit déjà dans la cour lorfqu'il entrevit dans l'obfcurité une troupe de gens armés de bayonnettes & de fabres, qui avoient enfoncé la porte, & venoient droit à lui. Il fe rangea au plus vîte contre un mur, & fans en être apperçu, il les vit paffer au nombre de dix.

Comme il ne pouvoit pas être d'un grand fecours au prince de Perfe & à Schemfelnihar, il fe contenta de les plaindre en lui-même, & prit le parti de la fuite. Il fortit de fa maifon, & alla fe réfugier chez un voifin qui n'étoit pas encore couché, ne doutant point que cette violence imprévue ne fe fît par ordre du calife,

qui avoit fans doute été averti du rendez-vous
de fa favorite avec le prince de Perfe. De la
maifon où il s'étoit fauvé, il entendoit le grand
bruit que l'on faifoit dans la fienne, & ce bruit
dura jufqu'à minuit. Alors, comme il lui fembloit que tout y étoit tranquille, il pria le
voifin de lui prêter un fabre ; & muni de cette
arme, il fortit, s'avança jufqu'à la porte de la
maifon, entra dans la cour, où il apperçut avec
frayeur un homme qui lui demanda qui il étoit.
Il reconnut à la voix que c'étoit fon efclave.
Comment as-tu fait, lui dit-il, pour éviter
d'être pris par le guet ? Seigneur, lui répondit l'efclave, je me fuis caché dans un coin
de la cour, & j'en fuis forti d'abord que je
n'ai plus entendu de bruit. Mais ce n'eft point
le guet qui a forcé votre maifon ; ce font des
voleurs qui, ces jours paffés, en ont pillé une
dans ce quartier-ci. Il ne faut pas douter qu'ils
n'ayent remarqué la richeffe des meubles que
vous avez fait apporter ici, & qu'elle ne leur
ait donné dans la vue.

Le jouaillier trouva la conjecture de fon efclave affez probable. Il vifita fa maifon, & vit
en effet que les voleurs avoient enlevé le bel
ameublement de la chambre où il avoit reçu
Schemfelnihar & fon amant, qu'ils avoient emporté fa vaiffelle d'or & d'argent, & enfin qu'ils

n'y avoient pas laiſſé la moindre choſe. Il en
fut déſolé. O ciel! s'écria - t - il, je ſuis perdu ſans reſſource! Que diront mes amis, &
quelle excuſe leur apporterai-je, quand je leur
dirai que des voleurs ont forcé ma maiſon, &
dérobé ce qu'ils m'avoient ſi généreuſement
prêté? Ne faudra - t - il pas que je les dédommage de la perte que je leur ai cauſée? D'ailleurs que ſont devenus Schemſelnihar & le
prince de Perſe? Cette affaire fera un ſi grand
éclat, qu'il eſt impoſſible qu'elle n'aille pas juſqu'aux oreilles du calife. Il apprendra cette entrevue, & je ſervirai de victime à ſa colère.
L'eſclave, qui lui étoit forc affectionné, tâcha
de le conſoler. A l'égard de Schemſelnihar, lui
dit-il, les voleurs apparemment ſe feront con-
tentés de la dépouiller, & vous devez croire
qu'elle ſe ſera retirée en ſon palais avec ſes
eſclaves ; le prince de Perſe aura eu le même
ſort. Ainſi, vous pouvez eſpérer que le calife
ignorera toujours cette aventure. Pour ce qui
eſt de la perte que vos amis ont faite, c'eſt
un malheur que vous n'avez pu éviter. Ils ſa-
vent bien que les voleurs ſont en ſi grand nombre, qu'ils ont eu la hardieſſe de piller non-
ſeulement la maiſon dont je vous ai parlé, mais
même pluſieurs autres des principaux ſeigneurs
de la cour, & ils n'ignorent pas que malgré

les ordres qui ont été donnés pour les prendre, on n'a pu encore se saisir d'aucun d'eux, quelque diligence qu'on ait faite. Vous en serez quitte en rendant à vos amis la valeur des choses qui ont été volées, & il vous restera encore, dieu merci, assez de bien.

En attendant que le jour parût, le jouaillier fit raccommoder par son esclave, le mieux qu'il fut possible, la porte de la rue qui avoit été forcée, après quoi il retourna dans sa maison ordinaire avec son esclave, en faisant de tristes réflexions sur ce qui étoit arrivé. Ebn Thaher, dit-il en lui-même, a été bien plus sage que moi; il avoit prévu ce malheur où je me suis jeté en aveugle. Plut à dieu que je ne me fusse jamais mêlé d'une intrigue qui me coûtera peut-être la vie !

A peine étoit-il jour, que le bruit de la maison pillée se répandit dans la ville, & attira chez lui une foule d'amis & de voisins, dont la plupart, sous prétexte de lui témoigner de la douleur de cet accident, étoient curieux d'en savoir le détail. Il ne laissa pas de les remercier de l'affection qu'ils lui marquoient. Il eut au moins la consolation de voir que personne ne lui parloit de Schemselnihar ni du prince de Perse, ce qui lui fit croire qu'ils étoient chez eux, ou qu'ils devoient être en quelque lieu de sûreté.

Quand le jouaillier fut feul, fes gens lui fer-
virent à manger; mais il ne mangea prefque pas.
Il étoit environ midi lorfqu'un de fes efclaves
vint lui dire qu'il y avoit à la porte un homme
qu'il ne connoiffoit pas, qui demandoit à lui
parler. Le jouaillier ne voulant pas recevoir un
inconnu chez lui, fe leva, & alla lui parler
à la porte. Quoique vous ne me connoiffiez pas,
lui dit l'homme, je ne laiffe pas de vous connoître, & je viens vous entretenir d'une affaire
importante. Le jouaillier, à ces mots, le pria
d'entrer. Non, reprit l'inconnu, prenez plutôt
la peine, s'il vous plaît, de venir avec moi
jufqu'à votre autre maifon. Comment favez-vous,
repliqua le jouaillier, que j'aie une autre maifon que celle-ci? Je le fais, repartit l'inconnu;
vous n'avez feulement qu'à me fuivre, & ne
craignez rien, j'ai quelque chofe à vous communiquer qui vous fera plaifir. Le jouaillier partit auffitôt avec lui; & après lui avoir raconté
en chemin de quelle manière la maifon où ils
alloient, avoit été volée, il lui dit qu'elle n'étoit
pas dans un état à l'y recevoir.

Quand ils furent devant la maifon, & que l'inconnu vit que la porte étoit à moitié brifée:
Paffons outre, dit-il au jouaillier, je vois bien
que vous m'avez dit la vérité. Je vais vous
mener dans un lieu où nous ferons plus com-

modément. En difant cela, ils continuèrent de
marcher, & marchèrent tout le refte du jour
fans s'arrêter. Le jouaillier, fatigué du chemin
qu'il avoit fait, & chagrin de voir que la nuit
s'approchoit, & que l'inconnu marchoit toujours fans lui dire où il prétendoit le mener,
commençoit à perdre patience, lorfqu'ils arrivèrent à une place qui conduifoit au Tigre.
Dès qu'ils furent fur le bord du fleuve, ils
s'embarquèrent dans un petit bateau, & pafsèrent de l'autre côté. Alors l'inconnu mena
le jouaillier par une longue rue où il n'avoit
été de fa vie ; & après lui avoir fait traverfer
je ne fais combien de rues détournées, il
s'arrêta à une porte qu'il ouvrit. Il fit entrer le
jouaillier, referma & barra la porte d'une groffe
barre de fer, & le conduifit dans une chambre
où il y avoit dix autres hommes qui n'étoient
pas moins inconnus au jouaillier que celui qui
l'avoit amené.

Ces dix hommes reçurent le jouaillier fans
lui faire beaucoup de complimens. Ils lui dirent
de s'affeoir ; ce qu'il fit. Il en avoit grand befoin, car il n'étoit pas feulement hors d'haleine d'avoir marché fi long-tems, la frayeur dont
il étoit faifi de fe voir avec des gens fi propres
à lui en caufer, ne lui auroit pas permis de
demeurer debout. Comme ils attendoient leur

chef pour fouper, d'abord qu'il fut arrivé, on fervit. Ils fe lavèrent les mains, obligèrent le jouaillier à faire la même chofe & à fe mettre à table avec eux. Après le repas, ces hommes lui demandèrent s'il favoit à qui il parloit. Il répondit que non, & qu'il ignoroit même le quartier & le lieu où il étoit. Racontez-nous votre aventure de cette nuit, lui dirent-ils, & ne nous déguifez rien. Le jouaillier, étonné de ce difcours, leur répondit : Meffeigneurs, apparemment que vous en êtes déja inftruits ? Cela eft vrai, répliquèrent-ils, le jeune homme & la jeune dame qui étoient chez vous hier au foir, nous en ont parlé; mais nous la voulons favoir de votre propre bouche. Il n'en fallut pas davantage pour faire comprendre au jouaillier qu'il parloit aux voleurs qui avoient forcé & pillé fa maifon. Meffeigneurs, s'écria-t-il, je fuis fort en peine de ce jeune homme & de cette jeune dame; ne pourriez-vous pas m'en donner des nouvelles ?

Scheherazade, en cet endroit, s'interrompit pour avertir le fultan des Indes que le jour paroiffoit, & elle demeura dans le filence. La nuit fuivante, elle reprit ainfi fon difcours :

C C Ve N U I T.

SIRE, dit-elle, fur la demande que le jouaillier fit aux voleurs, s'ils ne pouvoient pas
lui apprendre des nouvelles du jeune homme
& de la jeune dame : N'en foyez pas en peine
davantage, reprirent-ils ; ils font en lieu de
fûreté, ils fe portent bien. En difant cela, ils
lui montrèrent deux cabinets, & ils l'affurèrent
qu'ils y étoient chacun féparément. Ils nous
apprirent, ajoutèrent-ils, qu'il n'y a que vous
qui ayez connoiffance de ce qui les regarde.
Dès que nous l'avons fu, nous avons eu pour
eux tous les égards poffibles, à votre confidération. Bien loin d'avoir ufé de la moindre
violence, nous leur avons fait au contraire toutes fortes de bons traitemens, & perfonne de
nous ne voudroit leur avoir fait le moindre
mal. Nous vous difons la même chofe de votre
perfonne, & vous pouvéz prendre toute forte
de confiance en nous.

Le jouaillier, raffuré par ce difcours, & ravi
de ce que le prince de Perfe & Schemfelnihar
avoient la vie fauve, prit le parti d'engager davantage les voleurs dans leur bonne volonté.
Il les loua, il les flatta, & leur donna mille
bénédictions.

bénédictions. Seigneurs, leur dit-il, j'avoue
que je n'ai pas l'honneur de vous connoître;
mais c'est un très-grand bonheur pour moi de
ne vous être pas inconnu, & je ne puis assez
vous remercier du bien que cette connoissance
m'a procuré de votre part. Sans parler d'une si
grande action d'humanité, je vois qu'il n'y a
que des gens de votre sorte capables de garder un secret si fidèlement, qu'il n'y a pas lieu
de craindre qu'il soit jamais révélé; & s'il y a
quelque entreprise difficile, il n'y a qu'à vous
en charger; vous savez en rendre un bon compte
par votre ardeur, par votre courage, par votre intrépidité. Fondé sur des qualités qui vous
appartiennent à si juste titre, je ne ferai pas
difficulté de vous raconter mon histoire & celle
des deux personnes que vous avez trouvées chez
moi, avec toute la fidélité que vous m'avez
demandée.

Après que le jouaillier eut pris ces précautions pour intéresser les voleurs dans la confidence entière de ce qu'il avoit à leur révéler,
qui ne pouvoit produire qu'un bon effet, autant qu'il pouvoit le juger, il leur fit, sans rien
omettre, le détail des amours du prince de
Perse & de Schemselnihar, depuis le commencement jusqu'au rendez-vous qu'il leur avoit
procuré dans sa maison.

Tome IX, C

Les voleurs furent dans un grand étonnement de toutes les particularités qu'ils venoient
d'entendre. Quoi ! s'écrièrent-ils, quand le
jouaillier eut achevé, eſt-il bien poſſible que le
jeune homme ſoit l'illuſtre Ali Ebn Becar, prince
de Perſe, & la jeune dame, la belle & la
célèbre Schemſelnihar ? Le jouaillier leur jura
que rien n'étoit plus vrai que ce qu'il leur avoit
dit ; & il ajouta, qu'ils ne devoient pas trouver étrange que des perſonnes ſi diſtinguées euſſent eu de la répugnance à ſe faire connoître.

Sur cette aſſurance, les voleurs allèrent ſe
jeter aux piés du prince & de Schemſelnihar l'un
après l'autre, & ils les ſupplièrent de leur pardonner, en leur proteſtant qu'il ne feroit rien
arrivé de ce qui s'étoit paſſé, s'ils euſſent été
informés de la qualité de leurs perſonnes avant
de forcer la maiſon du jouaillier. Nous allons
tâcher, ajoutèrent-ils, de réparer la faute que
nous avons commiſe. Ils revinrent au jouaillier :
Nous ſommes bien fâchés, lui dirent-ils, de
ne pouvoir vous rendre tout ce qui a été enlevé chez vous, dont une partie n'eſt plus en
notre diſpoſition. Nous vous prions de vous
contenter de l'argenterie, que nous allons vous
remettre entre les mains.

Le jouaillier s'eſtima trop heureux de la grâce
qu'on lui faiſoit. Quand les voleurs lui eurent

livré l'argenterie, ils firent venir le prince de
Perfe & Schemfelnihar, & leur dirent de même
qu'au jouaillier, qu'ils alloient les remener en
un lieu d'où ils pourroient fe retirer chacun chez
foi; mais qu'auparavant, ils vouloient qu'ils s'en-
gageaffent par ferment de ne les pas décéler. Le
prince de Perfe, Schemfelnihar & le jouaillier
leur dirent qu'ils auroient pu fe fier à leur parole; mais puifqu'ils le fouhaitoient, qu'ils ju-
roient folemnellement de leur garder une fidélité
inviolable. Auffitôt les voleurs, fatisfaits de
leur ferment, fortirent avec eux.

Dans le chemin, le jouaillier inquiet de ne
pas voir la confidente ni les deux efclaves, s'approcha de Schemfelnihar, & la fupplia de lui
apprendre ce qu'elles étoient devenues. Je n'en
fuis aucune nouvelle, répondit-elle; je ne puis
vous dire autre chofe, finon qu'on nous enleva
de chez vous, qu'on nous fit paffer l'eau, &
que nous fûmes conduits à la maifon d'où nous
venons.

Schemfelnihar & le jouaillier n'eurent pas un
plus long entretien; ils fe laiffèrent conduire par
les voleurs avec le prince, & ils arrivèrent au
bord du fleuve. Les voleurs prirent un bateau,
s'embarquèrent avec eux, & les paffèrent à
l'autre bord.

Dans le tems que le prince de Perfe, Schem-

felnihar & le jouaillier fe débarquoient, on entendit un grand bruit du guet à cheval qui ac-
couroit, & il arriva dans le moment que le bateau ne faifoit que de déborder, & qu'il repaf-
foit les voleurs à toute force de rames.

Le commandant de la brigade demanda au
prince, à Schemfelnihar & au jouaillier, d'où
ils venoient fi tard, & qui ils étoient. Comme ils étoient faifis de frayeur, & que d'ailleurs ils craignoient de dire quelque chofe qui
leur fît tort, ils demeurèrent interdits. Il falloit parler cependant; c'eft ce que fit le jouaillier, qui avoit l'efprit un peu plus libre. Seigneur, répondit-il, je puis vous affurer pre-
mièrement que nous fommes d'honnêtes perfonnes de la ville. Les gens qui font dans le
bateau qui vient de nous débarquer, & qui re-
paffe de l'autre côté, font des voleurs qui for-
cèrent la nuit dernière la maifon où nous étions.
Ils la pillèrent & nous emmenèrent chez eux,
où; après les avoir pris par toutes les voies de
douceur que nous avons pu imaginer, nous
avons enfin obtenu notre liberté, & ils nous
ont ramenés jufqu'ici. Ils nous ont même rendu une bonne partie du butin qu'ils avoient
fait, que voici; & en difant cela, il montra
au commandant le paquet d'argenterie qu'il
portoit.

Le commandant ne fe contenta pas de cette
réponfe du jouaillier ; il s'approcha de lui &
du prince de Perfe , & les regarda l'un après
l'autre. Dites-moi au vrai , reprit-il en s'adreffant à eux , qui eft cette dame ; d'où vous la
connoiffez , & en quel quartier vous demeurez.

Cette demande les embarraffa fort , & ils ne
favoient que répondre. Schemfelnihar franchit
la difficulté. Elle tira le commandant à part ;
& elle ne lui eut pas plutôt parlé , qu'il mit
pié à terre avec de grandes marques de refpect & d'honnéteté. Il commanda auffitôt à fes
gens de faire venir deux bateaux.

Quand les bateaux furent venus , le commandant fit embarquer Schemfelnihar dans l'un ,
& le prince de Perfe & le jouaillier dans l'autre avec deux de fes gens dans chaque bateau ,
avec ordre de les accompagner chacun jufqu'où
ils devoient aller. Les deux bateaux prirent chacun une route différente. Nous ne parlerons
préfentement que du bateau où étoient le prince de Perfe & le jouaillier.

Le prince de Perfe , pour épargner la peine
aux conducteurs qui lui avoient été donnés &
au jouaillier , leur dit qu'il meneroit le jouaillier chez lui ; & leur nomma le quartier où il
demeuroit. Sur cet enfeignement , les conducteurs firent aborder le bateau devant le palais

du calife. Le prince de Perfe & le jouaillier
en furent dans une grande frayeur , dont ils
n'osèrent rien témoigner. Quoiqu'ils euffent entendu l'ordre que le commandant avoit donné ,
ils ne laifsèrent pas néanmoins de s'imaginer
qu'on alloit les mettre au corps-de-garde , pour
être préfentés au calife le lendemain.

Ce n'étoit pas-là cependant l'intention des
conducteurs. Quand ils les eurent fait débarquer , comme ils avoient à aller rejoindre leur
brigade , ils les recommandèrent à un officier
de la garde du calife , qui leur donna deux
de fes foldats pour les conduire par terre à
l'hôtel du prince de Perfe , qui étoit affez éloigné du fleuve. Ils y arrivèrent enfin , mais tellement las & fatigués , qu'à peine ils pouvoient
fe mouvoir.

Avec cette grande laffitude , le prince de
Perfe étoit d'ailleurs fi affligé du contre-tems
malheureux qui lui étoit arrivé, à lui & à Schemfelnihar , & qui lui ôtoit déformais l'efpérance
d'une autre entrevue , qu'il s'évanouit en s'af-
féyant fur fon fofa. Pendant que la plus grande partie de fes gens s'occupoient à le faire
revenir , les autres s'affemblèrent autour du
jouaillier , & le prièrent de leur dire ce qui
étoit arrivé au prince , dont l'abfence les avoit
mis dans une inquiétude inexprimable.

Scheherazade s'interrompit à ces derniers mots, & fe tut, à caufe du jour dont la clarté commençoit de fe faire voir. Elle reprit fon difcours la nuit fuivante, & dit au fultan des Indes :

CCVI^e NUIT.

Sire, je difois hier à votre majefté, que pendant que l'on étoit occupé à faire revenir le prince de fon évanouiffement, d'autres de fes gens avoient demandé au jouaillier ce qui étoit arrivé à leur maître. Le jouaillier, qui n'avoit garde de leur révéler rien de ce qu'il ne leur appartenoit pas de favoir, leur répondit que la chofe étoit très-extraordinaire ; mais que ce n'étoit pas le tems d'en faire le récit, & qu'il valoit mieux fonger à fecourir le prince. Par bonheur, le prince de Perfe revint à lui en ce moment, & ceux qui lui avoient fait cette demande avec empreffement, s'écartèrent & demeurèrent dans le refpeɗ, avec beaucoup de joie de ce que l'évanouiffement n'avoit pas duré plus long-tems.

Quoique le prince de Perfe eût recouvré la connoiffance, il demeura néanmoins dans une fi grande foibleffe, qu'il ne pouvoit ouvrir la

bouche pour parler. Il ne répondoit que par
fignes, même à fes parens qui lui parloient. Il
étoit encore en cet état le lendemain matin,
lorique le jouaillier prit congé de lui. Le prince
ne lui répondit que par un clin d'œil en lui
tendant la main ; & comme il vit qu'il étoit
chargé du paquet d'argenterie que les voleurs
lui avoit rendue, il fit figne à un de fes gens
de le prendre & de le porter jufques chez lui.

On avoit attendu le jouaillier avec grande
impatience dans fa famille, le jour qu'il en étoit
forti avec l'homme qui l'étoit venu demander,
& que l'on ne connoiffoit pas, & l'on n'avoit
pas douté qu'il ne lui fût arrivé quelqu'autre
affaire pire que la première, dès que le tems
qu'il devoit être revenu, fut paffé. Sa femme,
fes enfans & fes domeftiques en étoient dans
de grandes alarmes, & ils en pleuroient encore lorfqu'il arriva. Ils eurent de la joie de le
revoir ; mais ils furent troublés de ce qu'il
étoit extrêmement changé depuis le peu de tems
qu'ils ne l'avoient vu. La longue fatigue du
jour précédent, & la nuit qu'il avoit paffée
dans de grandes frayeurs & fans dormir, étoient
la caufe de ce changement, qui l'avoit rendu
à peine reconnoiffable. Comme il fe fentoit
lui-même fort abattu, il demeura deux jours
chez lui à fe remettre, & il ne vit que quel-

ques-uns de ſes amis les plus intimes , à qui il avoit commandé qu'on laiſſât l'entrée libre.

Le troiſième jour , le jouaillier qui ſentit ſes forces un peu rétablies , crut qu'elles augmenteroient , s'il ſortoit pour prendre l'air. Il alla à la boutique d'un riche marchand de ſes amis , avec qui il s'entretint aſſez long-tems. Comme il ſe levoit pour prendre congé de ſon ami & ſe retirer , il apperçut une femme qui lui faiſoit ſigne , & il la reconnut pour la confidente de Schemſelnihar. Entre la crainte & la joie qu'il en eut , il ſe retira plus promptement , ſans la regarder. Elle le ſuivit , comme il s'étoit bien douté qu'elle le feroit , parce que le lieu où il étoit , n'étoit pas commode à s'entretenir avec elle. Comme il marchoit un peu vîte , la confidente qui ne pouvoit le ſuivre du même pas , lui crioit de tems en tems de l'attendre. Il l'entendoit bien , mais après ce qui lui étoit arrivé , il ne pouvoit pas lui parler en public , de peur de donner lieu de ſoupçonner qu'il eût ou qu'il eût eu commerce avec Schemſelnihar. En effet , on ſavoit dans Bagdad qu'elle appartenoit à cette favorite , & qu'elle faiſoit toutes ſes emplettes. Il continua du même pas , & arriva à une moſquée qui étoit peu fréquentée , & où il ſavoit bien qu'il n'y auroit perſonne. Elle y entra après lui , &

ils eurent toute la liberté de s'entretenir sans témoins.

Le jouaillier & la confidente de Schemsel-nihar se témoignèrent réciproquement combien ils avoient de joie de se revoir, après l'aventure étrange causée par les voleurs, & leur crainte l'un pour l'autre, sans parler de celle qui regardoit leur propre personne.

Le jouaillier vouloit que la confidente commençât par lui raconter comment elle avoit échappé avec les deux esclaves, & qu'elle lui apprît ensuite des nouvelles de Schemselnihar, depuis qu'il ne l'avoit vue. Mais la confidente lui marqua un si grand empressement de savoir auparavant ce qui lui étoit arrivé depuis leur séparation si imprévue, qu'il fut obligé de la satisfaire. Voilà, dit-il en achevant, ce que vous désiriez d'apprendre de moi : apprenez-moi, je vous prie, à votre tour, ce que je vous ai déjà demandé.

Dès que je vis paroître les voleurs, dit la confidente, je m'imaginai, sans les bien examiner, que c'étoient des soldats de la garde du calife, que le calife avoit été informé de la sortie de Schemselnihar, & qu'il les avoit envoyés pour lui ôter la vie, au prince de Perse & à nous tous. Prévenue de cette pensée, je montai sur le champ à la terrasse du haut de

votre maifon, pendant que les voleurs entrèrent dans la chambre où étoient le prince de
Perfe & Schemfelnihar, & les deux efclaves de
Schemfelnihar furent diligentes à me fuivre.
De terrafie en terraffe, nous arrivâmes à celle
d'une maifon d'honnêtes gens, qui nous reçurent
avec beaucoup d'honnéteté, & chez qui nous
pafsâmes la nuit.

Le lendemain matin, après que nous eûmes
remercié le maître de la maifon du plaifir qu'il
nous avoit fait, nous retournâmes au palais de
Schemfelnihar. Nous y rentrâmes dans un grand
défordre, & d'autant plus affligées, que nous
ne favions quel auroit été le deftin de nos
deux amans infortunés. Les autres femmes de
Schemfelnihar furent étonnées de voir que
nous revenions fans elle. Nous leur dîmes,
comme nous en étions convenues, qu'elle étoit
demeurée chez une dame de fes amies, &
qu'elle devoit nous envoyer appeler pour aller
la reprendre quand elle voudroit revenir, &
elles fe contentèrent de cette excufe.

Je paffai cependant la journée dans une grande inquiétude. La nuit venue, j'ouvris la petite porte de derrière, & je vis un petit bateau fur le canal détourné du fleuve, qui y
aboutit. J'appelai le batelier & le priai d'aller de côté & d'autre le long du fleuve, voir

s'il n'appercevroit pas une dame, & s'il la ren-
controit, de l'amener.

J'attendis son retour avec les deux esclaves,
qui étoient dans la même peine que moi, &
il étoit déjà près de minuit, lorsque le même
bateau arriva avec deux hommes dedans, &
une femme couchée sur la poupe. Quand le
bateau eut abordé, les deux hommes aidèrent
la femme à se lever & à se débarquer, & je la
reconnus pour Schemselnihar, avec une joie
de la revoir & de ce qu'elle étoit retrouvée,
que je ne puis exprimer.

Scheherazade finit ici son discours pour cette
nuit. Elle reprit le même conte la nuit suivante, & dit au sultan des Indes :

CCVII^e NUIT.

SIRE, nous laissâmes hier la confidente de
Schemselnihar dans la mosquée, où elle racontoit au jouaillier ce qui lui étoit arrivé depuis
qu'ils ne s'étoient vus, & les circonstances du
retour de Schemselnihar à son palais. Elle
poursuivit ainsi :

Je donnai, dit-elle, la main à Schemselnihar pour l'aider à mettre pié à terre. Elle avoit
grand besoin de ce secours, car elle ne pou-

voit prefque fe foutenir. Quand elle fe fut débarquée, elle me dit à l'oreille, d'un ton qui marquoit fon affliction, d'aller prendre une bourfe de mille pièces d'or, & de la donner aux deux foldats qui l'avoient accompagnée. Je la remis entre les mains des deux efclaves pour la foutenir ; & après avoir dit aux deux foldats de m'attendre un moment, je courus prendre la bourfe, & je revins inceffamment. Je la donnai aux deux foldats, je payai le batelier, & je fermai la porte.

Je rejoignis Schemfelnihar qu'elle n'étoit pas encore arrivée à fa chambre. Nous ne perdîmes pas de tems, nous la déshabillâmes & nous la mîmes dans fon lit, où elle ne fut pas plutôt, qu'elle demeura comme prête à rendre l'ame tout le refte de la nuit.

Le jour fuivant, fes autres femmes témoignèrent un grand empreffement de la voir, mais je leur dis qu'elle étoit revenue extrêmement fatiguée, & qu'elle avoit befoin de repos pour fe remettre. Nous lui donnâmes cependant, les deux autres femmes & moi, tout le fecours que nous pûmes imaginer, & qu'elle pouvoit attendre de notre zèle. Elle s'obftina d'abord à ne vouloir rien prendre, & nous euffions défefpéré de fa vie, fi nous ne nous fuffions apperçues que le vin que nous lui donnions de tems en tems, lui faifoit reprendre des forces. A force de prières, enfin nous vainquîmes fon opiniâtreté, & nous l'obligeâmes de manger.

Lorfque je vis qu'elle étoit en état de parler (car elle n'avoit fait que pleurer, gémir & foupirer jufqu'alors,) je lui demandai en grâce de vouloir bien me dire par quel bonheur elle avoit échappé des mains des voleurs. Pourquoi exigez - vous de moi, me dit - elle avec un profond foupir, que je renouvelle un fi grand fujet d'affliction? plût à dieu que les voleurs m'euffent ôté la vie, au lieu de me la conferver! mes maux feroient finis, & je ne vis que pour fouffrir davantage.

Madame, repris - je, je vous fupplie de ne me pas refufer. Vous n'ignorez pas que les malheureux ont quelque forte de confolation à raconter leurs aventures les plus fâcheufes. Ce que je vous demande, vous foulagera, fi vous avez la bonté de me l'accorder.

Ecoutez donc, me dit-elle, la chofe la plus défolante qui puiffe arriver à une perfonne auffi paffionnée que moi, qui croyoit n'avoir plus rien à défirer. Quand je vis entrer les voleurs le fabre & le poignard à la main, je crus que nous étions au dernier moment de notre vie, le prince de Perfe & moi, & je ne regrettois pas ma mort, dans la penfée que je devois mourir avec lui. Au lieu de fe jeter fur nous pour nous percer le cœur, comme je m'y attendois, deux furent commandés pour nous garder ; & les autres cependant firent des ballots de tout ce qu'il y avoit dans la chambre & dans les pièces à côté. Quand ils eurent achevé, & qu'ils eurent chargé les ballots fur leurs épaules, ils fortirent, & nous emmenèrent avec eux.

Dans le chemin, un de ceux qui nous accompagnoient, me demanda qui j'étois ; & je lui dis que j'étois danfeufe. Il fit la même demande au prince, qui répondit qu'il étoit bourgeois.

Lorfque nous fûmes chez eux, où nous eûmes de nouvelles frayeurs, ils s'affemblèrent autour de moi ; & après avoir confidéré mon habillement, & les riches joyaux dont j'étois parée, ils fe doutèrent que j'avois déguifé ma qualité. Une danfeufe n'eft pas faite comme vous, me dirent-ils. Dites-nous au vrai qui vous êtes.

Comme ils virent que je ne répondois rien : Et vous, demandèrent-ils au prince de Perfe, qui êtes-vous auffi ? nous voyons bien que vous n'êtes pas un fimple bourgeois comme vous l'avez dit. Il ne les fatisfit pas plus que moi fur ce qu'ils défiroient favoir. Il leur dit seulement qu'il étoit venu voir le jouaillier, qu'il nomma, & se divertir avec lui, & que la maison où ils nous avoient trouvés, lui appartenoit.

Je connois ce jouaillier, dit aussitôt un des voleurs, qui paroissoit avoir de l'autorité parmi eux ; je lui ai quelque obligation sans qu'il en sache rien, & je sais qu'il a une autre maison ; je me charge de le faire venir demain. Nous ne vous relâcherons pas, continua-t-il, que nous ne sachions par lui qui vous êtes. Il ne vous sera fait cependant aucun tort.

Le jouaillier fut amené le lendemain ; & comme il crut nous obliger, comme il le fit en effet, il déclara aux voleurs qui nous étions véritablement. Les voleurs vinrent me demander pardon, & je crois qu'ils en usèrent de même envers le prince de Perse, qui étoit dans un autre endroit, & ils me protestèrent qu'ils n'auroient pas forcé la maison où ils nous avoient trouvés, s'ils eussent su qu'elle appartenoit au jouaillier. Ils nous prirent aussitôt, le prince de Perse, le jouaillier & moi, & ils nous amenèrent jusqu'au bord du fleuve : ils nous firent embarquer dans un bateau qui nous passa de ce côté ; mais nous ne fûmes pas débarqués, qu'une brigade du guet à cheval vint à nous.

Je

Je pris le commandant à part, je me nom-
mai, & lui dis que le foir précédent, en revenant de chez une amie, les voleurs qui re-
paffoient de leur côté, m'avoient arrêtée &
emmenée chez eux; que je leur avois dit qui
j'étois, & qu'en me relâchant, ils avoient fait
la même grâce à ma confidération, aux deux
perfonnes qu'il voyoit, après les avoir affurés
qu'ils étoient de ma connoiffance. Il mit auffitôt pié à terre pour me faire honneur; & après
qu'il m'eut témoigné la joie qu'il avoit de
pouvoir m'obliger en quelque chofe, il fit
venir deux bateaux, & me fit embarquer dans
l'un avec deux de fes gens que vous avez vus,
qui m'ont efcortée jufqu'ici : pour ce qui eft du
prince de Perfe & du jouaillier, il les renvoya dans l'autre, auffi avec deux de fes gens
pour les accompagner & les conduire en sûreté
jufques chez eux.

J'ai confiance, ajouta-t-elle, en finiffant &
en fondant en larmes, qu'il ne leur fera point
arrivé de mal depuis notre féparation, & je ne
doute pas que la douleur du prince ne foit
égale à la mienne. Le jouaillier qui nous a
obligés avec tant d'affection, mérite d'être récompenfé de la perte qu'il a faite pour l'amour
de nous. Ne manquez pas demain au matin de
prendre deux bourfes de mille pièces d'or cha-

cune , de les lui porter de ma part, & de lui demander des nouvelles du prince de Perſe.

Quand ma bonne maîtreſſe eût achevé , je tâchai , ſur le dernier ordre qu'elle venoit de me donner , de m'informer des nouvelles du prince de Perſe , de lui perſuader de faire des efforts pour ſe ſurmonter elle-même , après le danger qu'elle venoit d'eſſuyer , & dont elle n'avoit échappé que par un miracle. Ne me répliquez pas , reprit-elle, & faites ce que je vous commande.

Je ſuis contrainte de me taire , & je ſuis venue pour lui obéir ; j'ai été chez vous où je ne vous ai pas trouvé ; & dans l'incertitude ſi je vous trouverois où l'on m'a dit que vous pouviez être , j'ai été ſur le point d'aller chez le prince de Perſe ; mais je n'ai pas oſé l'entreprendre , j'ai laiſſé les deux bourſes en paſſant chez une perſonne de connoiſſance : attendez-moi ici , je ne mettrai pas de tems à les apporter.

Scheherazade s'apperçut que le jour paroiſſoit , & ſe tut après ces dernières paroles. Elle continua le même conte la nuit ſuivante , & dit au ſultan des Indes :

CCVIIIᵉ NUIT.

SIRE, la confidente revint joindre le jouaillier dans la mosquée où elle l'avoit laissé ; & en lui donnant les deux bourses : Prenez, dit-elle, & satisfaites vos amis. Il y en a, reprit le jouaillier, beaucoup au-delà de ce qui est nécessaire ; mais je n'oserois refuser la grâce qu'une dame si honnête & si généreuse veut bien faire à son très-humble serviteur. Je vous supplie de l'assurer que je conserverai éternellement la mémoire de ses bontés. Il convint avec la confidente, qu'elle viendroit le trouver à la maison où elle l'avoit vu la première fois, lorsqu'elle auroit quelque chose à lui communiquer de la part de Schemselnihar, & apprendre des nouvelles du prince de Perse, après quoi ils se séparèrent.

Le jouaillier retourna chez lui bien satisfait, non-seulement de ce qu'il avoit de quoi satisfaire ses amis pleinement, mais qu'il voyoit même que personne ne savoit à Bagdad que le prince de Perse & Schemselnihar se fussent trouvés dans son autre maison lorsqu'elle avoit été pillée. Il est vrai qu'il avoit déclaré la chose aux voleurs ; mais il avoit confiance en

D ij

leur fecret. Ils n'avoient pas d'ailleurs affez de
commerce dans le monde pour craindre aucun
danger de leur côté quand ils l'euffent divul-
gué. Dès le lendemain matin, il vit les amis
qui l'avoient obligé, & il n'eut pas de peine à
les contenter. Il eut même beaucoup d'argent
de refte pour meubler fon autre maifon fort
proprement, où il mit quelques - uns de fes
domeftiques pour l'habiter. C'eft ainfi qu'il oublia le danger dont il avoit échappé ; & fur le
foir il fe rendit chez le prince de Perfe.

Les officiers du prince qui reçurent le jouaillier, lui dirent qu'il arrivoit fort à propos, que
le prince, depuis qu'il ne l'avoit vu, étoit dans
un état qui donnoit tout fujet de craindre pour
fa vie, & qu'on ne pouvoit tirer de lui une
feule parole. Ils l'introduifirent dans fa chambre fans faire de bruit, & il le trouva couché
dans fon lit, les yeux fermés, & dans un état
qui lui fit compaffion : il le falua en lui touchant la main, & il l'exhorta à prendre courage.

Le prince de Perfe reconnut que le jouaillier
lui parloit, il ouvrit les yeux, & le regarda
d'une manière qui lui fit connoître la grandeur
de fon affliction, infiniment au-delà de ce qu'il
en avoit eu depuis la première fois qu'il avoit
vu Schemfelnihar : il lui prit & lui ferra la

main pour lui marquer fon amitié, & lui dit d’une voix foible, qu’il lui étoit bien obligé de la peine qu’il prenoit de venir voir un prince auffi malheureux & auffi affligé qu’il l’étoit.

Prince, reprit le jouaillier, ne parlons pas, je vous en fupplie, des obligations que vous pouvez m’avoir; je voudrois bien que les bons offices que j’ai tâché de vous rendre, euffent eu un meilleur fuccès : parlons plutôt de votre fanté : dans l’état où je vous vois, je crains fort que vous ne vous laiffiez abattre vous-même, & que vous ne preniez pas la nourriture qui vous eft néceffaire.

Les gens qui étoient près du prince leur maître, prirent cette occafion pour dire au jouaillier qu’ils avoient toutes les peines imaginables à l’obliger de prendre quelque chofe; qu’il ne s’aidoit pas, & qu’il y avoit long-tems qu’il n’avoit rien pris. Cela obligea le jouaillier de fupplier le prince de fouffrir que fes gens lui apportaffent de la nourriture & d’en prendre, & il l’obtint après de grandes inftances.

Après que le prince de Perfe eut mangé plus amplement qu’il n’eut encore fait, par la perfuafion du jouaillier, il commanda à fes gens de le laiffer feul avec lui, & lorfqu’ils furent fortis : Avec le malheur qui m’accable,

lui dit-il, j'ai une douleur extrême de la perte
que vous avez soufferte pour l'amour de moi,
il est juste que je songe à vous en récompen-
ser : mais auparavant, après vous en avoir demandé mille pardons, je vous prie de me dire
si vous n'avez rien appris de Schemselnihar,
depuis que j'ai été contraint de me séparer
d'avec elle.

Le jouaillier instruit par la confidente, lui
raconta tout ce qu'il savoit de l'arrivée de Schemselnihar à son palais, de l'état où elle avoit
été depuis ce temps-là jusqu'à ce qu'elle se
trouva mieux, & qu'elle envoya la confidente
pour s'informer de ses nouvelles.

Le prince de Perse ne répondit au discours
du jouaillier que par des soupirs & par des
larmes : ensuite il fit un effort pour se lever,
& fit appeller de ses gens, & alla en personne
à son garde-meuble, qu'il se fit ouvrir : il y
fit faire plusieurs ballots de riches meubles &
d'argenterie, & donna ordre qu'on les portât
chez le jouaillier.

Le jouaillier voulut se défendre d'accepter
le présent que le prince de Perse lui faisoit ;
mais quoiqu'il lui représentât que Schemselnihar lui avoit déjà envoyé plus qu'il n'en avoit
besoin pour remplacer ce que ses amis avoient
perdu, il voulut néanmoins être obéi. De la

forte, le jouaillier fut obligé de lui témoigner combien il étoit confus de sa libéralité, & il lui marqua qu'il ne pouvoit assez l'en remercier. Il vouloit prendre congé, mais le prince le pria de rester, & ils s'entretinrent une bonne partie de la nuit.

Le lendemain matin, le jouaillier vit encore le prince avant de se retirer, & le prince le fit asseoir près de lui. Vous savez, lui dit-il, que l'on a un but en toutes choses : le but d'un amant est de posséder ce qu'il aime sans obstacle : s'il perd une fois cette espérance, il est certain qu'il ne doit plus penser à vivre : vous comprenez bien que c'est-là la triste situation où je me trouve. En effet, dans le tems que par deux fois je me crois au comble de mes désirs, c'est alors que je suis arraché d'auprès de ce que j'aime, de la manière la plus cruelle. Après cela il ne me reste plus que de songer à la mort : je me la ferois déjà donnée, si ma religion ne me défendoit d'être homicide de moi-même : mais il n'est pas besoin que je la prévienne, je sens bien que je ne l'attendrai pas long-tems. Il se tut à ces paroles, avec des gémissemens, des soupirs, des sanglots & des larmes qu'il laissa couler en abondance.

Le jouaillier, qui ne savoit pas d'autre moyen de le détourner de cette pensée de désespoir,

qu'en lui remettant Schemfelnihar dans la mémoire, & qu'en lui donnant quelqu'ombre d'efpérance, lui dit qu'il craignoit que la confidente ne fût déjà venue, & qu'il étoit à propos qu'il ne perdît pas de tems à retourner chez
lui. Je vous laiffe aller, lui dit le prince; mais
fi vous la voyez, je vous fupplie de lui bien
recommander d'affurer Schemfelnihar, que fi
j'ai à mourir, comme je m'y attends bientôt,
je l'aimerai jufqu'au dernier foupir & jufques
dans le tombeau.

Le jouaillier revint chez lui, & y demeura
dans l'efpérance que ma confidente viendroit.
Elle arriva quelques heures après, mais toute
en pleurs & dans un grand défordre. Le jouaillier
alarmé, lui demanda avec empreffement ce
qu'elle avoit.

Schemfelnihar, le prince de Perfe, vous &
moi, reprit la confidente, nous fommes tous
perdus. Ecoutez la trifte nouvelle que j'appris
hier en entrant au palais, après vous avoir
quitté.

Schemfelnihar avoit fait châtier pour quelque faute une des deux efclaves que vous vîtes
avec elle le jour du rendez-vous dans votre
autre maifon. L'efclave outrée de ce mauvais
traitement, a trouvé la porte du palais ouverte ;
elle eft fortie, & nous ne doutons pas qu'elle

n'ait tout déclaré à un des eunuques de notre garde, qui lui a donné retraite.

Ce n'eft pas tout, l'autre efclave fa compagne a fui auffi, & s'eft refugiée au palais du calife, à qui nous avons fujet de croire qu'elle a tout révélé. En voici la raifon : c'eft qu'aujourd'hui le calife vient d'envoyer prendre Schemfelnihar par une vingtaine d'eunuques qui l'ont menée à fon palais. J'ai trouvé le moyen de me dérober, & de venir vous donner avis de tout ceci. Je ne fais pas ce qui fe fera paffé, mais je n'en augure rien de bon. Quoi qu'il en foit, je vous conjure de bien garder le fecret.

Le jour dont on voyoit déjà la lumière, obbligea la fultane Scheherazade de garder le filence à ces dernières paroles. Elle continua la nuit fuivante, & dit au fultan des Indes :

CCIXᵉ NUIT.

Sᴉʀᴇ́, la confidente ajouta à ce qu'elle venoit de dire au jouaillier, qu'il étoit bon qu'il allât trouver le prince de Perfe, fans perdre de tems, & l'avertir de l'affaire, afin qu'il fe tînt prêt à tout événement, & qu'il fût fidèle dans la caufe commune. Elle ne lui en dit pas davantage, & elle se retira brusquement, sans attendre sa réponse.

Qu'auroit pu répondre le jouaillier dans l'état où il se trouvoit? il demeura immobile & comme étourdi du coup. Il vit bien néanmoins que l'affaire pressoit : il se fit violence & alla trouver le prince de Perse incessamment. En l'abordant d'un air qui marquoit déjà la méchante nouvelle qu'il venoit lui annoncer : Prince, dit-il, armez-vous de patience, de constance & de courage, & préparez-vous à l'assaut le plus terrible que vous ayez eu à soutenir de votre vie.

Dites-moi en deux mots ce qu'il y a, reprit le prince, & ne me faites pas languir; je suis prêt à mourir s'il en est besoin.

Le jouaillier lui raconta ce qu'il venoit d'apprendre de la confidente. Vous voyez bien, continua-t-il, que votre perte est assurée. Levez-vous, sauvez-vous promptement, le tems est précieux. Vous ne devez pas vous exposer à la colère du calife, encore moins à rien avouer au milieu des tourmens.

Peu s'en fallut qu'en ce moment le prince n'expirât d'affliction, de douleur & de frayeur. Il se recueillit, & demanda au jouaillier quelle résolution il lui conseilloit de prendre dans une conjoncture où il n'y avoit pas un moment dont il ne dût profiter. Il n'y en a pas d'autre, reprit le jouaillier, que de monter à cheval au plutôt, & de prendre le chemin (1) d'Anbar, pour y arriver demain avant le jour. Prenez de vos gens ce que vous jugerez à propos, avec de bons chevaux, & souffrez que je me sauve avec vous.

Le prince de Perse, qui ne vit pas d'autre parti à prendre, donna ordre aux préparatifs les moins embarrassans, prit de l'argent & des pierreries; & après avoir pris congé de sa mère, il partit, & s'éloigna de Bagdad en diligence, avec le jouaillier & les gens qu'il avoit choisis.

Ils marchèrent le reste du jour & toute la nuit sans s'arrêter en aucun lieu, jusqu'à deux ou trois heures avant le jour du lendemain, que fatigués d'une si longue traite, & que leurs chevaux n'en pouvant plus, ils mirent pié à terre pour se reposer.

Ils n'avoient presque pas eu le tems de respirer, qu'ils se virent assaillis tout-à-coup par une grosse troupe de voleurs. Ils se défendirent quelque tems très-courageusement ; mais les gens du prince furent tués. Cela obligea le prince & le jouaillier de mettre les armes bas,

_____

(1) Anbar étoit une ville sur le Tigre, vingt lieues au-dessous de Bagdad.

& de s'abandonner à leur difcrétion. Les voleurs leur donnèrent la vie : mais après qu'ils fe furent faifis des chevaux & du bagage, ils les dépouillèrent, & en fe retirant avec leur butin, ils les laifsèrent au même endroit.

Lorfque les voleurs furent éloignés : Hé bien, dit le prince défolé au jouaillier, que dites-vous de notre aventure & de l'état où nous voilà ? ne vaudroit-il pas mieux que je fuffe demeuré à Bagdad, & que j'y euffe attendu la mort, de quelle manière que je duffe la recevoir ?

Prince, reprit le jouaillier, c'eft un décret de la volonté de dieu : il lui plaît de nous éprouver par affliction fur affliction. C'eft à nous de n'en point murmurer, & de recevoir ces difgraces de fa main avec une entière foumiffion. Ne nous arrétons pas ici davantage, cherchons quelque lieu de retraite, où l'on veuille bien nous fecourir dans notre malheur.

Laiffez-moi mourir, lui dit le prince de Perfe, il n'importe pas que je meure ici ou ailleurs. Peut-être même qu'au moment que nous parlons, Schemfelnihar n'eft plus, & je ne dois plus chercher à vivre après elle. Le jouaillier le perfuada enfin, à force de prière. Ils marchèrent quelque tems, & ils rencontrèrent une mofquée qui étoit ouverte, où ils entrèrent & paffèrent le refte de la nuit.

A la pointe du jour un homme feul arriva dans cette mofquée. Il y fit fa priere, & quand il eut achevé, il apperçut en fe retournant, le prince de Perfe & le jouaillier qui étoient af-fis dans un coin. Il s'approcha d'eux en les fa-luant avec beaucoup de civilité. Autant que je le puis connoître, leur dit-il, il me femble que vous êtes étrangers.

Le jouaillier prit la parole : Vous ne vous trompez pas, répondit-il, nous avons été vo-lés cette nuit en venant de Bagdad, comme vous le pouvez voir à l'état où nous fommes, & nous avons befoin de fecours, mais nous ne favons à qui nous adreffer. Si vous voulez prendre la peine de venir chez moi, repartit l'homme, je vous donnerai volontiers l'affif-tance que je pourrai.

A cette offre obligeante, le jouaillier fe tourna du côté du prince de Perfe, & lui dit à l'oreille : Cet homme, prince, comme vous le voyez, ne nous connoît pas, & nous avons à craindre que quelqu'autre ne vienne & ne nous connoiffe. Nous ne devons pas, ce me femble, refufer la grâce qu'il veut bien nous faire. Vous êtes le maître, reprit le prince, & je confens à tout ce que vous voudrez.

L'homme qui vit que le jouaillier & le prin-ce de Perfe confultoient enfemble, s'imagina

qu'ils faifoient difficulté d'accepter la propofition qu'il leur avoit faite. Il leur demanda quelle
étoit leur réfolution. Nous fommes prêts à
vous fuivre, répondit le jouaillier ; ce qui nous
fait de la peine, c'eft que nous fommes nuds ,
& que nous avons honte de paroître en cet
état.

Par bonheur , l'homme eut à leur donner à
chacun affez de quoi fe couvrir pour les conduire jufques chez lui. Ils n'y furent pas plutôt arrivés , que leur hôte leur fit apporter à
chacun un habit affez propre ; & comme il ne
douta pas qu'ils n'euffent grand befoin de manger, & qu'ils feroient bien aifes d'être dans leur
particulier , il leur fit porter plufieurs plats par
une efclave. Mais ils ne mangerent prefque pas,
fur-tout le prince de Perfe , qui étoit dans une
langueur & dans un abattement qui fit tout craindre au jouaillier pour fa vie.

Leur hôte les vit à diverfes fois pendant le
jour ; & fur le foir , comme il favoit qu'ils
avoient befoin de repos, il les quitta de bonne heure. Mais le jouaillier fut bientôt obligé
de l'appeller pour affifter à la mort du prince
de Perfe. Il s'apperçut que ce prince avoit la
refpiration forte & véhémente ; & cela lui fit
comprendre qu'il n'avoit plus que peu de momens à vivre. Il s'approcha de lui , & le prin-

ce lui dit : C'en eſt fait, comme vous le voyez, & je ſuis bien aiſe que vous ſoyez témoin du dernier ſoupir de ma vie. Je la perds avec bien de la ſatisfaction, & je ne vous en dis pas la raiſon, vous la ſavez. Tout le regret que j'ai, c'eſt de ne pas mourir entre les bras de ma chère mère, qui m'a toujours aimé tendrement, & pour qui j'ai toujours eu le reſpect que je devois. Elle aura bien de la douleur de n'avoir pas eu la triſte conſolation de me fermer les yeux, & de m'enſevelir de ſes propres mains. Témoignez-lui bien la peine que j'en ſouffre, & priez-la de ma part de faire tranſporter mon corps à Bagdad, afin qu'elle arroſe mon tombeau de ſes larmes, & qu'elle m'y aſſiſte de ſes prières. Il n'oublia pas l'hôte de la maiſon, il le remercia de l'accueil généreux qu'il lui avoit fait ; & après lui avoir demandé en grâce de vouloir bien que ſon corps demeurât en dépôt chez lui juſqu'à ce qu'on vînt l'enlever, il expira.

Scheherazade en étoit en cet endroit, lorſqu'elle s'apperçut que le jour paroiſſoit. Elle ceſſa de parler, & elle reprit ſon diſcours la nuit ſuivante, & dit au ſultan des Indes :

CCXe NUIT.

SIRE, dès le lendemain de la mort du prince de Perse, le jouaillier profita de la conjoncture d'une caravane assez nombreuse qui venoit à Bagdad, où il se rendit en sûreté. Il ne fit que rentrer chez lui & changer d'habit à son arrivée, & se rendit à l'hôtel du feu prince de Perse, où l'on fut alarmé de ne pas voir le prince avec lui. Il pria qu'on avertît la mère du prince, qu'il souhaitoit de lui parler, & l'on ne fut pas long-tems à l'introduire dans une salle, où elle étoit avec plusieurs de ses femmes. Madame, lui dit le jouaillier d'un air & d'un ton qui marquoit la fâcheuse nouvelle qu'il avoit à lui annoncer, dieu vous conserve & vous comble de ses bontés. Vous n'ignorez pas que dieu dispose de nous comme il lui plaît....

La dame ne donna pas le tems au jouaillier d'en dire davantage. Ah, s'écria-t-elle, vous m'annoncez la mort de mon fils ! Elle poussa en même tems des cris effroyables, qui mêlés avec ceux de ses femmes, renouvellèrent les larmes du jouaillier. Elle se tourmenta & s'affligea long-tems avant qu'elle lui laissât reprendre

prendre ce qu'il avoit à lui dire. Elle interrompit enfin fes pleurs & fes gémiffemens, & elle le pria de continuer, & de ne lui rien cacher des circonftances d'une féparation fi trifte. Il la fatisfit ; & quand il eut achevé, elle lui demanda fi le prince fon fils ne l'avoit pas chargé de quelque chofe de particulier à lui dire, dans les derniers momens de fa vie. Il lui affura qu'il n'avoit pas eu un plus grand regret que de mourir éloigné d'elle, & que la feule chofe qu'il avoit fouhaitée, étoit qu'elle voulût bien prendre le foin de faire tranfporter fon corps à Bagdad. Dès le lendemain de grand matin, elle fe mit en chemin accompagnée de fes femmes & de la plus grande partie de fes efclaves.

Quand le joüaillier qui avoit été retenu par la mère du prince de Perfe, eut vu partir cette dame, il retourna chez lui tout trifte & les yeux baiffés, avec un grand regret de la mort d'un prince fi accompli & fi aimable, à la fleur de fon âge.

Comme il marchoit recueilli en lui-même, une femme fe préfenta & s'arrêta devant lui. Il leva les yeux, & vit que c'étoit la confidente de Schemfelnihar, qui étoit habillée de noir & pleuroit. Il renouvella fes pleurs à cette vue fans ouvrir la bouche pour lui parler, & il con-

tinua de marcher jufques chez lui, où la confidente le fuivit & entra avec lui.

Ils s'affirent ; & le jouaillier en prenant la
parole le premier, demanda à la confidente avec
un grand foupir, fi elle avoit déjà appris la
mort du prince de Perfe, & fi c'étoit lui qu'elle pleuroit. Hélas non, s'écria-t-elle ; quoi,
ce prince fi charmant eft mort ! Il n'a pas vécu long-tems après fa chère Schemfelnihar.
Belles ames, ajouta-t-elle, en quelque part que
vousfoye z, vous devez être bien contentes de
pouvoir vous aimer déformais fans obftacle. Vos
corps étoient un empêchement à vos fouhaits,
& le ciel vous en a délivrés pour vous unir.

Le jouaillier qui ne favoit rien de la mort
de Schemfelnihar, & qui n'avoit pas encore
fait réflexion que la confidente qui lui parloit,
étoit habillée de deuil, eut une nouvelle affliction d'apprendre cette nouvelle. Schemfelnihar eft morte, s'écria-t-il ! Elle eft morte, reprit la confidente en pleurant tout de nouveau,
& c'eft d'elle que je porte le deuil. Les circonftances de fa mort font fingulières, & elles méritent que vous les fachiez. Mais avant que je
vous en faffe le récit, je vous prie de me faire part de celles de la mort du prince de Perfe, que je pleurerai toute ma vie, avec celle
de Schemfelnihar ma chère & refpectable maîtreffe.

Le jouaillier donna à la confidente la satisfaction qu'elle demandoit, & dès qu'il lui eut raconté le tout, jusqu'au départ de la mère du
prince de Perse qui venoit de se mettre en chemin elle-même, pour faire apporter le corps
du prince à Bagdad : Vous n'avez pas oublié,
lui dit-elle, que je vous ai dit que le calife
avoit fait venir Schemselnihar à son palais ; il
étoit vrai, comme nous avions tout sujet de
nous le persuader, que le calife avoit été informé des amours de Schemselnihar & du prince de Perse, par les deux esclaves qu'il avoit
interrogées toutes deux séparément. Vous allez
vous imaginer qu'il se mit en colère contre
Schemselnihar, & qu'il donna de grandes marques de jalousie, & de vengeance prochaine
contre le prince de Perse. Point du tout ; il
ne songea pas un moment au prince de Perse.
Il plaignit seulement Schemselnihar ; & il est à
croire qu'il s'attribua à lui-même ce qui est arrivé, sur la permission qu'il lui avoit donnée
d'aller librement par la ville sans être accompagnée d'eunuques. On n'en peut conjecturer
autre chose, après la manière toute extraordinaire dont il en a usé avec elle, comme vous
allez l'entendre.

Le calife la reçut avec un visage ouvert ;
& quand il eut remarqué la tristesse dont elle

étoit accablée , qui cependant ne diminuoit
rien de fa beauté (car elle parut devant lui
fans aucune marque de furprife ni de frayeur) :
Schemfelnihar , lui dit-il avec une bonté digne de lui , je ne puis fouffrir que vous pa-
roiffiez devant moi avec un air qui m'afflige infiniment. Vous favez avec quelle paffion je
vous ai toujours aimée : vous devez en être
perfuadée par toutes les marques que je vous
en ai données. Je ne change pas , & je vous
aime plus que jamais. Vous avez des ennemis ,
& ces ennemis m'ont fait des rapports contre
votre conduite ; mais tout ce qu'ils ont pu me
dire , ne me fait pas la moindre impreffion.
Quittez donc cette mélancolie, & difpofez-vous
à m'entretenir ce foir de quelque chofe d'a-
gréable & de divertiffant à votre ordinaire. Il
lui dit plufieurs autres chofes très-obligeantes ,
& il la fit entrer dans un appartement magnifique , près du fien , où il la pria de l'attendre.

L'affligée Schemfelnihar fut très-fenfible à
tant de témoignages de confidération pour fa
perfonne : mais plus elle connoiffoit combien
elle en étoit obligée au calife , plus elle étoit
pénétrée de la vive douleur d'être éloignée
peut-être pour jamais du prince de Perfe fans
qui elle ne pouvoit plus vivre.

Cette entrevue du calife & de Schemfelni-

har , continua la confidente , fe paffa pendant
que j'étois venue vous parler , & j'en ai appris
les particularités de mes compagnes qui étoient
préfentes. Mais dès que je vous eus quitté ,
j'allai rejoindre Schemfelnihar , & je fus témoin de ce qui fe paffa le foir. Je la trouvai
dans l'appartement que j'ai dit ; & comme elle
fe douta que je venois de chez vous , elle me
fit approcher , & fans que perfonne l'entendît :
Je vous fuis bien obligée , me dit-elle , du fervice que vous venez de me rendre ; je fens
bien que ce fera le dernier. Elle ne m'en dit
pas davantage ; & je n'étois pas dans un lieu à
pouvoir lui dire quelque chofe pour tâcher de la
confoler.

Le calife entra le foir au fon des inftrumens
que les femmes de Schemfelnihar touchoient ,
& l'on fervit auffi-tôt la collatoin. Le calife
prit Schemfelnilhar par la main , la fit affeoir
près de lui fur le fofa. Elle fe fit une fi grande
violence pour lui complaire , que nous la vî-
mes expirer peu de momens après. En effet ,
elle fut à peine affife , qu'elle fe renverfa en
arrière. Le calife crut qu'elle n'étoit qu'évanouie , & nous eûmes toutes la même penfée.
Nous tâchâmes de la fecourir ; mais elle ne revint pas , & voilà de quelle manière nous la
perdîmes.

Le calife l'honora de fes larmes qu'il ne put retenir ; & avant de fe retirer à fon appartement, il ordonna de caffer tous les inftrumens, ce qui fut exécuté. Je reftai toute la nuit près du corps ; je le lavai & l'enfevelis moi-même, en le baignant de mes larmes ; & le lendemain elle fut enterrée par ordre du calife, dans un tombeau magnifique qu'il avoit déjà fait bâtir dans le lieu qu'elle avoit choifi elle-même. Puifque vous dites, ajouta-t-elle, qu'on doit apporter le corps du prince de Perfe à Bagdad, je fuis réfolue de faire enforte qu'on l'apporte pour être mis dans le même tombeau.

Le jouaillier fut fort furpris de cette réfolution de la confidente. Vous n'y fongez pas, reprit-il, jamais le calife ne le fouffrira. Vous croyez la chofe impoffible, repartit la confidente : elle ne l'eft pas ; & vous en conviendrez vous-même, quand je vous aurai dit que le calife a donné la liberté à toutes les efclaves de Schemfelnihar, avec une penfion à chacune, fuffifante pour fubfifter, & qu'il m'a chargée du foin & de la garde de fon tombeau, avec un revenu confidérable pour l'entretenir & pour ma fubfiftance en particulier. D'ailleurs le calife, qui n'ignore pas les amours du prince & de Schemfelnihar, comme je vous l'ai dit, & qui ne s'en eft pas fcandalifé, n'en fera nul-

lement fâché. Le jouaillier n’eut plus rien à
dire : il pria feulement la confidente de le mener à ce tombeau pour y faire fa prière. Sa furprife fut grande en y arrivant, quand il vit la
foule du monde des deux fexes qui y accou-
roit de tous les endroits de Bagdad. Il ne put
en approcher que de loin ; & lorfqu’il eut fait
fa prière : Je ne trouve plus impoſſible, dit-il
à la confidente en la rejoignant, d’exécuter ce
que vous avez fi bien imaginé. Nous n’avons
qu’à publier vous & moi ce que nous favons
des amours de l’un & de l’autre, & particulièrement de la mort du prince de Perfe, arrivée
prefque dans le même tems. Avant que fon
corps arrive, tout Bagdad concourra à demander qu’il ne foit pas féparé de celui de Schemfelnihar. La chofe réuſſit ; & le jour que l’on
fut que le corps devoit arriver, une infinité
de peuple alla au-devant à plus de vingt mil-
les.

La confidente attendit à la porte de la ville où elle fe préfenta à la mère du prince, &
la fupplia au nom de toute la ville qui le fouhaitoit ardemment, de vouloir bien que les corps
des deux amans qui n’avoient eu qu’un cœur
jufqu’à leur mort, depuis qu’ils avoient commencé de s’aimer, n’euſſent qu’un même tombeau. Elle y confentit, & le corps fut porté

au tombeau de Schemfelnihar à la tête d'un peuple innombrable de tous les rangs , & mis à côté d'elle. Depuis ce tems-là , tous les habitans de Bagdad , & même les étrangers de tous les endroits du monde où il y a des mufulmans , n'ont ceffé d'avoir une grande vénération pour ce tombeau , & d'y aller faire leurs prières.

C'eft , fire , dit ici Scheherazade , qui s'apperçut en même-tems qu'il étoit jour, ce que j'avois à raconter à votre majefté des amours de la belle Schemfelnihar , favorite du calife Haroun Alrafchid , & de l'aimable Ali Ebn Becar , prince de Perfe.

Quand Dinazarde vit que la fultane fa fœur avoit ceffé de parler , elle la remercia le plus obligeamment du monde , du plaifir qu'elle lui avoit fait , par le récit d'une hiftoire fi intéreffante. Si le fultan veut bien me fouffrir encore jufqu'à demain , reprit Scheherazade , je vous raconterai celle du prince (1) Camaralzaman, que vous trouverez beaucoup plus agréable. Elle fe tut ; & le fultan qui ne put encore fe réfoudre de la faire mourir , remit à l'écouter la nuit fuivante.

_____

(1) C'eft en arabe la Lune du tems , ou la Lune du fiècle.

CCXI^e N U I T.

LE lendemain , avant le jour , dès que la
fultane Scheherazade fut éveillée par les foins de
Dinazarde , fa fœur , elle raconta au fultan des
Indes , l'hiftoire de Camaralzaman , comme elle
l'avoit promis , & dit :

HISTOIRE

Des amours de Camaralzaman , prince de
l'Ile des enfans de Khaledan , & de
Badoure , princeffe de la Chine.

SIRE , environ à vingt journées de navigation des côtes de Perfe , il y a dans la vafte
mer , une île que l'on appelle l'Ile des enfans de Khaledan. Cette île eft divifée en
plufieurs grandes provinces , toutes confidérables par des villes floriffantes & bien peuplées ,
qui forment un royaume très-puiffant. Autrefois elle étoit gouvernée par un roi , nommé (1) Schahzaman , qui avoit quatre femmes

---

(1) C'eft-à-dire , en perfien , Roi du tems , ou Roi du
fiècle.

en mariage légitime , toutes quatre filles de rois , & foixante concubines.

Schahzaman s'eftimoit le monarque le plus heureux de la terre , par la tranquillité & la profpérité de fon règne. Une feule chofe troubloit fon bonheur ; c'eft qu'il étoit déjà avancé en âge & qu'il n'avoit point d'enfans , quoiqu'il eût un fi grand nombre de femmes. Il ne favoit à quoi attribuer cette ftérilité ; & dans fon affliction , il regardoit comme le plus grand malheur qui pût lui arriver , de mourir fans laiffer après lui un fucceffeur de fon fang. Il diffimula long-tems le chagrin cuifant qui le tourmentoit , & il fouffroit d'autant plus , qu'il fe faifoit de violence pour ne pas paroître qu'il en eût. Il rompit enfin le filence ; & un jour , après qu'il fe fut plaint amérement de fa difgrace à fon grand-vifir , à qui il en parla en particulier , il lui demanda s'il ne favoit pas quelque moyen d'y remédier.

Si ce que votre majefté me demande , répondit ce fage miniftre , dépendoit des regles ordinaires de la fageffe humaine , elle auroit bientôt la fatisfaction qu'elle fouhaite fi ardemment ; mais j'avoue que mon expérience & mes connoiffances font au-deffous de ce qu'elle me propofe : il n'y a que dieu feul à qui l'on puiffe recourir dans ces fortes de befoins ; au milieu

de nos profpérités , qui font fouvent que nous
l'oublions, il fe plaît de nous mortifier par quelque endroit , afin que nous fongions à lui, que
nous reconnoiffions fa toute-puiffance , & que
nous lui demandions ce que nous ne devons attendre que de lui. Vous avez des fujets qui font
une profeffion particulière de l'honorer , de le
fervir & de vivre durement pour l'amour de lui :
mon avis feroit que votre majefté leur fît des
aumônes , & les exhortât de joindre leurs prières
aux vôtres ; peut-être que dans le grand nombre
il s'en trouvera quelqu'un affez pur & affez
agréable à dieu , pour obtenir qu'il exauce
vos vœux.

Le roi Schahzaman approuva fort ce confeil , dont il remercia le grand-vifir. Il fit porter de riches aumônes dans chaque communau-
té de ces gens confacrés à dieu ; il fit même
venir les fupérieurs , & après qu'il les eut ré-
galés d'un feftin frugal , il leur déclara fon intention , & les pria d'en avertir les dévots
qui étoient fous leur obéiffance.

Schahzaman obtint du ciel ce qu'il défiroit,
& cela parut bientôt par la groffeffe d'une de
fes femmes , qui lui donna un fils au bout de
neuf mois. En action de grâces , il envoya de
nouvelles aumônes aux communautés des mufulmans dévots , dignes de fa grandeur & de fa

puiſſance ; & l'on célébra la naiſſance du prince , non-ſeulement dans ſa capitale , mais même dans toute l'étendue de ſes états , par des réjouiſſances publiques d'une ſemaine entière. On lui porta le prince dès qu'il fut né , & il lui trouva tant de beauté , qu'il lui donna le nom de Camaralzaman , *Lune du ſiècle.*

Le prince Camaralzaman fut élevé avec tous les ſoins imaginables ; & dès qu'il fut en âge , le ſultan Schahzaman ſon père lui donna un ſage gouverneur & d'habiles précepteurs. Ces perſonnages diſtingués par leur capacité , trouvèrent en lui un eſprit aiſé , docile , & capable de recevoir toutes les inſtructions qu'ils voulurent lui donner , tant pour le réglement de ſes mœurs que pour les connoiſſances qu'un prince comme lui , devoit avoir. Dans un âge plus avancé , il apprit de même tous ſes exercices , & il s'en acquittoit avec grâce & avec une adreſſe merveilleuſe dont il charmoit tout le monde , & particulièrement le ſultan ſon père.

Quand le prince eut atteint l'âge de quinze ans , le ſultan , qui l'aimoit avec tendreſſe , & qui lui en donnoit tous les jours de nouvelles marques , conçut le deſſein de lui en donner la plus éclatante , de deſcendre du trône , & de l'y établir lui-même. Il en parla à ſon grand-

vifir. Je crains, lui dit-il, que mon fils ne
perde dans l'oifiveté de la jeuneffe, non-feulement tous les avantages dont la nature l'a
comblé, mais même ceux qu'il a acquis avec
tant de fuccès par la bonne éducation que j'ai
tâché de lui donner. Comme je fuis déformais
dans un âge à fonger à la retraite, je fuis prefque réfolu de lui abandonner le gouvernement,
& de paffer le refte de mes jours avec la fatisfaction de le voir regner. Il y a long-tems que
je travaille, & j'ai befoin de repos.

Le grand-vifir ne voulut pas repréfenter au
fultan toutes les raifons qui auroient pu le dif-
fuader d'exécuter fa réfolution ; il entra au contraire dans fon fentiment. Sire, répondit-il, le
prince eft encore bien jeune, ce me femble,
pour le charger de fi bonne heure d'un fardeau
auffi pefant que celui de gouverner un état
puiffant. Votre majefté craint qu'il ne fe cor-
rompe dans l'oifiveté, avec beaucoup de raifon ;
mais pour y remédier, ne jugeroit-elle pas
plus à-propos de le marier auparavant, le mariage attache & empêche qu'un jeune prince
ne fe diffipe : avec cela, votre majefté lui
donneroit entrée dans fes confeils, où il ap-
prendroit peu-à-peu à foutenir dignement l'é-
clat & le poids de votre couronne, dont vous
feriez à tems de vous dépouiller en fa faveur,

lorſque vous l'en jugeriez capable par votre propre expérience.

Schahzaman trouva le conſeil de ſon premier miniſtre fort raiſonnable. Auſſi fit-il appeler le prince Camaralzaman, dès qu'il l'eut congédié.

Le prince, qui juſqu'alors avoit toujours vu le ſultan ſon père à de certaines heures réglées, ſans avoir beſoin d'être appelé, fut un peu ſurpris de cet ordre. Au lieu de ſe préſenter devant lui avec la liberté qui lui étoit ordinaire, il le ſalua avec un grand reſpect, & s'arrêta en ſa préſence les yeux baiſſés.

Le ſultan s'apperçut de la contrainte du prince. Mon fils, lui dit-il d'un air à le raſſurer, ſavez-vous à quel ſujet je vous ai fait appeler? Sire, répond le prince avec modeſtie, il n'y a que dieu qui pénètre juſques dans les cœurs : je l'apprendrai de votre majeſté avec plaiſir. Je l'ai fait pour vous dire, reprit le ſultan, que je veux vous marier : que vous en ſemble?

Le prince Camaralzaman entendit ces paroles avec un grand déplaiſir. Elles le déconcertèrent, la ſueur lui en montoit même au viſage, & il ne ſavoit que répondre. Après quelques momens de ſilence, il répondit : Sire, je vous ſupplie de me pardonner ſi je parois interdit à la déclaration que votre majeſté me

fait ; je ne m'y attendois pas dans la grande jeuneffe où je fuis. Je ne fais même fi je pourrai
jamais me réfoudre au lien du mariage, non-
feulement à caufe de l'embarras que donnent
les femmes, comme je le comprends fort bien,
mais même, après ce que j'ai lu dans nos au-
teurs, de leurs fourberies, de leurs méchancetés
& de leurs perfidies. Peut-être ne ferai-je pas
toujours dans ce fentiment ; je fens bien néanmoins qu'il me faut du tems avant de me déterminer à ce que votre majefté exige de moi.

Scheherazade vouloit pourfuivre ; mais elle
vit que le fultan des Indes, qui s'étoit apperçu
que le jour paroiffoit, fortoit du lit, & cela
fit qu'elle ceffa de parler. Elle reprit le même
conte la nuit fuivante, & lui dit :

CCXIIᵉ NUIT.

SIRE, la réponfe du prince Camaralzaman
affligea extrêmement le fultan fon père. Ce
monarque eut une véritable douleur de voir en
lui une fi grande répugnance pour le mariage. Il
ne voulut pas néanmoins la traiter de défobéiffance, ni ufer du pouvoir paternel ; il fe contenta de lui dire : Je ne veux pas vous contraindre là-deffus ; je vous donne le tems d'y

penſer, & de conſidérer qu'un prince comme vous, deſtiné à gouverner un grand royaume, doit penſer d'abord à ſe donner un ſucceſſeur. En vous donnant cette ſatisfaction, vous me la donnerez à moi-même, qui ſuis bien aiſe de me voir revivre en vous, & dans les enfans qui doivent ſortir de vous.

Schahzaman n'en dit pas davantage au prince Camaralzaman. Il lui donna entrée dans les conſeils de ſes états, & lui donna d'ailleurs tous les ſujets d'être content qu'il pouvoit déſirer. Au bout d'un an, il le prit en particulier. Eh bien, mon fils, lui dit-il, vous êtes-vous ſouvenu de faire réflexion ſur le deſſein que j'avois de vous marier dès l'année paſſée ? Refuſerez-vous encore de me donner la joie que j'attends de votre obéiſſance ? & voulez-vous me laiſſer mourir ſans me donner cette ſatisfaction ?

Le prince parut moins déconcerté que la première fois, & il n'héſita pas long-tems à répondre en ces termes, avec fermeté : Sire, dit-il, je n'ai pas manqué d'y penſer avec l'attention que je devois ; mais après y avoir penſé mûrement, je me ſuis confirmé davantage dans la réſolution de vivre ſans engagement dans le mariage. En effet, les maux infinis que les femmes ont cauſés de tout tems dans l'univers, comme je l'ai appris pleinement dans nos hiſtoi-

res,

res, & ce que j'entends dire chaque jour de leur malice, sont les motifs qui me persuadent de n'avoir de ma vie aucune liaison avec elles. Ainsi, votre majesté me pardonnera si j'ose lui représenter qu'il est inutile qu'elle me parle davantage de me marier. Il en demeura-là, & quitta le sultan son père brusquement, sans attendre qu'il lui dît autre chose.

Tout autre monarque que le roi Schahzaman auroit eu de la peine à ne pas s'emporter, après la hardiesse avec laquelle le prince son fils venoit de lui parler, & à ne l'en pas faire repentir; mais il le chérissoit, & il vouloit employer toutes les voies de douceur avant de le contraindre. Il communiqua à son premier ministre le nouveau sujet de chagrin que Camaralzaman venoit de lui donner. J'ai suivi votre conseil, lui dit-il; mais Camaralzaman est plus éloigné de se marier qu'il ne l'étoit la première fois que je lui en parlai; & il s'en est expliqué en des termes si hardis, que j'ai eu besoin de ma raison & de toute ma modération pour ne me pas mettre en colère contre lui. Les pères qui demandent des enfans avec autant d'ardeur que j'ai demandé celui-ci, sont autant d'insensés qui chèrchent à se priver eux-mêmes du repos dont il ne tient qu'à eux de jouir tranquillement. Dites-moi, je vous prie, par quels moyens je dois ramener un esprit si rebelle à mes volontés.

Sire, reprit le grand-vifir, on vient à bout d'une infinité d'affaires avec la patience : peut-être que celle-ci n'est pas d'une nature à y réussir par cette voie ; mais votre majesté n'aura rien à se reprocher d'avoir usé d'une trop grande précipitation, si elle juge à propos de donner une autre année au prince à se consulter lui-même. Si dans cet intervalle il rentre dans son devoir, elle en aura une satisfaction d'autant plus grande, qu'elle n'aura employé que la bonté paternelle pour l'y obliger. Si au contraire il persiste dans son opiniâtreté, alors quand l'année sera expirée, il me semble que votre majesté aura lieu de lui déclarer en plein conseil, qu'il est du bien de l'état qu'il se marie. Il n'est pas croyable qu'il vous manque de respect à la face d'une compagnie célèbre que vous honorez de votre présence.

Le sultan, qui désiroit si passionnément de voir le prince son fils marié, que les momens d'un si long délai lui paroissoient des années, eut bien de la peine à se résoudre d'attendre si long-tems. Il se rendit néanmoins aux raisons de son grand-vifir, qu'il ne pouvoit désapprouver.

Le jour qui avoit déjà commencé de paroître,

impofa filence à Scheherazade en cet endroit. Elle reprit la fuite du conte la nuit fuivante, & dit au fultan Schahariar :

CCXIIIᵉ NUIT.

SIRE, après que le grand-vifir fe fut retiré, le fultan Schahzaman alla à l'appartement de la mère du prince Camaralzaman, à qui il y avoit long-tems qu'il avoit témoigné l'ardent défir qu'il avoit de le marier. Quand il lui eut raconté avec douleur de quelle manière il venoit de le refufer une feconde fois, & marqué l'indulgence qu'il vouloit bien avoir encore pour lui, par le confeil de fon grand-vifir : Madame, lui dit-il, je fais qu'il a plus de confiance en vous qu'en moi, que vous lui parlez, & qu'il vous écoute plus familièrement, je vous prie de prendre le tems de lui en parler férieufement, & de lui faire bien comprendre que s'il perfifte dans fon opiniâtreté, il me contraindra à la fin d'en venir à des extrémités dont je ferois très-fâché, & qui le feroient repentir lui-même de m'avoir défobéi.

Fatime, c'étoit ainfi que s'appelloit la mère de Camaralzaman, marqua au prince fon fils, la première fois qu'elle le vit, qu'elle étoit

F ij

informée du nouveau refus de se marier, qu'il
avoit fait au sultan son père, & combien elle
étoit fâchée qu'il lui eût donné un si grand sujet de colère. Madame, reprit Camaralzaman,
je vous supplie de ne pas renouveller ma douleur sur cette affaire ; je craindrois trop, dans
le dépit où j'en suis, qu'il ne m'échappât quelque chose contre le respect que je vous dois.
Fatime connut, par cette réponse, que la plaie
étoit trop récente, & ne lui en parla pas davantage pour cette fois.

Long-tems après, Fatime crut avoir trouvé
l'occasion de lui parler sur le même sujet, avec
plus d'espérance d'être écoutée. Mon fils, dit-
elle, je vous prie, si cela ne vous fait pas de
peine, de me dire quelles sont donc les raisons qui vous donnent une si grande aversion pour
le mariage. Si vous n'en avez pas d'autre que
celle de la malice & de la méchanceté des femmes, elle ne peut pas être plus foible ni moins
raisonnable. Je ne veux pas prendre la défense
des méchantes femmes ; il y en a un très-grand
nombre, j'en suis très-persuadée ; mais c'est une
injustice des plus criantes de les taxer toutes
de l'être. Hé, mon fils, vous arrêtez-vous à
quelques-unes dont parlent vos livres, qui ont
causé à la vérité de grands désordres, & que je
ne veux pas excuser ? Mais, que ne faites-vous

attention à tant de monarques , tant de sultans
& tant d'autres princes particuliers , dont les
tyrannies, les barbaries & les cruautés font horreur à les lire dans les histoires que j'ai lues
comme vous ? Pour une femme , vous trouverez mille de ces tyrans & de ces barbares. Et
les femmes , honnêtes & sages , mon fils , qui
ont le malheur d'être mariées à ces furieux ,
croyez-vous qu'elles soient fort heureuses ?

Madame , reprit Camaralzaman , je ne doute
pas qu'il n'y ait un grand nombre de femmes sages , vertueuses , bonnes , douces , & de
bonnes mœurs. Plût à dieu qu'elles vous res-
semblassent toutes ! Ce qui me révolte , c'est le
choix douteux qu'un homme est obligé de faire pour se marier , ou plutôt qu'on ne lui laisse pas souvent la liberté de faire à sa volonté.

Supposons que je me sois résolu de m'engager dans le mariage , comme le sultan mon père le souhaite avec tant d'impatience , quelle
femme me donnera-t-il ? Une princesse apparemment , qu'il demandera à quelque prince de
ses voisins , qui se fera un grand honneur de
la lui envoyer. Belle ou laide , il faudra la
prendre. Je veux qu'aucune autre princesse ne
lui soit comparable en beauté ; qui peut assurer qu'elle aura l'esprit bien fait ? qu'elle sera
traitable , complaisante , accueillante , préve-

nante , obligeante ? que fon entretien ne fera
que de chofes folides , & non pas d'habille-
mens , d'ajuftemens , d'ornemens , & de mille
autres badineries qui doivent faire pitié à tout
homme de bon fens ? en un mot , qu'elle ne
fera pas fière , hautaine , fâcheufe , méprifan-
te , & qu'elle n'épuifera pas tout un état par
fes dépenfes frivoles en habits , en pierreries ,
en bijoux , en magnificence folle & mal en-
tendue ?

Comme vous le voyez , madame , voilà fur
un feul article une infinité d'endroits par où je
dois me dégoûter entièrement du mariage. Que
cette princeffe enfin foit fi parfaite & fi accomplie , qu'elle foit irréprochable fur chacun de
tous ces points , j'ai un grand nombre de raifons encore plus fortes , pour ne me pas dé-
fifter de mon fentiment , non plus que de ma
réfolution.

Quoi ! mon fils , repartit Fatime , vous avez
d'autres raifons après celles que vous venez de
me dire ? Je prétendois cependant vous y répondre , & vous fermer la bouche en un mot.
Cela ne doit pas vous en empêcher , madame ,
répliqua le prince ; j'aurai peut-être de quoi
répliquer à votre réponfe.

Je voulois dire , mon fils , dit alors Fatime ,
qu'il eft aifé à un prince , quand il a eu le mal-

heur d'avoir époufé une princeffe telle que vous
venez de la dépeindre , de la laiffer , & de
donner de bons ordres pour empêcher qu'elle
ne ruine pas l'état.

Eh , madame , reprit le prince Camaralzaman , ne voyez-vous pas quelle mortification
terrible c'eft à un prince , d'être contraint d'en
venir à cette extrêmité ? Ne vaut-il pas beaucoup mieux pour fa gloire & pour fon repos,
qu'il ne s'y expofe pas ?

Mais , mon fils , dit encore Fatime , de la
manière que vous l'entendez , je comprends que
vous voulez être le dernier des rois de votre
race , qui ont regné fi glorieufement dans les
îles des enfans de Khaledan.

Madame, répondit le prince Camaralzaman ,
je ne fouhaite pas de furvivre au roi mon père.
Quand je mourrois avant lui , il n'y auroit pas
lieu de s'en étonner , après tant d'exemples
d'enfans qui meurent avant leurs pères. Mais il
eft toujours glorieux à une race de rois de
finir par un prince auffi digne de l'être , comme je tâcherois de me rendre tel que fes prédéceffeurs , & que celui par où elle a commencé.

Depuis ce tems-là , Fatime eut très-fouvent
de femblables entretiens avec le prince Camaralzaman , & il n'y a pas de biais par où elle

n'ait tâché de déraciner fon averfion. Mais il
éluda toutes les raifons qu'elle put lui apporter, par d'autres raifons auxquelles elle ne favoit que répondre, & il demeura inébranlable.

L'année s'écoula, & au grand regret du fultan Schahzaman, le prince Camaralzaman ne
donna pas la moindre marque d'avoir changé de
fentiment. Un jour de confeil folemnel enfin,
que le premier vifir, les autres vifirs, les principaux officiers de la couronne, & les géné-
raux d'armée étoient affemblés, le fultan prit
la parole, & dit au prince : Mon fils, il y a
long-tems que je vous ai marqué la paffion avec
laquelle je défirois de vous voir marié, & j'attendois de vous plus de complaifance pour un
père qui ne vous demandoit rien que de raifonnable. Après une fi longue réfiftance de
votre part, qui a pouffé ma patience à bout,
je vous marque la même chofe en préfence de
mon confeil. Ce n'eft plus fimplement pour obliger un père que vous ne devriez pas avoir refufé;
c'eft que le bien de mes états l'exige, & que
tous ces feigneurs le demandent avec moi. Dé-
clarez-vous donc, afin que felon votre réponfe,
je prenne les mefures que je dois.

Le prince Camarazalman répondit avec fi
peu de retenue, ou plutôt avec tant d'empor-

tement, que le fultan , juftement irrité de la confufion qu'un fils lui donnoit en plein confeil, s'écria : Quoi, fils dénaturé, vous avez l'infolence de parler ainfi à votre père & à votre fultan ! Il le fit arrêter par les huiffiers , & conduire à une tour ancienne , mais abandonnée depuis long-temps , où il fut enfermé , avec un lit, peu d'autres meubles , quelques livres , & un feul efclave pour le fervir.

Camaralzaman , content d'avoir la liberté de s'entretenir avec fes livres , regarda fa prifon avec affez d'indifférence. Sur le foir , il fe lava, il fit fa prière ; & après avoir lu quelques chapitres de l'alcoran avec la même tranquillité que s'il eût été dans fon appartement au palais du fultan fon père, il fe coucha fans éteindre la lampe qu'il laiffa près de fon lit , & s'endormit.

Dans cette tour , il y avoit un puits qui fervoit de retraite pendant le jour à une fée nommée Maimoune , fille de Damriat , roi ou chef d'une légion de génies. Il étoit environ minuit , lorfque Maimoune s'élança légèrement au haut du puits pour aller par le monde, felon fa coutume, où la curiofité la porteroit. Elle fut fort étonnée de voir de la lumière dans la chambre du prince Camaralzaman. Elle y entra , & fans s'arrêter à l'efclave qui étoit couché à la porte, elle s'approcha du lit, dont la magnificence l'attira; & elle fut plus furprife qu'auparavant, de voir que quelqu'un y étoit couché.

Le prince Camaralzaman avoit le vifage à demi-couvert fous la couverture. Maimoune la leva un peu, & elle vit le plus beau jeune homme qu'elle eût jamais vu en aucun endroit de la terre habitable qu'elle avoit fouvent parcourue. Quel éclat, dit-elle en elle-même, ou plutôt quel prodige de beauté ne doit-ce pas être, lorfque les yeux que cachent des paupières fi bien formées, font ouverts ! Quel fujet peut-il avoir donné pour être traité d'une manière fi indigne du haut rang dont il eft ! car elle avoit déjà appris de fes nouvelles, & elle fe douta de l'affaire.

Maimoune ne pouvoit fe laffer d'admirer le prince Camaralzaman; mais enfin, après l'avoir baifé fur chaque joue & au milieu du front fans l'éveiller, elle remit la couverture comme elle étoit auparavant, & prit fon vol dans l'air. Comme elle fe fut élevée bien haut vers la moyenne région, elle fut frappée d'un bruit d'aîles qui l'obligea de voler du même côté. En s'approchant, elle connut que c'étoit un génie qui faifoit ce bruit, mais un génie de ceux qui font rebelles à dieu; car pour Maimoune, elle étoit de ceux que le grand Salomon contraignit de reconnoître depuis ce tems-là.

Le génie, qui fe nommoit Danhafch, & qui étoit fils de Schamhourafch, reconnut auffi Maimoune, mais avec une grande frayeur. En effet, il connoiffoit qu'elle avoit une grande fupériorité fur lui par fa foumiffion à dieu. Il auroit bien voulu éviter fa rencontre; mais il fe trouva fi près d'elle, qu'il falloit fe battre ou céder.

Danhafch prévint Maimoune : Brave Maimoune, lui dit-il d'un ton de fuppliant, jurez-moi par le grand nom de dieu que vous ne me ferez pas de mal, & je vous promets de mon côté de ne vous en pas faire.

Maudit génie, reprit Maimoune, quel mal peux-tu me faire ? Je ne te crains pas. Je veux bien t'accorder cette grâce, & je te fais le ferment que tu me demandes. Dis-moi préfentement d'où tu viens, ce que tu as vu, ce que tu as fait cette nuit ? Belle dame, répondit Danhafch, vous me rencontrez à propos pour entendre quelque chofe de merveilleux.

La fultane Scheherazade fut obligée de ne pas pourfuivre fon difcours plus avant, à caufe de la clarté du jour qui fe faifoit voir. Elle ceffa de parler, & la nuit fuivante, elle continua en ces termes :

CCXIV^e NUIT.

SIRE, dit-elle, Danhafch, le génie rebelle
à dieu, pourfuivit, & dit à Maimoune : Puifque vous le fouhaitez, je vous dirai que je
viens des extrémités de la Chine, où elles regardent les dernières îles de cet hémifphère.....
Mais, charmante Maimoune, dit ici Danhafch,
qui trembloit de peur à la préfence de cette fée,
& qui avoit de la peine à parler, vous me
promettez au moins de me pardonner, & de
me laiffer aller librement quand j'aurai fatisfait à vos demandes.

Pourfuis, pourfuis, maudit, reprit Maimoune,
& ne crains rien. Crois-tu que je fois une perfide comme toi, & que je fois capable de manquer au grand ferment que je t'ai fait ? Prens
bien garde feulement de ne me rien dire qui
ne foit vrai : autrement je te couperai les aîles,
& te traiterai comme tu le mérites.

Danhafch un peu raffuré par ces paroles de
Maimoune : Ma chère dame, reprit-il, je ne
vous dirai rien que de très-vrai : ayez feulement
la bonté de m'écouter. Le pays de la Chine
d'où je viens, eft un des plus grands & des
plus puiffans royaumes de la terre, d'où dépen-

dent les dernières îles de cet hémifphère dont
je vous ai déjà parlé. Le roi d'aujourd'hui s'appelle Gaïour, & ce roi a une fille unique, la
plus belle qu'on ait jamais vue dans l'univers,
depuis que le monde eft monde. Ni vous, ni
moi, ni les génies de votre parti ni du mien,
ni tous les hommes enfemble, nous n'avons
pas de termes propres, d'expreffions affez vives,
ou d'éloquence fuffifante pour en faire un por-
trait qui approche de ce qu'elle eft en effet.
Elle a les cheveux d'un brun & d'une fi grande
longueur, qu'ils lui defcendent beaucoup plus
bas que les piés; & ils font en fi grande abondance qu'ils ne reffemblent pas mal à une de
ces belles grappes de raifin dont les grains font
d'une groffeur extraordinaire, lorfqu'elle les a
accommodés en boucles fur fa téte. Au-deffous
de fes cheveux, elle a le front auffi uni que
le miroir le mieux poli, & d'une forme admirable; les yeux noirs à fleur de tête, brillans
& pleins de feu, le nez, ni trop long ni trop
court, la bouche petite & vermeille : les dents
font comme deux files de perles, qui furpaffent
les plus belles en blancheur : & quand elle
remue la langue pour parler, elle rend une
voix douce & agréable, & elle s'exprime par
des paroles qui marquent la vivacité de fon efprit. Le plus bel albâtre n'eft pas plus blanc que

ſa gorge. De cette foible ébauche enfin, vous
jugerez aiſément qu'il n'y a pas de beauté au
monde plus parfaite.

Qui ne connoîtroit pas bien le roi, père de
cette princeſſe, jugeroit aux marques de tendreſſe paternelle qu'il lui a données, qu'il en
eſt amoureux. Jamais amant n'a fait pour une
maîtreſſe la plus chérie, ce qu'on lui a vu faire
pour elle. En effet, la jalouſie la plus violente
n'a jamais fait imaginer ce que le ſoin de la
rendre inacceſſible à tout autre qu'à celui qui
doit l'épouſer, lui a fait inventer & exécuter.
Afin qu'elle n'eût pas à s'ennuyer dans la retraite qu'il avoit réſolu qu'elle gardât, il lui a
fait bâtir ſept palais, à quoi on n'a jamais rien
vu ni entendu de pareil.

Le premier palais eſt de cryſtal de roche,
le ſecond de bronze, le troiſième de fin acier,
le quatrième d'une autre ſorte de bronze, plus
précieux que le premier & que l'acier, le cin-
quième de pierre de touche, le ſixième d'argent, & le ſeptième d'or maſſif. Il les a meu-
blés d'une ſomptuoſité inouie, chacun d'une
manière proportionnée à la matière dont ils
ſont bâtis. Il n'a pas oublié dans les jardins
qui les accompagnent, les parterres de gazon
ou émaillés de fleurs, les pièces d'eau, les
jets d'eau, les canaux, les caſcades, les boſ-

quets plantés d'arbres à perte de vue, où le
foleil ne pénètre jamais, le tout d'une ordon-
nance différente en chaque jardin. Le roi Gaïour
enfin a fait voir que l'amour paternel feul lui
a fait faire une dépenfe prefque immenfe.

Sur la renommée de la beauté incomparable
de la princeffe, les rois voifins les plus puiffans envoyèrent d'abord la demander en mariage par des ambaffades folemnelles. Le roi
de la Chine les reçut toutes avec le même accueil; mais comme il ne vouloit marier la princeffe que de fon confentement, & que la
princeffe n'agréoit aucun des partis qu'on lui
propofoit; fi les ambaffadeurs fe retiroient peu
fatisfaits, quant au fujet de leur ambaffade,
ils partoient au moins très-contens des civi-
lités & des honneurs qu'ils avoient reçus.

Sire, difoit la princeffe au roi de la Chine,
vous voulez me marier, & vous croyez par-
là me faire un grand plaifir. J'en fuis perfuadée,
& je vous en fuis très-obligée. Mais où pourrois-je trouver ailleurs que près de votre majefté, des palais fi fuperbes & des jardins fi
délicieux ? J'ajoute que fous votre bon plaifir
je ne fuis contrainte en rien, & qu'on me rend
les mêmes honneurs qu'à votre propre perfonne. Ce font des avantages que je ne trouverois en aucun autre endroit du monde, à

quelqu'époux que je vouluffe me donner. Les
maris veulent toujours être les maîtres, & je ne
fuis pas d'humeur à me laiffer commander.

Après plufieurs ambaffades, il en arriva une
de la part d'un roi plus riche & plus puiffant
que tous ceux qui s'étoient préfentés. Le roi
de la Chine en parla à la princeffe fa fille, &
lui exagéra combien il lui feroit avantageux de
l'accepter pour époux. La princeffe le fupplia
de vouloir l'en difpenfer, & lui apporta les
mêmes raifons qu'auparavant. Il la preffa : mais
au lieu de fe rendre, la princeffe perdit le refpect qu'elle devoit au roi fon père. Sire, lui
dit-elle en colère, ne me parlez plus de ce
mariage, ni d'aucun autre ; finon je m'enfon-
cerai le poignard dans le fein, & me délivre-
rai de vos importunités.

Le roi de la Chine extrêmement indigné
contre la princeffe, lui repartit : Ma fille, vous
êtes une folle, & je vous traiterai en folle.
En effet, il la fit renfermer dans un feul appartement d'un de fes palais, & ne lui donna que
dix vieilles femmes pour lui tenir compagnie
& la fervir, dont la principale étoit fa nourrice. Enfuite, afin que les rois voifins qui lui
avoient envoyé des ambaffades, ne fongeaffent
plus à elle, il leur dépêcha des envoyés pour
leur annoncer l'éloignement où elle étoit pour
le

le mariage. Et comme il ne douta pas qu'elle
ne fût véritablement folle, il chargea les mêmes
envoyés de faire favoir dans chaque cour, que
s'il y avoit quelque médecin affez habile pour
la guérir, il n'avoit qu'à venir, & qu'il la lui
donneroit pour femme en récompenfe.

Belle Maimoune, pourfuivit Danhafch, les
chofes font en cet état, & je ne manque pas
d'aller réglément chaque jour contempler cette
beauté incomparable, à qui je ferois bien fâché
d'avoir fait le moindre mal, nonobftant ma malice naturelle. Venez la voir, je vous en conjure, elle en vaut la peine. Quand vous aurez
connu par vous-même que je ne fuis pas un
menteur, je fuis perfuadé que vous m'aurez
quelqu'obligation de vous avoir fait voir une
princeffe qui n'a pas d'égale en beauté. Je fuis
prêt à vous fervir de guide, vous n'avez qu'à
commander.

Au lieu de répondre à Danhafch, Maimoune
fit de grands éclats de rire qui durèrent long-
tems : & Danhafch, qui ne favoit à quoi en
attribuer la caufe, demeura dans un grand étonnement. Quand elle eut bien ri à plufieurs
reprifes : Bon, bon, lui dit-elle, tu veux m'en
faire accroire. Je croyois que tu allois me
parler de quelque chofe de furprenant & d'extraordinaire, & tu me parles d'une chaffieufe.

Tome IX. G

Eh , fi , fi : que dirois-tu donc, maudit, fi tu
avois vu comme moi le beau prince que je
viens de voir en ce moment , & que j'aime
autant qu'il le mérite? Vraiment c'est bien autre
chofe, tu en deviendrois fou.

Agréable Maimoune, reprit Danhafch, oferois-je vous demander qui peut être ce prince
dont vous me parlez ? Sache, lui dit Maimoune ,
qu'il lui est arrivé à-peu-près la même chofe
qu'à ta princeffe dont tu viens de m'entretenir. Le roi fon père vouloit le marier à toute
force : après de longues & de grandes importunités , il a déclaré franc & net qu'il n'en
feroit rien. C'est la caufe pourquoi, à l'heure
que je te parle, il est en prifon dans une vieille
tour où je fais ma demeure, & je viens de
l'admirer.

Je ne veux pas abfolument vous contredire,
repartit Danhafch; mais, ma belle dame, vous
me permettrez bien, jufqu'à ce que j'aie vu
votre prince , de croire qu'aucun mortel ni
mortelle n'approche pas de la beauté de ma
princeffe. Tais-toi, maudit, repliqua Maimoune ;
je te dis encore une fois que cela ne peut pas
être. Je ne veux pas m'opiniâtrer contre vous,
ajouta Danhafch; le moyen de vous convain-
cre fi je dis vrai ou faux , c'est d'accepter la
propofition que je vous ai faite de venir voir

ma princeffe, & de me montrer enfuite votre prince.

Il n'eft pas befoin que je prenne cette peine, reprit encore Maimoune, il y a un autre moyen de nous fatisfaire l'un & l'autre. C'eft d'apporter ta princeffe, & de la mettre à côté de mon prince fur fon lit. De la forte, il nous fera aifé, à moi & à toi, de les comparer enfemble, & de vuider notre procès.

Danhafch confentit à ce que la fée fouhaitoit, & il vouloit retourner à la Chine fur le champ. Maimoune l'arrêta : Attends, lui dit-elle, viens que je te montre auparavant la tour où tu dois apporter ta princeffe. Ils volèrent enfemble jufqu'à la tour, & quand Maimoune l'eut montrée à Danhafch : Va prendre ta princeffe, lui dit-elle, & fais vîte, tu me trouveras ici. Mais écoute : j'entends au moins que tu me payeras une gageure, fi mon prince fe trouve plus beau que ta princeffe : & je veux bien auffi t'en payer une, fi ta princeffe eft plus belle.

Le jour qui fe faifoit voir affez clairement obligea Scheherazade de ceffer de parler. Elle reprit la fuite la nuit fuivante, & dit au fultan des Indes :

CCXV^e NUIT.

SIRÉ, Danhafch s'éloigna de la fée, fe rendit à la Chine, & revint avec une diligence incroyable, chargé de la belle princeffe endormie. Maimoune la reçut & l'introduifit dans la chambre du prince Camaralzaman, où ils la posèrent enfemble fur fon lit à côté de lui.

Quand le prince & la princeffe furent ainfi à côté l'un de l'autre, il y eut une grande conteftation fur la préférence de leur beauté, entre le génie & la fée. Ils furent quelque tems à les admirer & à les comparer enfemble fans parler. Danhafch rompit le filence : Vous le voyez, dit-il à Maimoune, & je vous l'avois bien dit que ma princeffe étoit plus belle que votre prince, en doutez-vous préfentement?

Comment! fi j'en doute? reprit Maimoune; oui vraiment j'en doute. Il faut que tu fois aveugle, pour ne pas voir que mon prince l'emporte de beaucoup au-deffus de ta princeffe. La princeffe eft belle, je ne le défavoue pas; mais, ne te preffe pas, & compare-les bien l'un avec l'autre fans prévention, tu verras que la chofe eft comme je le dis.

Quand je mettrois plus de tems à les comparer davantage, reprit Danhafch, je n'en penferois pas autrement que ce que j'en penfe. J'ai vu ce que je vois du premier coup d'œil, & le tems ne me feroit pas voir autre chofe que ce que je vois. Cela n'empêchera pas néanmoins, charmante Maimoune, que je ne vous cède, fi vous le fouhaitez. Cela ne fera pas ainfi, reprit Maimoune; je ne veux pas qu'un maudit génie comme toi me faffe de grâce. Je remets la chofe à un arbitre; & fi tu n'y confens, je prends gain de caufe fur ton refus.

Danhafch, qui étoit prêt à avoir toute autre complaifance pour Maimoune, n'eut pas plutôt donné fon confentement, que Maimoune frappa la terre de fon pié. La terre s'entr'ouvrit, & auffitôt il en fortit un génie hideux, boffu, borgne & boiteux, avec fix cornes à la tête, & les mains & les piés crochus. Dès qu'il fut dehors, que la terre fe fut rejointe, & qu'il eut apperçu Maimoune, il fe jeta à fes piés; & en demeurant un genou en terre, il lui demanda ce qu'elle fouhaitoit de fon très-humble fervice.

Levez-vous, Cafchcafch, lui dit-elle, (c'étoit le nom du génie) je vous fais venir ici pour être juge d'une difpute que j'ai avec ce maudit Danhafch. Jetez les yeux fur ce lit, & dites-

G iij

nous fans partialité qui vous paroît plus beau,
du jeune homme ou de la jeune dame.

Cafchcafch regarda le prince & la princeffe
avec des marques d'une furprife & d'une admiration extraordinaire. Après qu'il les eut bien
confidérés fans pouvoir fe déterminer : Madame,
dit-il à Maimoune, je vous avoue que je vous
tromperois & que je me trahirois moi-même,
fi je vous difois que je trouve l'un plus beau
que l'autre. Plus je les examine, & plus il me
femble que chacun pofsède au fouverain degré
la beauté qu'ils ont en partage, autant que je
puis m'y connoître, & l'un n'a pas le moindre
défaut par où l'on puiffe dire qu'il cède à
l'autre. Si l'un ou l'autre en a quelqu'un, il
n'y a, felon mon avis, qu'un moyen pour en
être éclairci. C'eft de les éveiller l'un après
l'autre, & que vous conveniez que celui qui
témoignera plus d'amour par fon ardeur, par
fon empreffement, & même par fon emportement l'un pour l'autre, aura moins de beauté
en quelque chofe.

Le confeil de Cafchcafch plut agréablement
à Maimoune & à Danhafch. Maimoune fe changea en puce, & fauta au cou de Camaralzaman.
Elle le piqua fi vivement qu'il s'éveilla, & y
porta la main ; mais il ne prit rien. Maimoune
avoit été prompte à faire un faut en arrière,

& à reprendre fa forme ordinaire , invifible
néanmoins comme les deux génies, pour être
témoin de ce qu'il alloit faire.

En retirant la main , le prince la laiffa tomber fur celle de la princeffe de la Chine. Il
ouvrit les yeux, & il fut dans la dernière furprife de voir une dame couchée près de lui,
& une dame d'une fi grande beauté. Il leva la
tête, & s'appuya du coude pour la mieux confidérer. La grande jeuneffe de la princeffe, &
fa beauté incomparable , l'embrasèrent en un
inftant d'un feu auquel il n'avoit pas encore été
fenfible , & dont il s'étoit gardé jufqu'alors
avec tant d'averfion.

L'amour s'empara de fon cœur de la manière
la plus vive, & il ne put s'empêcher de s'écrier :
Quelle beauté ! quels charmes ! mon cœur ! mon
ame ! & en difant ces paroles, il la baifa au
front, aux deux joues & à la bouche avec fi
peu de précaution , qu'elle fe fût éveillée fi
elle n'eût dormi plus fort qu'à l'ordinaire , par
l'enchantement de Danhafch.

Quoi ! ma belle dame, dit le prince, vous
ne vous éveillez pas à ces marques d'amour
du Prince de Camaralzaman ! qui que vous
foyez, il n'eft pas indigne du vôtre. Il alloit
l'éveiller tout de bon; mais il fe retint tout-à-
coup. Ne feroit-ce pas, dit-il en lui-même,

celle que le fultan mon père vouloit me donner en mariage ? Il a eu grand tort de ne me
la pas faire voir plutôt. Je ne l'aurois pas offenfé
par ma défobéiffance & par mon emportement
fi public contre lui, & il fe fût épargné à lui-
même la confufion que je lui ai donnée. Le
prince Camaralzaman fe repentit fincèrement de
la faute qu'il avoit commife, & il fut encore
fur le point d'éveiller la princeffe de la Chine.
Peut-être auffi, dit-il en fe reprenant, que le
fultan mon père veut me furprendre : fans doute
qu'il y a envoyé cette jeune dame pour éprouver
fi j'ai véritablement autant d'averfion pour le
mariage que je lui en ai fait paroître. Qui fait
s'il ne l'a pas amenée lui-même, & s'il n'eft pas
caché pour fe faire voir & me faire honte de
ma diffimulation ? Cette feconde faute feroit de
beaucoup plus grande que la première. A tout
événement je me contenterai de cette bague,
pour me fouvenir d'elle.

C'étoit une fort belle bague, que la princeffe avoit au doigt. Il la tira adroitement &
mit la fienne à la place. Auffitôt il lui tourna
le dos, & il ne fut pas long-tems à dormir
d'un fommeil auffi profond qu'auparavant, par
l'enchantement des génies.

Dès que le prince Camaralzaman fut bien
endormi, Danhafch fe transforma en puce à fon

tour, & alla mordre la princeſſe au bas de la
lèvre. Elle s'éveilla en ſurſaut, ſe mit ſur ſon
ſéant, & en ouvrant les yeux, elle fut fort
étonnée de ſe voir couchée avec un homme.
De l'étonnement elle paſſa à l'admiration, & de
l'admiration à un épanchement de joie qu'elle
fit paroître dès qu'elle eut vu que c'étoit un
jeune homme ſi bien fait & ſi aimable.

Quoi! s'écria-t-elle, eſt-ce vous que le roi
mon père m'avoit deſtiné pour époux? Je ſuis
bien malheureuſe de ne l'avoir pas ſu! je ne
l'aurois pas mis en colère contre moi, & je
n'aurois pas été ſi long-tems privée d'un mari
que je ne puis m'empêcher d'aimer de tout mon
cœur. Eveillez-vous, éveillez-vous, il ne ſied
pas à un mari de tant dormir la première nuit
de ſes noces.

En diſant ces paroles, la princeſſe prit le
prince Camaralzaman par le bras, & l'agita ſi
fort qu'il ſe fût éveillé, ſi dans le moment
Maimoune n'eût augmenté ſon ſommeil en aug-
mentant ſon enchantement. Elle l'agita de même
à pluſieurs repriſes; & comme elle vit qu'il ne
s'éveilloit pas: Eh quoi! reprit-elle, que vous
eſt-il arrivé? quelque rival jaloux de votre
bonheur & du mien, auroit-il eu recours à la
magie, & vous auroit-il jeté dans cet aſſou-
piſſement inſurmontable lorſque vous devez être

plus éveillé que jamais? Elle lui prit la main,
en la baifant tendrement, elle s'apperçut de la
bague qu'il avoit au doigt. Elle la trouva fi
femblable à la fienne, qu'elle fut convaincue
que c'étoit elle-même, quand elle eut vu qu'elle
en avoit une autre. Elle ne comprit pas comment cet échange s'étoit fait; mais elle ne douta
pas que ce ne fût la marque certaine de leur
mariage. Laffée de la peine inutile qu'elle avoit
prife pour l'éveiller, & affurée, comme elle
le penfoit, qu'il ne lui échapperoit pas : Puifque je ne puis venir à bout de vous éveiller,
dit-elle, je ne m'opiniâtre pas davantage à interrompre votre fommeil : à nous revoir. Après
lui avoir donné un baifer à la joue en prononçant ces dernières paroles, elle fe recoucha &
mit très-peu de tems à fe rendormir.

Quand Maimoune vit qu'elle pouvoit parler
fans craindre que la princeffe de la Chine fe
réveillât : Hé bien, maudit, dit-elle à Danhafch, as-tu vu? es-tu convaincu que ta princeffe eft moins belle que mon prince? va, je
veux bien te faire grâce de la gageure que tu
me dois. Une autre fois, crois-moi quand je
t'aurai affuré quelque chofe. En fe tournant du
côté de Cafchcafch : Pour vous, ajouta-t-elle,
je vous remercie. Prenez la princeffe avec
Danhafch, & remportez-la enfemble dans fon

Portez la Princesse avec Danhasch, et
reportez la ensemble avec son lit.

lit, où il vous menera. Danhasch & Caschcasch exécutèrent l'ordre de Maimoune, & Maimoune se retira dans son puits.

Le jour qui commençoit de paroître, imposa silence à la sultane Scheherazade. Le sultan des Indes se leva, & la nuit suivante la sultane continua de lui raconter le même conte en ces termes :

C C X V Ie N U I T.

Suite de l'histoire de Camaralzaman.

SIRE, dit-elle, le prince Camaralzaman, en s'éveillant le lendemain matin, regarda à côté de lui, si la dame qu'il avoit vue la même nuit, y étoit encore. Quand il vit qu'elle n'y étoit plus : Je l'avois bien pensé, dit-il en lui-même, que c'étoit une surprise que le roi mon père vouloit me faire : je me sais bon gré de m'en être gardé. Il éveilla l'esclave qui dormoit encore, & le pressa de venir l'habiller, sans lui parler de rien. L'esclave lui apporta le bassin & l'eau : il se lava ; & après avoir fait sa prière, il prit un livre, & lut quelque tems.

Après ces exercices ordinaires, Camaralzaman appela l'esclave : Viens-çà, lui dit-il, &

ne mens pas. Dis-moi comment eſt venue la dame qui a couché cette nuit avec moi, & qui l'a amenée ?

Prince, répondit l'eſclave avec un grand étonnement, de quelle dame entendez-vous parler ? De celle, te dis-je, reprit le prince, qui eſt venue, ou qu'on a amenée ici cette nuit, & qui a couché avec moi. Prince, repartit l'eſclave, je vous jure que je n'en ſais rien. Par où cette dame ſeroit-elle venue, puiſque je couche à la porte ?

Tu es un menteur, maraut, répliqua le prince, & tu es d'intelligence pour m'affliger davantage & me faire enrager. En diſant ces mots, il lui appliqua un ſoufflet, dont il le jeta par terre ; & après l'avoir foulé long-tems ſous les piés, il le lia au-deſſous des épaules avec la corde du puits, le deſcendit dedans, & le plongea pluſieurs fois dans l'eau par-deſſus la tête : Je te noyerai, s'écria-t-il, ſi tu ne me dis promptement qui eſt la dame, & qui l'a amenée.

L'eſclave ſérieuſement embarraſſé, moitié dans l'eau, moitié dehors, dit en lui-même : Sans doute que le prince a perdu l'eſprit de douleur, & je ne puis échapper que par un menſonge. Prince, dit-il d'un ton de ſuppliant, donnez-moi la vie, je vous en conjure : je promets de vous dire la chofe comme elle eft.

Le prince retira l'efclave, & le preffa de parler. Dès qu'il fut hors du puits : Prince, lui dit l'efclave en tremblant, vous voyez bien que je ne puis vous fatisfaire dans l'état où je fuis; donnez-moi le tems d'aller changer d'habit auparavant. Je te l'accorde, reprit le prince ; mais fais vîte, & prends bien garde de ne me pas cacher la vérité.

L'efclave fortit; & après avoir fermé la porte fur le prince, il courut au palais dans l'état où il étoit. Le roi s'y entretenoit avec fon premier vifir, & fe plaignoit à lui de la mauvaife nuit qu'il avoit paffée au fujet de la défobéiffance & de l'emportement fi criminel du prince fon fils, en s'oppofant à fa volonté.

Ce miniftre tâchoit de le confoler, & de lui faire comprendre que le prince lui-même lui avoit donné lieu de le réduire. Sire, lui difoit-il, votre majefté ne doit pas fe repentir de l'avoir fait arrêter. Pourvu qu'elle ait la patience de le laiffer quelque tems dans fa prifon, elle doit fe perfuader qu'il abandonnera cette fougue de jeuneffe, & qu'enfin il fe foumettra à tout ce qu'elle exigera de lui.

Le grand-vifir achevoit ces derniers mots, lorfque l'efclave fe préfenta au roi Schahzaman. Sire, lui dit-il, je fuis bien fâché de venir

annoncer à votre majefté une nouvelle qu'elle
ne peut écouter qu'avec un grand déplaifir. Ce
qu'il dit d'une dame qui a couché cette nuit
avec lui, & l'état où il m'a mis, comme votre
majefté le peut voir, ne font que trop connoître qu'il n'eft plus dans fon bon fens. Il fit
enfuite le détail de tout ce que le prince Camaralzaman avoit dit, & de l'excès dont il
l'avoit traité, en des termes qui donnèrent
créance à fon difcours.

Le roi qui ne s'attendoit pas à ce nouveau
fujet d'affliction : Voici, dit-il à fon premier
miniftre, un incident des plus fâcheux, bien
différent de l'efpérance que vous me donniez
tout-à-l'heure. Allez, ne perdez pas de tems :
voyez vous-même ce que c'eft, & venez m'en
informer.

Le grand-vifir obéit fur le champ, & en
entrant dans la chambre du prince, il le trouva
affis & fort tranquille, avec un livre à la main,
qu'il lifoit. Il le falua, & après qu'il fe fut
affis près de lui : Je veux un grand mal à votre
efclave, lui dit-il, d'être venu effrayer le roi
votre père, par la nouvelle qu'il vient de lui
apporter.

Quelle eft cette nouvelle, reprit le prince,
qui peut lui avoir donné tant de frayeur ? j'ai
un fujet bien plus grand de me plaindre de
mon efclave.

Prince, repartit le vifir, à dieu ne plaife que ce qu'il a rapporté de vous, foit véritable. Le bon état où je vous vois, & où je prie dieu qu'il vous conferve, me fait connoître qu'il n'en eft rien. Peut-être, répliqua le prince, qu'il ne s'eft pas bien fait entendre. Puifque vous êtes venu, je fuis bien aife de demander à une perfonne comme vous qui devez en favoir quelque chofe, où eft la dame qui a couché cette nuit avec moi.

Le grand-vifir demeura comme hors de lui-même, à cette demande. Prince, répondit-il, ne foyez pas furpris de l'étonnement que je fais paroître fur ce que vous me demandez. Seroit-il poffible, je ne dis pas qu'une dame, mais qu'aucun homme au monde eût pénétré de nuit jufqu'en ce lieu, où l'on ne peut entrer que par la porte, & qu'en marchant fur le ventre de votre efclave? De grâce rappelez votre mémoire, & vous trouverez que vous avez eu un fonge qui vous a laiffé cette forte impreffion.

Je ne m'arrête pas à votre difcours, reprit le prince d'un ton plus haut, je veux favoir abfolument qu'eft devenue cette dame : & je fuis ici dans un lieu où je faurai me faire obéir.

A ces paroles fermes, le grand-vifir fut dans

un embarras qu'on ne peut exprimer, & il
songea au moyen de s'en tirer le mieux qu'il
lui seroit possible. Il prit le prince par la douceur, & lui demanda dans les termes les plus
humbles & les plus ménagés, si lui-même il
avoit vu cette dame.

Oui, oui, repartit le prince, je l'ai vue,
& je me suis fort bien apperçu que vous l'avez
apostée pour me tenter. Elle a fort bien joué
le rôle que vous lui avez prescrit, de ne me
pas dire un mot, de faire la dormeuse, & de
se retirer dès que je serois endormi. Vous le
savez sans doute, & elle n'aura pas manqué de
vous en faire le récit.

Prince, répliqua le grand-visir, je vous jure
qu'il n'est rien de tout ce que je viens d'entendre de votre bouche, & que le roi votre
père & moi nous ne vous avons pas envoyé la
dame dont vous parlez : nous n'en avons pas
même eu la pensée. Permettez-moi de vous
dire encore une fois, que vous n'avez vu cette
dame qu'en songe.

Vous venez donc pour vous moquer aussi
de moi, répliqua encore le prince en colère,
& pour me dire en face que ce que je vous
dis est un songe. Il le prit aussitôt par la barbe,
& il le chargea de coups aussi long-tems que
ses forces le lui permirent.

Le

Le pauvre grand-vifir effuya patiemment toute
la colère du prince Camaralzaman par refpeét.
Me voilà, dit-il en lui-même, dans le même
cas que l'efclave : trop heureux fi je puis échapper comme lui d'un fi grand danger. Au milieu
des coups dont le prince le chargeoit encore :
Prince, s'écria-t-il, je vous fupplie de me donner un moment d'audience. Le prince las de
frapper, le laiffa parler.

Je vous avoue, prince, dit alors le grand-
vifir en diffimulant, qu'il eft quelque chofe de
ce que vous croyez. Mais vous n'ignorez pas
la néceffité où eft un miniftre d'exécuter les
ordres du roi fon maitre. Si vous avez la bonté
de me le permettre, je fuis près d'aller lui
dire de votre part ce que vous m'ordonnerez.
Je vous le permets, lui dit le prince ; allez,
& dites-lui que je veux époufer la dame qu'il
m'a envoyée ou amenée, & qui a couché cette
nuit avec moi : faites promptement, & appor-
tez-moi la réponfe. Le grand-vifir fit une profonde révérence en le quittant, & il ne fe crut
délivré que quand il fut hors de la tour, &
qu'il eut refermé la porte fur le prince.

Le grand-vifir fe préfenta devant le roi
Schahzaman avec une trifteffe qui l'affligea d'a-
bord. Eh bien, lui demanda ce monarque, en
quel état avez-vous trouvé mon fils ? Sire,

répondit ce miniftre, ce que l'efclave a rapporté à votre majefté, n'eft que trop vrai. Il
lui fit le récit de l'entretien qu'il avoit eu avec
Camaralzaman, de l'emportement de ce prince,
dès qu'il eut entrepris de lui repréfenter qu'il
n'étoit pas poffible que la dame dont il parloit,
eût couché avec lui, du mauvais traitement
qu'il avoit reçu de lui, & de l'adreffe dont il
s'étoit fervi pour échapper de fes mains.

Schahzaman d'autant plus mortifié qu'il aimoit toujours le prince avec tendreffe, voulut s'éclaircir de la vérité par lui-même ; il
alla le voir à la tour, & mena le grand-vifir
avec lui.

Mais, fire, dit ici la fultane Scheherazade
en s'interrompant, je m'apperçois que le jour
commence de paroître. Elle garda le filence,
& la nuit fuivante en reprenant fon difcours,
elle dit au fultan des Indes :

CCXVIIᵉ NUIT.

SIRE, le prince Camaralzaman reçut le roi
fon père dans la tour où il étoit en prifon,
avec un grand refpect. Le roi s'affit ; & après
qu'il eut fait affeoir le prince près de lui, il
lui fit plufieurs demandes auxquelles il répon-

dit d'un très-bon fens. Et de tems en tems il regardoit le grand – vifir, comme pour lui dire qu'il ne voyoit pas que le prince fon fils eût perdu l'efprit comme il l'avoit affuré, & qu'il falloit qu'il l'eût perdu lui-même.

Le roi enfin parla de la dame au prince : Mon fils, lui dit-il, je vous prie de me dire ce que c'eft que cette dame qui a couché cette nuit avec vous, à ce que l'on dit.

Sire, répondit Camaralzaman, je fupplie votre majefté de ne pas augmenter le chagrin qu'on m'a déjà donné fur ce fujet : faites-moi plutôt la grâce de me la donner en mariage. Quel-qu'averfion que je vous aie témoignée jufqu'à préfent pour les femmes, cette jeune beauté m'a tellement charmé, que je ne fais pas diffi-culté de vous avouer ma foibleffe. Je fuis près de la recevoir de votre main avec la dernière obligation.

Le roi Schahzaman demeura interdit à la réponfe du prince, fi éloignée, comme il le lui fembloit, du bon fens qu'il venoit de faire paroître auparavant. Mon fils, reprit-il, vous me tenez un difcours qui me jette dans un étonnement dont je ne puis revenir.

Je vous jure par la couronne qui doit paffer à vous après moi, que je ne fais pas la moindre chofe de la dame dont vous me parlez. Je n'y ai

aucune part, s'il en eft venu quelqu'une. Mais
comment auroit-elle pu pénétrer dans cette tour
fans mon confentement? car quoi que vous ait
pu dire mon grand-vifir, il ne l'a fait que pour
tâcher de vous appaifer. Il faut que ce foit un
fonge; prenez-y garde, je vous en conjure, &
rappellez vos fens.

Sire, repartit le prince, je ferois indigne à
jamais des bontés de votre majefté, fi je n'a-
joutois pas foi à l'affurance qu'elle me donne.
Mais je la fupplie de vouloir bien fe donner
la patience de m'écouter, & de juger fi ce
que j'aurai l'honneur de lui dire, eft un
fonge.

Le prince Camaralzaman raconta alors au
roi fon père, de quelle manière il s'étoit éveillé.
Il lui exagéra la beauté & les charmes de la
dame qu'il avoit trouvée à fon côté, l'amour
qu'il avoit conçu pour elle en un moment, &
tout ce qu'il avoit fait inutilement pour la réveiller. Il ne lui cacha pas même ce qui l'avoit
obligé de fe réveiller & de fe rendormir, après
qu'il eut fait l'échange de fa bague avec celle
de la dame. En achevant enfin & en lui préfentant la bague qu'il tira de fon doigt : Sire,
ajouta-t-il, la mienne ne vous eft pas inconnue, vous l'avez vue plufieurs fois. Après
cela, j'efpère que vous ferez convaincu que

je n'ai pas perdu l'esprit, comme on vous l'a
fait accroire.

Le roi Schahzaman connut si clairement la
vérité de ce que le prince son fils venoit de lui
raconter, qu'il n'eut rien à répliquer. Il en fut
même dans un étonnement si grand, qu'il demeura long-tems sans dire un mot.

Le prince profita de ces momens : Sire, lui
dit-il encore, la passion que je sens pour cette
charmante personne, dont je conserve la précieuse image dans mon cœur, est déjà si violente, que je ne me sens pas assez de force
pour y résister. Je vous supplie d'avoir compassion de moi, & de me procurer le bonheur
de la posséder.

Après ce que je viens d'entendre, mon fils,
& après ce que je vois par cette bague, reprit le roi Schahzaman, je ne puis douter que
votre passion ne soit réelle, & que vous n'ayez
vu la dame qui l'a fait naître. Plût à dieu que
je la connusse cette dame ? vous seriez content dès aujourd'hui, & je serois le père le
plus heureux du monde. Mais où la chercher ?
comment, & par où est-elle entrée ici, sans
que j'en aie rien su & sans mon consentement ?
Pourquoi y est-elle entrée seulement pour dormir avec vous, pour vous faire voir sa beauté, vous enflammer d'amour, pendant qu'elle

dormoit, & diſparoître pendant que vous dormiez? Je ne comprends rien dans cette aventure, mon fils; & fi le ciel ne nous eſt favorable, elle nous mettra au tombeau vous &
moi. En achevant ces paroles & en prenant
le prince par la main: Venez, ajouta-t-il, allons
nous affliger enſemble: vous, d'aimer ſans eſpérance, & moi, de vous voir affligé, & de
ne pouvoir remédier à votre mal.

Le roi Schahzaman tira le prince hors de la
tour, & l'emmena au palais où le prince, au
déſeſpoir d'aimer de toute ſon ame une dame
inconnue, ſe mit d'abord au lit. Le roi s'enferma, & pleura pluſieurs jours avec lui, ſans
vouloir prendre aucune connoiſſance des affaires de ſon royaume.

Son premier miniſtre, qui étoit le ſeul à qui
il avoit laiſſé l'entrée libre, vint un jour lui
repréſenter que toute ſa cour, & même les
peuples, commençoient de murmurer de ne
le pas voir, & de ce qu'il ne rendoit plus la
juſtice chaque jour à ſon ordinaire, & qu'il
ne répondoit pas du déſordre qui pouvoit arriver. Je ſupplie votre majeſté, pourſuivit-il, d'y
faire attention. Je ſuis perſuadé que ſa préſence
ſoulage la douleur du prince, & que la préſence
du prince ſoulage la vôtre naturellement; mais
elle doit ſonger à ne pas laiſſer tout périr. Elle

voudra bien que je lui propofe de fe tranfporter avec le prince au château de la petite île, peu éloigné du port, & de donner audience deux fois la femaine feulement. Pendant que cette fonction l'obligera de s'éloigner du prince, la beauté charmante du lieu, le bel air, & la vue merveilleufe dont on y jouit, feront que le prince fupportera votre abfence, de peu de durée, avec plus de patience.

Le roi Schahzaman approuva ce confeil ; & dès que le château, où il n'étoit allé depuis long-temps, fut meublé, il y paffa avec le prince, où il ne le quittoit que pour donner les deux audiences précifément. Il paffoit le refte du tems au chevet de fon lit, & tantôt il tâchoit de lui donner de la confolation, tantôt il s'affligeoit avec lui.

SUITE DE L'HISTOIRE
De la Princeffe de la Chine.

Pendant que ces chofes fe paffoient dans la capitale du roi Schahzaman, les deux génies, Danhafch & Cafchcafch, avoient reporté la princeffe de la Chine au palais, où le roi de la Chine l'avoit renfermée, & l'avoient remife dans fon lit.

Le lendemain matin à son réveil, la princef-
se de la Chine regarda à droite & à gauche ;
& quand elle eut vu que le prince Camaralzaman n'étoit plus près d'elle , elle appela ses
femmes d'une voix qui les fit accourir promptement , & environner son lit. La nourrice ,
qui fe préfenta à son chevet , lui demanda ce
qu'elle fouhaitoit , & s'il lui étoit arrivé quelque chofe.

Dites-moi , reprit la princeffe , qu'eft deve-
nu le jeune homme que j'aime de tout mon
cœur, qui a couché cette nuit avec moi ? Princeffe , répondit la nourrice , nous ne compre-
nons rien à votre difcours , fi vous ne vous
expliquez davantage.

C'eft , reprit encore la princeffe , qu'un jeune homme , le mieux fait & le plus aimable
qu'on puiffe imaginer , dormoit près de moi cette nuit ; que je l'ai careffé long-tems , & que
j'ai fait tout ce que j'ai pu pour l'éveiller fans
y réuffir : je vous demande où il eft.

Princeffe , repartit la nourrice , c'eft fans doute pour vous jouer de nous ce que vous en faites : vous plaît-il de vous lever ? Je parle très-
férieufement , répliqua la princeffe , & je veux
favoir où il eft. Mais, princeffe , infifta la nourrice , vous étiez feule quand nous vous couchâ-
mes hier au foir , & perfonne n'eft entré pour

coucher avec vous, que nous fachions, vos femmes & moi.

La princeffe de la Chine perdit patience ; elle prit fa nourrice par la tête, en lui donnant des foufflets & de grands coups de poings. Tu me le diras, vieille forcière, dit-elle, ou je t'affommerai.

La nourrice fit de grands efforts pour fe tirer de fes mains. Elle s'en tira enfin, & elle alla fur le champ trouver la reine de la Chine, mère de la princeffe. Elle fe préfenta les larmes aux yeux, & le vifage tout meurtri, au grand étonnement de la reine, qui lui demanda qui l'avoit mife en cet état.

Madame, dit la nourrice, vous voyez le traitement que m'a fait la princeffe ; elle m'eût affommée fi je ne fus échappée de fes mains. Elle lui raconta enfuite le fujet de fa colère & de fon emportement, dont la reine ne fut pas moins affligée que furprife. Vous voyez, madame, ajouta-t-elle en finiffant, que la princeffe eft hors de fon bon fens. Vous en jugerez vousmême, fi vous prenez la peine de la venir voir.

La tendreffe de la reine de la Chine étoit trop intéreffée dans ce qu'elle venoit d'entendre ; elle fe fit fuivre par la nourrice, & elle alla voir la princeffe fa fille dès le même moment.

La fultane Scheherazade vouloit continuer ; mais elle s'apperçut que le jour avoit déjà commencé. Elle fe tut ; & en reprenant le conte la nuit fuivante, elle dit au fultan des Indes :

CCXVIII^e NUIT.

SIRE, la reine de la Chine s'affit près de la princeffe fa fille en arrivant dans l'appartement où elle étoit renfermée ; & après qu'elle fe fut informée de fa fanté, elle lui demanda quel fujet de mécontentement elle avoit contre fa nourrice, qu'elle avoit maltraitée. Ma fille, dit-elle, cela n'eft pas bien, & jamais une grande princeffe comme vous ne doit fe laiffer emporter à cet excès.

Madame, répondit la princeffe, je vois bien que votre majefté vient pour fe moquer auffi de moi ; mais je vous déclare que je n'aurai pas de repos que je n'aie époufé l'aimable cavalier qui a couché cette nuit avec moi. Vous devez favoir où il eft ; je vous fupplie de le faire revenir.

Ma fille, reprit la reine, vous me furprenez, & je ne comprends rien à votre difcours. La princeffe perdit le refpect : Madame, répliqua-t-elle, le roi mon père & vous, vous m'avez perfécutée pour me contraindre de me marier, lorfque je n'en avois pas d'envie ; cette envie m'eft venue préfentement , & je veux abfolument avoir pour mari le cavalier que je vous ai dit , finon je me tuerai.

La reine tâcha de prendre la princeffe par la douceur. Ma fille , lui dit-elle , vous favez bien vous-méme que vous êtes feule dans votre appartement , & qu'aucun homme ne peut y entrer. Mais au lieu d'écouter , la princeffe l'interrompit , & fit des extravagances qui obligèrent la reine de fe retirer avec une grande affliction , & d'aller informer le roi de tout.

Le roi de la Chine vouloit s'éclaircir luiméme de la chofe. Il vint à l'appartement de la princeffe fa fille , & il lui demanda fi ce qu'il venoit d'apprendre , étoit véritable. Sire , répondit-elle , ne parlons pas de cela ; faites-moi feulement la grâce de me rendre l'époux qui a couché cette nuit avec moi.

Quoi ! ma fille , reprit le roi , eft-ce que quelqu'un a couché avec vous cette nuit ? Comment , fire , repartit la princeffe fans lui donner le tems de pourfuivre , vous me demandez fi quelqu'un a couché avec moi ! votre majefté ne l'ignore pas. C'eft le cavalier le mieux fait qui ait jamais paru fous le ciel. Je vous le redemande , ne me refufez pas , je vous en fupplie. Afin que votre majefté ne doute pas , continua-t-elle , que je n'aie vu le cavalier ; qu'il n'ait couché avec moi ; que je ne l'aie careffé , & que je n'aie fait des efforts pour l'éveiller , fans y avoir réuffi , voyez , s'il vous plaît , cette bague. Elle avança la main ; & le roi de la Chine ne fut que dire quand il eut vu que c'étoit la bague d'un homme. Mais comme il ne pouvoit rien comprendre à tout ce qu'elle lui difoit , & qu'il l'avoit renfermée comme folle , il la crut encore plus folle qu'auparavant. Ainfi , fans lui parler davantage , de crainte qu'elle ne fît quelque violence contre fa perfonne , ou contre ceux qui s'approche-roient d'elle , il la fit enchaîner & refferrer plus étroitement , & ne lui donna que fa nourrice pour la fervir , avec une bonne garde à la porte.

Le roi de la Chine , inconfolable du malheur qui étoit arrivé à la princeffe fa fille , d'avoir perdu l'efprit , à ce qu'il croyoit , fongea aux moyens de lui procurer la guérifon. Il affembla fon confeil ; & après avoir expofé l'état où elle étoit : Si quelqu'un de vous , ajouta-t-il , eft affez habile pour entreprendre de la guérir , & qu'il y réuffiffe , je la lui donnerai en mariage , & le ferai héritier de mes états & de ma couronne après ma mort.

Le défir de posséder une belle princesse, &
l'espérance de gouverner un jour un royaume
aussi puissant que celui de la Chine, firent un
grand effet sur l'esprit d'un émir déja âgé, qui
étoit présent au conseil. Comme il étoit habile
dans la magie, il se flatta d'y réussir, & s'of-
frit au roi. J'y consens, reprit le roi ; mais
je veux bien vous avertir auparavant que c'est
à condition de vous faire couper le cou si
vous ne réussissez pas : il ne seroit pas juste
que vous méritassiez une si grande récompense
sans risquer quelque chose de votre côté. Ce
que je dis de vous, je le dis de tous les autres
qui se présenteront après vous, au cas que
vous n'acceptiez pas la condition, ou que vous
ne réussissiez pas.

L'émir accepta la condition, & le roi le
mena lui-même chez la princesse. La princesse
se couvrit le visage dès qu'elle vit paroître
l'émir. Sire, dit-elle, votre majesté me sur-
prend de m'amener un homme que je ne connois
pas, & à qui la religion me défend de me laisser
voir. Ma fille, reprit le roi, sa présence ne
doit pas vous scandaliser ; c'est un de mes émirs
qui vous demande en mariage. Sire, repartit
la princesse, ce n'est pas celui que vous m'avez
déjà donné, & dont j'ai reçu la foi par la bague

que je porte : ne trouvez pas mauvais que je
n'en accepte pas un autre.

L'émir s'étoit attendu que la princesse feroit
& diroit des extravagances. Il fut très-étonné
de la voir tranquille, & parler de si bon sens,
& il connut très-parfaitement qu'elle n'avoit
pas d'autre folie qu'un amour très-violent qui
devoit être bien fondé. Il n'osa pas prendre la
liberté de s'en expliquer au roi. Le roi n'auroit
pu souffrir que la princesse eût ainsi donné son
cœur à un autre que celui qu'il vouloit lui
donner de sa main. Mais en se prosternant à
ses piés : Sire, dit-il, après ce que je viens
d'entendre, il seroit inutile que j'entreprisse de
guérir la princesse ; je n'ai pas de remèdes
propres à son mal, & ma vie est à la disposition de sa majesté. Le roi, irrité de l'incapa-
cité de l'émir, & de la peine qu'il lui avoit
donnée, lui fit couper la tête.

Quelques jours après, afin de n'avoir pas à
se reprocher d'avoir rien négligé pour procurer la guérison à la princesse, ce monarque fit
publier dans sa capitale, que s'il y avoit quelque médecin, astrologue, magicien, assez ex-
périmenté pour la rétablir en son bon sens, il
n'avoit qu'à venir se présenter, à condition de
perdre la tête s'il ne la guérissoit pas. Il envoya

publier la même chofe dans les principales villes de fes états , & dans les cours des princes fes voifins.

Le premier qui fe préfenta , fut un aftrologue & magicien , que le roi fit conduire à la prifon de la princeffe par un eunuque. L'aftrologue tira d'un fac qu'il avoit apporté fous le bras , un aftrolabe , une petite fphère , un réchaud , plufieurs fortes de drogues propres à des fumigations , un vafe de cuivre , avec plufieurs autres chofes , & demanda du feu.

La princeffe de la Chine demanda ce que fignifioit tout cet appareil. Princeffe , répondit l'eunuque , c'eft pour conjurer le malin efprit qui vous poffède , le renfermer dans le vafe que vous voyez , & le jetter au fond de la mer.

Maudit aftrologue , s'écria la princeffe , fache que je n'ai pas befoin de tous ces préparatifs , que je fuis dans mon bon fens , & que tu es infenfé toi-même. Si ton pouvoir va jufques-là , amène-moi feulement celui que j'aime; c'eft le meilleur fervice que tu puiffes me rendre. Princeffe , reprit l'aftrologue , fi cela eft ainfi , ce n'eft pas de moi , mais du roi votre père uniquement , que vous devez l'attendre. Il remit dans fon fac ce qu'il en avoit tiré , bien fâché de s'être engagé fi facilement à guérir une maladie imaginaire.

Quand l'eunuque eut ramené l'aftrologue de-vant le roi de la Chine, l'aftrologue n'atten-dit pas que l'eunuque parlât au roi, il lui parla lui-même d'abord. Sire, lui dit-il avec har-dieffe, felon que votre majefté l'a fait publier, & qu'elle me l'a confirmé elle-même, j'ai cru que la princeffe étoit folle, & j'étois fûr de la rétablir en fon bon fens par les fecrets dont j'ai connoiffance ; mais je n'ai pas été long-tems à reconnoître qu'elle n'a pas d'autre maladie que celle d'aimer, & mon art ne s'étend pas juf-qu'à remédier au mal d'amour ; votre majefté y remédiera mieux que perfonne, quand elle vou-dra lui donner le mari qu'elle demande.

Le roi traita cet aftrologue d'infolent, & lui fit couper le cou. Pour ne pas ennuyer votre majefté par des répétitions, tant aftrologues, que médecins & magiciens, il s'en préfenta cent cinquante, qui eurent tous le même fort, & leurs têtes furent rangées au-deffus de chaque porte de la ville.

HISTOIRE

HISTOIRE

De Marzavan, avec la suite de celle de Camaralzaman.

LA nourrice de la princeffe de la Chine avoit un fils nommé Marzavan, frère de lait de la princeffe, qu'elle avoit nourri & élevé avec elle. Leur amitié avoit été fi grande pendant leur enfance, tout le tems qu'ils avoient été enfemble, qu'ils fe traitoient de frère & de fœur, même après que leur âge un peu avancé eut obligé de les féparer.

Entre plufieurs fciences dont Marzavan avoit cultivé fon efprit dès fa plus grande jeuneffe, fon inclination l'avoit porté particulièrement à l'étude de l'aftrologie judiciaire, de la géomance, & d'autres fciences fecrettes, & il s'y étoit rendu très-habile. Non content de ce qu'il avoit appris de fes maitres, il s'étoit mis en voyage dès qu'il fe fut fenti affez de forces pour en fupporter la fatigue. Il n'y eut pas d'homme célèbre en aucune fcience & en aucun art, qu'il n'ait été chercher dans les villes les plus éloignées, & qu'il n'ait fréquenté affez de tems pour en tirer toutes les connoiſſances qui étoient de ſon goût.

Après une abſence de pluſieurs années, Marzavan revint enfin à la capitale de la Chine; & les têtes coupées & rangées qu'il apperçut au-deſſus de la porte par où il entra, le ſurprirent extrêmement. Dès qu'il fut rentré chez lui, il demanda pourquoi elles y étoient; & ſur toutes choſes, il s'informa des nouvelles de la princeſſe, ſa ſœur de lait, qu'il n'avoit pas oubliée. Comme on ne put le ſatisfaire ſur la première demande, ſans y comprendre la ſeconde, il apprit en gros ce qu'il ſouhaitoit avec bien de la douleur, en attendant que ſa mère, nourrice de la princeſſe, lui en apprît davantage.

Scheherazade mit fin à ſon diſcours en cet endroit pour cette nuit. Elle le reprit la ſuivante, en ces termes, qu'elle adreſſa au ſultan des Indes:

CCXIXᵉ NUIT.

Sire, dit-elle, quoique la nourrice, mère de Marzavan, fût très-occupée auprès de la princeſſe de la Chine, elle n'eut pas néanmoins plutôt appris que ce cher fils étoit de retour,

qu'elle trouva le tems de fortir, de l'embraffer, & de s'entretenir quelques momens avec
lui. Après qu'elle lui eut raconté, les larmes
aux yeux, l'état pitoyable où étoit la princeffe, & le fujet pourquoi le roi de la Chine
lui faifoit ce traitement, Marzavan lui demanda
fi elle ne pouvoit pas lui procurer le moyen
de la voir en fecret, fans que le roi en eût
connoiffance. Après que la nourrice y eut penfé
quelques momens : Mon fils, lui dit-elle, je
ne puis vous rien dire là-deffus préfentement;
mais attendez-moi demain à la même heure,
je vous en donnerai la réponfe.

Comme, après la nourrice, perfonne ne pouvoit s'approcher de la princeffe que par la permiffion de l'eunuque qui commandoit à la garde
de la porte, la nourrice, qui favoit qu'il étoit
dans le fervice depuis peu, & qu'il ignoroit ce
qui s'étoit paffé auparavant à la cour du roi de
la Chine, s'adreffa à lui. Vous favez, lui dit-
elle, que j'ai élevé & nourri la princeffe; vous
ne favez peut-être pas de même que je l'ai
nourrie avec une fille de même âge que j'avois
alors, & que j'ai mariée il n'y a pas long-tems.
La princeffe, qui lui fait l'honneur de l'aimer
toujours, voudroit bien la voir; mais elle fouhaite que cela fe faffe fans que perfonne la voye
ni entrer ni fortir.

La nourrice vouloit parler davantage ; mais l'eunuque l'arrêta. Cela fuffit, lui dit-il, je ferai toujours avec plaifir tout ce qui fera en mon pouvoir pour obliger la princeffe : faites venir, ou allez prendre votre fille vous-même quand il fera nuit, & amenez-la après que le roi fe fera retiré ; la porte lui fera ouverte.

Dès qu'il fut nuit, la nourrice alla trouver fon fils Marzavan. Elle le déguifa elle-même en femme, d'une manière que perfonne n'eût pu s'appercevoir que c'étoit un homme, & l'amena avec elle. L'eunuque, qui ne douta pas que ce ne fût fa fille, leur ouvrit la porte, & les laiffa entrer enfemble.

Avant de préfenter Marzavan, la nourrice s'approcha de la princeffe. Madame, lui dit-elle, ce n'eft pas une femme que vous voyez ; c'eft mon fils Marzavan, nouvellement arrivé de fes voyages, que j'ai trouvé moyen de faire entrer fous cet habillement. J'efpère que vous voudrez bien qu'il ait l'honneur de vous rendre fes refpects.

Au nom de Marzavan, la princeffe témoigna une grande joie. Approchez-vous, mon frère, dit-elle auffitôt à Marzavan, & ôtez ce voile ; il n'eft pas défendu à un frère & à une fœur de fe voir à vifage découvert.

Marzavan la falua avec un grand refpect ; &

ſans lui donner le tems de parler : Je ſuis ravie, continua la princeſſe, de vous revoir en par- faite ſanté, après une abſence de tant d'années, ſans avoir mandé un ſeul mot de vos nouvelles, même à votre bonne mère.

Princeſſe, reprit Marzavan, je vous ſuis in- finiment obligé de votre bonté. Je m'attendois d'en apprendre à mon arrivée de meilleures des vôtres, que celles dont j'ai été informé, & dont je ſuis témoin avec toute l'affliction ima- ginable. J'ai bien de la joie cependant d'être arrivé aſſez tôt pour vous apporter, après tant d'autres qui n'y ont pas réuſſi, la guériſon dont vous avez beſoin. Quand je ne tirerois d'autre fruit de mes études & de mes voyages que celui-là, je ne laiſſerois pas de m'eſtimer bien récompenſé.

En achevant ces paroles, Marzavan tira un livre, & d'autres choſes dont il s'étoit muni, & qu'il avoit cru néceſſaires, ſelon le rapport que ſa mère lui avoit fait de la maladie de la princeſſe. La princeſſe, qui vit cet attirail : Quoi, mon frère, s'écria-t-elle, vous êtes donc auſſi de ceux qui s'imaginent que je ſuis folle? Déſabuſez-vous, & écoutez-moi.

La princeſſe raconta à Marzavan toute ſon hiſtoire, ſans oublier une des moindres circonſ- tances, juſqu'à la bague échangée contre la

fienne, qu'elle lui montra. Je ne vous ai rien
déguifé, ajouta-t-elle, en tout ce que vous
venez d'entendre ; il eft vrai qu'il y a quelque
chofe que je ne comprends pas, qui donne lieu
de croire que je ne fuis pas dans mon bon
fens ; mais on ne fait pas attention au refte,
qui eft comme je le dis.

Quand la princeffe eut ceffé de parler, Marzavan, rempli d'admiration & d'étonnement,
demeura quelque tems les yeux baiffés fans dire
mot. Il leva enfin la tête, & prenant la parole :
Princeffe, dit-il, fi ce que vous venez de me
raconter, eft véritable, comme j'en fuis perfuadé, je ne défefpère pas de vous procurer la
fatisfaction que vous défirez. Je vous fupplie
feulement de vous armer de patience encore
pour quelque tems, jufqu'à ce que j'aie par-
couru des royaumes dont je n'ai pas encore approché ; & lorfque vous aurez appris mon retour,
affurez-vous que celui pour qui vous foupirez
avec tant de paffion, ne fera pas loin de vous.
Après ces paroles, Marzavan prit congé de la
princeffe, & partit dès le lendemain.

Marzavan voyagea de ville en ville, de province en province, & d'île en île ; & dans chaque lieu qu'il arrivoit, il n'entendoit parler que
de la princeffe Badoure (c'eft ainfi que fe nommoit la princeffe de la Chine) & de fon hiftoire.

Au bout de quatre mois , notre voyageur arriva à Torf, ville maritime, grande & très-peuplée, où il n'entendoit plus parler de la princeſſe Badoure , mais du prince Camaralzaman que l'on diſoit être malade , & dont l'on racontoit l'hiſtoire, à-peu-près ſemblable à celle de la princeſſe Badoure. Marzavan en eut une joie qu'on ne peut exprimer ; il s'informa en quel endroit du monde étoit ce prince, & on le lui enſeigna. Il y avoit deux chemins , l'un par terre & par mer, & l'autre ſeulement par mer, qui étoit le plus court.

Marzavan choiſit le dernier chemin , & il s'embarqua ſur un vaiſſeau marchand, qui eut une heureuſe navigation juſqu'à la vue de la capitale du royaume de Schahzaman. Mais avant d'entrer au port, le vaiſſeau paſſa malheureuſement ſur un rocher par la malhabileté du pilote. Il périt, & coula à fond à la vue & peu loin du château où étoit le prince Camaralzaman , & où le roi ſon père Schahzaman ſe trouvoit alors avec ſon grand-viſir.

Marzavan ſavoit parfaitement bien nager ; il n'héſita pas à ſe jeter à la mer, & il alla aborder au pié du château du roi Schahzaman, où il fut reçu & ſecouru par ordre du grand-viſir, ſelon l'intention du roi. On lui donna un habit à changer , on le traita bien ; & lorſqu'il fut remis, on le conduifit au grand-vifir, qui avoit demandé qu'on le lui amenât.

Comme Marzavan étoit un jeune homme très-bien fait & de bon air, ce miniftre lui fit beaucoup d'accueil en le recevant, & il conçut une très-grande eftime de fa perfonne par fes réponfes juftes & pleines d'efprit à toutes les demandes qu'il lui fit : il s'apperçut même infenfiblement qu'il avoit mille belles connoiffances. Cela l'obligea de lui dire : A vous entendre, je vois que vous n'êtes pas un homme ordinaire : plût à dieu que dans vos voyages, vous euffiez appris quelque fecret propre à guérir un malade qui caufe une grande affliction dans cette cour depuis long-tems !

Marzavan répondit que s'il favoit la maladie dont cette perfonne étoit attaquée, peut-être y trouveroit-il un remède.

Le grand-vifir raconta alors à Marzavan l'état où étoit le prince Camaralzaman, en prenant la chofe dès fon origine. Il ne lui cacha rien de fa naiffance fi fort fouhaitée, de fon éducation, du défir du roi Schahzaman de l'engager dans le mariage de bonne heure, de la réfiftance du prince & de fon averfion extraordinaire pour cet engagement, de fa défobéiffance en plein confeil, de fon emprifonnement, de fes prétendues extravagances dans la prifon,

qui s'étoient changées en une paſſion violente
pour une dame inconnue, qui n'avoit d'autre
fondement qu'une bague que le prince prétendoit être la bague de cette dame, qui n'étoit
peut-être pas au monde.

A ce diſcours du grand-viſir, Marzavan ſe
réjouit infiniment de ce que dans le malheur
de ſon naufrage il étoit arrivé ſi heureuſement
où étoit celui qu'il cherchoit. Il connut, à n'en
pas douter, que le prince Camaralzaman étoit
celui pour qui la princeſſe de la Chine brûloit
d'amour, & que cette princeſſe étoit l'objet des
vœux ſi ardens du prince. Il ne s'en expliqua
pas au grand-viſir; il lui dit ſeulement que s'il
voyoit le prince, il jugeroit mieux du ſecours
qu'il pourroit lui donner. Suivez-moi, lui dit
le grand-viſir, vous trouverez le roi près de
lui, qui m'a déjà marqué qu'il vouloit vous
voir.

La première choſe dont Marzavan fut frappé en entrant dans la chambre du prince, fut
de le voir dans ſon lit languiſſant & les yeux
fermés. Quoiqu'il fût en cet état, ſans avoir
égard au roi Schahzaman, père du prince, qui
étoit aſſis près de lui, ni au prince, que cette
liberté pouvoit incommoder, il ne laiſſa pas
de s'écrier : Ciel! rien au monde n'eſt plus ſemblable. Il vouloit dire qu'il le trouvoit reſſem-

blant à la princeffe de la Chine , & il étoit vrai
qu'ils avoient beaucoup de reffemblance dans
les traits.

Ces paroles de Marzavan donnèrent de la curiofité au prince Camaralzaman , qui ouvrit les
yeux & le regarda. Marzavan , qui avoit de l'efprit infiniment , profita de ce moment , & lui
fit fon compliment en vers fur le champ , quoique d'une manière enveloppée , où le roi & le
grand-vifir ne comprirent rien. Il lui dépeignit
fi bien ce qui lui étoit arrivé avec la princeffe
de la Chine , qu'il ne lui laiffa pas lieu de douter qu'il ne la connût , & qu'il ne pût lui en
apprendre des nouvelles. Il en eut d'abord une
joie dont il laiffa paroître des marques dans fes
yeux & fur fon vifage.

La fultane Scheherazade n'eut pas le tems
d'en dire davantage cette nuit. Le fultan lui
donna celui de le reprendre la fuivante , & de
lui parler en ces termes :

CCXXᵉ NUIT.

Sire , quand Marzavan eut achevé fon compliment en vers , qui furprit le prince Camaralzaman fi agréablement , le prince prit la liberté
de faire figne de la main au roi fon père de

vouloir bien s'ôter de fa place , & de permettre que Marzavan s'y mît.

Le roi, ravi de voir dans le prince fon fils
un changement qui lui donnoit bonne efpérance,
fe leva, prit Marzavan par la main, & l'obligea
de s'affeoir à la même place qu'il venoit de quitter. Il lui demanda qui il étoit, & d'où il venoit;
& après que Marzavan lui eut répondu qu'il
étoit fujet du roi de la Chine, & qu'il venoit
de fes états : Dieu veuille, lui dit-il, que vous
tiriez mon fils de fa profonde mélancolie; je vous
en aurai une obligation infinie, & les marques
de ma reconnoiffance feront fi éclatantes, que
toute la terre reconnoîtra que jamais fervice
n'aura été mieux récompenfé. En achevant ces
paroles, il laiffa le prince fon fils dans la liberté
de s'entretenir avec Marzavan, pendant qu'il fe
réjouiffoit d'une rencontre fi heureufe avec fon
grand-vifir.

Marzavan s'approcha de l'oreille du prince
Camaralzaman, & en lui parlant bas : Prince,
dit-il, il eft tems déformais que vous ceffiez de
vous affliger fi impitoyablement. La dame pour
qui vous fouffrez, m'eft connue ; c'eft la princeffe Badoure, fille du roi de la Chine, qui
fe nomme Gaïour. Je puis vous en affurer fur
ce qu'elle m'a appris elle-même de fon aventure, & fur ce que j'ai déjà appris de la vôtre.

La princeſſe ne ſouffre pas moins pour l'amour de vous, que vous ſouffrez pour l'amour d'elle. Il lui fit enſuite le récit de tout ce qu'il ſavoit de l'hiſtoire de la princeſſe, depuis la nuit fatale qu'ils s'étoient entrevus d'une manière ſi peu croyable : il n'oublia pas le traitement que le roi de la Chine faiſoit à ceux qui entreprenoient en vain de guérir la princeſſe Badoure de ſa folie prétendue. Vous êtes le ſeul, ajouta-t-il, qui pouvez la guérir parfaitement, & vous préſenter pour cela ſans crainte. Mais avant d'entreprendre un ſi grand voyage, il faut que vous vous portiez bien : alors nous prendrons les meſures néceſſaires. Songez donc inceſſamment au rétabliſſement de votre ſanté.

Le diſcours de Marzavan fit un puiſſant effet; le prince Camaralzaman en fut tellement ſoulagé par l'eſpérance qu'il venoit de concevoir, qu'il ſe ſentit aſſez de force pour ſe lever, & qu'il pria le roi ſon père de lui permettre de s'habiller, d'un air qui lui donna une joie incroyable.

Le roi ne fit qu'embraſſer Marzavan pour le remercier, ſans s'informer du moyen dont il s'étoit ſervi pour faire un effet ſi ſurprenant, & il ſortit auſſitôt de la chambre du prince avec le grand-viſir pour publier cette agréable

nouvelle. Il ordonna des réjouiſſances de pluſieurs jours ; il fit des largeſſes à ſes officiers
& au peuple ; des aumônes aux pauvres , & fit
élargir tous les priſonniers. Tout retentit enfin
de joie & d'alégreſſe dans la capitale , & bientôt dans tous les états du roi Schahzaman.

Le prince Camaralzaman , extrêmement affoi-
bli par des veilles continuelles , & par une longue abſtinence preſque de toute ſorte d'alimens ,
eut bientôt recouvré ſa première ſanté. Quand
il ſentit qu'elle étoit bien rétablie pour ſupporter la fatigue d'un voyage , il prit Marzavan
en particulier : Cher Marzavan , lui dit-il , il
eſt tems d'exécuter la promeſſe que vous m'a-
vez faite. Dans l'impatience où je ſuis de voir
la charmante princeſſe , & de mettre fin aux
tourmens étranges qu'elle ſouffre pour l'amour
de moi , je ſens bien que je retomberois au
même état que vous m'avez vu , ſi nous ne par-
tions inceſſamment. Une choſe m'afflige , & m'en
fait craindre le retardement. C'eſt la tendreſſe
importune du roi mon père , qui ne pourra
jamais ſe réſoudre de m'accorder la permiſſion
de m'éloigner de lui. Ce ſera une déſolation
pour moi , ſi vous ne trouvez le moyen d'y remédier. Vous voyez vous-même qu'il ne me perd
preſque pas de vue. Le prince ne put retenir ſes
larmes en achevant ces paroles.

Prince, reprit Marzavan, j'ai déjà prévu le grand obftacle dont vous me parlez : c'eft à moi de faire en forte qu'il ne nous arréte pas. Le premier deffein de mon voyage a été de procurer à la princeffe de la Chine la délivrance de fes maux ; & cela pour toutes les raifons de l'amitié mutuelle dont nous nous aimons prefque dès notre naiffance, du zèle & de l'affection que je lui dois d'ailleurs. Je manquerois à mon devoir fi je n'en profitois pas pour fa confolation, & en même-tems pour la vôtre, & fi je n'y employois toute l'adreffe dont je fuis capable. Voici donc ce que j'ai imaginé pour lever la difficulté d'obtenir la permiffion du roi votre père, telle que nous la fouhaitons vous & moi. Vous n'êtes pas encore forti depuis mon arrivée ; témoignez-lui que vous défirez de prendre l'air, & demandez-lui la permiffion de faire une partie de chaffe de deux ou trois jours avec moi : il n'y a pas d'apparence qu'il vous la refufe. Quand il vous l'aura accordée, vous donnerez ordre qu'il nous tienne à chacun deux bons chevaux prêts, l'un pour monter, & l'autre de relais ; & laiffez-moi faire le refte.

Le lendemain le prince Camaralzaman prit fon tems : il témoigna au roi fon père l'envie qu'il avoit de prendre un peu l'air, & le pria de trouver bon qu'il allât à la chaſſe un jour ou deux avec Marzavan. Je le veux bien, lui dit le roi, à la charge néanmoins que vous ne coucherez pas dehors plus d'une nuit. Trop d'exercice dans les commencemens pourroit vous nuire, & une abſence plus longue me feroit de la peine. Le roi commanda qu'on lui choiſît les meilleurs chevaux, & il prit ſoin luimême que rien ne lui manquât. Lorſque tout fut prêt, il l'embraſſa; & après avoir recommandé à Marzavan de bien prendre ſoin de lui, il le laiſſa partir.

Le prince Camaralzaman & Marzavan gagnèrent la campagne; & pour amuſer les deux palfreniers qui conduiſoient les chevaux de relais, ils firent ſemblant de chaſſer, & ils s'éloignèrent de la ville autant qu'il leur fut poſſible. A l'entrée de la nuit ils s'arrêtèrent dans un logement de caravanes, où ils ſoupèrent, & dormirent environ juſqu'à minuit. Marzavan, qui s'éveilla le premier, éveilla auſſi le prince Camaralzaman, ſans éveiller les palfreniers. Il pria le prince de lui donner ſon habit, & d'en prendre un autre qu'un des palfreniers avoit apporté. Ils montèrent chacun le cheval de relais qu'on leur avoit amené; & après que Marzavan eut pris le cheval d'un des palfreniers par la bride,

ils se mirent en chemin, en marchant au grand
pas de leurs chevaux.

A la pointe du jour les deux cavaliers se trouvèrent dans une forêt, en un endroit où le
chemin se partageoit en quatre. En cet endroit-
là Marzavan pria le prince de l'attendre un
moment, & entra dans la forêt. Il y égor-
gea le cheval du palfrenier, déchira l'habit que
le prince avoit quitté, le teignit dans le sang;
& lorsqu'il eut rejoint le prince, il le jeta au
milieu du chemin, où il se partageoit.

Le prince Camaralzaman demanda à Marzavan quel étoit son dessein. Prince, répondit Marzavan, dès que le roi votre père verra ce soir
que vous ne serez pas de retour, ou qu'il aura
appris des palfreniers que nous serons partis
sans eux pendant qu'ils dormoient, il ne manquera pas de mettre des gens en campagne
pour courir après nous. Ceux qui viendront de
ce côté, & qui rencontreront cet habit ensanglanté, ne douteront pas que quelque bête ne
vous ait dévoré, & que je ne me sois échappé de
crainte de sa colère. Le roi qui ne vous croira
plus au monde, selon leur rapport, cessera
d'abord de vous faire chercher, & nous donnera lieu de continuer notre voyage sans craindre d'être poursuivis. La précaution est véritablement

blement violente , de donner ainſi tout-à-coup
l'alarme aſſomante de la mort d'un fils , à un
père qui l'aime ſi paſſionnément : mais la joie
du roi votre père en ſera plus grande , quand
il apprendra que vous ſerez en vie & content.
Brave Marzavan , reprit le prince Camaralzaman , je ne puis qu'approuver un ſtratagéme
ſi ingénieux , & je vous en ai une nouvelle obligation.

Le prince & Marzavan munis de bonnes
pierreries pour leur dépenſe , continuèrent leur
voyage par terre & par mer , & ils ne trouvèrent d'autre obſtacle que la longueur du tems
qu'il fallut y mettre de néceſſité. Ils arrivèrent
enfin à la capitale de la Chine, où Marzavan,
au lieu de mener le prince chez lui, fit mettre pié à terre dans un logement public des
étrangers. Ils y demeurèrent trois jours à ſe
délaſſer de la fatigue du voyage , & dans cet
intervalle Marzavan fit faire un habit d'aſtrologue pour déguiſer le prince. Les trois jours
paſſés , ils allèrent au bain enſemble , où Marzavan fit prendre l'habillement d'aſtrologue au
prince , & à la ſortie du bain , il le conduiſit
juſqu'à la vue du palais du roi de la Chine, où
il le quitta pour aller faire avertir la mère nourrice de la princeſſe Badoure , de ſon arrivée ,
afin qu'elle en donnât avis à la princeſſe.

La fultane Scheherazade en étoit à ces derniers mots, lorfqu'elle s'apperçut que le jour avoit déja commencé de paroître. Elle ceffa auffitôt de parler ; & en pourfuivant la nuit fuivante, elle dit au fultan des Indes :

CCXXI^e NUIT.

SIRE, le prince Camaralzaman inftruit par Marzavan de ce qu'il devoit faire, & muni de tout ce qui convenoit à un aftrologue avec fon habillement, s'avança jufqu'à la porte du palais du roi de la Chine ; & en s'arrêtant il cria à haute voix en préfence de la garde & des portiers : « Je fuis aftrologue, & je viens donner » la guérifon à la refpectable princeffe Badou- » re, fille du haut & puiffant monarque Gaïour, » roi de la Chine, aux conditions propofées » par fa majefté, de l'époufer fi je réuffis, ou » de perdre la vie, fi je ne réuffis pas ».

Outre les gardes & les portiers du roi, la nouveauté fit affembler en un inftant une infinité de peuple autour du prince Camaralzaman. En effet, il y avoit long-tems qu'il ne s'étoit préfenté ni médecin, ni aftrologue, ni magicien, depuis tant d'exemples tragiques de ceux qui avoient échoué dans leur entreprife. On croyoit qu'il n'y en avoit plus au monde , ou du moins qu'il n'y en avoit plus d'aussi insensés.

A voir la bonne mine du prince , son air noble , la grande jeunesse qui paroissoit sur son visage , il n'y en eut pas un à qui il ne fît compassion : A quoi pensez-vous , seigneur , lui dirent ceux qui étoient le plus près de lui ? Quelle est votre fureur , d'exposer ainsi à une mort certaine , une vie qui donne de si belles espérances ? Les têtes coupées que vous avez vues au-dessus des portes , ne vous ont-elles pas fait horreur ? Au nom de dieu abandonnez ce dessein de désespéré , retirez-vous.

A ces remontrances le prince Camaralzaman demeura ferme ; & au lieu d'écouter ces harangueurs , comme il vit que personne ne venoit pour l'introduire , il répéta le même cri avec une assurance qui fit frémir tout le monde ; & tout le monde s'écria alors : Il est résolu de mourir , & dieu veuille avoir pitié de sa jeunesse & de son ame. Il cria une troisième fois , & le grand visir enfin vint le prendre en personne de la part du roi de la Chine.

Ce ministre conduisit Camaralzaman devant le roi. Le prince ne l'eut pas plutôt apperçu assis sur son trône , qu'il se prosterna , & baisa la terre devant lui : le roi , qui de tous ceux qu'une présomption démesurée avoit fait venir

K ij

apporter leurs têtes à ſes piés, n'en avoit encore vu aucun digne qu'il arrêtât ſes yeux ſur lui, eut une veritable compaſſion de Camaralzaman, par rapport au danger auquel il s'expoſoit. Il lui fit auſſi plus d'honneur; il voulut qu'il s'approchât & s'aſsît près de lui : Jeune homme, lui dit-il, j'ai de la peine à croire que vous ayez acquis à votre âge aſſez d'expérience pour oſer entreprendre de guérir ma fille. Je voudrois que vous puiſſiez y réuſſir, je vous la donnerois en mariage non-ſeulement ſans répugnance, au lieu que je l'aurois donnée avec bien du déplaiſir à qui que ce fût de ceux qui ſont venus avant vous, mais même avec la plus grande joie du monde. Mais je vous déclare avec bien de la douleur, que ſi vous y manquez, votre grande jeuneſſe, votre air de nobleſſe ne m'empêcheront pas de vous faire couper le cou.

Sire, reprit le prince Camaralzaman, j'ai des grâces infinies à rendre à votre majeſté de l'honneur qu'elle me fait, & de tant de bontés qu'elle témoigne pour un inconnu. Je ne ſuis pas venu d'un pays ſi éloigné, que ſon nom n'eſt peut-être pas connu dans vos états, pour ne pas exécuter le deſſein qui m'y a amené. Que ne diroit-on pas de ma légèreté, ſi j'abandonnois un deſſein ſi généreux après tant de

fatigues & tant de dangers que j'ai eſſuyés ?
Votre majeſté elle-même ne perdroit-elle pas
l'eſtime qu'elle a déjà conçue de ma perſonne ?
Si j'ai à mourir, ſire, je mourrai avec la ſatisfaction de n'avoir pas perdu cette eſtime après
l'avoir méritée. Je vous ſupplie donc de ne me
pas laiſſer plus long-tems dans l'impatience de
faire connoître la certitude de mon art, par
l'expérience que je ſuis prêt d'en donner.

Le roi de la Chine commanda à l'eunuque,
garde de la princeſſe Badoure, qui étoit préſent,
de mener le prince Camaralzaman chez la princeſſe ſa fille. Avant de le laiſſer partir, il lui
dit qu'il étoit encore à ſa liberté de s'abſte-
nir de ſon entrepriſe. Mais le prince ne l'écouta
pas ; il ſuivit l'eunuque avec une réſolution,
ou plutôt avec une ardeur étonnante.

L'eunuque conduiſit le prince Camaralzaman ; & quand ils furent dans une longue ga-
lerie au bout de laquelle étoit l'appartement
de la princeſſe, le prince qui ſe vit ſi près de
l'objet qui lui avoit fait verſer tant de larmes, &
pour lequel il n'avoit ceſſé de ſoupirer depuis
ſi long-tems, preſſa le pas, & devança l'eunuque.

L'eunuque preſſa le pas de même, & eut de
la peine à le rejoindre : Où allez-vous donc
ſi vîte, lui dit-il en l'arrêtant par le bras ? Vous

ne pouvez pas entrer fans moi; il faut que
vous ayez une grande envie de mourir, de
courir fi vîte à la mort. Pas un de tant d'aftrologues que j'ai vus, & que j'ai amenés où vous
n'arriverez que trop tôt, n'a témoigné cet empreffement.

Mon ami, reprit le prince Camaralzaman en
regardant l'eunuque, & en marchant à fon pas,
c'eft que tous ces aftrologues dont tu parles,
n'étoient pas sûrs de leur fcience comme je
le fuis de la mienne. Ils favoient avec certitude
qu'ils perdroient la vie s'ils ne réuffiffoient pas,
& ils n'en avoient aucune de réuffir. C'eft pour
cela qu'ils avoient raifon de trembler en approchant du lieu où je vais & où je fuis certain de trouver mon bonheur. Il en étoit à ces
mots lorfqu'ils arrivèrent à la porte. L'eunuque
ouvrit & introduifit le prince dans une grande
falle d'où l'on entroit dans la chambre de la princeffe qui n'étoit fermée que par une portière.

Avant d'entrer, le prince Camaralzaman s'arrêta; & en prenant un ton beaucoup plus bas
qu'auparavant, de peur qu'on ne l'entendît de
la chambre de la princeffe: Pour te convain-
cre, dit-il à l'eunuque, qu'il n'y a ni préfomp-
tion, ni caprice, ni feu de jeuneffe dans mon
entreprife, je laiffe l'un des deux à ton choix:
Qu'aimes-tu mieux, que je guériffe la princeffe

en fa préfence, ou d'ici, fans aller plus avant & fans la voir ?

L'eunuque fut extrêmement étonné de l'affurance avec laquelle le prince lui parloit. Il ceffa de l'infulter, & en lui parlant férieufement : Il n'importe pas, lui dit-il, que ce foit là ou ici. De quelque manière que ce foit, vous acquerrez une gloire immortelle, non - feulement dans cette cour, mais même par toute la terre habitable.

Il vaut donc mieux, reprit le prince, que je la guériffe fans la voir, afin que tu rendes témoignage de mon habileté. Quelle que foit mon impatience de voir une princeffe d'un fi haut rang qui doit être mon époufe, en ta confidération néanmoins je veux bien me priver quelques momens de ce plaifir. Comme il étoit fourni de tout ce qui diftinguoit un aftrologue, il tira fon écritoire & du papier, & écrivit ce billet à la princeffe de la Chine.

BILLET

Du Prince Camaralzaman, à la Princeffe de la Chine.

« ADORABLE princeffe, l'amoureux prince » Camaralzaman ne vous parle pas des maux » inexprimables qu'il fouffre depuis la nuit

K iv

» fatale que vos charmes lui firent perdre une
» liberté qu'il avoit résolu de conferver toute
» fa vie. Il vous marque feulement qu'alors il
» vous donna fon cœur dans votre charmant
» fommeil : Sommeil importun qui le priva du
» vif éclat de vos beaux yeux , malgré fes ef-
» forts pour vous obliger de les ouvrir. Il ofa
» même vous donner fa bague pour marque
» de fon amour , & prendre la vôtre en échan-
» ge , qu'il vous envoie dans ce billet. Si vous
» daignez la lui renvoyer pour gage récipro-
» que du vôtre , il s'eftimera le plus heureux
» de tous les amans. Sinon , votre refus ne
» l'empéchera pas de recevoir le coup de la
» mort avec une réfignation d'autant plus gran-
» de , qu'il le recevra pour l'amour de vous.
» Il attend votre réponfe dans votre anticham-
» bre ».

Lorfque le prince Camaralzaman eut achevé
ce billet , il en fit un paquet avec la bague de
la princeffe qu'il enveloppa dedans , fans faire
voir à l'eunuque ce que c'étoit , & en le lui donnant : Ami, dit-il, prends & porte ce paquet
à ta maîtreffe. Si elle ne guérit du moment
qu'elle aura lu le billet , & vu ce qui l'accompagne, je te permets de publier que je fuis
le plus indigne & le plus impudent de tous les

aftrologues qui ont été qui font, & qui feront
à jamais.

Le jour que la fultane Scheherazade vit paroître en achevant ces paroles, l'obligea d'en
demeurer là. Elle pourfuivit la nuit fuivante, &
dit au fultan des Indes :

CCXXII^e NUIT.

SIRE, l'eunuque entra dans la chambre de
la princeffe de la Chine, & en lui préfentant le
paquet que le prince Camaralzaman lui envoyoit:
Princeffe, dit-il, un aftrologue plus téméraire
que les autres, fi je ne me trompe, vient d'arriver, & prétend que vous ferez guérie dès que
vous aurez lu ce billet & vu ce qui eft dedans.
Je fouhaiterois qu'il ne fût ni menteur, ni impofteur.

La princeffe Badoure prit le billet & l'ouvrit
avec affez d'indifférence ; mais dès qu'elle eut
vu fa bague, elle ne fe donna prefque pas le
loifir d'achever de lire. Elle fe leva avec précipitation, rompit la chaîne qui la tenoit atta-
chée, de l'effort qu'elle fit, courut à la portière,
& l'ouvrit. La princeffe reconnut le prince, le
prince la reconnut. Auffitôt ils coururent l'un
à l'autre, s'embrafsèrent tendrement ; & fans

pouvoir parler dans l'excès de leur joie, ils fe
regardèrent long - tems, en admirant comment
ils fe revoyoient après leur première entrevue,
à laquelle ils ne pouvoient rien comprendre.
La nourrice qui étoit accourue avec la princeffe, les fit entrer dans la chambre où la princeffe rendit fa bague au prince : Reprenez-la,
lui dit-elle, je ne pourrois pas la retenir fans
vous rendre la vôtre, que je veux garder toute
ma vie. Elles ne peuvent être l'une & l'autre
en de meilleures mains.

L'eunuque cependant étoit allé en diligence
avertir le roi de la Chine de ce qui venoit de
fe paffer. Sire, lui dit-il, tous les aftrologues,
médecins & autres qui ont ofé entreprendre de
guérir la princeffe jufqu'à préfent, n'étoient
que des ignorans. Ce dernier venu ne s'eft fervi
ni de grimoire, ni de conjurations d'efprits
malins, ni de parfums, ni d'autres chofes ;
il l'a guérie fans la voir. Il lui en raconta la
manière, & le roi agréablement furpris vint
auffitôt à l'appartement de la princeffe qu'il embraffa ; il embraffa le prince de même, prit fa
main, & en la mettant dans celle de la princeffe : Heureux étranger, lui dit-il, qui que
vous foyez, je tiens ma promeffe, & je vous
donne ma fille pour époufe. A vous voir néanmoins, il n'eft pas poffible que je me perfuade

que vous foyez ce que vous paroiffez, & ce que vous avez voulu me faire accroire.

Le prince Camaralzaman remercia le roi dans les termes les plus foumis pour lui témoigner mieux fa reconnoiffance : Pour ce qui eft de ma perfonne, fire, pourfuivit-il, il eft vrai que je ne fuis pas aftrologue, comme votre majefté l'a bien jugé ; je n'en ai pris que l'habillement pour mieux réuffir à mériter la haute alliance du monarque le plus puiffant de l'univers. Je fuis né prince, fils de roi & de reine ; mon nom eft Camaralzaman, & mon père s'appelle *Schahzaman*, qui règne dans les îles affez connues des enfans de Khaledan. Enfuite il lui raconta fon hiftoire, & lui fit connoître combien l'origine de fon amour étoit merveilleufe ; que celle de l'amour de la princeffe étoit la même, & que cela fe juftifioit par l'échange des deux bagues.

Quand le prince Camaralzaman eut achevé : Une hiftoire fi extraordinaire, s'écria le roi, mérite de n'être pas inconnue à la poftérité. Je la ferai faire ; & après que j'en aurai fait mettre l'original en dépôt dans les archives de mon royaume, je la rendrai publique, afin que de mes états elle paffe encore dans les autres.

La cérémonie du mariage fe fit le même jour, & l'on en fit des réjouiffances folemnelles dans toute l'étendue de la Chine. Marzavan ne fut pas oublié; le roi de la Chine lui donna entrée dans fa cour en l'honorant d'une charge, avec promeffe de l'élever dans la fuite à d'autres plus confidérables.

Le prince Camaralzaman & la princeffe Badoure, l'un & l'autre au comble de leurs fouhaits, jouirent des douceurs de l'hymen, & pendant plufieurs mois, le roi de la Chine ne ceffa de témoigner fa joie par des fêtes continuelles.

Au milieu de ces plaifirs, le prince Camaralzaman eut un fonge une nuit, dans lequel il lui fembla voir le roi Schahzaman fon père au lit, prêt à rendre l'ame, qui difoit : Ce fils que j'ai mis au monde, que j'ai chéri fi tendrement, ce fils m'a abandonné, & lui-même eft caufe de ma mort. Il s'éveilla en pouffant grand'un foupir, qui éveilla auffi la princeffe, & la princeffe Badoure lui demanda de quoi il foupiroit.

Hélas, s'écria le prince, peut-être qu'à l'heure que je parle, le roi mon père n'eft plus de ce monde ! & il lui raconta le fujet qu'il avoit d'être troublé d'une fi trifte penfée. Sans lui parler du deffein qu'elle conçut fur ce récit, la princeffe qui ne cherchoit qu'à lui complaire, & qui connut que le défir de revoir le roi fon père, pourroit diminuer le plaifir qu'il avoit de demeurer avec elle dans un pays fi éloigné, profita le même jour de l'occafion qu'elle eut de parler au roi de la Chine en particulier. Sire, lui dit-elle en lui baifant la main, j'ai une grâce à demander à votre majefté, & je la fupplie de ne me la pas refufer. Mais afin qu'elle ne croye pas que je la lui demande à la follicitation du prince mon mari, je l'affure auparavant qu'il n'y a aucune part. C'eft de vouloir bien agréer que j'aille voir avec lui le roi Schahzaman mon beau-père.

Ma fille, reprit le roi, quelque déplaifir que votre éloignement doive me coûter, je ne puis défapprouver cette réfolution; elle eft digne de vous, nonobftant la fatigue d'un fi long voyage. Allez, je le veux bien; mais à condition que vous ne demeurerez pas plus d'un an à la cour du roi Schahzaman. Le roi Schahzaman voudra bien, comme je l'efpère, que nous en ufions ainfi & que nous revoyons tour-à-tour, lui, fon fils & fa belle-fille, & moi, ma fille & mon gendre.

La princeffe annonça ce confentement du roi de la Chine au prince Camaralzaman, qui en eut bien de la joie, & il la remercia de cette nouvelle marque d'amour qu'elle venoit de lui donner.

Le roi de la Chine donna ordre aux préparatifs du voyage ; & lorfque tout fut en état, il partit avec eux, & les accompagna quelques journées. La féparation fe fit enfin avec beaucoup de larmes de part & d'autre. Le roi les embraffa tendrement ; & après avoir prié le prince d'aimer toujours la princeffe fa fille, comme il l'aimoit, il les laiffa continuer leur voyage, & retourna à fa capitale en chaffant.

Le prince Camaralzaman & la princeffe Badoure n'eurent pas plutôt effuyé leurs larmes, qu'ils ne fongèrent plus qu'à la joie que le roi Schahzaman auroit de les voir & de les embraffer, & qu'à celle qu'ils auroient euxmêmes.

Environ au bout d'un mois qu'ils étoient en marche, ils arrivèrent à une prairie d'une vafte étendue, & plantée d'efpace en efpace de grands arbres qui faifoient un ombrage très-agréable. Comme la chaleur étoit exceffive ce jour-là, le prince Camaralzaman jugea à propos d'y camper, & il en parla à la princeffe Badoure, qui y confentit d'autant plus facilement, qu'elle vouloit lui en parler elle-même. On mit pié à terre dans un bel endroit ; & dès que la tente fut dreffée, la princeffe Badoure qui étoit affife à l'ombre, y entra pendant que le prince Camaralzaman donnoit fes ordres pour le refte

du campement. Pour être plus à son aise, elle
se fit ôter sa ceinture, que ses femmes posèrent près d'elle, après quoi, comme elle étoit
fatiguée, elle s'endormit, & ses femmes la lais-
sèrent seule.

Quand tout fut réglé dans le camp, le prince
Camaralzaman vint à la tente ; & comme il vit
que la princesse dormoit, il entra & s'assit sans
faire de bruit. En attendant qu'il s'endormît
peut-être aussi, il prit la ceinture de la princesse : il regarda l'un après l'autre les diamans
& les rubis dont elle étoit enrichie, & il apperçut une petite bourse cousue sur l'étoffe
fort proprement, & fermée avec un cordon. Il
la toucha & sentit qu'il y avoit quelque chose
dedans qui résistoit. Curieux de savoir ce que
c'étoit, il ouvrit la bourse, & il en tira une
cornaline gravée de figures & de caractères qui
lui étoient inconnus. Il faut, dit-il en lui-
même, que cette cornaline soit quelque chose
de bien précieux ; ma princesse ne la porteroit
pas sur elle avec tant de soin, de crainte de la
perdre, si cela n'étoit.

En effet, c'étoit un talisman dont la reine
de la Chine avoit fait présent à la princesse sa
fille pour la rendre heureuse, à ce qu'elle disoit, tant qu'elle le porteroit sur elle.

Pour mieux voir le talisman, le prince Camaralzaman fortit hors de la tente qui étoit obfcure , & voulut le confidérer au grand jour. Comme il le tenoit au milieu de la main , un oifeau (1) fondit de l'air tout-à-coup & le lui enleva.

Le jour fe faifoit déjà voir , dans le tems que la fultane Scheherazade en étoit à ces dernières paroles. Elle s'en apperçut & ceffa de parler. Elle reprit le même conte la nuit fuivante , & dit au fultan Schahriar.

—————————————————

(1) *Il y a dans le roman de Pierre de Provence & de la belle Magdelone, une aventure femblable qui a été prife de celle-ci.*

—————————————————

CCXXIII^e NUIT.

SIRE , votre majefté peut mieux juger de l'étonnement & de la douleur de Camaralzaman , quand l'oifeau lui eut enlevé le talifman de la main , que je ne pourrois l'exprimer. A cet accident le plus affligeant qu'on puiffe imaginer , arrivé par une curiofité hors de faifon, & qui privoit la princeffe d'une chofe précieufe , il demeura immobile quelques momens.

SÉPARATION

SÉPARATION

Du Prince Camaralzaman d'avec la Princesse Badoure.

L'OISEAU après avoir fait son coup, s'étoit posé à terre à peu de distance, avec le talisman au bec. Le prince Camaralzaman s'avança dans l'espérance qu'il le lâcheroit : mais dès qu'il approcha, l'oiseau fit un petit vol & se posa à terre une autre fois. Il continua de le poursuivre ; l'oiseau après avoir avalé le talisman, fit un vol plus loin. Le prince qui étoit fort adroit, espéra de le tuer d'un coup de pierre & le poursuivit encore. Plus il s'éloigna de lui, plus il s'opiniâtra à le suivre & à ne le pas perdre de vue.

De vallon en colline & de colline en vallon, l'oiseau attira toute la journée le prince Camaralzaman, en s'écartant toujours de la prairie & de la princesse Badoure ; & le soir, au lieu de se jeter dans un buisson où Camaralzaman auroit pu le surprendre dans l'obscurité, il se percha au haut d'un grand arbre où il étoit en sûreté.

Le prince au désespoir de s'être donné tant

de peine inutilement , délibéra s'il retourne-
roit à fon camp. Mais , dit-il en lui-même ,
par où retournerai-je ? remonterai-je , redef-
cendrai-je par les collines & par les vallons
par où je fuis venu ? ne m'égarerai-je pas dans
les ténèbres ? & mes forces me le permettent-
elles ? Et quand je le pourrois , oferois-je me
préfenter devant la princeffe , & ne pas lui re-
porter fon talifman ? Abîmé dans ces penfées
défolantes & accablé de fatigue , de faim , de
foif , de fommeil , il fe coucha , & paffa la nuit
au pié de l'arbre.

Le lendemain Camaralzaman fut éveillé avant
que l'oifeau eût quitté l'arbre ; & il ne l'eut pas
plutôt vu reprendre fon vol , qu'il l'obferva &
le fuivit encore toute la journée , avec auffi peu
de fuccès que la précédente , en fe nourriffant
d'herbes ou de fruits qu'il trouvoit en fon chemin. Il fit la même chofe jufqu'au dixième
jour , en fuivant l'oifeau à l'œil depuis le matin jufqu'au foir , & en paffant la nuit au pié
de l'arbre où il la paffoit toujours au plus
haut.

L'onzième jour , l'oifeau toujours en volant,
& Camaralzaman ne ceffant de l'obferver , arrivèrent à une grande ville. Quand l'oifeau fut
près des murs , il s'éleva au-deffus , & prenant
fon vol au-delà , il fe déroba entièrement à la

vue de Camaralzaman , qui perdit l'efpérance de le revoir , & de recouvrer jamais le talifman de la princeffe Badoure.

Camaralzaman affligé en tant de manières & au-delà de toute expreffion , entra dans la ville qui étoit bâtie fur le bord de la mer , avec un très-beau port. Il marcha long-tems par les rues fans favoir où il alloit , ni où s'arréter, & arriva au port. Encore plus incertain de ce qu'il devoit faire , il marcha le long du rivage jufqu'à la porte d'un jardin qui étoit ouverte , où il fe préfenta. Le jardinier qui étoit un bon vieillard occupé à travailler , leva la tête en ce moment ; & il ne l'eut pas plutôt apperçu , & connu qu'il étoit étranger & mufulman , qu'il l'invita d'entrer promptement & de fermer la porte.

Camaralzaman entra , ferma la porte ; & en abordant le jardinier , il lui demanda pourquoi il lui avoit fait prendre cette précaution. C'eft , répondit le jardinier , que je vois bien que vous êtes un étranger nouvellement arrivé & mufulman , & que cette ville eft habitée pour la plus grande partie par des idolâtres qui ont une averfion mortelle contre les mufulmans , & qui traitent même fort mal le peu que nous fommes ici de la religion de notre prophete. Il faut que vous l'ignoriez , & je regarde comme un miracle que vous foyez venu jufqu'ici fans avoir fait quelque mauvaife rencontre. En effet, ces idolâtres font attentifs fur toute chofe à obferver les mufulmans étrangers à leur arrivée, à les faire tomber dans quelque piège, s'ils ne font bien inftruits de leur méchanceté. Je loue dieu de ce qu'il vous a amené dans un lieu de fûreté.

Camaralzaman remercia ce bon homme avec beaucoup de reconnoiffance, de la retraite qu'il lui donnoit fi généreufement pour le mettre à l'abri de toute infulte. Il vouloit en dire davantage; mais le jardinier l'interrompit : Laiffons-là les complimens, dit-il, vous êtes fatigué, & vous devez avoir befoin de manger : venez vous repofer. Il le mena dans fa petite maifon; & après que le prince eut mangé fuffifamment de ce qu'il lui préfenta avec une cordialité dont il le charma, il le pria de vouloir bien lui faire part du fujet de fon arrivée.

Camaralzaman fatisfit le jardinier; & quand il eut fini fon hiftoire, fans lui rien déguifer, il lui demanda à fon tour par quelle route il pourroit retourner aux états du roi fon père; car, ajouta-t-il, de m'engager à aller rejoindre la princeffe, où la trouverois-je après onze jours que je me fuis féparé d'avec elle par une aventure fi extraordinaire? Que fais-je même fi elle est encore au monde ? A ce triste souvenir, il ne put achever sans verser des larmes.

Pour réponse à ce que Camaralzaman venoit de demander, le jardinier lui dit que de la ville où il se trouvoit, il y avoit une année entière de chemin jusqu'aux pays où il n'y avoit que des musulmans, commandés par des princes de leur religion ; mais que par mer, on arrivoit à l'île d'Ebène en beaucoup moins de tems, & que delà il étoit plus aisé de passer aux îles des enfans de Khaledan ; que chaque année, un navire marchand alloit à l'île d'Ebène, & qu'il pourroit prendre cette commodité pour retourner delà aux îles des enfans de Khaledan. Si vous fussiez arrivé quelques jours plutôt, ajouta-t-il, vous vous fussiez embarqué sur celui qui a fait voile cette année. En attendant que celui de l'année prochaine parte, si vous agréez de demeurer avec moi, je vous fais offre de ma maison, telle qu'elle est, de très-bon cœur.

Le prince Camaralzaman s'estima heureux de trouver cet asile dans un lieu où il n'avoit aucune connoissance, non plus qu'aucun intérêt d'en faire. Il accepta l'offre, & il demeura avec le jardinier. En attendant le départ du vaisseau marchand pour l'île d'Ebène, il s'occupoit à travailler au jardin pendant le jour ; & la nuit,

que rien ne le détournoit de penser à sa chère
princesse Badoure, il la passoit dans les soupirs,
dans les regrets & dans les pleurs. Nous le
laisserons en ce lieu pour revenir à la princesse
Badoure, que nous avons laissée endormie sous
sa tente.

HISTOIRE

De la Princesse Badoure après la séparation du Prince Camaralzaman.

L A princesse dormit assez long-tems, & en
s'éveillant, elle s'étonna que le prince Camaralzaman ne fût pas avec elle. Elle appela ses
femmes, & elle leur demanda si elles ne savoient pas où il étoit. Dans le tems qu'elles
lui assuroient qu'elles l'avoient vu entrer, mais
qu'elles ne l'avoient pas vu sortir, elle s'apperçut, en reprenant sa ceinture, que la petite
bourse étoit ouverte, & que son talisman n'y
étoit plus. Elle ne douta pas que Camaralzaman
ne l'eût pris pour voir ce que c'étoit, & qu'il
ne le lui rapportât. Elle l'attendit jusqu'au soir
avec de grandes impatiences, & elle ne pouvoit comprendre ce qui pouvoit l'obliger d'être
éloigné d'elle si long-tems. Comme elle vit

qu'il étoit déjà nuit obſcure, & qu'il ne revenoit pas, elle en fut dans une affliction qui n'eſt
pas concevable. Elle maudit mille fois le taliſman & celui qui l'avoit fait; & ſi le reſpect
ne l'eût retenue, elle eût fait des imprécations
contre la reine ſa mère qui lui avoit fait un
préſent ſi funeſte. Déſolée au dernier point de
cette conjoncture, d'autant plus fâcheuſe, qu'elle
ne ſavoit par quel endroit le taliſman pouvoit
être la cauſe de la ſéparation du prince d'avec
elle, elle ne perdit pas le jugement ; elle prit
au contraire une réſolution courageuſe, peu
commune aux perſonnes de ſon ſexe.

Il n'y avoit que la princeſſe & ſes femmes
dans le camp qui ſuſſent que Camaralzaman avoit
diſparu ; car alors ſes gens ſe repoſoient ou
dormoient déjà ſous leurs tentes. Comme elle
craignit qu'ils ne la trahiſſent, s'ils venoient
à en avoir connoiſſance, elle modéra premiè-
rement ſa douleur, & défendit à ſes femmes
de rien dire ou de rien faire paroître qui pût
en donner le moindre ſoupçon. Enſuite elle
quitta ſon habit, & en prit un de Camaralzaman, à qui elle reſſembloit ſi fort, que ſes gens
la prirent pour lui le lendemain matin quand ils
la virent paroître, & qu'elle leur commanda de
plier bagage & de ſe mettre en marche. Quand
tout fut prêt, elle fit entrer une de ſes femmes

dans la litière ; pour elle, elle monta à cheval, & l'on marcha.

Après un voyage de plufieurs mois par terre & par mer, la princeffe, qui avoit fait continuer la route fous le nom du prince Camaralzaman pour fe rendre à l'île des enfans de Khaledan, aborda à la capitale du royaume de l'île d'Ebène, dont le roi qui régnoit alors, s'appeloit Armanos. Comme les premiers de fes gens qui fe débarquèrent pour lui chercher un logement, eurent publié que le vaiffeau qui venoit d'arriver, portoit le prince Camaralzaman, qui revenoit d'un long voyage, & que le mauvais tems l'avoit obligé de relâcher, le bruit en fut bientôt porté jufqu'au palais du roi.

Le roi Armanos, accompagné d'une grande partie de fa cour, vint auffitôt au-devant de la princeffe, & il la rencontra qu'elle venoit de fe débarquer, & qu'elle prenoit le chemin du logement qu'on avoit retenu. Il la reçut comme le fils d'un roi fon ami, avec qui il avoit toujours vécu de bonne intelligence, & la mena à fon palais, où il la logea, elle & tous fes gens, fans avoir égard aux inftances qu'elle lui fit de la laiffer loger en fon particulier. Il lui fit d'ailleurs tous les honneurs imaginables, & il la régala pendant trois jours avec une magnificence extraordinaire.

Quand les trois jours furent paſſés, comme le roi Armanos vit que la princeſſe qu'il prenoit toujours pour le prince Camaralzaman, parloit de ſe rembarquer & de continuer ſon voyage, & qu'il étoit charmé de voir un prince ſi bien fait, de ſi bon air, & qui avoit infiniment de l'eſprit, il la prit en particulier. Prince, lui dit-il, dans le grand âge où vous voyez que je ſuis, avec très-peu d'eſpérance de vivre encore long-tems, j'ai le chagrin de n'avoir pas un fils à qui je puiſſe laiſſer mon royaume. Le ciel m'a donné ſeulement une fille unique, d'une beauté qui ne peut pas être mieux aſſortie qu'avec un prince auſſi bien fait, d'une auſſi grande naiſſance, & auſſi accompli que vous. Au lieu de ſonger à retourner chez vous, acceptez-la de ma main avec ma couronne, dont je me démets dès-à-préſent en votre faveur, & demeurez avec nous. Il eſt tems déſormais que je me repoſe après en avoir ſoutenu le poids pendant de ſi longues années, & je ne puis le faire avec plus de conſolation que pour voir mes états gouvernés par un ſi digne ſucceſſeur.

La ſultane Scheherazade vouloit pourſuivre; mais le jour qui paroiſſoit déjà, l'en empêcha. Elle reprit le même conte la nuit ſuivante, & dit au ſultan des Indes :

CCXXIVᵉ NUIT.

SIRE, l'offre généreuse du roi de l'île d'Ebène
de donner sa fille unique en mariage à la princesse Badoure, qui ne pouvoit l'accepter parce
qu'elle étoit femme, & de lui abandonner ses
états, la mirent dans un embarras auquel elle
ne s'attendoit pas. De lui déclarer qu'elle n'é-
toit pas le prince Camaralzaman, mais sa femme, il étoit indigne d'une princesse comme elle
de détromper le roi après lui avoir assuré qu'elle
étoit ce prince, & qu'elle en avoit si bien sou-
tenu le personnage jusqu'alors. De le refuser aussi,
elle avoit une juste crainte dans la grande passion qu'il témoignoit pour la conclusion de ce
mariage, qu'il ne changeât sa bienveillance en
aversion & en haine, & n'attentât pas même à
sa vie. De plus, elle ne savoit pas si elle trouveroit le prince Camaralzaman auprès du roi
Schahzaman son père.

Ces considérations & celles d'acquérir un
royaume au prince son mari, au cas qu'elle le
retrouvât, déterminèrent cette princesse à accepter le parti que le roi Armanos venoit de
lui proposer. Ainsi, après avoir demeuré quelques momens sans parler, avec une rougeur

qui lui monta au vifage, que le roi attribua à
fa modeftie, elle répondit : Sire, j'ai une obligation infinie à votre majefté de la bonne opinion qu'elle a de ma perfonne, de l'honneur
qu'elle me fait, & d'une fi grande faveur que
je ne mérite pas & que je n'ofe refufer. Mais,
fire, ajouta-t-elle, je n'accepte une fi grande
alliance qu'à condition que votre majefté m'af-
fiftera de fes confeils, & que je ne ferai rien
qu'elle n'ait approuvé auparavant.

Le mariage conclu & arrêté de cette manière, la cérémonie en fut remife au lendemain,
& la princeffe Badoure prit ce tems-là pour
avertir fes officiers, qui la prenoient auffi pour
le prince Camaralzamàn, de ce qui devoit fe
paffer, afin qu'ils ne s'en étonnaffent pas, &
elle les affura que la princeffe Badoure y avoit
donné fon confentement. Elle en parla auffi à
fes femmes, & les chargea de continuer de bien
garder le fecret.

Le roi de l'île d'Ebène, joyeux d'avoir acquis un gendre dont il étoit fi content, affembla fon confeil le lendemain, & déclara qu'il
donnoit la princeffe fa fille en mariage au prince
Camaralzaman qu'il avoit amené & fait affeoir
près de lui, qu'il lui remettoit fa couronne, &
leur enjoignoit de le reconnoître pour leur roi,
& de lui rendre leurs hommages. En achevant,

il defcendit du trône, & après qu'il y eut fait monter la princeffe Badoure, & qu'elle fe fut affife à fa place, la princeffe y reçut le ferment de fidélité & les hommages des feigneurs les plus puiffans de l'île d'Ebène qui étoient préfens.

Au fortir du confeil, la proclamation du nouveau roi fut faite folemnellement dans toute la ville ; des réjouiffances de plufieurs jours furent indiquées, & des courriers dépêchés par tout le royaume pour y faire obferver les mêmes cérémonies & les mêmes démonftrations de joie.

Le foir, tout le palais fut en fête, & la princeffe Haïatalnefous (1) (c'eft ainfi que fe nommoit la princeffe de l'île d'Ebène) fut amenée à la princeffe Badoure, que tout le monde prit pour un homme, avec un appareil véritablement royal. Les cérémonies achevées, on les laiffa feules, & elles fe couchèrent.

Le lendemain matin, pendant que la princeffe Badoure recevoit dans une affemblée générale les complimens de toute la cour au fujet de fon mariage & comme nouveau roi, le roi Armanos & la reine fe rendirent à l'appartement de la nouvelle reine leur fille, & s'in-

_____

(1) Ce mot eft arabe, & fignifie *la vie des ames.*

formèrent d'elle comment elle avoit paffé la nuit. Au lieu de répondre, elle baiffa les yeux & la trifteffe qui parut fur fon vifage, fit affez connoître qu'elle n'étoit pas contente.

Pour confoler la princeffe Haïatalnefous, Ma fille, lui dit le roi Armanos, cela ne doit pas vous faire de la peine, le prince Camaralzaman en abordant ici, ne fongeoit qu'à fe rendre au plutôt auprès de roi Schahzaman fon père. Quoique nous l'ayons arrêté par un endroit dont il a lieu d'être bien fatisfait, nous devons croire néanmoins qu'il a grand regret d'être privé tout-à-coup de l'efpérance même de le revoir jamais, ni lui, ni perfonne de fa famille. Vous devez donc attendre que quand ces mouvemens de tendreffe filiale fe feront un peu ralentis, il en ufera avec vous comme un bon mari.

La princeffe Badoure, fous le nom de Camaralzaman, & le roi de l'île d'Ebène, paffa toute la journée non-feulement à recevoir les complimens de fa cour, mais même à faire la revue des troupes réglées de fa maifon, & à plufieurs autres fonctions royales, avec une dignité & une capacité qui lui attirèrent l'approbation de tous ceux qui en furent témoins.

Il étoit nuit quand elle rentra dans l'appartement de la reine Haïatalnefous, & elle con-

nut fort bien à la contrainte avec laquelle cette
princeffe la reçut, qu'elle fe fouvenoit de la
nuit précédente. Elle tâcha de diffiper ce chagrin par un long entretien qu'elle eut avec elle,
dans lequel elle employa tout fon efprit (&
elle en avoit infiniment) pour lui perfuader
qu'elle l'aimoit parfaitement. Elle lui donna
enfin le tems de fe coucher, & dans cet intervalle, elle fe mit à faire la prière ; mais
elle la fit fi longue, que la reine Haïatalnefous
s'endormit. Alors elle ceffa de prier & fe coucha près d'elle fans l'éveiller, autant affligée
de jouer un perfonnage qui ne lui convenoit
pas, que de la perte de fon cher Camaralzaman, après lequel elle ne ceffoit de foupirer.
Elle fe leva le jour fuivant à la pointe du jour,
avant qu'Haïatalnefous fût éveillée, & alla au
confeil avec l'habit royal.

Le roi Armanos ne manqua pas de voir encore la reine fa fille ce jour-là, & il la trouva
dans les pleurs & dans les larmes, Il n'en fallut pas davantage pour lui faire connoître le
fujet de fon affliction. Indigné de ce mépris,
à ce qu'il s'imaginoit, dont il ne pouvoit comprendre la caufe : Ma fille, lui dit-il, ayez encore patience jufqu'à la nuit prochaine ; j'ai
élevé votre mari fur mon trône, je faurai bien
l'en faire defcendre & le chaffer avec honte

s'il ne vous donne. la fatisfaction qu'il doit.
Dans la colère où je fuis de vous voir traitée
fi indignement, je ne fais même fi je me contenterai d'un châtiment fi doux. Ce n'eft pas
à vous, c'eft à ma perfonne qu'il fait un affront fi fanglant.

Le même jour, la princeffe Badoure rentra
fort tard chez Haïatalnefous comme la nuit
précédente ; elle s'entretint de même avec elle,
& voulut encore faire fa prière pendant qu'elle
fe coucheroit ; mais Haïatalnefous la retint,
& l'obligea de fe raffeoir. Quoi ! dit-elle vous
prétendez donc, à ce que je vois, me traiter
encore cette nuit comme vous m'avez traitée
les deux dernières ? Dites-moi, je vous fupplie, en quoi peut vous déplaire une princeffe
comme moi, qui ne vous aime pas feulement,
mais qui vous adore & qui s'eftime la princeffe
la plus heureufe de toutes les princeffes de fon
rang, d'avoir un prince fi aimable pour mari ?
Une autre que moi, je ne dis pas offenfée,
mais outragée par un endroit fi fenfible, auroit une belle occafion de fe venger en vous
abandonnant feulement à votre mauvaife deftinée ; mais quand je ne vous aimerois pas
autant que je vous aime, bonne & touchée du
malheur des perfonnes qui me font les plus
indifférentes comme ie le fuis, je ne laifferois

pas de vous avertir que le roi mon père eſt
fort irrité de votre procédé , qu'il n'attend que
demain pour vous faire ſentir les marques de
ſa juſte colère ſi vous continuez. Faites-moi la
grâce de ne pas mettre au déſeſpoir une princeſſe qui ne peut s'empêcher de vous aimer.

Ce diſcours mit la princeſſe Badoure dans
un embarras inexprimable. Elle ne douta pas
de la ſincérité d'Haïatalnefous : la froideur que
le roi Armanos lui avoit témoignée ce jour-
là , ne lui avoit que trop fait connoître l'excès de ſon mécontentement. L'unique moyen
de juſtifier ſa conduite , étoit de faire confidence de ſon ſexe à Haïatalnefous. Mais quoiqu'elle eût prévu qu'elle feroit obligée d'en venir à cette déclaration, l'incertitude néanmoins
où elle étoit ſi la princeſſe le prendroit en mal
ou en bien , la faiſoit trembler. Quand elle eut
bien conſidéré enfin que ſi le prince Camaralzaman étoit encore au monde, il falloit de néceſſité qu'il vînt à l'île d'Ebène pour ſe rendre au royaume du roi Schahzaman , qu'elle
devoit ſe conſerver pour lui , & qu'elle ne
pouvoit le faire ſi elle ne ſe découvroit à la
princeſſe Haïatalnefous , elle haſarda cette
voie.

Comme la princeſſe Badoure étoit demeurée
interdite , Haïatalnefous impatiente , alloit reprendre

prendre la paroles , lorfqu’elle l’arrêta par cel-
les-ci : Aimable & trop charmante princeffe ,
lui dit-elle , j’ai tort , je l’avoue , & je me
condamne moi- même ; mais j’efpère que vous
me pardonnerez , & que vous me garderez le
fecret que j’ai à vous découvrir pour ma juf-
tification.

En même tems la princeffe Badoure ouvrit
fon fein : Voyez , princeffe , continua-t-elle ,
fi une princeffe , femme comme vous , ne
mérite pas que vous lui pardonniez ; je fuis
perfuadée que vous le ferez de bon cœur
quand je vous aurai fait récit de mon hiftoire ,
& fur-tout de la difgrace affligeante qui m’a contrainte de jouer le perfonnage que vous voyez.

Quand la princeffe Badoure eut achevé de
fe faire connoître entièrement à la princeffe de
l’île d’Ebène pour ce qu’elle étoit , elle la fupplia une feconde fois de lui garder le fecret ,
& de vouloir bien faire femblant qu’elle fût
véritablement fon mari jufqu’à l’arrivée du
prince Camaralzaman , qu’elle efpéroit de revoir bientôt.

Princeffe , reprit la princeffe de l’île d’Ebène , ce feroit une deftinée étrange , qu’un mariage heureux comme le vôtre , dût être de
fi peu de durée après un amour réciproque plein
de merveilles. Je fouhaite avec vous que le

ciel vous réunisse bientôt. Assurez-vous cependant que je garderai religieusement le secret que vous venez de me confier. J'aurai le plus grand plaisir du monde d'être la seule qui vous connoisse pour ce que vous êtes dans le grand royaume de l'île d'Ebène, pendant que vous le gouvernerez aussi dignement que vous avez déja commencé. Je vous demandois de l'amour, & présentement je vous déclare que je ferai la plus contente du monde si vous ne dédaignez pas de m'accorder votre amitié. Après ces paroles, les deux princesses s'enbrassèrent tendrement, & après mille témoignages d'amitié réciproque, elles se couchèrent.

Selon la coutume du pays, il falloit faire voir publiquement la marque de la consommation du mariage. Les deux princesses trouvèrent le moyen de remédier à cette difficulté : ainsi, les femmes de la princesse Haïatalnefous furent trompées le lendemain matin, & trompèrent le roi Armanos, la reine sa femme, & toute la cour. De la sorte, la princesse Badoure continua de gouverner tranquillement, à la satisfaction du roi & de tout le royaume.

La sultane Scheherazade n'en dit pas davantage pour cette nuit, à cause de la clarté du jour qui se faisoit appercevoir. Elle poursuivit la nuit suivante, & dit au sultan des Indes :

CCXXV^e NUIT.

*Suite de l'histoire du Prince Camaralzaman,
depuis sa séparation d'avec la Princesse
Badoure.*

Sire, pendant qu'en l'île d'Ebène, les choses étoient entre la princesse Badoure, la princesse Haïatalnefous & le roi Armanos avec la reine, la cour & les peuples du royaume, dans l'état que votre majesté a pu le comprendre à la fin de mon dernier discours, le prince Camaralzaman étoit toujours dans la ville des idolâtres, chez le jardinier qui lui avoit donné retraite.

Un jour, de grand matin, que le prince se préparoit à travailler au jardin, selon sa coutume, le bon-homme de jardinier l'en empêcha. Les idolâtres, lui dit-il, ont aujourd'hui une grande fête ; & comme ils s'abstiennent de tout travail pour la passer en des assemblées & en des réjouissances publiques, ils ne veulent pas aussi que les musulmans travaillent ; & les musulmans, pour se maintenir dans leur amitié, se font un divertissement d'assister à leurs spectacles qui méritent d'être vus : ainsi,

M ij

vous n'avez qu'à vous repofer aujourd'hui. Je vous laiffe ici ; & comme le tems approche que le vaiffeau marchand dont je vous ai parlé, doit faire le voyage de l'île d'Ebène, je vais voir quelques amis, & m'informer d'eux du jour qu'il mettra à la voile, & en même tems je ménagerai votre embarquement. Le jardinier mit fon plus bel habit, & fortit.

Quand le prince Camaralzaman fe vit feul, au lieu de prendre part à la joie publique qui retentiffoit dans toute la ville, l'inaction où il étoit, lui fit rappeler avec plus de violence que jamais le trifte fouvenir de fa chère princeffe. Recueilli en lui-même, il foupiroit & gémiffoit en fe promenant dans le jardin, lorfque le bruit que deux oifeaux faifoient fur un arbre, l'obligèrent de lever la tête & de s'arrêter.

Camaralzaman vit avec furprife que ces oifeaux fe battoient cruellement à coups de bec, & qu'en peu de momens, l'un des deux tomba mort au pié de l'arbre. L'oifeau qui étoit demeuré vainqueur, reprit fon vol & difparut.

Dans le moment, deux autres oifeaux plus grands, qui avoient vu le combat de loin, arrivèrent d'un côté, fe poférent, l'un à la tête, l'autre aux piés du mort, le regardèrent quelque tems en remuant la tête d'une manière qui marquoit leur douleur , & lui creusèrent une folfe avec leurs griffes , dans laquelle ils l'enterrèrent.

Dès que les deux oifeaux eurent rempli la folfe de la terre qu'ils avoient ôtée , ils s'envolèrent , & peu de tems après , ils revinrent en tenant au bec, l'un par une aîle , & l'autre par un pié , l'oifeau meurtrier qui faifoit des cris effroyables & de grands efforts pour s'échapper. Ils l'apportèrent fur la fépulture de l'oifeau qu'il avoit facrifié à fa rage ; & là , en le facrifiant à la jufte vengeance de l'affaffinat qu'il avoit commis , ils lui arrachèrent la vie à coups de bec. Ils lui ouvrirent enfin le ventre , en tirèrent les entrailles , laifsèrent le corps fur la place & s'envolèrent.

Camaralzaman demeura dans une grande admiration tout le tems que dura un fpectacle fi furprenant. Il s'approcha de l'arbre où la fcène s'étoit paffée , & en jetant les yeux fur les entrailles difperfées , il apperçut quelque chofe de rouge qui fortoit de l'eftomac, que les oifeaux vengeurs avoient déchiré. Il ramaffa l'eftomac, & en tirant dehors ce qu'il avoit vu de rouge , trouva que c'étoit le talifman de la princeffe Badoure , fa bien-aimée , qui lui avoit coûté tant de regrets , d'ennuis , de foupirs , depuis que cet oifeau le lui avoit enlevé. Cruel , s'é-

cria-t-il auſſi-tôt en regardant l'oiſeau , tu te
plaiſois à faire du mal, & j'en dois moins me
plaindre de celui que tu m'as fait. Mais autant
que tu m'en as fait , autant je ſouhaite du bien
à ceux qui m'ont vengé de toi en vengeant la
mort de leur ſemblable.

Il n'eſt pas poſſible d'exprimer l'excès de joie
du prince Camaralzaman. Chère princeſſe, s'é-
cria-t-il encore , ce moment fortuné qui me
rend ce qui vous étoit ſi précieux , eſt ſans
doute un préſage qui m'annonce que je vous
retrouverai de même , & peut-être plutôt
que je ne penſe. Beni ſoit le ciel qui m'envoie ce bonheur , & qui me donne en même
tems l'eſpérance du plus grand que je puiſſe
ſouhaiter.

En achevant ces mots , Camaralzaman baiſa
le taliſman , l'enveloppa & le lia ſoigneuſement
autour de ſon bras. Dans ſon affliction extrême , il avoit paſſé preſque toutes les nuits à
ſe tourmenter & ſans fermer l'œil. Il dormit
tranquillement celle qui ſuivit une ſi heureuſe
aventure ; & le lendemain , quand il eut pris ſon
habit de travail dès qu'il fut jour , il alla prendre l'ordre du jardinier , qui le pria de mettre
à bas & de déraciner un certain vieil arbre qui
ne portoit plus de fruit.

Camaralzaman prit une coignée , & alla mettre la main à l'œuvre. Comme il coupoit une branche de la racine, il donna un coup fur quelque chofe qui réfiftoit & qui fit un grand bruit. En écartant la terre, il découvrit une grande plaque de bronze, fous laquelle il trouva un efcalier de dix degrés. Il defcendit auffi-tôt ; & quand il fut au bas, il vit un caveau de deux à trois toifes en quarré, où il compta cinquante grands vafes de bronze, rangés à l'entour chacun avec un couvercle. Il les découvrit tous l'un après l'autre, & il n'y en eut pas un qui ne fût plein de poudre d'or. Il fortit du caveau extrêmement joyeux de la découverte d'un tréfor fi riche, remit la plaque fur l'efcalier, & acheva de déraciner l'arbre en attendant le retour du jardinier.

Le jardinier avoit appris le jour de devant, que le vaiffeau qui faifoit le voyage de l'île d'Ebène chaque année, devoit partir dans très-peu de jours ; mais on n'avoit pu lui dire le jour précifément & on l'avoit remis au lendemain. Il y étoit allé, & il revint avec un vifage qui marquoit la bonne nouvelle qu'il avoit à annoncer à Camaralzaman. Mon fils, lui dit-il, (car par le privilège de fon grand âge, il avoit coutume de le traiter ainfi) réjouiffez-vous & tenez-vous prêt à partir dans trois jours, le vaiffeau fera voile ce jour-là fans faute, & je fuis convenu de votre embarquement & de votre paſſage avec le capitaine.

Dans l'état où je ſuis, reprit Camaralzaman, vous ne pouviez m'annoncer rien de plus agréable. En revanche, j'ai auſſi à vous faire part d'une nouvelle qui doit vous réjouir. Prenez la peine de venir avec moi, & vous verrez la bonne fortune que le ciel vous envoie.

Camaralzaman mena le jardinier à l'endroit où il avoit déraciné l'arbre, le fit deſcendre dans le caveau; & quand il lui eut fait voir la quantité de vaſes, remplis de poudre d'or, qu'il y avoit, il lui témoigna ſa joie de ce que dieu récompenſoit enfin ſa vertu & toutes les peines qu'il y avoit priſes depuis tant d'années.

Comment l'entendez-vous, reprit le jardinier? Vous imaginez donc que je veuille m'approprier ce tréſor? Il eſt tout à vous, & je n'y ai aucune prétention. Depuis quatre-vingts ans que mon père eſt mort, je n'ai fait autre choſe que de remuer la terre de ce jardin, ſans l'avoir découvert. C'eſt une marque qu'il vous étoit deſtiné, puiſque dieu a permis que vous le trouvaſſiez; il convient à un prince comme vous, plutôt qu'à moi, qui ſuis ſur le bord de ma foſſe & qui n'ai plus beſoin de rien. Dieu vous l'envoie à propos dans le tems que vous allez vous rendre dans les états qui doivent vous appartenir, où vous en ferez un bon ufage.

Le prince Camaralzaman ne voulut pas céder au jardinier en générofité, & ils eurent une grande conteftation là-deffus. Il lui protefta enfin qu'il n'en prendroit rien abfolument s'il n'en retenoit la moitié pour fa part. Le jardinier fe rendit, & ils fe partagèrent à chacun vingt-cinq vafes.

Le partage fait: Mon fils, dit le jardinier à Camaralzaman, ce n'eft pas affez; il s'agit préfentement d'embarquer ces richeffes fur le vaiffeau, & de les emporter avec vous fi fecrètement, que perfonne n'en ait connoiffance, autrement vous courriez rifque de les perdre. Il n'y a pas d'olives dans l'île d'Ebène, & celles qu'on y porte d'ici, font d'un grand débit. Comme vous le favez, j'en ai une bonne provifion de celles que je recueille dans mon jardin; il faut que vous preniez cinquante pots, que vous les rempliffiez de poudre d'or à moitié, & le refte d'olives par-deffus, & nous les ferons porter au vaiffeau lorfque vous vous embarquerez.

Camaralzaman fuivit ce bon confeil, & employa le refte de la journée à accommoder les cinquante pots (1); & comme il craignoit que

_____

(1) Cette particularité fe trouve encore à-peu-près de même dans le roman de Pierre de Provence & de la belle Magdelone.

le talifman de la princeffe Badoure qu'il portoit
au bras, ne lui échappât, il eut la précaution
de le mettre dans un de ces pots, & d'y faire
une marque pour le reconnoître. Quand il eut
achevé de mettre les pots en état d'être tranf-
portés; comme la nuit approchoit, il fe retira
avec le jardinier, & en s'entretenant il lui raconta le combat des deux oifeaux & les circonftances de cette aventure, qui lui avoit fait
retrouver le talifman de la princeffe Badoure,
dont il ne fut pas moins furpris que joyeux
pour l'amour de lui.

Soit à caufe de fon grand âge, ou qu'il fe
fût donné trop de mouvement ce jour-là, le
jardinier paffa une mauvaife nuit; fon mal augmenta le jour fuivant, & il fe trouva encore
plus mal le troifième au matin. Dès qu'il fut
jour, le capitaine de vaiffeau en perfonne &
plufieurs matelots vinrent frapper à la porte du
jardin. Ils demandèrent à Camaralzaman qui leur
ouvrit, où étoit le paffager qui devoit s'embarquer fur le vaiffeau. C'eft moi-même, répondit-il; le jardinier qui a demandé paffage
pour moi, eft malade & ne peut vous parler;
ne laiffez pas d'entrer & emportez, je vous prie,
les pots d'olives que voilà avec mes hardes,
& je vous fuivrai dès que j'aurai pris congé de
lui.

Les matelots fe chargèrent des pots & des hardes, & quittant Camaralzaman : Ne manquez pas de venir inceſſamment, lui dit le capitaine ; le vent eſt bon & je n'attends que vous pour mettre à la voile.

Dès que le capitaine & les matelots furent partis, Camaralzaman rentra chez le jardinier pour prendre congé de lui, & le remercier de tous les bons offices qu'il lui avoit rendus; mais il le trouva qui agoniſoit, & il eut à peine obtenu de lui qu'il fît ſa profeſſion de foi, ſelon la coutume des bons muſulmans, à l'article de la mort, qu'il le vit expirer.

Dans la néceſſité où étoit le prince Camaralzaman d'aller s'embarquer, il fit toutes les diligences poſſibles pour rendre les derniers devoir au défunt. Il lava ſon corps, il l'enſevelit, après lui avoir fait une foſſe dans le jardin, (car, comme les mahométans n'étoient que tolérés dans cette ville d'idolâtres, ils n'avoient pas de cimetière public) il l'enterra lui ſeul, & il n'eut achevé que vers la fin du jour. Il partit ſans perdre de tems pour s'aller embarquer : il emporta même la clé du jardin avec lui afin de faire plus de diligence, dans le deſſein de la porter au propriétaire au cas qu'il pût le faire, ou de la donner à quelque perſonne de confiance en préſence de témoins, pour la lui mettre entre les mains. Mais en arrivant au port, il apprit que le vaiffeau avoit levé l'ancre, il y avoit déjà du tems, & même qu'on l'avoit perdu de vue. On ajouta qu'il n'avoit mis à la voile qu'après l'avoir attendu trois grandes heures.

Scheherazade vouloit pourfuivre ; mais la clarté du jour dont elle s'apperçut, l'obligea de ceffer de parler. Elle reprit la même hiftoire de Camaralzaman, la nuit fuivante, & dit au fultan des Indes :

CCXXVIᵉ NUIT.

Sire, le prince Camaralzaman, comme il eft aifé de juger, fut dans une affliction extrême de fe voir contraint de refter encore dans un pays où il n'avoit & ne vouloit avoir aucune habitude, & d'attendre une autre année pour réparer l'occafion qu'il venoit de perdre. Ce qui le défoloit davantage, c'eft qu'il s'étoit deffaifi du talifman de la princeffe Badoure, & qu'il le tint pour perdu. Il n'eut pas d'autre parti à prendre cependant que de retourner au jardin d'où il étoit forti, de le prendre à louage du propriétaire à qui il appartenoit, & de continuer de le cultiver, en déplorant fon malheur

& fa mauvaife fortune. Comme il ne pouvoit fupporter la fatigue de le cultiver feul, il prit un garçon à gage; & afin de ne pas perdre l'autre partie du tréfor qui lui revenoit par la mort du jardinier, qui étoit mort fans héritier, il mit la poudre d'or dans cinquante autres pots, qu'il acheva de remplir d'olives, pour les embarquer avec lui dans le tems.

Pendant que le prince Camaralzaman recommençoit une nouvelle année de peine, de douleur & d'impatience, le vaiffeau continuoit fa navigation avec un vent très-favorable; & il arriva heureufement à la capitale de l'île d'Ebène.

Comme le palais étoit fur le bord de la mer, le nouveau roi, ou plutôt la princeffe Badoure qui apperçut le vaiffeau dans le tems qu'il alloit entrer au port avec toutes fes bannières, demanda quel vaiffeau c'étoit, & on lui dit qu'il venoit tous les ans de la ville des idolâtres dans la même faifon, & qu'ordinairement il étoit chargé de riches marchandifes.

La princeffe toujours occupée du fouvenir de Camaralzaman au milieu de l'éclat qui l'environnoit, s'imagina que Camaralzaman pouvoit y être embarqué, & la penfée lui vint de le prévenir & d'aller au-devant de lui, non pas pour fe faire connoître, (car elle fe doutoit bien

qu'il ne la reconnoîtroit pas) mais pour le remarquer & prendre les mesures qu'elle jugeroit à
propos pour leur reconnoissance mutuelle. Sous
prétexte de s'informer elle-même des marchandifes, & même de voir la première & de choi-
sir les plus précieuses qui lui conviendroient,
elle commanda qu'on lui amenât un cheval. Elle
se rendit au port accompagnée de plusieurs officiers qui se trouvèrent près d'elle; & elle y
arriva dans le tems que le capitaine venoit de
se débarquer. Elle le fit venir, & voulut savoir
de lui d'où il venoit, combien il y avoit de
tems qu'il étoit parti, quelles bonnes ou mauvaifes rencontres il avoit faites dans sa navigation, s'il n'amenoit pas quelqu'étranger de
distinction, & fur tout de quoi son vaisseau étoit
chargé.

Le capitaine fatisfit à toutes ces demandes;
& quant aux passagers il assura qu'il n'y avoit
que des marchands qui avoient coutume de venir, & qu'ils apportoient des étoffes très-riches
de différens pays, des toiles des plus fines,
peintes & non peintes, des pierreries, du musc,
de l'ambre-gris, du camphre, de la civette,
des épiceries, des drogues pour la médecine,
des olives & plusieurs autres chofes.

La princesse Badoure aimoit les olives paf-
sionnément. Dès qu'elle en eut entendu parler:

Je retiens tout ce que vous en avez, dit-elle au capitaine, faites-les débarquer inceffamment, que j'en faffe le marché. Pour ce qui eft des autres marchandifes, vous avertirez les marchands de m'apporter ce qu'ils ont de plus beau avant de le faire voir à perfonne.

Sire, reprit le capitaine, qui la prenoit pour le roi de l'île d'Ebène, comme elle l'étoit en effet, fous l'habit qu'elle en portoit, il y en a cinquante pots fort grands; mais ils appartiennent à un marchand qui eft demeuré à terre. Je l'avois averti moi-même & je l'attendis longtems. Comme je vis qu'il ne venoit pas & que fon retardement m'empêchoit de profiter du bon vent, je perdis la patience & je mis à la voile. Ne laiffez pas de les faire débarquer, dit la princeffe, cela ne nous empêchera pas d'en faire le marché.

Le capitaine envoya fa chaloupe au vaiffeau, & elle revint bientôt chargée des pots d'olives. La princeffe demanda combien les cinquante pots pouvoient valoir dans l'île d'Ebène. Sire, répondit le capitaine, le marchand eft fort pauvre : votre majefté ne lui fera pas une grâce confidérable quand elle lui en donnera mille pièces d'argent.

Afin qu'il foit content, reprit la princeffe, & en confidération de ce que vous me dites de fa pauvreté, on vous en comptera mille pièces d'or que vous aurez foin de lui donner. Elle donna ordre pour le paiement, & après qu'elle eut fait emporter les pots en fa préfence, elle retourna au palais.

Comme la nuit approchoit, la princeffe Badoure fe retira d'abord dans le palais intérieur, alla à l'appartement de la princeffe Haïatalnefous, & fe fit apporter les cinquante pots d'olives. Elle en ouvrit un pour lui en faire goûter, & pour en goûter elle-même, & le verfa dans un plat. Son étonnement fut des plus grands, quand elle vit les olives mêlées avec de la poudre d'or. Quelle aventure ! quelle merveille ! s'écria-t-elle. Elle fit ouvrir & vuider les autres pots en fa préfence par les femmes d'Haïatalnefous, & fon admiration augmenta à mefure qu'elle vit que les olives de chaque pot étoient mêlées avec la poudre d'or. Mais quand on vint à vuider celui où Camaralzaman avoit mis fon talifman, & qu'elle eut apperçu le talifman, elle en fut fi fort furprife qu'elle s'évanouit.

La princeffe Haïatalnefous & fes femmes fecoururent la princeffe Badoure, & la firent revenir à force de lui jeter de l'eau fur le vifage. Lorfqu'elle eut repris tous fes fens, elle prit le talifman & le baifa à plufieurs reprifes. Mais

comme

comme elle ne vouloit rien dire devant les femmes de la princeffe qui ignoroient fon déguifement, & qu'il étoit tems de fe coucher, elle les congédia. Princeffe, dit-elle à Haïatalnefous, dès qu'elles furent feules, après ce que je vous ai raconté de mon hiftoire, vous aurez bien connu fans doute que c'eft à la vue de ce talifman que je me fuis évanouie. C'eft le mien, & celui qui nous a arraché l'un de l'autre, le prince Camaralzaman mon cher mari, & moi. Il a été la caufe d'une féparation fi douloureufe pour l'un & pour l'autre; il va être, comme j'en fuis perfuadée, celle de notre réunion prochaine.

Le lendemain dès qu'il fut jour, la princeffe Badoure envoya appeler le capitaine du vaiffeau. Quand il fut venu : Eclairciffez-moi davantage, lui dit-elle, touchant le marchand à qui appartenoient les olives que j'achetai hier : vous me difiez, ce me femble, que vous l'aviez laiffé à terre dans la ville des idolâtres : pouvez-vous me dire ce qu'il y faifoit?

Sire, répondit le capitaine, je puis en affurer votre majefté, comme d'une chofe que je fais par moi-même. J'étois convenu de fon embarquement avec un jardinier extrémement âgé, qui me dit que je le trouverois à fon jardin, dont il m'enfeigna l'endroit où il travailloit fous lui : c'eft ce qui m'a obligé de dire à votre majefté qu'il étoit pauvre : j'ai été le chercher & l'avertir moi-même dans ce jardin, de venir s'embarquer, & je lui ai parlé.

Si cela eft ainfi, reprit la princeffe Badoure, il faut que vous remettiez à la voile dès aujour-d'hui, que vous retourniez à la ville des ido-lâtres, & que vous m'ameniez ici ce garçon jardinier qui eft mon débiteur ; finon je vous déclare que je confifquerai non-feulement les marchandifes qui vous appartiennent, & celles des marchands qui font venus fur votre bord, mais même que votre vie & celle des marchands m'en répondront. Dès-à-préfent on va par mon ordre appofer le fceau aux magafins où elles font, qui ne fera levé que quand vous m'aurez livré l'homme que je vous demande : c'eft ce que j'avois à vous dire : allez, & faites ce que je vous commande.

Le capitaine n'eut rien à répliquer à ce com-mandement, dont l'inexécution devoit être d'un très-grand dommage à fes affaires & à celles des marchands. Il le leur fignifia, & ils ne s'em-prefsèrent pas moins que lui à faire embarquer inceffamment les provifions de vivres & d'eau dont il avoit befoin pour le voyage. Cela s'exé-cuta avec tant de diligence, qu'il mit à la voile le même jour.

Le vaisseau eut une navigation très-heureuse,
& le capitaine prit si bien ses mesures, qu'il
arriva de nuit devant la ville des idolâtres.
Quand il s'en fut approché aussi près qu'il le
jugea à propos, il ne fit pas jeter l'ancre : mais
pendant que le vaisseau demeura en panne, il
se débarqua dans sa chaloupe, & alla descendre
à terre en un endroit un peu éloigné du port,
d'où il se rendit au jardin de Camaralzaman avec
six matelots des plus résolus.

Camaralzaman ne dormoit pas alors ; sa séparation d'avec la belle princesse de la Chine
sa femme, l'affligeoit à son ordinaire, & il détes-
toit le moment qu'il s'étoit laissé tenter par la
curiosité, non pas de manier, mais même de
toucher sa ceinture. Il passoit ainsi les momens
consacrés au repos, lorsqu'il entendit frapper à
la porte du jardin. Il y alla promptement à de-
mi-habillé ; & il n'eut pas plutôt ouvert, que
sans lui dire mot, le capitaine & les matelots
se saisirent de lui, le conduisirent à la chaloupe
par force, & le menèrent au vaisseau qui remit
à la voile dès qu'il y fut embarqué.

Camaralzaman qui avoit gardé le silence jusqu'alors, de même que le capitaine & les matelots, demanda au capitaine qu'il avoit reconnu, quel sujet il avoit de l'enlever avec tant
de violence. N'êtes-vous pas débiteur du roi

de l'île d'Ebène, lui demanda le capitaine à
son tour ? Moi, débiteur du roi de l'île d'E-
bène, reprit Camaralzaman avec étonnement!
je ne le connois pas, jamais je n'ai eu affaire
avec lui, & jamais je n'ai mis le pié dans
son royaume. C'est ce que vous devez savoir
mieux que moi, repartit le capitaine, vous
lui parlerez vous-même; demeurez ici cependant, & prenez patience.

Scheherazade fut obligée de mettre fin à
son discours en cet endroit, pour donner lieu
au sultan des Indes de se lever & de se rendre à ses fonctions ordinaires. Elle le reprit la
nuit suivante, & lui parla en ces termes :

CCXXVII.ᵉ NUIT.

Sire, le prince Camaralzaman fut enlevé de
son jardin de la manière que je fis remarquer
hier à votre majesté. Le vaisseau ne fut pas
moins heureux à le porter à l'île d'Ebène,
qu'il l'avoit été à l'aller prendre dans la ville
des idolâtres. Quoiqu'il fut déjà nuit lorsqu'il
mouilla dans le port, le capitaine ne laissa
pas néanmoins de se débarquer d'abord, & de
mener le prince Camaralzaman au palais, où il
demanda d'être présenté au roi.

La princeſſe Badoure qui s'étoit déjà retirée dans le palais intérieur, ne fut pas plutôt
avertie de ſon retour & de l'arrivée de Camaralzaman, qu'elle ſortit pour lui parler. D'a-
bord elle jeta les yeux ſur le prince Camaralzaman pour qui elle avoit verſé tant de larmes depuis leur ſéparation, & elle le reconnut ſous ſon méchant habit. Quant au prince
qui trembloit devant un roi, comme il le
croyoit, à qui il avoit à répondre d'une dette
imaginaire, il n'eut pas ſeulement la penſée
que ce pût être celle qu'il déſiroit ſi ardemment de retrouver. Si la princeſſe eut ſuivi
ſon inclination, elle eut couru à lui, & ſe fut
fait connoître en l'embraſſant ; mais elle ſe retint, & elle crut qu'il étoit de l'intérêt de l'un
& de l'autre de ſoutenir encore quelque tems
le perſonnage de roi avant de ſe découvrir. Elle
ſe contenta de le recommander à un officier qui
étoit préſent, & de le charger de prendre
ſoin de lui & de le bien traiter juſqu'au lendemain.

Quand la princeſſe Badoure eut bien pourvu à ce qui regardoit le prince Camaralzaman,
elle ſe tourna du côté du capitaine pour reconnoître le ſervice important qu'il lui avoit
rendu, en chargeant un autre officier d'aller
ſur le champ lever le ſceau qui avoit été ap-

posé à fes marchandifes & à celles de fes marchands , & le renvoya avec le préfent d'un
riche diamant qui le récompenfa beaucoup
au-delà de la dépenfe du voyage qu'il venoit
de faire. Elle lui dit même qu'il n'avoit qu'à
garder les mille pièces d'or payées pour les
pots d'olives , & qu'elle fauroit bien s'en accommoder avec le marchand qu'il venoit d'a-
mener.

Elle rentra enfin dans l'appartement de la
princeffe de l'île d'Ebène, à qui elle fit part de
fa joie , en la priant néanmoins de lui garder
encore le fecret , & en lui faifant confidence
des mefures qu'elle jugeoit à propos de prendre avant de fe faire connoître au prince Camaralzaman , & de le faire connoître lui-même
pour ce qu'il étoit. Il y a , ajouta-t-elle , une
fi grande diftance d'un jardinier à un grand
prince , tel qu'il eft , qu'il y auroit du danger
de le faire paffer en un moment du dernier état
du peuple à un fi haut degré , quelque juftice
qu'il y ait de le faire. Bien loin de lui manquer de fidélité , la princeffe de l'île d'Ebène
entra dans fon deffein. Elle l'affura qu'elle y
contribueroit elle-meme avec un très-grand plaifir , & qu'elle n'avoit qu'à l'avertir de ce qu'elle
fouhaiteroit qu'elle fît.

Le lendemain, la princeffe de la Chine , fous

le nom, l'habit & l'autorité de roi de l'île d'E-
bène, après avoir pris foin de faire mener le
prince Camaralzaman au bain de grand matin,
& de lui faire prendre un habit d'émir ou gouverneur de province, elle le fit introduire dans
le conseil, où il attira les yeux de tous les
seigneurs qui étoient préfens, par fa bonne mine
& par l'air majeftueux de toute fa perfonne.

La princeffe Badoure elle-même fut charmée
de le revoir auffi aimable qu'elle l'avoit vu tant
de fois, & cela l'anima davantage à faire fon
éloge en plein confeil. Après qu'il eut pris fa
place au rang des émirs par fon ordre : Seigneurs, dit-elle, en s'adreffant aux autres émirs,
Camaralzaman que je vous donne aujourd'hui
pour collégue, n'eft pas indigne de la place
qu'il occupe parmi vous : je l'ai connu fuffifamment dans mes voyages pour en répondre ; &
je puis affurer qu'il fe fera connoître à vous-
mêmes, autant par fa valeur, & mille autres
belles qualités, que par la grandeur de fon
génie.

Camaralzaman fut extrêmement étonné quand
il eut entendu que le roi de l'île d'Ebène,
qu'il étoit bien éloigné de prendre pour une
femme, encore moins pour fa chère princeffe, l'avoit nommé & affuré qu'il le connoiffoit, & qui étoit certain qu'il ne s'étoit ren-

contré avec lui en aucun endroit ; il le fut davantage des louanges exceſſives qu'il venoit de
recevoir.

Ces louanges néanmoins prononcées par une
bouche pleine de majeſté , ne le déconcertèrent pas ; il les reçut avec une modeſtie qui fit
voir qu'il les méritoit , mais qu'elles ne lui donnoient pas de vanité. Il ſe proſterna devant le
trône du roi , & en ſe relevant : Sire , dit-il ,
je n'ai point de termes pour remercier votre
majeſté du grand honneur qu'elle me fait ,
encore moins de tant de bontés. Je ferai
tout ce qui ſera en mon pouvoir pour les mériter.

En ſortant du conſeil , ce prince fut conduit
par un officier dans un grand hôtel que la princeſſe Badoure avoit déjà fait meubler exprès
pour lui. Il y trouva des officiers & des domeſ-
tiques prêts à recevoir ſes commandemens , &
une écurie garnie de très-beaux chevaux , le
tout pour ſoutenir la dignité d'émir dont il venoit
d'être honoré : & quand il fut dans ſon cabinet ,
ſon intendant lui préſenta un coffre-fort plein
d'or pour ſa dépenſe. Moins il pouvoit concevoir
par quel endroit lui venoit ce grand bonheur,
plus il en étoit dans l'admiration ; & jamais il
n'eut la penſée que la princeſſe de la Chine
en fût la cauſe.

Au bout de deux ou trois jours la princesse
Badoure , pour donner au prince Camaralzaman plus d'accès près de sa personne & en
même tems plus de distinction , le gratifia de
la charge de grand tréforier qui venoit de va-
quer. Il s'acquitta de cet emploi avec tant
d'intégrité , en obligeant cependant tout le
monde , qu'il s'acquit non-seulement l'amitié
de tous les seigneurs de la cour , mais même
qu'il gagna le cœur de tout le peuple par sa
droiture & par ses largesses.

Camaralzaman eut été le plus heureux de
tous les hommes de se voir dans une si haute
faveur auprès d'un roi étranger , comme il se
l'imaginoit, & d'être auprès de tout le monde
dans une considération qui augmentoit tous les
jours , s'il eût possédé sa princesse. Au milieu
de son bonheur il ne cessoit de s'affliger de n'apprendre d'elle aucune nouvelle , dans un pays où
il sembloit qu'elle devoit avoir passé depuis le
tems qu'il s'étoit séparé d'avec elle d'une manière
si affligeante pour l'un & pour l'autre. Il auroit
pu se douter de quelque chose, si la princesse Badoure eût conservé le nom de Camaralzaman
qu'elle avoit pris avec son habit ; mais elle l'avoit
changé en montant sur le trône, & s'étoit donné
celui d'Armanos pour faire honneur à l'ancien
roi son beau-père. De la sorte, on ne la connois-

foit plus que fous le nom de roi Armanos le
jeune, & il n'y avoit que quelques courtifans
qui fe fouvinffent du nom de Camaralzaman dont
elle fe faifoit appeler en arrivant à la cour de
l'île d'Ebène. Camaralzaman n'avoit pas encore
eu affez de familiarité avec eux pour s'en inftruire : mais à la fin il pouvoit l'avoir.

Comme la princeffe Badoure craignoit que
cela n'arrivât, & qu'elle étoit bien-aife que
Camaralzaman ne fût redevable de fa reconnoiffance qu'à elle feule, elle réfolut de mettre fin
à fes propres tourmens & à ceux qu'elle favoit
qu'il fouffroit. En effet, elle avoit remarqué que
toutes les fois qu'elle s'entretenoit avec lui des
affaires qui dépendoient de fa charge, il pouf-
foit de tems en tems des foupirs qui ne pouvoient s'adreffer qu'à elle. Elle vivoit elle-même
dans une contrainte dont elle étoit réfolue de fe
délivrer fans différer plus long-tems. D'ailleurs,
l'amitié des feigneurs, le zèle & l'affection du
peuple, tout contribuoit à lui mettre la couronne de l'île d'Ebène fur la tête fans obftacle.

La princeffe Badoure n'eut pas plutôt pris
cette réfolution de concert avec la princeffe
Haïatalnefous, qu'elle prit le prince Camaralzaman en particulier le même jour : Camaralzaman, lui dit-elle, j'ai à m'entretenir avec vous
d'une affaire de longue difcuffion, fur laquelle

J'ai befoin de votre confeil. Comme je ne vois pas que je puiffe le faire plus commodément que la nuit, venez ce foir & avertiffez qu'on ne vous attende pas, j'aurai foin de vous donner un lit.

Camaralzaman ne manqua pas de fe trouver au palais à l'heure que la princeffe Badoure lui avoit marquée. Elle le fit entrer avec elle dans le palais intérieur ; & après qu'elle eut dit au chef des eunuques, qui fe préparoit à la fuivre, qu'elle n'avoit point befoin de fon fervice & qu'il tînt feulement la porte fermée, elle le mena dans un autre appartement que celui de la princeffe Haïatalnefous, où elle avoit coutume de coucher.

Quand le prince & la princeffe furent dans la chambre où il y avoit un lit, & que la porte fut fermée, la princeffe tira le talifman d'une petite boîte, & en le préfentant à Camaralzaman : Il n'y a pas long-tems, lui dit-elle, qu'un aftrologue m'a fait préfent de ce talifman ; comme vous êtes habile en toutes chofes, vous pourrez bien me dire à quoi il eft propre.

Camaralzaman prit le talifman, & s'approcha d'une bougie pour le confidérer. Dès qu'il l'eut reconnu avec une furprife qui fit plaifir à la princeffe : Sire, s'écria-t-il, votre majefté me demande à quoi ce talifman eft propre ? Hélas !

il eſt propre à me faire mourir de douleur &
de chagrin, ſi je ne trouve bientôt la princeſſe
la plus charmante & la plus aimable qui ait jamais paru ſous le ciel, à qui il a appartenu &
dont il m'a cauſé la perte : il me l'a cauſée par
une aventure étrange, dont le récit toucheroit
votre majeſté de compaſſion pour un mari &
pour un amant infortuné comme moi, ſi elle
vouloit ſe donner la patience de l'entendre.

Vous m'en entretiendrez une autre fois, reprit la princeſſe ; mais je ſuis bien-aiſe, ajouta-
t-elle, de vous dire que j'en ſais déjà quelque
choſe : je reviens à vous, attendez-moi un
moment.

En diſant ces paroles, la princeſſe Badoure
entra dans un cabinet où elle quitta le turban
royal, & après avoir pris en peu de momens
une coëffure & un habillement de femme, avec
la ceinture qu'elle avoit le jour de leur ſéparation, elle rentra dans la chambre.

Le prince Camaralzaman reconnut d'abord ſa
chère princeſſe, courut à elle, & en l'embraſſant tendrement : Ah, s'écria-t-il, que je ſuis
obligé au roi de m'avoir ſurpris ſi agréablement ! N'attendez pas de revoir le roi, reprit
la princeſſe en l'embraſſant à ſon tour les larmes aux yeux, en me voyant vous voyez le
roi : aſſeyons-nous, que je vous explique cette
énigme.

Ils s'affirent, & la princesse raconta au prince la résolution qu'elle avoit prise dans la prairie où ils avoient campé ensemble la dernière fois, dès qu'elle eut connu qu'elle l'attendroit inutilement ; de quelle manière elle l'avoit exécutée jusqu'à son arrivée à l'île d'Ebène, où elle avoit été obligée d'épouser la princesse Haïatalnefous, & d'accepter la couronne que le roi Armanos lui avoit offerte en conséquence de son mariage ; comment la princesse, dont elle lui exagéra le mérite, avoit reçu la déclaration qu'elle lui avoit faite de son sexe, & enfin l'aventure du talisman trouvé dans un des pots d'olives & de poudre d'or qu'elle avoit achetés, qui lui avoit donné lieu de l'envoyer prendre dans la ville des idolâtres.

Quand la princesse Badoure eut achevé, elle voulut que le prince lui apprît par quelle aventure le talisman avoit été cause de leur séparation ; il la satisfit, & quand il eut fini, il se plaignit à elle d'une manière obligeante de la cruauté qu'elle avoit eue de le faire languir si long-tems. Elle lui en apporta les raisons dont nous avons parlé, après quoi, comme il étoit fort tard, ils se couchèrent.

Scheherazade s'interrompit à ces dernières paroles, à cause du jour qu'elle voyoit paroître :

elle pourfuivit la nuit fuivante, & dit au fultan des Indes :

CCXXVIII^e NUIT.

SIRE, la princeſſe Badoure & le prince Camaralzaman ſe levèrent le lendemain dès qu'il
fut jour. Mais la princeſſe quitta l'habillement
royal pour reprendre l'habit de femme, & lorſqu'elle fut habillée, elle envoya le chef des
eunuques prier le roi Armanos, ſon beau-père,
de prendre la peine de venir à ſon appartement.

Quand le roi Armanos fut arrivé, ſa ſurpriſe
fut fort grande de voir une dame qui lui étoit
inconnue, & le grand tréſorier à qui il n'appartenoit pas d'entrer dans le palais intérieur, non
plus qu'à aucun ſeigneur de la cour. En s'aſ-
ſeyant, il demanda où étoit le roi.

Sire, reprit la princeſſe, hier j'étois le roi,
& aujourd'hui je ne ſuis que princeſſe de la
Chine, femme du véritable prince Camaralzaman, fils véritable du roi Schahzaman. Si votre
majeſté veut bien ſe donner la patience d'entendre notre hiſtoire de l'un & de l'autre, j'eſpère qu'elle ne me condamnera pas de lui avoir
fait une tromperie ſi innocente. Le roi Arma-

nos lui donna audience, l'écouta avec étonnement depuis le commencement jufqu'à la fin.

En achevant : Sire, ajouta la princeffe, quoique dans notre religion les femmes s'accommo-
dent peu de la liberté qu'ont les maris de prendre plufieurs femmes, fi néanmoins votre majefté confent de donner la princeffe Haïatalnefous, fa fille, en mariage au prince Camaralzaman, je lui cède de bon cœur le rang & la qualité
de reine qui lui appartient de droit, & me contente du fecond rang. Quand cette préférence ne
lui appartiendroit pas, je ne laifferois pas de la
lui accorder après l'obligation que je lui ai du
fecret qu'elle m'a gardé avec tant de générofité.
Si votre majefté s'en remet à fon confentement,
je l'ai déjà prévenue là-deffus, & je fuis caution qu'elle en fera très-contente.

Le roi Armanos écouta le difcours de la princeffe Badoure avec admiration, & quand elle
eut achevé : Mon fils, dit-il au prince Camaralzaman, en fe tournant de fon côté, puifque la princeffe Badoure votre femme, que j'a-
vois regardée jufqu'à préfent comme mon gendre par une tromperie dont je ne puis me plaindre, m'affure qu'elle veut bien partager votre
lit avec ma fille, il ne me refte plus que de
favoir fi vous voulez bien l'époufer auffi, &
accepter la couronne que la princeffe Badoure

méritoit de porter toute fa vie, fi elle n'aimoit mieux la quitter pour l'amour de vous. Sire, répondit le prince Camaralzaman, quelque paffion que j'aye de revoir le roi mon père, les obligations que j'ai à votre majefté & à la princeffe Haïatalnefous, font fi effentielles, que je ne puis lui rien refufer.

Camaralzaman fut proclamé roi, & marié le même jour avec de grandes magnificences, & fut très-fatisfait de la beauté, de l'efprit & de l'amour de la princeffe de Haïatalnefous.

Dans la fuite, les deux reines continuèrent de vivre enfemble avec la même amitié & la même union qu'auparavant, & furent très-fatisfaites de l'égalité que le roi Camaralzaman gardoit à leur égard, en partageant fon lit avec elles alternativement.

Elles lui donnèrent chacune un fils la même année, prefque en même tems, & la naiffance des deux princes fut célébrée avec de grandes réjouiffances. Camaralzaman donna le nom d'Amgiad (1) au premier dont la reine Badoure étoit accouchée, & celui d'Affad (2) à celui que la reine Haïatalnefous avoit mis au monde.

---

(1) *Très-glorieux.*
(2) *Très-heureux.*

HISTOIRE

HISTOIRE

Des Princes Amgiad & Assad.

LES deux princes furent élevés avec grand
soin; & lorsqu'ils furent en âge, ils n'eurent
que le même gouverneur, les mêmes précepteurs dans les sciences & dans les beaux-arts
que le roi Camaralzaman voulut qu'on leur en-
seignât, & que le même maître dans chaque
exercice. La forte amitié qu'ils avoient l'un pour
l'autre dès leur enfance, avoit donné lieu à cette
uniformité qui l'augmenta davantage.

En effet, lorsqu'ils furent en âge d'avoir chacun une maison séparée, ils étoient unis si étroitement, qu'ils supplièrent le roi Camaralzaman
leur père de leur en accorder une seule pour
tous deux. Ils l'obtinrent, & ainsi ils eurent les
mêmes officiers, les mêmes domestiques, les
mêmes équipages, le même appartement & la
même table. Insensiblement, Camaralzaman
avoit pris une si grande confiance en leur capacité & leur droiture, que lorsqu'ils eurent
atteint l'âge de dix-huit à vingt ans, il ne faisoit pas difficulté de les charger du soin de pré-
sider au conseil alternativement toutes les fois

qu'il faifoit des parties de chaffe de plufieurs jours.

Comme les deux princes étoient également beaux & bien faits dès leur enfance, les deux reines avoient conçu pour eux une tendreffe incroyable, de manière néanmoins que la princeffe Badoure avoit plus de penchant pour Affad, fils de la reine Haïatalnefous, que pour Amgiad, fon propre fils, & que la reine Haïatalnefous en avoit plus pour Amgiad que pour Affad, qui étoit le fien.

Les reines ne prirent d'abord ce penchant que pour une amitié qui procédoit de l'excès de celle qu'elles confervoient toujours l'une pour l'autre. Mais à mefure que les princes avancèrent en âge, elle fe tourna peu-à-peu en une forte inclination, & cette inclination enfin en un amour des plus violens lorfqu'ils parurent à leurs yeux avec des grâces qui achevèrent de les aveugler. Toute l'infamie de leur paffion leur étoit connue; elles firent auffi de grands efforts pour y réfifter; mais la familiarité avec laquelle elles les voyoient tous les jours, & l'habitude de les admirer dès leur enfance, de les louer, de les careffer, dont il n'étoit plus en leur pouvoir de fe défaire, les embrasèrent d'amour à un point qu'elles en perdirent le fommeil, le boire & le manger. Pour leur malheur,

& pour le malheur des princes mêmes, les princes, accoutumés à leurs manières, n'eurent pas le moindre soupçon de cette flamme détestable.

Comme les deux reines ne s'étoient pas fait un secret de leur passion, & qu'elles n'avoient pas le front de le déclarer de bouche au prince que chacune aimoit en particulier, elles convinrent de s'en expliquer chacune par un billet, & pour l'exécution d'un dessein si pernicieux, elles profitèrent de l'absence du roi Camaralzaman pour une chasse de trois ou quatre jours.

Le jour du départ du roi, le prince Amgiad présida au conseil, & rendit la justice jusqu'à deux ou trois heures après midi. A la sortie du conseil, comme il rentroit dans le palais, un eunuque le prit en particulier, & lui présenta un billet de la part de la reine Haïatalnefous. Amgiad le prit & le lut avec horreur. Quoi! perfide, dit-il à l'eunuque en achevant de lire & en tirant le sabre, est-ce là la fidélité que tu dois à ton maître & à ton roi? En disant ces paroles, il lui trancha la tête.

Après cette action, Amgiad transporté de colère, alla trouver la reine Badoure, sa mère, d'un air qui marquoit son ressentiment, lui montra le billet, & l'informa du contenu, après lui avoir dit de quelle part il venoit. Au lieu

O ij

de l'écouter, la reine Badoure fe mit en colère
elle-même. Mon fils, reprit-elle, ce que vous
me dites, eft une calomnie & une impofture;
la reine Haïatalnefous eft fage, & je vous trouve
bien hardi de me parler contr'elle avec cette
infolence. Le prince s'emporta contre la reine
fa mère à ces paroles. Vous êtes toutes plus
méchantes les unes que les autres, s'écria-t-il;
fi je n'étois retenu par le refpect que je dois
au roi mon père, ce jour feroit le dernier de
la vie d'Haïatalnefous.

La reine Badoure pouvoit bien juger de
l'exemple de fon fils Amgiad, que le prince
Affad, qui n'étoit pas moins vertueux, ne re-
cevroit pas plus favorablement la déclaration
femblable qu'elle avoit à lui faire. Cela ne l'empêcha pas de perfifter dans un deffein fi abominable, & elle lui écrivit auffi un billet le
lendemain, qu'elle confia à une vieille qui avoit
entrée dans le palais.

La vieille prit auffi fon tems de rendre le
billet au prince Affad à la fortie du confeil,
où il venoit de préfider à fon tour. Le prince
le prit; & en le lifant, il fe laiffa emporter à la
colère fi vivement, que fans fe donner le tems
d'achever, il tira fon fabre & punit la vieille
comme elle le méritoit. Il courut à l'appartement de la reine Haïatalnefous, fa mère, le

billet à la main ; il voulut le lui montrer, mais elle ne lui en donna pas le tems, ni même celui de parler. Je fais ce que vous me voulez, s'écria-t-elle, & vous êtes auſſi impertinent que votre frère Amgiad. Allez, retirez-vous, & ne paroiſſez jamais devant moi.

Aſſad demeura interdit à ces paroles, auxquelles il ne s'étoit pas attendu, & elles le mirent dans un tranſport dont il fut ſur le point de donner des marques funeſtes ; mais il ſe retint & ſe retira ſans répliquer, de crainte qu'il ne lui échappât de dire quelque choſe d'indigne de ſa grandeur d'ame. Comme le prince Amgiad avoit eu la retenue de ne lui rien dire du billet qu'il avoit reçu le jour d'auparavant, & que ce que la reine ſa mère venoit de lui dire, lui faiſoit comprendre qu'elle n'étoit pas moins criminelle que la reine Badoure, il alla lui faire un reproche obligeant de ſa diſcrétion, & mêler ſa douleur avec la ſienne.

Les deux reines au deſeſpoir d'avoir trouvé dans les deux princes une vertu qui devoit les faire rentrer en elles-mêmes, renoncèrent à tous les ſentimens de la nature & de mère, & concertèrent enſemble de les faire périr. Elles firent accroire à leurs femmes qu'ils avoient entrepris de les forcer : elles en firent toutes es feintes par leurs larmes, par leurs cris &

O iij

par les malédictions qu'elles leur donnoient, &
fe couchèrent dans un même lit, comme fi la
réfiftance qu'elles feignirent auffi d'avoir faite,
les eût réduites aux abois.

Mais, fire, dit ici Scheherazade, le jour
paroît & m'impofe filence. Elle fe tut, & la
nuit fuivante, elle pourfuivit la même hiftoire,
& dit au fultan des Indes :

CCXXIXᵉ NUIT.

Sire, nous laifsâmes hier les deux reines
dénaturées dans la réfolution déteftable de perdre les deux princes leurs fils. Le lendemain,
le roi Camaralzaman à fon retour de la chaffe
fut dans un grand étonnement de les trouver
couchées enfemble, éplorées, & dans un état
qu'elles furent fi bien contrefaire, qu'il le toucha de compaffion. Il leur demanda avec empreffement ce qui leur étoit arrivé.

A cette demande, les diffimulées reines re-
doublèrent leurs gémiffemens & leurs fanglots;
& après qu'il les eut bien preffées, la reine
Badoure prit enfin la parole : Sire, dit-elle, de
la jufte douleur dont nous fommes affligées,
nous ne devrions plus voir le jour après l'ou-
trage que les princes vos fils nous ont fait par

une brutalité qui n'a pas d'exemple. Par un complot indigne de leur naiffance, votre abfence leur a donné la hardieffe & l'infolence d'attenter à notre honneur. Que votre majefté nous difpenfe d'en dire davantage ; notre affliction fuffira pour lui faire comprendre le refte.

Le roi fit appeller les deux princes, & il leur eut ôté la vie de fa propre main, fi l'ancien roi Armanos, fon beau-père, qui étoit préfent, ne lui eut retenu le bras. Mon fils, dit-il, que penfez-vous faire ? Voulez-vous enfanglanter vos mains & votre palais de votre propre fang ? Il y a d'autres moyens de les punir, s'il eft vrai qu'ils foient criminels. Il tâcha de l'appaifer, & il le pria de bien examiner s'il étoit certain qu'ils euffent commis le crime dont on les accufoit.

Camaralzaman put bien gagner fur lui-même de n'être pas le bourreau de fes propres enfans ; mais après les avoir fait arrêter, il fit venir fur le foir un émir nommé Giondar, qu'il chargea d'aller leur ôter la vie hors de la ville, de tel côté, & fi loin qu'il lui plairoit, & de ne pas revenir qu'il n'apportât leurs habits pour marque de l'exécution de l'ordre qu'il lui donnoit.

Giondar marcha toute la nuit, & le lende-

O iv

main matin quand il eut mis pié à terre, il
fignifia aux princes, les larmes aux yeux, l'ordre qu'il avoit. Princes, leur dit-il, cet ordre
eft bien cruel, & c'eft pour moi une mortification des plus fenfibles d'avoir été choifi pour
en être l'exécuteur : plût à dieu que je puffe
m'en difpenfer ! Faites votre devoir, reprirent
les princes ; nous favons bien que vous n'êtes
pas la caufe de notre mort : nous vous la pardonnons de bon cœur.

En difant ces paroles, les princes s'embrafsèrent & fe dirent le dernier adieu avec tant de
tendreffe, qu'ils furent long-tems fans fe féparer. Le prince Affad fe mit le premier en état
de recevoir le coup de la mort. Commencez
par moi, dit-il, Giondar, que je n'aie pas la
douleur de voir mourir mon cher frère Amgiad.
Amgiad s'y oppofa, & Giondar ne put, fans
verfer des larmes plus qu'auparavant, être témoin de leur conteftation, qui marquoit combien leur amitié étoit fincère & parfaite.

Ils terminèrent enfin cette déférence réciproque fi touchante, & ils prièrent Giondar de
les lier enfemble, & de les mettre dans la fituation la plus commode pour leur donner le coup
de la mort en même-tems. Ne refufez pas, ajoutèrent-ils, de donner cette confolation de mourir enfemble à deux frères infortunés qui, juf-

qu'à leur innocence, n'ont rien eu que de commun depuis qu'ils font au monde.

Giondar accorda aux deux princes ce qu'ils fouhaitoient : il les lià ; & quand il les eut mis dans l'état qu'il crut le plus à fon avantage, pour ne pas manquer de leur couper la tête d'un feul coup, il leur demanda s'ils avoient quelque chofe à lui commander avant de mourir.

Nous ne vous prions que d'une feule chofe, répondirent les deux princes ; c'eft de bien affurer le roi notre père, à votre retour, que nous mourons innocens ; mais que nous ne lui imputons pas l'effufion de notre fang. En effet, nous favons qu'il n'eft pas bien informé de la vérité du crime dont nous fommes accufés. Giondar leur promit qu'il n'y manqueroit pas, & en même-tems il tira fon fabre. Son cheval, qui étoit lié à un arbre près de lui, épouvanté de cette action & de l'éclat du fabre, rompit fa bride, s'échappa, & fe mit à courir de toute fa force par la campagne.

C'étoit un cheval de grand prix & richement harnaché, que Giondar auroit été bien fâché de perdre. Troublé de cet accident, au lieu de couper la tête aux princes, il jeta le fabre & courut après pour le ratrapper.

Le cheval, qui étoit vigoureux, fit plufieurs

caracoles devant Giondar, & il le mena jufqu'à un bois où il fe jeta. Giondar l'y fuivit, & le henniffement du cheval éveilla un lion qui dormoit; le lion accourut, & au lieu d'aller au cheval, il vint droit à Giondar dès qu'il l'eut apperçu.

Giondar ne fongea plus à fon cheval; il fut dans un plus grand embarras pour la confervation de fa vie, en évitant l'attaque du lion, qui ne le perdit pas de vue & qui le fuivoit de près au travers des arbres. Dans cette extrémité, dieu ne m'enverroit pas ce châtiment, difoit-il en lui-même, fi les princes à qui l'on m'a commandé d'ôter la vie, n'étoient pas innocens; & pour mon malheur, je n'ai pas mon fabre pour me défendre.

Pendant l'éloignement de Giondar, les deux princes furent preffés également d'une foif ardente, caufée par la frayeur de la mort, nonobftant leur réfolution généreufe de fubir l'ordre cruel du roi leur père. Le prince Amgiad fit remarquer au prince fon frère qu'ils n'étoient pas loin d'une fource d'eau, & lui propofa de fe délier & d'aller boire. Mon frère, reprit le prince Affad, pour le peu de tems que nous avons encore à vivre, ce n'eft pas la peine d'étancher notre foif, nous la fupporterons bien encore quelques momens.

Sans avoir égard à cette remontrance, Amgiad se délia & délia le prince son frère malgré lui : ils allèrent à la source ; & après qu'ils se furent rafraîchis, ils entendirent le rugissement du lion & de grands cris dans le bois où le cheval & Giondar étoient entrés. Amgiad prit aussi-tôt le sabre dont Giondar s'étoit débarrassé. Mon frère, dit-il à Assad, courons au secours du malheureux Giondar, peut-être arriverons-nous assez tôt pour le délivrer du péril où il est.

Les deux princes ne perdirent pas de tems, & ils arrivèrent dans le même moment que le lion venoit d'abattre Giondar. Le lion qui vit que le prince Amgiad avançoit vers lui le sabre levé, lâcha sa prise & vint droit à lui avec furie ; le prince le reçut avec intrépidité, & lui donna un coup avec tant de force & d'adresse, qu'il le fit tomber mort.

Dès que Giondar eut connu que c'étoit aux deux princes qu'il devoit la vie, il se jeta à leurs piés, & les remercia de la grande obligation qu'il leur avoit, en des termes qui marquoient sa parfaite reconnoissance : Princes, leur dit-il en se relevant & en leur baisant les mains les larmes aux yeux, dieu me garde d'attenter à votre vie, après le secours si obligeant & si éclatant que vous venez de me don-

ner. Jamais on ne reprochera à l'émir Giondar
d'avoir été capable d'une fi grande ingratitude.

Le fervice que nous vous avons rendu, reprirent les princes, ne doit pas vous empêcher d'exécuter votre ordre ; reprenons auparavant votre cheval, & retournons au lieu où
vous nous aviez laiffés. Ils n'eurent pas de peine à reprendre le cheval qui avoit paffé fa fougue & qui s'étoit arrêté. Mais quand ils furent de retour près de la fource, quelque prière
& quelque inftance qu'ils fiffent, ils ne purent
jamais perfuader à l'émir Giondar de les faire
mourir. La feule chofe que je prends la liberté
de vous demander, leur dit-il, & que je vous
fupplie de m'accorder, c'eft de vous accommoder de ce que je puis vous partager de mon habit,
de me donner chacun le vôtre, & de vous fauver fi loin, que le roi votre père n'entende jamais parler de vous.

Les princes furent contraints de fe rendre
à ce qu'il voulut ; & après qu'ils lui eurent donné leur habit l'un & l'autre, & qu'ils fe furent
couverts de ce qu'il leur donna du fien, l'émir
Giondar leur donna ce qu'il avoit fur lui d'or
& d'argent, & prit congé d'eux.

Quand l'émir Giondar fe fut féparé d'avec
les princes, il paffa par le bois, où il teignit
leurs habits du fang du lion, & continua fon

chemin jufqu'à la capitale de l'île d'Ebène. A
fon arrivée, le roi Camaralzaman lui demanda
s'il avoit été fidèle à exécuter l'ordre qu'il lui
avoit donné. Sire, répondit Giondar en lui préfentant les habits des deux princes, en voici
les témoignages.

Dites-moi, reprit le roi, de quelle manière
ils ont reçu le châtiment dont je les ai fait punir. Sire, reprit-il, ils l'ont reçu avec une conftance admirable, & avec une réfignation aux
décrets de dieu qui marquoit la fincérité avec
laquelle ils faifoient profeffion de leur religion,
mais particulièrement avec un grand refpeêt pour
votre majefté, & avec une foumiffion inconce-
vable à leur arrêt de mort. Nous mourons innocens, difoient-ils, mais nous n'en murmu-
rons pas. Nous recevons notre mort de la main
de dieu, & nous la pardonnons au roi notre
père ; nous favons très-bien qu'il n'a pas été
bien informé de la vérité. Camaralzaman, fenfiblement touché de ce récit de l'émir Giondar,
s'avifa de fouiller dans les poches des habits des
deux princes, & il commença par celui d'Amgiad. Il y trouva un billet qu'il ouvrit &
qu'il lut. Il n'eut pas plutôt connu que la reine
Haïatalnefous l'avoit écrit, non-feulement à fon
écriture, mais même à un petit peloton de fes
cheveux qui étoit dedans, qu'il frémit. Il

fouilla dans celles d'Affad en tremblant , & le billet de la reine Badoure qu'il y trouva , le frappa d'un étonnement fi prompt & fi vif , qu'il s'évanouit.

La fultane Scheherazade qui s'apperçut , à ces derniers mots , que le jour paroiſſoit , ceſſa de parler & garda le filence. Elle reprit la fuite de l'hiftoire la nuit fuivante , & dit au fultan des Indes :

CCXXXᵉ NUIT.

SIRE , jamais douleur ne fut égale à celle dont Camaralzaman donna des marques dès qu'il fut revenu de fon évanouiſſement. Qu'as-tu fait , père barbare , s'écria-t-il , tu as maſſa-cré tes propres enfans ? Enfans innocens ! Leur fageſſe , leur modeftie , leur obéiſſance , leur foumiſſion à toutes tes volontés , leur vertu ne te parloient-elles pas aſſez pour leur défen-fe ? Père aveuglé , mérites-tu que la terre te porte après un crime fi exécrable ? Je me fuis jeté moi-même dans cette abomination , & c'eft le châtiment dont dieu m'afflige pour n'avoir pas perfévéré dans l'averfion contre les femmes avec laquelle j'étois né. Je ne laverai pas votre crime dans votre fang , comme vous le mériteriez, femmes détestables : non , vous n'êtes pas dignes de ma colère. Mais que le ciel me confonde si jamais je vous revois !

Le roi Camaralzaman fut très-religieux à ne pas contrevenir à son serment. Il fit passer les deux reines le même jour dans un appartement séparé, où elles demeurèrent sous bonnes gardes, & de sa vie il n'approcha d'elles.

Pendant que le roi Camaralzaman s'affligeoit ainsi de la perte des princes ses fils , dont il étoit lui-même l'auteur par un emportement trop inconsidéré, les deux princes erroient par les déserts , en évitant d'approcher des lieux habités & la rencontre de toutes sortes de personnes ; ils ne vivoient que d'herbes & de fruits sauvages , ne buvoient que de méchante eau de pluie qu'ils trouvoient dans des creux de rochers. Pendant la nuit , pour se garder des bêtes féroces , ils dormoient & veilloient tour-à-tour.

Au bout d'un mois , ils arrivèrent au pié d'une montagne affreuse, toute de pierre noire, & inaccessible comme il leur paroissoit. Ils apperçurent néanmoins un chemin frayé ; mais ils le trouvèrent si étroit & si difficile , qu'ils n'osèrent hasarder de s'y engager. Dans l'espérance d'en trouver un moins rude , ils continuèrent de la côtoyer, & marchèrent pen-

dant cinq jours : mais la peine qu'ils se donnèrent, fut inutile; ils furent contraints de revenir à ce chemin qu'ils avoient négligé. Ils le
trouvèrent si peu praticable, qu'ils délibérèrent long-tems avant de s'engager à monter. Ils
s'encouragèrent enfin, & ils montèrent.

Plus les deux princes avançoient, plus il
leur sembloit que la montagne étoit haute &
escarpée, & ils furent tentés plusieurs fois d'a-
bandonner leur entreprise. Quand l'un étoit las,
& que l'autre s'en appercevoit, celui-ci s'arrê-
toit, & ils reprenoient haleine ensemble. Quelquefois ils étoient tous deux si fatigués, que
les forces leur manquoient : alors ils ne son-
geoient plus à continuer de monter, mais à
mourir de fatigue & de lassitude. Quelques momens après qu'ils sentoient leurs forces un peu
revenues, ils s'animoient & ils reprenoient leur
chemin.

Malgré leur diligence, leur courage & leurs
efforts, il ne leur fut pas possible d'arriver au
sommet de tout le jour. La nuit les surprit, &
le prince Assad se trouva si fatigué & si épuisé
de forces, qu'il demeura tout court. Mon frère,
dit-il au prince Amgiad, je n'en puis plus,
je vais rendre l'âme. Reposons-nous autant
qu'il vous plaira, reprit Amgiad en s'arrêtant
avec lui, & prenez courage. Vous voyez qu'il

ne

ne nous reſte plus beaucoup à monter, & que la lune nous favoriſe.

Après une bonne demi-heure de repos, Aſſad fit un nouvel effort; ils arrivèrent enfin au haut de la montagne, où ils firent encore une pauſe. Amgiad ſe leva le premier, & en avançant, il vit un arbre à peu de diſtance. Il alla juſques-là, & trouva que c'étoit un grenadier chargé de groſſes grenades, & qu'il y avoit une fontaine au pié. Il courut annoncer cette bonne nouvelle à Aſſad, & l'amena ſous l'arbre près de la fontaine. Ils ſe rafraîchirent chacun en mangeant une grenade, après quoi ils s'endormirent.

Le lendemain matin, quand les princes furent éveillés: Allons, mon frère, dit Amgiad à Aſſad, pourſuivons notre chemin; je vois que la montagne eſt bien plus aiſée dece côté que de l'autre, & nous n'avons qu'à deſcendre. Mais Aſſad étoit tellement fatigué du jour précédent, qu'il ne lui fallut pas moins de trois jours pour ſe remettre entièrement. Ils les paſsèrent en s'entretenant, comme ils avoient déjà fait pluſieurs fois, de l'amour déſordonné de leurs mères, qui les avoit réduits à un état ſi déplorable. Mais, diſoient-ils, ſi dieu s'eſt déclaré pour nous d'une manière ſi viſible, nous devons ſupporter nos maux avec patience, & nous conſoler par l'efpérance qu'il nous en fera trouver la fin.

Les trois jours paflés, les deux frères fe remirent en chemin ; & comme la montagne étoit de ce côté-là à plufieurs étages de grandes campagnes, ils mirent cinq jours avant d'arriver à la plaine. Ils découvrirent enfin une grande ville avec beaucoup de joie. Mon frère, dit alors Amgiad à Aflad, n'êtes-vous pas de même avis que moi, que vous demeuriez en quelque endroit hors de la ville, où je viendrai vous retrouver, pendant que j'irai prendre langue & m'informer comment s'appelle cette ville, en quel pays nous fommes, & en revenant, j'aurai foin d'apporter des vivres ? Il eft bon de ne pas y entrer d'abord tous deux, au cas qu'il y ait du danger à craindre.

Mon frère, repartit Aflad, j'approuve fort votre confeil, il eft fage & plein de prudence ; mais fi l'un de nous deux doit fe féparer pour cela, jamais je ne fouffrirai que ce foit vous, & vous permettrez que je m'en charge. Quelle douleur ne feroit-ce pas pour moi s'il vous arrivoit quelque chofe ?

Mais, mon frère, repartit Amgiad, la même chofe que vous craignez pour moi, je dois la craindre pour vous. Je vous fupplie de me laiffer faire, & de m'attendre avec patience. Je ne le permettrai jamais, répliqua Aflad ; & s'il m'arrive quelque chofe , j'aurai la confolation de favoir que vous ferez en fûreté. Amgiad fut obligé de céder , & il s'arréta fous des arbres au pié de la montagne.

Le Prince Affad arrêté en entrant dans la ville des Mages.

LE prince Affad prit de l'argent dans la bourfe dont Amgiad étoit chargé , & continua fon chemin jufqu'à la ville. Il ne fut pas un peu avancé dans la première rue , qu'il joignit un vieillard vénérable , bien mis , & qui avoit une canne à la main. Comme il ne douta pas que ce ne fût un homme de diftinction , & qui ne voudroit pas le tromper , il l'aborda. Seigneur , lui dit-il , je vous fupplie de m'enfeigner le chemin de la place publique.

Le vieillard regarda le prince en fouriant. Mon fils , lui dit-il , apparemment que vous êtes étranger ? vous ne me feriez pas cette demande fi cela n'étoit. Oui , feigneur , je fuis étranger , reprit Affad. Soyez le bien-venu , repartit le vieillard , notre pays eft bien honoré de ce qu'un jeune homme bien fait comme vous a pris la peine de le venir voir. Dites-moi , quelle affaire avez-vous à la place publique ?

Seigneur, répliqua Affad, il y a près de deux
mois qu'un frère que j'ai, & moi, nous fommes
partis d'un pays fort éloigné d'ici. Depuis ce
tems-là, nous n'avons pas difcontinué de marcher, & nous ne faifons que d'arriver aujour-
d'hui. Mon frère, fatigué d'un fi long voyage,
eft demeuré au pié de la montagne, & je viens
chercher des vivres pour lui & pour moi.

Mon fils, repartit encore le vieillard, vous
êtes venus le plus à propos du monde, & je
m'en réjouis pour l'amour de vous & de votre
frère. J'ai fait aujourd'hui un grand régal à plufieurs de mes amis, dont il eft refté une quantité de mets où perfonne n'a touché. Venez avec
moi, je vous en donnerai bien à manger; &
quand vous aurez fait, je vous en donnerai encore pour vous & pour votre frère de quoi
vivre plufieurs jours. Ne prenez donc pas la
peine d'aller dépenfer votre argent à la place,
les voyageurs n'en ont jamais trop. Avec cela,
pendant que vous mangerez, je vous informe-
rai des particularités de notre ville mieux que
perfonne. Une perfonne comme moi, qui a paffé
par toutes les charges les plus honorables avec
diftinction, ne doit pas les ignorer. Vous devez bien vous réjouir auffi de ce que vous vous
êtes adreffé à moi plutôt qu'à un autre; car je
vous dirai en paffant que tous nos citoyens ne

font pas faits comme moi : il y en a, je vous
affure, de bien méchans. Venez donc, je veux
vous faire connoître la différence qu'il y a entre un honnête homme, comme je le fuis, &
bien des gens qui fe vantent de l'être & ne le
font pas.

Je vous fuis infiniment obligé, reprit le prince
Affad, de la bonne volonté que vous me té-
moignez ; je me remets entièrement à vous, &
je fuis prêt d'aller où il vous plaira.

Le vieillard, en continuant de marcher avec
Affad à côté de lui, rioit en fa barbe ; & de
crainte qu'Affad ne s'en apperçût, il l'entretenoit de plufieurs chofes, afin qu'il demeurât
dans la bonne opinion qu'il avoit conçue pour
lui. Entr'autres, il faut avouer, lui difoit-il,
que votre bonheur eft grand de vous être adreffé
à moi plutôt qu'à un autre. Je loue dieu de ce
que vous m'avez rencontré, vous faurez pourquoi je vous dis cela quand vous ferez chez
moi.

Le vieillard arriva enfin à fa maifon, & introduifit Affad dans une grande falle où il vit
quarante vieillards qui faifoient un cercle autour d'un feu allumé qu'ils adoroient.

A ce fpectacle, le prince Affad n'eut pas
moins d'horreur de voir des hommes affez dé-
pourvus de bon fens pour rendre leur culte

à la créature préférablement au créateur, que de frayeur de se voir trompé, & de se trouver dans un lieu si abominable.

Pendant qu'Assad étoit immobile de l'étonnement où il étoit, le rusé vieillard salua les quarante vieillards. Dévots adorateurs du feu, leur dit-il, voici un heureux jour pour nous. Où est Gazban, ajouta-t-il ? qu'on le fasse venir.

A ces paroles prononcées assez haut, un noir qui les entendit de dessous la salle, parut ; & ce noir, qui étoit Gazban, n'eut pas plutôt apperçu le désolé Assad, qu'il comprit pourquoi il avoit été appelé. Il courut à lui, le jeta par terre d'un soufflet qu'il lui donna, & le lia par les bras avec une diligence merveilleuse. Quand il eut achevé : Mène-le là-bas, lui commanda le vieillard, & ne manque pas de dire à mes filles Bostane & Cavame de lui bien donner la bastonade chaque jour, avec un pain le matin & un autre le soir pour toute nourriture : c'en est assez pour le faire vivre jusqu'au départ du vaisseau pour la mer bleue & pour la montagne du feu ; nous en ferons un sacrifice agréable à notre divinité.

La sultane Scheherazade ne passa pas plus outre pour cette nuit, à cause du jour qui paroissoit. Elle poursuivit la nuit suivante, & dit au sultan des Indes :

CCXXXI^e NUIT.

SIRE, dès que le vieillard eut donné l'ordre cruel par où j'achevai hier de parler, Gazban fe faifit d'Affad en le maltraitant, le fit defcendre fous la falle, & après l'avoir fait paffer par plufieurs portes jufques dans un cachot où l'on defcendoit par vingt marches, il l'attacha par les piés à une chaîne des plus groffes & des plus pefantes. Auffitôt qu'il eut achevé, il alla avertir les filles du vieillard ; mais le vieillard leur parloit déjà lui-même. Mes filles, leur dit-il, defcendez là-bas, & donnez la baftonade de la manière que vous favez au mufulman dont je viens de faire capture, & ne l'épargnez pas : vous ne pouvez mieux marquer que vous êtes de bonnes adoratrices du feu.

Boftane & Cavame, nourries dans la haine contre tous les mufulmans, reçurent cet ordre avec joie. Elles defcendirent au cachot dès le même moment, dépouillèrent Affad, le baftonnèrent impitoyablement jufqu'au fang & jufqu'à lui faire perdre connoiffance. Après cette exécution fi barbare, elles mirent un pain & un pot d'eau près de lui, & fe retirèrent.

Affad ne revint à lui que long-tems après,

P iv

& ce ne fut que pour verſer des larmes par
ruiſſeaux en déplorant ſa miſère, avec la conſolation néanmoins que ce malheur n'étoit pas
arrivé à ſon frère Amgiad.

Le prince Amgiad attendit ſon frère Aſſad
juſqu'au ſoir au pié de la montagne avec grande
impatience. Quand il vit qu'il étoit deux, trois
& quatre heures de nuit, & qu'il n'étoit pas
venu, il penſa ſe déſeſpérer. Il paſſa la nuit
dans cette inquiétude déſolante; & dès que le
jour parut, il s'achemina vers la ville. Il fut d'a-
bord très-étonné de ne voir que très-peu de
muſulmans. Il arrêta le premier qu'il rencontra,
& le pria de lui dire comment elle s'appeloit.
Il apprit que c'étoit la ville des mages, ainſi
nommée à cauſe que les mages adorateurs du
feu, y étoient en plus grand nombre, & qu'il n'y
avoit que très-peu de muſulmans. Il demanda
auſſi combien on comptoit de-là à l'île d'Ebène;
& la réponſe qu'on lui fit, fut que par mer il
y avoit quatre mois de navigation, & une année de voyage par terre. Celui à qui il s'étoit
adreſſé, le quitta bruſquement après qu'il l'eut
ſatisfait ſur ces deux demandes, & continua
ſon chemin, parce qu'il étoit preſſé.

Amgiad qui n'avoit mis qu'environ ſix ſe-
maines à venir de l'île d'Ebène avec ſon frère
Aſſad, ne pouvoit comprendre comment ils

avoient fait tant de chemin en si peu de tems,
à moins que ce ne fût par enchantement, ou
que le chemin de la montagne par où ils étoient
venus, ne fût un chemin plus court qui n'étoit
point pratiqué à cause de sa difficulté. En marchant par la ville, il s'arrêta à la boutique d'un
tailleur qu'il reconnut pour musulman à son habillement, comme il avoit déjà reconnu celui
à qui il avoit parlé. Il s'assit près de lui après
qu'il l'eut salué, & lui raconta le sujet de la
peine où il étoit.

Quand le prince Amgiad eut achevé : Si votre frère, reprit le tailleur, est tombé entre les
mains de quelque mage, vous pouvez faire état
de ne le revoir jamais. Il est perdu sans ressour-
ce, & je vous conseille de vous en consoler,
& de songer à vous préserver vous-même d'une
semblable disgrace. Pour cela, si vous voulez me
croire, vous demeurerez avec moi, & je vous
instruirai de toutes les ruses de ces mages, afin
que vous vous gardiez d'eux quand vous sortirez.
Amgiad, bien affligé d'avoir perdu son frère
Assad, accepta l'offre, & remercia le tailleur
mille fois de la bonté qu'il avoit pour lui.

HISTOIRE

Du Prince Amgiad & d'une Dame de la ville des Mages.

LE prince Amgiad ne fortit pour aller par la ville pendant un mois entier, qu'en la compagnie du tailleur : il fe hafarda enfin d'aller feul au bain. Au retour, comme il paffoit par une rue où n'y avoit perfonne, il rencontra une dame qui venoit à lui.

La dame qui vit un jeune homme très-bien fait, & tout frais forti du bain, leva fon voile & lui demanda où il alloit d'un air riant & en lui faifant les yeux doux. Amgiad ne put réfifter aux charmes qu'elle lui fit paroître. Madame, répondit-il, je vais chez moi ou chez vous, cela eft à votre choix.

Seigneur, répondit la dame avec un fourire agréable, les dames de ma forte ne mènent pas les hommes chez elles, elles vont chez eux.

Amgiad fut dans un grand embarras de cette réponfe à laquelle il ne s'attendoit pas. Il n'ofoit prendre la hardieffe de la mener chez fon hôte qui s'en feroit fcandalifé, & il auroit couru rifque de perdre la protection dont il avoit

beſoin dans une ville où il avoit tant de précautions à prendre. Le peu d'habitude qu'il y
avoit, faiſoit auſſi qu'il ne ſavoit aucun endroit
où la conduire, & il ne pouvoit ſe réſoudre de
laiſſer échapper une ſi belle fortune. Dans cette
incertitude il réſolut de s'abandonner au haſard ;
& ſans répondre à la dame, il marcha devant
elle & la dame le ſuivit.

Le prince Amgiad la mena long-tems de
rue en rue, de carrefour en carrefour, de place
en place, & ils étoient fatigués de marcher l'un
& l'autre, lorſqu'il enfila une rue qui ſe trouva
terminée par une grande porte fermée d'une
maiſon d'aſſez belle apparence avec deux bancs,
l'un d'un côté, l'autre de l'autre. Amgiad s'aſſit
ſur l'un comme pour reprendre haleine, & la
dame plus fatiguée que lui s'aſſit ſur l'autre.

Quand la dame fut aſſiſe : C'eſt donc ici votre maiſon, dit-elle au prince Amgiad ? Vous
le voyez, madame, reprit le prince. Pourquoi donc n'ouvrez-vous pas, repartit-elle ?
qu'attendez-vous ? Ma belle, répliqua Amgiad,
c'eſt que je n'ai pas la clé, je l'ai laiſſée à mon
eſclave que j'ai chargé d'une commiſſion d'où
il ne peut pas être encore revenu. Et comme
je lui ai commandé après qu'il auroit fait cette
commiſſion, de m'acheter de quoi faire un bon
dîné, je crains que nous ne l'attendions encore
long-tems.

La difficulté que le prince trouvoit à satisfaire sa paſſion , dont il commençoit à se repentir , lui avoit fait imaginer cette défaite dans
l'eſpérance que la dame donneroit dedans , &
que le dépit l'obligeroit de le laiſſer là &
d'aller chercher fortune ailleurs ; mais il se
trompa.

Voilà un impertinent eſclave de se faire ainſi
attendre , reprit la dame , je le châtierai moi-
méme , comme il le mérite , ſi vous ne le châ-
tiez bien quand il sera de retour. Il n'eſt pas
bien séant cependant que je demeure seule à
une porte avec un homme. En diſant cela elle
se leva , & amaſſa une pierre pour rompre la
serrure qui n'étoit que de bois , & fort foible,
à la mode du pays.

Amgiad au déſeſpoir de ce deſſein , voulut
s'y oppoſer : Madame , dit-il , que prétendez-
vous faire ? de grâce , donnez-vous quelques momens de patience. Qu'avez-vous à craindre ,
reprit-elle ? la maiſon n'eſt-elle pas à vous ? ce
n'eſt pas une grande affaire qu'une serrure de
bois rompue : il eſt aiſé d'en remettre une
autre. Elle rompit la serrure , & dès que la
porte fut ouverte , elle entra & marcha devant.

Amgiad se tint pour perdu quand il vit la
porte de la maiſon forcée : il héſita s'il devoit

entrer ou s'évader pour fe délivrer du danger
qu'il croyoit indubitable , & il alloit prendre
ce parti , lorfque la dame fe retourna & vit qu'il
n'entroit pas. Qu'avez-vous que vous n'entrez
pas chez vous , lui dit-elle ? C'eft , madame ,
répondit-il , que je regardois fi mon efclave
ne revenoit pas , & que je crains qu'il n'y ait
rien de prêt. Venez , venez , reprit-elle , nous
attendrons mieux ici que dehors , en attendant
qu'il arrive.

Le prince Amgiad entra bien malgré lui dans
une cour fpacieufe & proprement pavée. De
la cour il monta par quelques degrés à un
grand veftibule , où ils apperçurent , lui & la
dame , une grande falle ouverte , très-bien meublée , & dans la falle une table de mets exquis avec une autre chargée de plufieurs fortes de beaux fruits , & un buffet garni de bou-
teilles de vin.

Quand Amgiad vit ces apprêts , il ne douta
plus de fa perte. C'eft fait de toi , pauvre Amgiad , dit-il en lui-même , tu ne furvivras pas
long-tems à ton cher frère Affad. La dame au
contraire , ravie de ce fpectacle agréable : Hé
quoi ! feigneur , s'écria-t-elle , vous craigniez
qu'il n'y eût rien de prêt. Vous voyez cependant que votre efclave a fait plus que vous ne
croyiez. Mais fi je ne me trompe , ces prépa-

ratifs font pour une autre dame que moi. Cela n'importe, qu'elle vienne cette dame, je vous promets de n'en être pas jaloufe. La grâce que je vous demande, c'eft de vouloir bien fouffrir que je la ferve & vous auffi.

Amgiad ne put s'empêcher de rire de la plaifanterie de la dame, tout affligé qu'il étoit. Madame, reprit-il, en penfant toute autre chofe qui le défoloit dans l'ame, je vous affure qu'il n'eft rien moins que ce que vous vous imaginez : ce n'eft-là que mon ordinaire bien fimplement. Comme il ne pouvoit fe réfoudre de fe mettre à une table qui n'avoit pas été préparée pour lui, il voulut s'affeoir fur le fofa, mais la dame l'en empêcha : Que faites-vous, lui dit-elle ? vous devez avoir faim après le bain : mettons-nous à table, mangeons, & réjouiffons-nous.

Amgiad fut contraint de faire ce que la dame voulut : ils fe mirent à table, & ils mangèrent. Après les premiers morceaux, la dame prit un verre & une bouteille, fe verfa à boire, & but la première à la fanté d'Amgiad. Quand elle eut bu, elle remplit le même verre, & le préfenta à Amgiad qui lui fit raifon.

Plus Amgiad faifoit réflexion fur fon aventure, plus il étoit dans l'étonnement de voir

que le maître de la maison ne paroissoit pas ,
& même qu'une maison où tout étoit si propre
& si riche , étoit sans un seul domestique. Mon
bonheur seroit bien extraordinaire , se disoit-
il à soi-même , si le maître pouvoit ne pas venir que je ne susse sorti de cette intrigue ! Pendant qu'il s'entretenoit de ces pensées , & d'autres plus fâcheuses , la dame continuoit de manger , buvoit de tems en tems , & l'obligeoit
de faire de même. Ils en étoient bientôt au
fruit , lorsque le maître de la maison arriva.

C'étoit le grand écuyer du roi des mages ,
& son nom étoit Bahader. La maison lui appartenoit ; mais il en avoit une autre où il
faisoit sa demeure ordinaire. Celle-ci ne lui ser-
voit qu'à se régaler en particulier avec trois ou
quatre amis choisis , où il faisoit tout apporter de chez lui , & c'est ce qu'il avoit fait
ce jour-là par quelques-uns de ses gens qui ne
faisoient que de sortir peu de tems avant qu'Amgiad & la dame arrivassent.

Bahader arriva sans suite & déguisé , comme il le faisoit presque ordinairement , & il venoit un peu avant l'heure qu'il avoit donnée à
ses amis. Il ne fut pas peu surpris de voir la
porte de sa maison forcée. Il entra sans faire
de bruit , & comme il eut entendu que l'on
parloit & que l'on se réjouissoit dans la salle , il

se coula le long du mur , & avança la tête à demi à la porte pour voir quelles gens c'étoient : comme il eut vu que c'étoient un jeune homme & une jeune dame qui mangeoient à la table qui n'avoit été préparée que pour ses amis & pour lui , & que le mal n'étoit pas si grand qu'il s'étoit imaginé d'abord , il résolut de s'en divertir.

La dame qui avoit le dos un peu tourné , ne pouvoit pas voir le grand écuyer ; mais Amgiad l'apperçut d'abord , & alors il avoit le verre à la main. Il changea de couleur à cette vue , les yeux attachés sur Bahader qui lui fit signe de ne dire mot & de venir lui parler.

Amgiad but & se leva. Où allez-vous , lui demanda la dame ? Madame , lui dit-il , demeurez , je vous prie , je suis à vous dans le moment : une petite nécessité m'oblige de sortir. Il trouva Bahader qui l'attendoit sous le vestibule , & qui le mena dans la cour pour lui parler sans être entendu de la dame.

Scheherazade s'apperçut à ces derniers mots qu'il étoit tems que le sultan des Indes se levât : elle se tut , & elle eut le tems de poursuivre la nuit suivante , & de lui parler en ces termes :

CCXXXII.[e]

CCXXXII^e NUIT.

SIRE, quand Bahader & le prince Amgiad
furent dans la cour, Bahader demanda au prince par quelle aventure il se trouvoit chez lui
avec la dame, & pourquoi ils avoient forcé la
porte de sa maison?

Seigneur, reprit Amgiad, je dois paroître
bien coupable dans votre esprit, mais si vous
voulez bien avoir la patience de m'entendre,
j'espère que vous me trouverez très-innocent. Il
poursuivit son discours, & lui raconta en peu
de mots la chose comme elle étoit, sans rien
déguiser; & afin de bien persuader qu'il n'étoit
pas capable de commettre une action aussi indigne que de forcer une maison, il ne lui cacha pas qu'il étoit prince, non plus que la
raison pourquoi il se trouvoit dans la ville des
mages.

Bahader qui aimoit naturellement les étrangers, fut ravi d'avoir trouvé l'occasion d'en
obliger un de la qualité & du rang d'Amgiad.
En effet, à son air, à ses manières honnêtes,
à son discours en termes choisis & ménagés,
il ne douta nullement de sa sincérité. Prince, lui
dit-il, j'ai une joie extrême d'avoir trouvé

lieu de vous obliger dans une rencontre auffi plaifante que celle que vous venez de me raconter. Bien loin de troubler la fête, je me ferai un très-grand plaifir de contribuer à votre fatif-faction. Avant que de vous communiquer ce que je penfe là-deffus, je fuis bien aife de vous dire que je fuis grand écuyer du roi, & que je m'appelle Bahader. J'ai un hôtel où je fais ma demeure ordinaire, & cette maifon eft un lieu où je viens quelquefois pour être plus en liberté avec mes amis. Vous avez fait accroire à votre belle, que vous aviez un efclave, quoique vous n'en ayez pas. Je veux être cet efclave ; & afin que cela ne vous faffe pas de peine, & que vous ne vous en excufiez pas, je vous répète que je le veux être abfolument, & vous en apprendrez bientôt la raifon. Allez donc vous remettre à votre place, & conti-nuez de vous divertir ; & quand je reviendrai dans quelque tems, & que je me préfenterai devant vous en habit d'efclave, querellez-moi bien, ne craignez pas même de me frapper : je vous fervirai tout le tems que vous tien-drez table, & jufqu'à la nuit. Vous coucherez chez moi vous & la dame, & demain matin vous la renverrez avec honneur. Après cela, je tâcherai de vous rendre des fervices de plus de conféquence. Allez donc, & ne perdez pas de tems. Amgiad voulut repartir, mais le grand écuyer ne le permit pas, & il le contraignit d'aller retrouver la dame.

Amgiad fut à peine rentré dans la falle, que les amis que le grand écuyer avoit invités, arrivèrent. Il les pria obligeamment de vouloir bien l'excufer s'il ne les recevoit pas ce jour-là, en leur faifant entendre qu'ils en approuveroient la caufe quand il les en auroit informés au premier jour. Dès qu'ils furent éloignés, il fortit, & il alla prendre un habit d'efclave.

Le prince Amgiad rejoignit la dame, le cœur bien content de ce que le hafard l'avoit conduit dans une maifon qui appartenoit à un maître de fi grande diftinction, & qui en ufoit fi honnêtement avec lui. En fe remettant à table : Madame, lui dit-il, je vous demande mille pardons de mon incivilité & de la mauvaife humeur où je fuis de l'abfence de mon efclave ; le maraut me le payera, je lui ferai voir s'il doit être dehors fi long-tems.

Cela ne doit pas vous inquiéter, reprit la dame, tant pis pour lui ; s'il fait des fautes, il le payera. Ne fongeons plus à lui, fongeons feulement à nous réjouir.

Ils continuèrent de tenir table avec d'autant plus d'agrément, qu'Amgiad n'étoit plus inquiet comme auparavant , de ce qui arriveroit de l'indifcrétion de la dame , qui ne devoit pas forcer la porte , quand même la maifon eût appartenu à Amgiad. Il ne fut pas moins de belle humeur que la dame , & ils fe dirent mille plaifanteries en buvant plus qu'ils ne mangeoient , jufqu'à l'arrivée de Bahader déguifé en efclave.

Bahader entra comme un efclave , bien mortifié de voir que fon maître étoit en compagnie & de ce qu'il revenoit fi tard. Il fe jetta à fes piés en baifant la terre , pour implorer fa clémence ; & quand il fe fut relevé , il demeura debout , les mains croifées , & les yeux baiffés , en attendant qu'il lui commandât quelque chofe.

Méchant efclave , lui dit Amgiad , avec un œil & d'un ton de colère , dis-moi s'il y a au monde un efclave plus méchant que toi ? Où as-tu été ? Qu'as-tu fait pour revenir à l'heure qu'il eft ?

Seigneur , reprit Bahader , je vous demande pardon , je viens de faire les commiffions que vous m'avez données : je n'ai pas cru que vous duffiez revenir de fi bonne heure.

Tu es un maraut , repartit Amgiad , & je te rouerai de coups pour t'apprendre à mentir , & à manquer à ton devoir. Il fe leva ,

prit un bâton , & lui en donna deux ou trois
coups affez légèrement , après quoi il fe remit
à table.

La dame ne fut pas contente de ce châtiment , elle fe leva à fon tour , prit le bâton ,
& en chargea Bahader de tant de coups fans
l'épargner , que les larmes lui en vinrent aux
yeux. Amgiad fcandalifé au dernier point de la
liberté qu'elle fe donnoit , & de ce qu'elle mal-
traitoit un officier du roi , de cette importance , avoit beau crier que c'étoit affez , elle
frappoit toujours. Laiffez-moi faire , difoit-elle ,
je veux me fatisfaire , & lui apprendre à ne
pas s'abfenter fi long-tems une autre fois. Elle
continuoit toujours avec tant de furie , qu'il
fut contraint de fe lever , & de lui arracher le
bâton , qu'elle ne lâcha qu'après beaucoup de
réfiftance. Comme elle vit qu'elle ne pouvoit
plus battre Bahader , elle fe remit à fa place
& lui dit mille injures.

Bahader effuya fes larmes , & demeura debout pour leur verfer à boire. Lorfqu'il vit
qu'ils ne buvoient & ne mangeoient plus , il
deffervit , il nettoya la falle , il mit toutes chofes en leur lieu , & dès qu'il fut nuit , il alluma les bougies. A chaque fois qu'il fortoit
ou qu'il entroit , la dame ne manquoit pas
de le gronder , de le menacer , & de l'inju-

rier, avec un grand mécontentement de la part
d'Amgiad, qui vouloit le ménager, & n'ofoit
lui rien dire. A l'heure qu'il fut tems de fe
coucher, Bahader leur prépara un lit fur le
fofa, & fe retira dans une chambre, où il ne
fut pas long-tems à s'endormir après une fi
longue fatigue.

Amgiad & la dame s'entretinrent encore une
groffe demi-heure, & avant de fe coucher,
la dame eut befoin de fortir. En paffant fous
le veftibule, comme elle eut entendu que Bahader ronfloit déjà, & qu'elle avoit vu qu'il
y avoit un fabre dans la falle : Seigneur, dit-
elle à Amgiad en rentrant, je vous prie de
faire une chofe pour l'amour de moi. De quoi
s'agit-il pour votre fervice, reprit Amgiad ?
Obligez-moi de prendre ce fabre, repartit-elle,
& d'aller couper la tête à votre efclave.

Amgiad fut extrêmement étonné de cette
propofition que le vin faifoit faire à la dame,
comme il n'en douta pas. Madame, lui dit-il,
laiffons-là mon efclave, il ne mérite pas que
vous penfiez à lui ; je l'ai châtié, vous l'avez
châtié vous-même, cela fuffit ; d'ailleurs je fuis
très-content de lui & il n'eft pas accoutumé à
ces fortes de fautes.

Je ne me paye pas de cela, reprit la dame
enragée, je veux que ce coquin meure, & s'il

ne meurt de votre main, il mourra de la mienne.
En difant ces paroles, elle met la main fur le
fabre, le tire hors du foureau, & s'échappe
pour exécuter fon pernicieux deffein.

Amgiad la rejoint fous le veftibule, & en
la rencontrant : Madame, lui dit-il, il faut vous
fatisfaire puifque vous le fouhaitez : je ferois
fâché qu'un autre que moi ôtât la vie à mon
efclave. Quand elle lui eut remis le fabre : Venez, fuivez-moi, ajouta-t-il, & ne faifons pas
de bruit de crainte qu'il ne s'éveille. Ils entrèrent dans la chambre où étoit Bahader ; mais
au lieu de le frapper, Amgiad porta le coup
à la dame, & lui coupa la tête qui tomba
fur Bahader.

Le jour avoit déjà commencé de paroître,
lorfque Scheherazade en étoit à ces paroles :
elle s'en apperçut, & ceffa de parler. Elle
reprit fon difcours la nuit fuivante, & dit au
fultan Schahriar :

CCXXXIII^e NUIT.

SIRE, la téte de la dame eut interrompu le sommeil du grand écuyer, en tombant sur lui, quand le bruit du coup de sabre ne l'eût pas éveillé. Etonné de voir Amgiad avec le sabre ensanglanté & le corps de la dame par terre sans tête, il lui demanda ce que cela signifioit. Amgiad lui raconta la chofe comme elle s'étoit paffée, & en achevant : Pour empêcher cette furieufe, ajouta-t-il, de vous ôter la vie, je n'ai point trouvé d'autre moyen que de la lui ravir à elle-même.

Seigneur, reprit Bahader plein de reconnoiffance, des perfonnes de votre fang, & auffi généreufes, ne font pas capables de favorifer des actions fi méchantes. Vous êtes mon libérateur, & je ne puis affez vous en remercier. Après qu'il l'eut embraffé, pour lui mieux marquer combien il lui étoit obligé : Avant que le jour vienne, dit-il, il faut emporter ce cadavre hors d'ici, & c'eft ce que je vais faire. Amgiad s'y oppofa, & dit qu'il l'emporteroit lui-même puifqu'il avoit fait le coup. Un nouveau venu en cette ville comme vous n'y réuffiroit pas, reprit Bahader. Laiffez-moi faire, demeurez ici en repos. Si je ne reviens pas avant qu'il foit jour, ce fera une marque que le guet m'aura furpris; en ce cas-là je vais vous faire par écrit une donation de la maifon & de tous les meubles, vous n'aurez qu'à y demeurer.

Dès que Bahader eut écrit & livré la donation au prince Amgiad, il mit le corps de la dame dans un fac avec la tête, chargea le fac fur fes épaules, & marcha de rue en rue en prenant le chemin de la mer. Il n'en étoit pas éloigné lorfqu'il rencontra le juge de police qui faifoit fa ronde en perfonne. Les gens du juge l'arrêtèrent, ouvrirent le fac, & trouvèrent le corps de la dame maffacrée, & fa tête. Le juge qui reconnut le grand écuyer malgré fon déguifement, l'emmena chez lui; & comme il n'ofa pas le faire mourir à caufe de fa dignité, fans en parler au roi, il le lui mena le lendemain matin. Le roi n'eut pas plutôt appris, au rapport du juge, la noire action qu'il avoit commife, comme il le croyoit felon les indices, qu'il le chargea d'injures. C'eft donc ainfi, s'écria-t-il, que tu maffacres mes fujets pour les piller, & que tu jettes leur corps à la mer pour cacher ta tyrannie : qu'on les en délivre, & qu'on le pende.

Quelque innocent que fût Bahader, il reçut

cette fentence de mort avec toute la réfignation poffible, & ne dit pas un mot pour fa jufti-
fication. Le juge le remena; & pendant qu'on
préparoit la potence, il envoya publier par toute
la ville la juftice qu'on alloit faire à midi d'un
meurtre commis par le grand écuyer.

Le prince Amgiad qui avoit attendu le grand
écuyer inutilement, fut dans une confternation
qu'on ne peut imaginer, quand il entendit ce
cri de la maifon où il étoit. Si quelqu'un doit
mourir pour la mort d'une femme auffi méchante, fe dit-il à lui-même, ce n'eft pas le grand
écuyer, c'eft moi; & je ne fouffrirai pas que
l'innocent foit puni pour le coupable. Sans dé-
libérer davantage il fortit, & fe rendit à la
place où fe devoit faire l'exécution, avec le
peuple qui y couroit de toutes parts.

Dès qu'Amgiad vit paroître le juge, qui
amenoit Bahader à la potence, il alla fe préfenter à lui: Seigneur, lui dit-il, je viens vous
déclarer & vous affurer que le grand écuyer
que vous conduifez à la mort, eft très-innocent de la mort de cette dame. C'eft moi qui
ai commis le crime, fi c'eft en avoir commis
un que d'avoir ôté la vie à une femme déteftable qui vouloit l'ôter à un grand écuyer, &
voici comment la chofe s'eft paffée.

Quand le prince Amgiad eut informé le juge

de quelle manière il avoit été abordé par la dame à la fortie du bain, comment elle avoit été caufe qu'il étoit entré dans la maifon de plaifir du grand écuyer, & de tout ce qui s'étoit paffé jufqu'au moment qu'il avoit été contraint de lui couper la tête pour fauver la vie au grand écuyer, le juge furfit l'exécution, & le mena au roi avec le grand écuyer.

Le roi voulut être informé de la chofe par Amgiad lui-même; & Amgiad pour lui mieux faire comprendre fon innocence & celle du grand écuyer, profita de l'occafion pour lui faire le récit de fon hiftoire & de fon frère Affad depuis le commencement jufqu'à leur arrivée & jufqu'au moment qu'il lui parloit.

Quand le prince eut achevé : Prince, lui dit le roi, je fuis ravi que cette occafion m'ait donné lieu de vous connoître : je ne vous donne pas feulement la vie avec celle de mon grand écuyer, que je loue de la bonne intention qu'il a eue pour vous, & que je rétablis dans fa charge ; je vous fais même mon grand-vifir pour vous confoler du traitement injufte, quoiqu'excufable, que le roi votre père vous a fait. A l'égard du prince Affad, je vous permets d'employer toute l'autorité que je vous donne pour le re-trouver.

Après qu'Amgiad eut remercié le roi de la

ville & du pays des mages, & qu'il eut pris
poffeffion de la charge de grand-vifir, il employa tous les moyens imaginables pour trouver le prince fon frère. Il fit promettre par les
crieurs publics dans tous les quartiers de la ville,
une grande récompenfe à ceux qui le lui amè-
neroient, ou même qui lui en apprendroient
quelque nouvelle. Il mit des gens en campagne; mais quelque diligence qu'il pût faire, il
n'eut pas la moindre nouvelle de lui.

SUITE DE L'HISTOIRE

Du Prince Affad.

Assad cependant étoit toujours à la chaîne
dans le cachot où il avoit été renfermé par
l'adreffe du rufé vieillard; & Boftane & Cavame, filles du vieillard, le maltraitoient avec la
même cruauté & la même inhumanité. La fête
folemnelle des adorateurs du feu approcha. On
équipa le vaiffeau qui avoit coutume de faire
le voyage de la montagne du feu: on le chargea de marchandifes par le foin d'un capitaine
nommé Behram, grand zélateur de la religion
des mages. Quand il fut en état de remettie
à la voile, Behram y fit embarquer Affad dans

une caiffe à moitié pleine de marchandifes, avec
affez d'ouverture entre les ais pour lui donner
la refpiration néceffaire, & fit defcendre la caiffe
à fond de cale.

Avant que le vaiffeau mît à la voile, le grand-
vifir Amgiad, frère d'Affad, qui avoit été averti
que les adorateurs du feu avoient coutume de
facrifier un mufulman chaque année fur la montagne du feu, & qu'Affad qui étoit peut-être
tombé entre leurs mains, pourroit bien être
deftiné à cette cérémonie fanglante, voulut en
faire la vifite. Il y alla en perfonne, & fit monter
tous les matelots & tous les paffagers fur le tillac,
pendant que fes gens firent la recherche dans
tout le vaiffeau; mais on ne trouva pas Affad,
il étoit trop bien caché.

La vifite faite, le vaiffeau fortit du port; &
quand il fut en pleine mer, Behram fit tirer
le prince Affad de la caiffe, & le mettre à la
chaîne pour s'affurer de lui, de crainte, comme
il n'ignoroit pas qu'on alloit le facrifier, que
de défefpoir il ne fe précipitât dans la mer.

Après quelques jours de navigation, le vent
favorable qui avoit toujours accompagné le
vaiffeau, devint contraire, & augmenta de manière qu'il excita une tempête des plus furieu-
fes. Le vaiffeau ne perdit pas feulement fa
route : Behram & fon pilote ne favoient plus

même où ils étoient, & ils craignoient de rencontrer quelque rocher à chaque moment, & de s'y brifer. Au plus fort de la tempête ils découvrirent terre, & Behram la reconnut pour l'endroit où étoit le port & la capitale de la reine Margiane, & il en eut une grande mortification.

En effet, la reine Margiane qui étoit mufulmane, étoit ennemie mortelle des adorateurs du feu. Non-feulement elle n'en fouffroit pas un feul dans fes états, elle ne permettoit même pas qu'aucun de leurs vaiffeaux y abordât.

Il n'étoit plus au pouvoir de Behram cependant d'éviter d'aller aborder au port de la capitale de cette reine, à moins d'aller échouer & fe perdre contre la côte qui étoit bordée de rochers affreux. Dans cette extrémité il tint confeil avec fon pilote & avec fes matelots. Enfans, dit-il, vous voyez la néceffité où nous fommes réduits. De deux chofes l'une, ou il faut que nous foyons engloutis par les flots, ou que nous nous fauvions chez la reine Margiane; mais fa haine implacable contre notre religion & contre ceux qui en font profeffion, vous eft connue. Elle ne manquera pas de fe faifir de notre vaiffeau, & de nous faire ôter la vie à tous fans miféricorde. Je ne vois qu'un feul remède qui peut-être nous réuffira. Je fuis d'avis que nous ôtions de la chaîne le mufulman que nous avons ici, & que nous l'habillions en efclave. Quand la reine Margiane m'aura fait venir devant elle, & qu'elle me demandera quel eft mon négoce, je lui répondrai que je fuis marchand d'efclaves, que j'ai vendu tout ce que j'en avois, & que je n'en ai réfervé qu'un feul pour me fervir d'écrivain, à caufe qu'il fait lire & écrire. Elle voudra le voir; & comme il eft bien fait, & que d'ailleurs il eft de fa religion, elle en fera touchée de compaffion, & ne manquera pas de me propofer de le lui vendre, en cette confidération de nous fouffrir dans fon port jufqu'au premier beau tems. Si vous favez quelque chofe de meilleur, dites-le-moi, je vous écouterai. Le pilote & les matelots applaudirent à fon fentiment qui fut fuivi.

La fultane Scheherazade fut · obligée d'en demeurer à ces derniers mots, à caufe du jour qui fe faifoit voir : elle reprit le même conte la nuit fuivante, & dit au fultan des Indes :

CCXXXIVᵉ NUIT.

SIRE, Behram fit ôter le prince Affad de la chaîne, & le fit habiller en efclave fort proprement felon le rang d'écrivain de fon vaiffeau, fous lequel il vouloit le faire paroître devant la reine Margiane. Il fut à peine dans l'état qu'il le fouhaitoit, que le vaiffeau entra dans le port, où il fit jeter l'ancre.

Dès que la reine Margiane, qui avoit fon palais fitué du côté de la mer, de manière que le jardin s'étendoit jufqu'au rivage, eut vu que le vaiffeau avoit mouillé, elle envoya avertir le capitaine de venir lui parler ; & pour fatisfaire plutôt fa curiofité, elle vint l'attendre dans le jardin.

Behram qui s'étoit attendu d'être appelé, fe débarqua avec le prince Affad, après avoir exigé de lui de confirmer qu'il étoit fon efclave, & fon écrivain, & fut conduit devant la reine Margiane. Il fe jeta à fes piés ; & après lui avoir marqué la néceffité qui l'avoit obligé de fe réfugier dans fon port, il lui dit qu'il étoit marchand d'efclaves, qu'Affad qu'il avoit amené, étoit le feul qui lui reftât & qu'il gardoit pour lui fervir d'écrivain.

Affad

Aſſad avoit plu à la reine Margiane du moment qu’elle l’avoit vu, & elle fut ravie d’apprendre qu’il fût eſclave. Réſolue de l’acheter à quelque prix que ce fût, elle demanda à Aſſad comment il s’appeloit.

Grande reine, reprit le prince Aſſad les larmes aux yeux, votre majeſté me demande-t-elle le nom que je portois ci-devant, ou le nom que je porte aujourd’hui ? Comment, repartit la reine, eſt-ce que vous avez deux noms ? Hélas ! il n’eſt que trop vrai, répliqua Aſſad, je m’appelois autrefois Aſſad (très-heureux), & aujourd’hui je m’appeile Môtar (deſtiné à être ſacrifié.)

Margiane qui ne pouvoit pénétrer le vrai ſens de cette réponſe, l’appliqua à l’état de ſon eſclavage, & connut en même-tems qu’il avoit beaucoup d’eſprit. Puiſque vous êtes écrivain, lui dit-elle enſuite, je ne doute pas que vous ne ſachiez bien écrire : faites-moi voir de votre écriture.

Aſſad muni d’une écritoire qu’il portoit à ſa ceinture, & de papier, par les ſoins de Behram qui n’avoit pas oublié ces circonſtances pour perſuader à la reine ce qu’il vouloit qu’elle crût, ſe tira un peu à l’écart, & écrivit ces ſentences par rapport à ſa miſère.

« L’aveugle ſe détourne de la foſſe où le clair-

>> voyant fe laiffe tomber. L'ignorant s'élève
>> aux dignités par des difcours qui ne fignifient
>> rien ; le favant demeure dans la pouffière avec
>> fon éloquence. Le mufulman eft dans la der-
>> nière misère avec toutes fes richeffes ; l'infi-
>> dèle triomphe au milieu de fes biens. On ne
>> peut pas efpérer que les chofes changent :
>> c'eft un décret du tout-puiffant qu'elles demeu-
>> rent en cet état >>.

Affad préfenta le papier à la reine Margiane,
qui n'admira pas moins la moralité des fenten-
ces , que la beauté du caractère , & il n'en
fallut pas davantage pour achever d'embrâfer
fon cœur , & de le toucher d'une véritable
compaffion pour lui. Elle n'eut pas plutôt achevé
de le lire , qu'elle s'adreffa à Behram : Choi-
fiffez , lui dit-elle , de me vendre cet efclave
ou de m'en faire un préfent ; peut-être trou-
verez-vous mieux votre compte de choifir le
dernier.

Behram reprit affez infolemment qu'il n'avoit
pas de choix à faire , qu'il avoit befoin de fon
efclave , & qu'il vouloit le garder.

La reine Margiane , irritée de cette hardieffe ,
ne voulut point parler davantage à Behram ;
elle prit le prince Affad par le bras , le fit marcher devant elle ; & en l'emmenant à fon palais , elle envoya dire à Behram qu'elle feroit

confifquer toutes fes marchandifes , & mettre le feu à fon vaiffeau au milieu du port, s'il y paffoit la nuit. Behram fut contraint de retourner à fon vaiffeau , bien mortifié , & de faire préparer toutes chofes pour remettre à la voile, quoique la tempête ne fût pas encore entièrement appaifée.

La reine Margiane après avoir commandé en entrant dans fon palais que l'on fervît promptement le foupé , mena Affad à fon appartement , où elle le fit affeoir près d'elle. Affad voulut s'en défendre , en difant que cet honneur n'appartenoit pas à un efclave.

A un efclave , reprit la reine ! il n'y a qu'un moment que vous l'étiez , mais vous ne l'êtes plus. Affeyez-vous près de moi , vous dis-je , & racontez-moi votre hiftoire ; car ce que vous avez écrit pour me faire voir de votre écriture , & l'infolence de ce marchand d'efclaves , me font comprendre qu'elle doit être extraordinaire.

Le prince Affad obéit ; & quand il fut affis : Puiffante reine , dit-il , votre majefté ne fe trompe pas , mon hiftoire eft véritablement extraordinaire , & plus qu'elle ne pourroit fe l'imaginer. Les maux , les tourmens incroyables que j'ai foufferts , & le genre de mort auquel j'étois deftiné , dont elle m'a délivré par fa

générofité toute royale, lui feront connoître
la grandeur de fon bienfait que je n'oublierai
jamais. Mais avant d'entrer dans ce détail qui
fait horreur, elle voudra bien que je prenne
l'origine de mes malheurs de plus haut.

Après ce préambule qui augmenta la curiofité de Margiane, Affad commença par l'informer de fa naiffance royale, de celle de fon frère
Amgiad, de leur amitié réciproque, de la paffion condamnable de leurs belles-mères changée en une haine des plus odieufes, la fource
de leur étrange deftinée. Il vint enfuite à la colère du roi leur père, à la manière prefque
miraculeufe de la confervation de leur vie, &
enfin à la perte qu'il avoit faite de fon frère, &
à la prifon fi longue & fi douloureufe d'où on
ne l'avoit fait fortir que pour être immolé fur
la montagne du feu.

Quand Affad eut achevé fon difcours, la
reine Margiane animée plus que jamais contre
les adorateurs du feu : Prince, dit-elle, nonobftant l'averfion que j'ai toujours eue contre les
adorateurs du feu, je n'ai pas laiffé d'avoir
beaucoup d'humanité pour eux ; mais après le
traitement barbare qu'ils vous ont fait, & leur
deffein exécrable de faire une victime de votre
perfonne à leur feu, je leur déclare dès-à-préfent une guerre implacable. Elle vouloit s'éten-

dre davantage fur ce fujet, mais l'on fervit, & elle fe mit à table avec le prince Affad, charmée de le voir & de l'entendre, & déjà prévenue pour lui d'une paffion dont elle fe promettoit de trouver bientôt l'occafion de le faire appercevoir. Prince, lui dit-elle, il faut vous bien récompenfer de tant de jeûnes & de tant de mauvais repas que les impitoyables ado- rateurs du feu vous ont fait faire; vous avez befoin de nourriture après tant de fouffrances : & en lui difant ces paroles, & d'autres à-peu- près femblables, elle lui fervoit à manger & lui faifoit verfer à boire coup fur coup. Le re- pas dura long-tems, & le prince Affad but quel- ques coups plus qu'il ne pouvoit porter.

Quand la table fut levée, Affad eut befoin de fortir, & il prit fon tems que la reine ne s'en apperçût pas. Il defcendit dans la cour, & comme il eut vu la porte du jardin ouverte, il y entra. Attiré par les beautés dont il étoit diverfifié, il s'y promena un efpace de tems. Il alla enfin jufqu'à un jet d'eau qui en faifoit le plus grand agrément ; il s'y lava les mains & le vifage pour fe rafraichir ; & en voulant fe repofer fur le gazon dont il étoit bordé, il s'y endormit.

La nuit approchoit alors, & Behram qui ne vouloit pas donner lieu à la reine Margiane d'exécuter fa menace, avoit déjà levé l'ancre, bien fâché de la perte qu'il avoit faite d'Affad, & d'être fruftré de l'efpérance d'en faire un facrifice. Il tâchoit de fe confoler fur ce que la tempéte étoit ceffée, & qu'un vent de terre le favorifoit à s'éloigner. Dès qu'il fe fut tiré hors du port avec l'aide de fa chaloupe, avant de la tirer dans le vaiffeau : Enfans, dit-il aux matelots qui étoient dedans, attendez, ne remontez pas, je vais vous faire donner les barils pour faire de l'eau, & je vous attendrai fur le bord. Les matelots qui ne favoient pas où ils en pourroient faire, voulurent s'en excufer ; mais comme Behram avoit parlé à la reine dans le jardin, & qu'il avoit remarqué le jet d'eau : Allez aborder devant le jardin du palais, reprit-il, paffez par-deffus le mur qui n'eft qu'à hauteur d'appui, vous trouverez à faire de l'eau fuffifamment dans le baffin qui eft au milieu du jardin.

Les matelots allèrent aborder où Behram leur avoit marqué ; & après qu'ils fe furent chargés chacun d'un baril fur l'épaule, en fe débarquant, ils paffèrent aifément par-deffus le mur. En approchant du baffin, comme ils eurent apperçu un homme couché qui dormoit fur le bord, ils s'approchèrent de lui, & ils le reconnurent pour Affad. Ils fe partagèrent,

& pendant que les uns firent quelques barils
d'eau avec le moins de bruit qu'il leur fut poffible , fans perdre le tems à les emplir tous ,
les autres environnèrent Affad, & l'obfervèrent
pour l'arrêter au cas qu'il s'éveillât. Il leur donna tout le tems ; & dès que les barils furent
pleins & chargés fur les épaules de ceux qui
devoient les emporter , les autres fe faifirent
de lui, & l'emmenèrent fans lui donner le tems
de fe reconnoître ; ils le pafsèrent par deffus
le mur , l'embarquèrent avec les barils , & le
tranfportèrent au vaiffeau à force de rames.
Quand ils furent prêts d'aborder au vaiffeau :
Capitaine , s'écrièrent-ils avec des éclats de
joie , faites jouer vos hautbois & vos tambours,
nous vous ramenons votre efclave.

Behram , qui ne pouvoit comprendre comment fes matelots avoient pu retrouver & reprendre Affad , & qui ne pouvoit auffi l'appercevoir dans la chaloupe à caufe de la nuit, attendit avec impatience qu'ils fuffent remontés
fur le vaiffeau pour leur demander ce qu'ils
vouloient dire : mais quand il l'eut vu devant
fes yeux, il ne put fe contenir de joie ; & fans
s'informer comment ils s'y étoient pris pour
faire une fi belle capture , il le fit remettre à
la chaîne ; & après avoir fait tirer la chaloupe
dans le vaiffeau en diligence , il fit force de

voiles en reprenant la route de la montagne du feu.

La fultane Scheherazade ne paffa pas plus outre pour cette nuit ; elle pourfuivit la fuivante , & dit au fultan des Indes :

CCXXXV^e NUIT.

Sire , j'achevai hier en faifant remarquer à votre majefté que Behram avoit repris la route de la montagne du feu, bien joyeux de ce que fes matelots avoient ramené le prince Affad.

La reine Margiane cependant étoit dans de grandes alarmes ; elle ne s'inquiéta pas d'abord quand elle fe fut apperçue que le prince Affad étoit forti. Comme elle ne douta pas qu'il ne dût revenir bientôt, elle l'attendit avec patience. Au bout de quelque tems qu'elle vit qu'il ne paroiffoit pas , elle commença d'en être inquiète , elle commanda à fes femmes de voir où il étoit ; elles le cherchèrent , & elles ne lui en apportèrent pas de nouvelles. La nuit vint , & elle le fit chercher à la lumière , mais auffi inutilement.

Dans l'impatience & dans l'alarme où la reine Margiane fut alors , elle alla le chercher elle-même à la lumière des flambeaux ; & comme elle eut apperçu que la porte du jardin étoit ouverte, elle y entra & le parcourut avec ses femmes. En paſſant près du jet d'eau & du baſſin, elle remarqua une pabouche (1) ſur le bord du gazon qu'elle fit ramaſſer, & elle la reconnut pour une des deux du prince, de même que ſes femmes. Cela joint à l'eau répandue ſur le bord du baſſin, lui fit croire que Behram pourroit bien l'avoir fait enlever. Elle envoya ſavoir dans le moment s'il étoit encore au port ; & comme elle eut appris qu'il avoit fait voile un peu avant la nuit, qu'il s'étoit arrêté quelque tems ſur les bords, & que ſa chaloupe étoit venue faire de l'eau dans le jardin, elle envoya avertir le commandant de dix vaiſſeaux de guerre qu'elle avoit dans ſon port toujours équipés & prêts à partir au premier commandement, qu'elle vouloit s'embarquer en perſonne le lendemain à une heure du jour.

Le commandant fit ſes diligences ; il aſſembla les capitaines, les autres officiers, les matelots, les ſoldats, & tout fut embarqué à l'heure qu'elle avoit ſouhaité. Elle s'embarqua ; & quand ſon eſcadre fut hors du port & à la voile, elle déclara ſon intention au commandant. Je veux, dit-elle, que vous faſſiez force

_____

(1) Soulier du Levant.

de voiles , & que vous donniez la chaffe au vaiffeau marchand qui partit de ce port hier au foir. Je vous l'abandonne fi vous le prenez ; mais fi vous ne le prenez pas , votre vie m'en répondra.

Les dix vaiffeaux donnèrent la chaffe au vaiffeau de Behram deux jours entiers , & ne virent rien. Ils le découvrirent le troifième jour à la pointe du jour , & fur le midi , ils l'environnèrent de manière qu'il ne pouvoit pas échapper.

Dès que le cruel Behram eut apperçu les dix vaiffeaux , il ne douta pas que ce ne fût l'efcadre de la reine Margiane qui le pourfuivoit , & alors il donnoit la baftonnade à Affad ; car depuis fon embarquement dans fon vaiffeau au port de la ville des mages , il n'avoit pas manqué un jour de lui faire ce même traitement : cela fit qu'il le maltraita plus que de coutume. Il fe trouva dans un grand embarras quand il vit qu'il alloit être environné. De garder Affad , c'étoit fe déclarer coupable ; de lui ôter la vie , il craignoit qu'il n'en parût quelque marque. Il le fit déchaîner ; & quand on l'eut fait monter du fond de cale où il étoit , & qu'on l'eut amené devant lui : C'eft toi , dit-il, qui es caufe qu'on nous pourfuit ; & en difant ces paroles , il le jeta dans la mer.

Le prince Affad qui favoit nager , s’aida de fes piés & de fes mains avec tant de courage , à la faveur des flots qui le fecondoient , qu’il en eut affez pour ne pas fuccomber & pour gagner terre. Quand il fut fur le rivage , la première chofe qu’il fit , fut de remercier dieu de l’avoir délivré d’un fi grand danger , & tiré encore une fois des mains des adorateurs du feu. Il fe dépouilla enfuite ; & après avoir bien exprimé l’eau de fon habit , il l’étendit fur un rocher où il fut bientôt féché tant par l’ardeur du foleil , que par la chaleur du rocher qui en étoit échauffé.

Il fe repofa cependant en déplorant fa mifère , fans favoir en quel pays il étoit , ni de quel côté il tourneroit. Il reprit enfin fon habit , & marcha fans trop s’éloigner de la mer , jufqu’à ce qu’il eût trouvé un chemin qu’il fuivit. Il chemina plus de dix jours par un pays où perfonne n’habitoit , & où il ne trouvoit que des fruits fauvages & quelques plantes le long des ruiffeaux , dont il vivoit. Il arriva enfin près d’une ville qu’il reconnut pour celle des mages où il avoit été fi fort maltraité , & où fon frère Amgiad étoit grand-vifir. Il en eut de la joie ; mais il fit bien réfolution de ne pas s’approcher d’aucun adorateur du feu , mais feulement de quelques mufulmans ; car il fe fou-.

venoit d'y en avoir remarqué quelques-uns la première fois qu'il y étoit entré. Comme il étoit tard, & qu'il favoit bien que les boutiques étoient déja fermées, & qu'il trouveroit peu de monde dans les rues, il prit le parti de s'arrêter dans le cimetière qui étoit près de la ville, où il y avoit plufieurs tombeaux élevés en façon de maufolée. En cherchant, il en trouva un dont la porte étoit ouverte; il y entra, réfolu d'y paffer la nuit.

Revenons préfentement au vaiffeau de Behram. Il ne fut pas long-tems à être invefti de tous les côtés par les vaiffeaux de la reine Margiane, après qu'il eut jeté le prince Affad dans la mer. Il rut abordé par le vaiffeau où étoit la reine, & à fon approche, comme il n'étoit pas en état de faire aucune réfiftance, Behram fit plier les voiles pour marquer qu'il fe rendoit.

La reine Margiane paffa elle-même fur le vaiffeau, & elle demanda à Behram où étoit l'écrivain qu'il avoit eu la témérité d'enlever ou de faire enlever dans fon palais. Reine, répondit Behram, je jure à votre majefté qu'il n'eft pas fur mon vaiffeau; elle peut le faire chercher, & connoître par-là mon innocence.

Margiane fit faire la vifite du vaiffeau avec toute l'exactitude poffible; mais on ne trouva

pas celui qu'elle fouhaitoit fi paffionnément de
trouver, autant parce qu'elle l'aimoit, que par
la générofité qui lui étoit naturelle. Elle fut
fur le point de lui ôter la vie de fa propre
main ; mais elle fe retint, & elle fe contenta
de confifquer fon vaiffeau & toute fa charge, &
de le renvoyer par terre avec tous fes matelots,
en lui laiffant fa chaloupe pour y aller aborder.

Behram, accompagné de fes matelots, arriva
à la ville des mages la même nuit qu'Affad s'é-
toit arrêté dans le cimetière, & retiré dans le
tombeau. Comme la porte étoit fermée, il fut
contraint de chercher auffi dans le cimetière
quelque tombeau pour y attendre qu'il fût jour
& qu'on l'ouvrît.

Par malheur pour Affad, Behram paffa devant celui où il étoit. Il y entra, & il vit un
homme qui dormoit la tête enveloppée dans
fon habit. Affad s'éveilla au bruit, & en levant
la tête, il demanda qui c'étoit.

Behram le reconnut d'abord. Ha, ha, dit-il,
vous êtes donc celui qui êtes caufe que je fuis
ruiné pour le refte de ma vie ! Vous n'avez pas
été facrifié cette année, mais vous n'échappe-
rez pas de même l'année prochaine. En difant
ces paroles, il fe jeta fur lui, lui mit fon
mouchoir fur la bouche pour l'empêcher de
crier, & le fit lier par fes matelots.

Le lendemain matin dès que la porte fut ouverte, il fut aifé à Behram de ramener Affad chez le vieillard, qui l'avoit abufé avec tant de méchanceté, par des rues détournées où perfonne n'étoit encore levé. Dès qu'il y fut entré, il le fit defcendre dans le même cachot d'où il avoit été tiré, & informa le vieillard du trifte fujet de fon retour, & du malheureux fuccès de fon voyage. Le méchant vieillard n'oublia pas d'enjoindre à fes deux filles de mal-traiter le prince infortuné plus qu'auparavant, s'il étoit poffible.

Affad fut extrêmement furpris de fe revoir dans le même lieu où il avoit déjà tant fouf-fert, & dans l'attente des mêmes tourmens dont il avoit cru être délivré pour toujours. Il pleu-roit la rigueur de fon deftin, lorfqu'il vit en-trer Boftane avec un bâton, un pain & une cruche d'eau. Il frémit à la vue de cette im-pitoyable, & à la feule penfée des fupplices journaliers qu'il avoit encore à fouffrir toute une année pour mourir enfuite d'une manière pleine d'horreur.

Mais le jour que la fultane Scheherazade vit paroître, comme elle en étoit à ces dernières paroles, l'obligea de s'interrompre. Ile reprit le même conte la nuit fuivante, & dit au fultan des Indes :

CCXXXVIᵉ NUIT.

Sire, Boſtane traita le malheureux prince Aſſad auſſi cruellement qu'elle l'avoit déjà fait dans ſa première détention. Les lamentations, les plaintes, les inſtantes prières d'Aſſad qui la ſupplioit de l'épargner, jointes à ſes larmes, furent ſi vives, que Boſtane ne put s'empécher d'en être attendrie & de verſer des larmes avec lui. Seigneur, lui dit-elle en lui recouvrant les épaules, je vous demande mille pardons de la cruauté avec laquelle je vous ai traité ci-devant, & dont je viens de vous faire ſentir encore les effets. Juſqu'à préſent je n'ai pu déſobéir à un père injuſtement animé contre vous, & acharné à votre perte ; mais enfin je déteſte & j'abhorre cette barbarie. Conſolez-vous, vos maux ſont finis, & je vais tâcher de réparer tous mes crimes, dont je connois l'énormité, par de meilleurs traitemens : vous m'avez regardée juſqu'aujourd'hui comme une infidelle, regardez-moi préſentement comme une muſulmane. J'ai déjà quelques inſtructions qu'une eſclave de votre religion qui me ſert, m'a données : j'eſpère que vous voudrez bien achever ce qu'elle a commencé. Pour vous marquer ma bonne intention, je demande pardon au vrai dieu de toutes mes offenses par les mauvais traitemens que je vous ai faits, & j'ai confiance qu'il me fera trouver le moyen de vous mettre dans une entière liberté.

Ce discours fut d'une grande consolation au prince Assad; il rendit des actions de grâces à dieu de ce qu'il avoit touché le cœur de Bostane; & après qu'il l'eut bien remerciée des bons sentimens où elle étoit pour lui, il n'oublia rien pour l'y confirmer, non-seulement en achevant de l'instruire de la religion musulmane, mais même en lui faisant le récit de son histoire & de toutes ses disgraces dans le haut rang de sa naissance. Quand il fut entièrement assuré de sa fermeté dans la bonne résolution qu'elle avoit prise, il lui demanda comment elle feroit pour empêcher que sa sœur Cavame n'en eût connoissance & ne vînt le maltraiter à son tour. Que cela ne vous chagrine pas, reprit Bostane, je saurai bien faire en sorte qu'elle ne se mêle plus de vous voir.

En effet, Bostane fut toujours prévenir Cavame toutes les fois qu'elle vouloit descendre au cachot. Elle voyoit cependant fort souvent le prince Assad; & au lieu de ne lui porter que du pain & de l'eau, elle lui portoit du vin & de bons mets qu'elle faisoit préparer

par

par douze efclaves mufulmanes qui la fervoient.
Elle mangeoit même de tems en tems avec lui,
& faifoit tout ce qui étoit en fon pouvoir
pour le confoler.

Quelques jours après, Boftane étoit à la porte
de la maifon, lorfqu'elle entendit un crieur public qui publioit quelque chofe. Comme e e
n'entendoit pas ce que c'étoit, à caufe que le
crieur étoit trop éloigné, & qu'il approchoit
pour paffer devant la maifon, elle rentra, &
en tenant la porte à demi-ouverte, elle vit qu'il
marchoit devant le grand-vifir Amgiad, frère
du prince Affad, accompagné de plufieurs officiers & de quantité de fes gens qui marchoient
devant & après lui.

Le crieur n'étoit plus qu'à quelques pas de
la porte, lorfqu'il répéta ce cri à haute voix :
« L'excellent & l'illuftre grand-vifir, que voici
» en perfonne, cherche fon cher frère qui s'eft
» féparé d'avec lui il y a plus d'un an. Il eft fait
» de telle & telle manière. Si quelqu'un le garde
» chez lui ou fait où il eft, fon excellence com-
» mande qu'il ait à le lui amener ou à lui en
» donner avis, avec promeffe de le bien récom-
» penfer. Si quelqu'un le cache, & qu'on le
» découvre, fon excellence déclare qu'elle le
» punira de mort, lui, fa femme, fes enfans &
» toute fa famille, & fera rafer fa maifon ».

Boſtane n'eut pas plutôt entendu ces paro‑
les, qu'elle ferma la porte au plus vîte, & alla
trouver Aſſad dans le cachot. Prince, lui dit‑
elle avec joie, vous êtes à la fin de vos mal‑
heurs ; ſuivez‑moi, & venez promptement.
Aſſad qu'elle avoit ôté de la chaîne dès le pre‑
mier jour qu'il avoit été ramené dans le cachot,
la ſuivit juſques dans la rue, où elle cria : Le
voici, le voici.

Le grand‑viſir qui n'étoit pas encore éloi‑
gné, ſe retourna. Aſſad le reconnut pour ſon
frère, courut à lui & l'embraſſa. Amgiad qui
le reconnut auſſi d'abord, l'embraſſa de même
très‑étroitement, le fit monter le cheval d'un
de ſes officiers qui mit pié à terre, & le mena
au palais en triomphe, où il le préſenta au
roi, qui le fit un de ſes viſirs.

Boſtane qui n'avoit pas voulu rentrer chez
ſon père, dont la maiſon fut raſée dès le même
jour, & qui n'avoit pas perdu le prince Aſſad
de vue juſqu'au palais, fut envoyée à l'appar‑
tement de la reine. Le vieillard ſon père &
Behram, amenés devant le roi avec leurs famil‑
les, furent condamnés à avoir la tête tranchée.
Ils ſe jetèrent à ſes piés & implorèrent ſa clé‑
mence. Il n'y a pas de grâce pour vous, reprit
le roi, que vous ne renonciez à l'adoration du
feu, & que vous n'embraſſiez la religion muſul‑

mane. Ils fauvèrent leur vie en prenant ce parti,
de même que Cavame, fœur de Boftane, &
leurs familles.

En confidération de ce que Behram s'étoit
fait mufulman, Amgiad qui voulut le récompenfer de la perte qu'il avoit faite avant de
mériter fa grâce, le fit, un de fes principaux
officiers, & le logea chez lui. Behram informé
en peu de jours de l'hiftoire d'Amgiad, fon
bienfaiteur, & d'Affad, fon frère, leur propofa de faire équiper un vaiffeau, & de les
remener au roi Camaralzaman, leur père. Apparemment, leur dit-il, qu'il a reconnu votre
innocence, & qu'il défire impatiemment de
vous revoir. Si cela n'eft pas, il ne fera pas
difficile de la lui faire reconnoître avant de
fe débarquer; & s'il demeure dans fon injufte
prévention, vous n'aurez que la peine de
revenir.

Les deux frères acceptèrent l'offre de Behram; ils parlèrent de leur deffein au roi, qui
l'approuva, & donnèrent ordre à l'équipement
d'un vaiffeau. Behram s'y employa avec toute
la diligence poffible; & quand il fut près de
mettre à la voile, les princes allèrent prendre
congé du roi un matin avant d'aller s'embarquer. Dans le tems qu'ils faifoient leurs complimens, & qu'ils remercioient le roi de fes

bontés, on entendit un grand tumulte par toute la ville, & en même-tems un officier vint annoncer qu'une grande armée s'approchoit, & que perfonne ne favoit quelle armée c'étoit.

Dans l'alarme que cette fâcheufe nouvelle donna au roi, Amgiad prit la parole : Sire, lui dit-il, quoique je vienne de remettre entre les mains de votre majefté la dignité de fon premier miniftre dont elle m'avoit honoré, je fuis prêt néanmoins à lui rendre encore fervice, & je la fupplie de vouloir bien que j'aille voir qui eft cet ennemi qui vient vous attaquer dans votre capitale fans vous avoir déclaré la guerre auparavant. Le roi l'en pria, & il partit fur le champ avec peu de fuite.

Le prince Amgiad ne fut pas long-tems à découvrir l'armée qui lui parut puiffante, & qui avançoit toujours. Les avant-coureurs qui avoient leurs ordres, le reçurent favorablement, & le menèrent devant une princeffe, qui s'arrêta avec toute fon armée pour lui parler. Le prince Amgiad lui fit une profonde révérence, & lui demanda fi elle venoit comme amie ou comme ennemie ; & fi elle venoit comme ennemie, quel fujet de plainte elle avoit contre le roi fon maître ?

Je viens comme amie, répondit la princeffe,

& je n'ai aucun fujet de mécontentement contre le roi des mages. Ses états & les miens font fitués d'une manière qu'il eft difficile que nous puiffions avoir aucun démélé enfemble. Je viens feulement demander un efclave nommé Affad, qui m'a été enlevé par un capitaine de cette ville qui s'appelle Behram, le plus infolent de tous les hommes, & j'efpère que votre roi me fera juftice quand il faura que je fuis Margiane.

Puiffante reine, reprit le prince Amgiad, je fuis le frère de cet efclave que vous cherchez avec tant de peine. Je l'avois perdu, & je l'ai retrouvé. Venez, je vous le livrerai moi-même, & j'aurai l'honneur de vous entretenir de tout le refte : le roi mon maître fera ravi de vous voir.

Pendant que l'armée de la reine Margiane campa au même endroit par fon ordre, le prince Amgiad l'accompagna jufques dans la ville & jufqu'au palais, où il la préfenta au roi, & après que le roi l'eut reçue comme elle le méritoit, le prince Affad qui étoit préfent, & qui l'avoit reconnue dès qu'elle avoit paru, lui fit fon compliment. Elle lui témoignoit la joie qu'elle avoit de le revoir, lorfqu'on vint apprendre au roi qu'une armée plus formidable que la première, paroiffoit d'un autre côté de la ville.

Le roi des mages épouvanté plus que la première fois de l'arrivée d'une seconde armée plus nombreufe que la première, comme il en jugeoit lui-même par les nuages de pouffière qu'elle excitoit à fon approche, & qui couvroient déjà le ciel : Amgiad, s'écria-t-il, où en fommes-nous ? voilà une nouvelle armée qui va nous accabler.

Amgiad comprit l'intention du roi ; il monta à cheval & courut à toute bride au-devant de cette nouvelle armée. Il demanda aux premiers qu'il rencontra, à parler à celui qui la commandoit, & on le conduifit devant un roi qu'il reconnut à la couronne qu'il portoit fur la tête. De fi loin qu'il l'apperçut, il mit pié à terre ; & lorfqu'il fut près de lui, après qu'il fe fut jeté la face en terre, il lui demanda ce qu'il fouhaitoit du roi fon maître.

Je m'apelle Gaïour, reprit le roi, & je fuis roi de la Chine. Le défir d'apprendre des nouvelles d'une fille nommée Badoure, que j'ai mariée depuis plufieurs années au prince Camaralzaman, fils du roi Schahzaman, roi des îles des enfans de Khaledan, m'a obligé de fortir de mes états. J'avois permis à ce prince d'aller voir le roi fon père, à la charge de venir me revoir d'année en année avec ma fille. Depuis tant de tems cependant je n'en ai pas entendu parler. Votre roi obligeroit un père affligé de lui apprendre ce qu'il en peut favoir.

Le prince Amgiad qui reconnut le roi fon grand-père à ce difcours, lui baifa la main avec tendreffe, & en lui répondant : Sire, dit-il, votre majefté me pardonnera cette liberté quand elle faura que je la prends pour lui rendre mes refpects comme à mon grand-père. Je fuis fils de Camaralzaman, aujourd'hui roi de l'île d'E-bène, & de la reine Badoure dont elle eft en peine, & je ne doute pas qu'ils ne foient en parfaite fanté dans leur royaume.

Le roi de la Chine, ravi de voir fon petit-fils, l'embraffa auffitôt très-tendrement, & cette rencontre fi heureufe & fi peu attendue, leur tira des larmes de part & d'autre. Sur la demande qu'il fit au prince Amgiad du fujet qui l'avoit amené dans ce pays étranger, le prince lui raconta toute fon hiftoire, & celle du prince Affad, fon frère. Quand il eut ache-vé : Mon fils, reprit le roi de la Chine, il n'eft pas jufte que des princes innocens comme vous foient maltraités plus long-tems. Confolez-vous, je vous remenerai vous & votre frère, & je ferai votre paix. Retournez, & faites part de mon arrivée à votre frère.

Pendant que le roi de la Chine campa à

l'endroit où le prince Amgiad l'avoit trouvé, le prince Amgiad retourna rendre réponse au roi des mages, qui l'attendoit avec grande impatience. Le roi fut extrêmement surpris d'apprendre qu'un roi aussi puissant que celui de la Chine, eût entrepris un voyage si long & si pénible, excité par le désir de voir sa fille, & qu'il fût si près de sa capitale. Il donna aussi-tôt les ordres pour le bien régaler, & se mit en état d'aller le recevoir.

Dans cet intervalle, on vit paroître une grande poussière d'un autre côté de la ville, & l'on apprit bientôt que c'étoit une troisième armée qui arrivoit. Cela obligea le roi de demeurer, & de prier le prince Amgiad d'aller voir encore ce qu'elle demandoit.

Amgiad partit, & le prince Assad l'acompagna cette fois. Ils trouvèrent que c'étoit l'armée de Camaralzaman, leur père, qui venoit les chercher. Il avoit donné des marques d'une si grande douleur de les avoir perdus, que l'émir Giondar à la fin lui avoit déclaré de quelle manière il leur avoit conservé la vie ; ce qui l'avoit fait résoudre de les aller chercher en quelque pays qu'ils fussent.

Ce père affligé embrassa les deux princes avec des ruisseaux de larmes de joie, qui terminèrent agréablement les larmes d'affliction

qu'il verſoit depuis ſi long-tems. Les princes
ne lui eurent pas plutôt appris que le roi de la
Chine , ſon beau-père , venoit d'arriver auſſi
le même jour , qu'il ſe détacha avec eux &
avec peu de ſuite , & alla le voir en ſon camp.
Ils n'avoient pas fait beaucoup de chemin ,
qu'ils apperçurent une quatrième armée qui
s'avançoit en bel ordre , & paroiſſoit venir du
côté de Perſe.

Camaralzaman dit aux princes ſes fils d'aller voir quelle armée c'étoit , & qu'il les attendroit. Ils partirent auſſitôt , & à leur arrivée ,
ils furent préſentés au roi à qui l'armée appartenoit. Après l'avoir ſalué profondément , ils lui
demandèrent à quel deſſein il s'étoit approché
ſi près de la capitale du roi des mages.

Le grand-viſir qui étoit préſent , prit la
parole : Le roi à qui vous venez de parler , leur
dit-il , eſt Schahzaman , roi des îles des enfans
de Khaledan , qui voyage depuis long-tems
dans l'équipage que vous voyez , en cherchant
le prince Camaralzaman , ſon fils , qui eſt ſorti
de ſes états il y a de longues années : ſi vous
en ſavez quelques nouvelles , vous lui ferez
le plus grand plaiſir du monde de l'en informer.

Les princes ne répondirent autre choſe ,
ſinon qu'ils apporteroient la réponſe dans peu

de tems , & ils revinrent à toute bride annoncer à Camaralzaman que la dernière armée
qui venoit d'arriver, étoit celle au roi Schahzaman , & que le roi son père y étoit en personne.

L'étonnement , la surprise, la joie, la douleur d'avoir abandonné le roi son père sans prendre congé de lui , firent un si puissant effet sur
l'esprit du roi Camaralzaman , qu'il tomba éva-
noui dès qu'il eut appris qu'il étoit si près de
lui ; il revint à la fin par l'empressement des princes Amgiad & Assad à le soulager ; & lorsqu'il
se sentit assez de forces , il alla se jetter aux piés
du roi Schahzaman.

De long-tems il ne s'étoit vu une entrevue
si tendre entre un père & un fils. Schahzaman
se plaignit obligeamment au roi Camaralzaman
de l'insensibilité qu'il avoit eue en s'éloignant
de lui d'une manière si cruelle ; & Camaralzaman
lui témoigna un véritable regret de la faute que
l'amour lui avoit fait commettre.

Les trois rois & la reine Margiane demeurèrent
trois jours à la cour du roi des mages , qui les
régala magnifiquement. Ces trois jours furent
aussi très-remarquables par le mariage du prince
Assad avec la reine Margiane, & du prince Amgiad avec Bostane , en considération du service
qu'elle avoit rendu au prince Assad. Les trois

rois enfin & la reine Margiane avec Aſſad ſon époux, ſe retirèrent chacun dans leur royaume. Pour ce qui eſt d'Amgiad, le roi des mages qui l'avoit pris en affection, & qui étoit déjà fort âgé, lui mit la couronne ſur la tête, & Amgiad mit toute ſon application à détruire le culte du feu & à établir la religion muſulmane dans ſes états.

HISTOIRE

De Nourredin & de la belle Perſienne.

LA ville de Balſora fut long-tems la capitale d'un royaume tributaire des califes. Le roi qui le gouvernoit du tems du calife Haroun Araſchid, s'appeloit Zinebi, & l'un & l'autre étoient couſins, fils de deux frères. Zinebi n'avoit pas jugé à propos de confier l'adminiſtration de ſes états à un ſeul viſir ; il en avoit choiſi deux, Khacan & Saouy.

Khacan étoit doux, prévenant, libéral, & ſe faiſoit un plaiſir d'obliger ceux qui avoient affaire à lui, en tout ce qui dépendoit de ſon pouvoir, ſans porter préjudice à la juſtice qu'il étoit obligé de rendre. Il n'y avoit auſſi perſonne à la cour de Balſora, ni dans la ville, ni dans tout le royaume , qui ne le refpeĉtât & ne publiât les louanges qu'il méritoit.

Saouy étoit d'un tout autre caraĉtère ; il étoit toujours chagrin , & il rebutoit également tout le monde , fans diftinĉtion de rang ou de qualité. Avec cela , bien loin de fe faire un mérite des grandes richeffes qu'il poffédoit , il étoit d'une avarice achevée jufqu'à fe refufer à lui-même les chofes néceffaires. Perfonne ne pouvoit le fouffrir , & jamais on n'avoit entendu dire de lui que du mal. Ce qui le rendoit plus haïffable , c'étoit la grande averfion qu'il avoit pour Khacan , & qu'en interprétant en mal tout le bien que faifoit ce digne miniftre , il ne ceffoit de lui rendre de mauvais offices auprès du roi.

Un jour , après le confeil , le roi de Balfora fe délaffoit l'efprit , & s'entretenoit avec fes deux vifirs & plufieurs autres membres du confeil. La converfation tomba fur les femmes efclaves que l'on achète , & que l'on tient parmi nous à peu-près au même rang que les femmes que l'on a en mariage légitime. Quelques-uns prétendoient qu'il fuffifoit qu'une efclave que l'on achetoit , fût belle & bien faite pour fe confoler des femmes que l'on eft obligé de prendre par alliance ou par intérêt de famille , qui n'ont pas toujours une grande beauté , ni les autres perfections du corps en partage.

Les autres foutenoient , & Khacan étoit de
ce fentiment , que la beauté & toutes les belles qualités du corps , n'étoient pas les feules
chofes que l'on devoit rechercher dans une efclave , mais qu'il falloit qu'elles fuffent accompagnées de beaucoup d'efprit , de fageffe , de
modeftie , d'agrément , & s'il fe pouvoit , de
plufieurs belles connoiffances. La raifon qu'ils
en apportoient , eft , difoient-ils , que rien ne
convient davantage à des perfonnes qui ont de
grandes affaires à adminiftrer , qu'après avoir
paffé toute la journée dans une occupation fi
pénible , de trouver , en fe retirant en leur particulier , une compagnie dont l'entretien étoit
également utile , agréable & divertiffant. Car
enfin , ajoutoient-ils , c'eft ne pas différer des
bêtes, que d'avoir une efclave pour la voir fimplement, & contenter une paffion que nous avons
commune avec elles.

Le roi fe rangea du parti des derniers , & il
le fit connoître en ordonnant à Khacan de lui
acheter une efclave qui fût parfaite en beauté ,
qui eût toutes les belles qualités que l'on venoit de dire , & fur toutes chofes, qui fût très-
favante.

Saouy jaloux de l'honneur que le roi faifoit
à Khacan , & qui avoit été de l'avis contraire :

Sire, reprit-il, il fera bien difficile de trouver une esclave aussi accomplie que votre majesté la demande. Si on la trouve, ce que j'ai de la peine à croire, elle l'aura à bon marché, si elle ne lui coûte que dix mille pièces d'or. Saouy, repartit le roi, vous trouvez apparemment que la somme est trop grosse : elle peut l'être pour vous, mais elle ne l'est pas pour moi. En même-tems le roi ordonna à son grand tréforier, qui étoit présent, d'envoyer les dix mille pièces d'or chez Khacan.

Dès que Khacan fut de retour chez lui, il fit appeler tous les courtiers qui se mêloient de la vente des femmes & des filles esclaves, & les chargea, dès qu'ils auroient trouvé une esclave telle qu'il la leur dépeignit, de venir lui en donner avis. Les courtiers, autant pour obliger le visir Khacan, que pour leur intérêt particulier, lui promirent de mettre tous leurs soins à en découvrir une selon qu'il la souhaitoit. Il ne se passoit guère de jours qu'on ne lui en amenât quelqu'une, mais il y trouvoit toujours quelques défauts.

Un jour de grand matin, que Khacan alloit au palais du roi, un courtier se présenta à l'é-trier de son cheval avec grand empressement, & lui annonça qu'un marchand de Perse, arrivé le jour de devant fort tard, avoit une esclave à vendre d'une beauté achevée, au-deſſus de toutes celles qu'il pouvoit avoir vues. A l'égard de ſon eſprit & de ſes connoiſſances, ajouta-t-il, le marchand la garantit pour tenir tête à tout ce qu'il y a de beaux eſprits & de ſavans au monde.

Khacan joyeux de cette nouvelle, qui lui faiſoit eſpérer d'avoir lieu de bien faire ſa cour, lui dit de lui amener l'eſclave à ſon retour du palais, & continua ſon chemin.

Le courtier ne manqua pas de ſe trouver chez le viſir à l'heure marquée; & Khacan trouva l'eſclave belle, ſi fort au-delà de ſon attente, qu'il lui donna dès-lors le nom de belle perſienne. Comme il avoit infiniment d'eſprit, & qu'il étoit très-ſavant, il eut bientôt connu par l'entretien qu'il eut avec elle, qu'il chercheroit inutilement une autre eſclave qui la ſurpaſsât en aucune des qualités que le roi demandoit. Il demanda au courtier à quel prix le marchand de Perſe l'avoit miſe.

Seigneur, répondit le courtier, c'eſt un homme qui n'a qu'une parole : il proteſte qu'il ne peut la donner au dernier mot, à moins de dix mille pièces d'or. Il m'a même juré que ſans compter ſes ſoins, ſes peines, & le tems qu'il y a qu'il l'élève, il a fait à-peu près la même dépenſe pour elle, tant en maîtres pour

les exercices du corps , & pour l'inftruire &
lui former l'efprit , qu'en habits & en nourriture. Comme il la jugea digne d'un roi , dès
qu'il l'eut achetée dans fa première enfance, il
n'a rien épargné de tout ce qui pouvoit contribuer à la faire arriver à ce haut rang. Elle
joue de toutes fortes d'inftrumens , elle chante,
elle danfe , elle écrit mieux que les écrivains
les plus habiles ; elle fait des vers : il n'y a
pas de livres enfin, qu'elle n'ait lus ; on n'a pas
entendu dire que jamais efclave ait fu autant
de chofes qu'elle en fait.

Le vifir Khacan qui connoiffoit le mérite de
la belle perfienne beaucoup mieux que le courtier , qui n'en parloit que fur ce que le marchand lui en avoit appris, n'en voulut pas remettre le marché à un autre tems. Il envoya
chercher le marchand par un de fes gens , où
le courtier enfeigna qu'on le trouveroit.

Quand le marchand de Perfe fut arrivé : Ce
n'eft pas pour moi que je veux acheter votre
efclave , lui dit le vifir Khacan , c'eft pour le
roi : mais il faut que vous la lui vendiez à
un meilleur prix que celui que vous y avez
mis.

Seigneur, répondit le marchand , je me ferois un grand honneur d'en faire préfent à fa
majefté , s'il appartenoit à un marchand comme
                                                        moi

moi d'en faire de cette conféquence. Je ne
demande proprement que l'argent que j'ai débourfé pour la former & la rendre comme elle
eft. Ce que je puis dire, c'eft que fa majefté
aura fait une acquifition dont elle fera très-
contente.

Le vifir Khacan ne voulut pas marchander ;
il fit compter la fomme au marchand, & le
marchand avant de fe retirer : Seigneur, dit-
il au vifir, puifque l'efclave eft deftinée pour
le roi, vous voudrez bien que j'aie l'honneur
de vous dire qu'elle eft extrêmement fatiguée
du long voyage que je lui ai fait faire pour
l'amener ici. Quoique ce foit une beauté qui
n'a point de pareille, ce fera néanmoins toute
autre chofe, fi vous la gardez chez vous feulement une quinzaine de jours, & que vous
donniez un peu de vos foins pour la faire bien
traiter. Ce tems-là paffé, lorfque vous la pré-
fenterez au roi, elle vous fera un honneur &
un mérite, dont j'efpère que vous me faurez
quelque gré. Vous voyez même que le foleil
lui a un peu gâté le teint ; mais dès qu'elle
aura été au bain deux ou trois fois, & que
vous l'aurez fait habiller de la manière que
vous le jugerez à propos, elle fera fi fort
changée, que vous la trouverez infiniment
plus belle.

Tome IX.   T

Khacan prit le confeil du marchand en bonne part, & réfolut de le fuivre. Il donna à la belle perfienne un appartement en particulier près celui de fa femme, qu'il pria de la faire manger avec elle, & de la regarder comme une dame qui appartenoit au roi. Il la pria auffi de lui faire faire plufieurs habits les plus magnifiques qu'il feroit poffible, & qui lui conviendroient le mieux. Avant de quitter la belle perfienne : Votre bonheur, lui dit-il, ne peut être plus grand que celui que je viens de vous procurer. Jugez-en vous-même ; c'eft pour le roi que je vous ai achetée, & j'efpère qu'il fera beaucoup plus fatifait de vous poffeder, que je ne le fuis de m'être acquitté de la commiffion dont il m'avoit chargé. Ainfi je fuis bien aife de vous avertir que j'ai un fils qui ne manque pas d'efprit, mais jeune, folâtre & entreprenant, & de vous bien garder de lui, lorfqu'il s'approchera de vous. La belle perfienne le remercia de cet avis ; & après qu'elle l'eut bien affuré qu'elle en profiteroit, il fe retira.

Noureddin, c'eft ainfi que fe nommoit le fils du vifir Khacan, entroit librement dans l'appartement de fa mère, avec qui il avoit coutume de prendre fes repas. Il étoit très-bien fait de fa perfonne, jeune, agréable & hardi ;

& comme il avoit infinim.nt d'efprit, & qu'il
s'exprimoit avec facilité, il avoit un don particulier de perfuader tout ce qu'il vouloit. Il
vit la belle perfienne; & dès leur première entrevue, quoiqu'il eût appris que fon père l'a-
voit achetée pour le roi, & que fon père le
lui eût déclaré lui-même, il ne fe fit pas néanmoins violence pour s'empêcher de l'aimer. Il
fe laiffa entraîner par les charmes dont il fut
frappé d'abord; & l'entretien qu'il eut avec elle,
lui fit prendre la réfolution d'employer toute
forte de moyens pour l'enlever au roi.

De fon côté la belle perfienne trouva Noureddin très-aimable. Le vifir me fait un grand
honneur, dit-elle en elle-même, de m'avoir
achetée pour me donner au roi de Balfora. Je
m'eftimerois très-heureufe, quand il fe conten-
teroit de ne me donner qu'à fon fils.

Noureddin fut très-affidu à profiter de l'a-
vantage qu'il avoit de voir une beauté dont il
étoit fi amoureux, de s'entretenir, de rire &
de badiner avec elle. Jamais il ne la quittoit
que fa mère ne l'y eût contraint. Mon fils,
lui difoit-elle, il n'eft pas bienféant à un jeune
homme comme vous, de demeurer toujours
dans l'appartement des femmes. Allez, retirez-
vous, & travaillez à vous rendre digne de fuccéder un jour à la dignité de votre père.

Comme il y avoit long-tems que la belle perfienne n'étoit allée au bain à caufe du long voyage qu'elle venoit de faire, cinq ou fix jours après qu'elle eut été achetée, la femme du vifir Khacan eut foin de faire chauffer exprès pour elle celui que le vifir avoit chez lui. Elle l'y envoya avec plufieurs de fes femmes efclaves, à qui elle recommanda de lui rendre les mêmes fervices qu'à elle-même ; & au fortir du bain, de lui faire prendre un habit très-magnifique qu'elle lui avoit fait déjà faire. Elle y avoit pris d'autant plus de foin, qu'elle vouloit s'en faire un mérite auprès du vifir fon mari, & lui faire connoître combien elle s'intéreffoit en tout ce qui pouvoit lui plaire.

A la fortie du bain, la belle perfienne, mille fois plus belle qu'elle ne l'avoit paru à Khacan lorfqu'il l'avoit achetée, vint fe faire voir à la femme de ce vifir, qui eut de la peine à la reconnoître.

La belle perfienne lui baifa la main avec grâce, & lui dit : Madame, je ne fais pas comment vous me trouverez avec l'habit que vous avez pris la peine de me faire faire. Vos femmes qui m'affurent qu'il me fait fi bien qu'elle ne me connoiffent plus, font apparemment des flatteufes : c'eft à vous que je m'en rapporte. Si néanmoins elles difoient la vérité, ce feroit vous,

madame, à qui j'aurois toute l'obligation de l'a-
vantage qu'il me donne.

Ma fille, reprit la femme du vifir avec bien
de la joie, vous ne devez pas prendre pour
une flatterie ce que mes femmes vous ont dit :
je m'y connois mieux qu'elles ; & fans parler
de votre habit qui vous fied à merveille, vous
apportez du bain une beauté fi fort au-deflus
de ce que vous étiez auparavant, que je ne
vous reconnois plus moi-même. Si je croyois
que le bain fût encore aflez bon, j'irois en
prendre ma part. Je fuis aufli-bien dans un âge
qui demande déformais que j'en fafle fouvent
provifion. Madame, reprit la belle perfienne,
je n'ai rien à répondre aux honnêtetés que vous
avez pour moi, fans les avoir méritées. Pour
ce qui eft du bain, il eft admirable ; & fi vous
avez deflein d'y aller, vous n'avez pas de tems
à perdre. Vos femmes peuvent vous dire la
même chofe que moi.

La femme du vifir confidéra qu'il y avoit
plufieurs jours qu'elle n'étoit allée au bain, &
voulut profiter de l'occafion. Elle le témoigna
à fes femmes, & fes femmes fe furent bientôt
munies de tout l'appareil qui lui étoit néceffaire. La belle perfienne fe retira à fon appartement ; & la femme du vifir, avant de pafler au
bain, chargea deux petites efclaves de demeu-

rer près d'elle, avec ordre de ne laisser pas entrer Noureddin, s'il venoit.

Pendant que la femme du visir Khacan étoit au bain, & que la belle persienne étoit seule, Noureddin arriva; & comme il ne trouva pas sa mère dans son appartement, il alla à celui de la belle persienne, où il trouva les deux petites esclaves dans l'antichambre. Il leur demanda où étoit sa mère; à quoi elles répondirent qu'elle étoit au bain. Et la belle persienne, répondit Noureddin, y est-elle aussi? Elle en est revenue, repartirent les esclaves, & elle est dans sa chambre, mais nous avons ordre de madame votre mère, de ne vous pas laisser entrer.

La chambre de la belle persienne n'étoit fermée que par une portière. Noureddin s'avança pour entrer, & les deux esclaves se mirent au-devant pour l'en empêcher. Il les prit par le bras l'une & l'autre, les mit hors de l'antichambre & ferma la porte sur elles. Elles coururent au bain en faisant de grands cris, & annoncèrent à leur dame en pleurant, que Noureddin étoit entré dans la chambre de la belle persienne malgré elles, & qu'il les avoit chassées.

La nouvelle d'une si grande hardiesse, causa à la bonne dame une mortification des plus

fenfibles. Elle interrompit fon bain, & s’habilla
avec une diligence extrême. Mais avant qu’elle
eût achevée, & qu’elle arrivât à la chambre
de la belle perfienne, Noureddin en étoit forti,
& il avoit pris la fuite.

La belle perfienne fut extrêmement étonnée
de voir entrer la femme du vifir toute en pleurs,
& comme une femme qui ne fe poffédoit plus.
Madame, lui dit-elle, oferois-je vous demander d’où vient que vous êtes fi affligée ? Quelle
difgrace vous eft arrivée au bain, pour vous
avoir obligée d’en fortir fitôt ?

Quoi, s’écria la femme du vifir, vous me
faites cette demande d’un efprit tranquille, après
que mon fils Noureddin eft entré dans votre
chambre, & qu’il eft demeuré feul avec vous !
pouvoit-il nous arriver un plus grand malheur à lui & à moi !

De grâce, madame, repartit la belle perfienne, quel malheur peut-il y avoir pour vous
& pour Noureddin, en ce que Noureddin a
fait ? Comment, répliqua la femme du vifir,
mon mari ne vous a-t-il pas dit qu’il vous a
achetée pour le roi ? & ne vous avoit-il pas
avertie de prendre garde que Noureddin n’approchât de vous ?

Je ne l’ai pas oublié, madame, reprit encore la belle perfienne ; mais Noureddin m’eft

venu dire que le vifir fon père avoit changé
de fentiment, & qu'au lieu de me réferver pour
le roi, comme il en avoit eu l'intention, il
lui avoit fait préfent de ma perfonne. Je l'ai
cru, madame ; & efclave comme je fuis, ac-
coutumée aux loix de l'efclavage dès ma plus
tendre jeuneffe, vous jugez bien que je n'ai
pu & que je n'ai dû m'oppofer à fa volonté. J'a-
jouterai même que je l'ai fait avec d'autant
moins de répugnance, que j'avois conçu une
forte inclination pour lui, par la liberté que
nous avons eue de nous voir. Je perds fans
regret l'efpérance d'appartenir au roi, & je
m'eftimerai très-heureufe de paffer toute ma
vie avec Noureddin.

A ce difcours de la belle perfienne : Plût
à dieu, dit la femme du vifir, que ce que vous
me dites, fût vrai ! j'en aurois bien de la joie.
Mais croyez-moi : Noureddin eft un impofteur ;
il vous a trompée, & il n'eft pas poffible que
fon père lui ait fait le préfent qu'il vous a dit.
Qu'il eft malheureux, & que je fuis malheu-
reufe ! & que fon père l'eft davantage par les
fuites fâcheufes qu'il doit craindre, & que nous
devons craindre avec lui ! mes pleurs ni mes
prières ne feront pas capables de fléchir, ni
d'obtenir fon pardon. Son père va le facrifier
à fon jufte reffentiment, dès qu'il fera informé

de la violence qu'il vous a faite. En achevant ces paroles, elle pleura amèrement ; & ses esclaves qui ne craignoient pas moins qu'elle pour la vie de Noureddin, suivirent son exemple.

Le visir Khacan arriva quelques momens après, & fut dans un grand étonnement de voir sa femme & les esclaves en pleurs, & la belle persienne fort triste. Il en demanda la cause ; & sa femme & les esclaves augmentèrent leurs cris & leurs larmes, au lieu de lui répondre. Leur silence l'étonna davantage ; & en s'adressant à sa femme : Je veux absolument, lui dit-il, que vous me déclariez ce que vous avez à pleurer, & que vous me disiez la vérité.

La dame désolée ne put se dispenser de satisfaire son mari : Promettez-moi donc, seigneur, reprit-elle, que vous ne me voudrez point de mal de ce que je vous dirai : je vous assure d'abord qu'il n'y a pas de ma faute. Sans attendre sa réponse : Pendant que j'étois au bain avec mes femmes, poursuivit-elle, votre fils est venu, & a pris ce malheureux tems pour faire accroire à la belle persienne que vous ne vouliez plus la donner au roi, & que vous lui en aviez fait un présent. Je ne vous dis pas ce qu'il a fait après une fausseté si insigne, je vous le laisse à juger vous-même. Voilà le sujet de mon affliction pour l'amour de vous & pour l'amour de lui, pour qui je n'ai pas la confiance d'implorer votre clémence.

Il n'eſt pas poſſible d'exprimer quelle fut la mortification du viſir Khacan, quand il eut entendu le récit de l'inſolence de ſon fils Noureddin. Ah, s'écria-t-il en ſe frappant cruellement, en ſe mordant les mains, & s'arrachant la barbe, c'eſt donc ainſi, malheureux fils, fils indigne de voir le jour, que tu jetes ton père dans le précipice, du plus haut degré de ſon bonheur; que tu le perds, & que tu te perds toi-même avec lui ! Le roi ne ſe contentera pas de ton ſang, ni du mien pour ſe venger de cette offenſe, qui attaque ſa perſonne même.

Sa femme voulut tâcher de le conſoler : Ne vous affligez pas, lui dit-elle, je ferai aiſément dix mille pièces d'or d'une partie de mes pierreries : vous en achèterez une autre eſclave qui ſera plus belle & plus digne du roi.

Eh, croyez-vous, reprit le viſir, que je ſois capable de me tant affliger pour la perte de dix mille pièces d'or ? il ne s'agit pas ici de cette perte, ni même de la perte de tous mes biens, dont je ſerois auſſi peu touché. Il s'agit de celle de mon honneur, qui m'eſt plus précieux que tous les biens du monde. Il me ſemble néanmoins, ſeigneur, repartit la dame,

que ce qui fe peut réparer par de l'argent,
n'eft pas d'une fi grande conféquence.

Hé quoi, répliqua le vifir, ne favez-vous pas
que Saouy eft mon ennemi capital ? croyez-
vous que dès qu'il aura appris cette affaire, il
n'aille pas triompher de moi près du roi ? Votre majefté, lui dira-t-il, ne parle que de l'affection & du zèle de Khacan pour fon fervice ;
il vient de faire voir cependant combien il eft
peu digne d'une fi grande confidération. Il a
reçu dix mille pièces d'or pour lui acheter une
efclave. Il s'eft véritablement acquitté d'une
commiffion fi honorable ; & jamais perfonne n'a
vu une fi belle efclave ; mais au lieu de l'amener à votre majefté, il a jugé plus à propos
d'en faire un préfent à fon fils : Mon fils, lui
a-t-il dit, prenez cette efclave, c'eft pour vous ;
vous la méritez mieux que le roi. Son fils, con-
tinuera-t-il avec fa malice ordinaire, l'a prife,
& il fe divertit tous les jours avec elle. La
chofe eft comme j'ai l'honneur de l'affurer à
votre majefté, & votre majefté peut s'en éclaircir par elle-même. Ne voyez-vous pas, ajouta
le vifir, que fur un tel difcours les gens du roi
peuvent venir forcer ma maifon à tout moment & enlever l'efclave ? j'y ajoute tous les
autres malheurs inévitables qui fuivront.

Seigneur, répondit la dame à ce difcours du

vifir fon mari, j'avoue que la méchanceté de
Saouy eft des plus grandes, & qu'il eft capable de donner à la chofe le tour malin que
vous venez de dire, s'il en avoit la moindre
connoiffance. Mais peut-il favoir, ni lui ni perfonne, ce qui fe paffe dans l'intérieur de votre
maifon? quand on le foupçonneroit, & que
le roi vous en parleroit, ne pouvez-vous
pas dire qu'après avoir bien examiné l'efclave,
vous ne l'avez pas trouvée auffi digne de fa
majefté qu'elle vous l'avoit paru d'abord; que
le marchand vous a trompé; qu'elle eft à la
vérité d'une beauté incomparable, mais qu'il
s'en faut beaucoup qu'elle ait autant d'efprit
& qu'elle foit auffi habile qu'on vous l'avoit van-
tée. Le roi vous en croira à votre parole; &
Saouy aura la confufion d'avoir auffi peu réuffi
dans fon pernicieux deffein, que tant d'autres
fois qu'il a entrepris inutilement de vous détruire. Raffurez-vous donc; & fi vous voulez me
croire, envoyez chercher les courtiers, mar-
quez-leur que vous n'êtes pas content de la belle
perfienne, & chargez-les de vous chercher une
autre efclave.

Comme ce confeil parut très-raifonnable au
vifir Khacan, il calma un peu fes efprits, & il
prit le parti de le fuivre; mais il ne diminua
rien de fa colère contre fon fils Noureddin.

Noureddin ne parut point de toute la journée : il n'ofa même chercher un afyle chez
aucun des jeunes gens de fon âge qu'il fréquen-
toit ordinairement, de crainte que fon père ne
l'y fît chercher. Il alla hors de la ville, & il fe
réfugia dans un jardin où il n'étoit jamais allé,
& où il n'étoit pas connu. Il ne revint que fort
tard lorfqu'il favoit bien que fon père étoit retiré, & fe fit ouvrir par les femmes de fa mère,
qui l'introduifirent fans bruit. Il fortit le lendemain avant que fon père fût levé ; & il fut
contraint de prendre les mêmes précautions un
mois entier, avec une mortification très-fenfible. En effet, les femmes ne le flattoient pas :
elles lui déclaroient franchement que le vifir fon
père perfiftoit dans la même colère, & proteftoit qu'il le tueroit s'il fe préfentoit devant lui.

La femme de ce miniftre favoit par fes femmes que Noureddin revenoit chaque jour ; mais
elle n'ofoit prendre la hardieffe de prier fon mari
de lui pardonner. Elle la prit enfin : Seigneur,
lui dit-elle un jour, je n'ai ofé jufqu'à préfent
prendre la liberté de vous parler de votre fils.
Je vous fupplie de me permettre de vous demander ce que vous prétendez faire de lui. Un
fils ne peut être plus criminel envers un père,
que Noureddin l'eft envers vous. Il vous a privé
d'un grand honneur, & de la fatisfaction de

préfenter au roi une efclave auffi accomplie que
la belle perfienne ; je l'avoue : mais après tout
quelle eft votre intention ? Voulez-vous le perdre abfolument ? au lieu d'un mal auquel il ne
faut plus que vous fongiez, vous vous en atti-
reriez un autre beaucoup plus grand à quoi vous
ne penfez peut-être pas. Ne craignez-vous pas
que le monde qui eft malin, en cherchant pourquoi votre fils eft élo gné de vous, n'en devine
la véritable caufe que vous voulez tenir fi ca-
chée ? Si cela arrivoit, vous feriez tombé juf-
-tement dans le malheur que vous avez un fi
grand intérêt d'éviter.

Madame, reprit le vifir, ce que vous dites-
là, eft de bon fens ; mais je ne puis me réfoudre de pardonner à Noureddin, que je ne l'aie
mortifié comme il le mérite. Il fera fuffifamment mortifié, repartit la dame, quand vous
aurez fait ce qui me vient en penfée. Votre
fils entre ici chaque nuit, lorfque vous êtes
retiré ; il y couche, & il en fort avant que
vous foyez levé. Attendez-le ce foir jufqu'à fon
arrivée, & faites femblant de le vouloir tuer :
je viendrai à fon fecours ; & en lui marquant
que vous lui donnez la vie à ma prière, vous
l'obligerez de prendre la belle perfienne à telle
condition qu'il vous plaira. Il l'aime, & je fais
que la belle perfienne ne le hait pas.

Khacan voulut bien fuivre ce confeil ; ainfi avant qu'on ouvrît à Noureddin lorfqu'il arriva à fon heure ordinaire, il fe mit derrière la porte ; & dès qu'on lui eut ouvert, il fe jeta fur lui & le mit fous les piés. Noureddin tourna la tête, & reconnut fon père le poignard à la main, prêt à lui ôter fa vie.

La mère de Noureddin furvint en ce moment, & en retenant le vifir par le bras : Qu'allez-vous faire, feigneur, s'écria-t-elle ? Laiffez-moi, reprit le vifir, que je le tue ce fils indigne. Ah, feigneur, reprit la mère, tüez-moi plutôt moi-même ; je ne permettrai jamais que vous enfanglantiez vos mains dans votre propre fang. Noureddin profita de ce moment : Mon père, s'écria-t-il les larmes aux yeux, j'implore votre clémence & votre miféricorde ; accordez-moi le pardon que je vous demande au nom de celui de qui vous l'attendez au jour que nous paroîtrons tous devant lui.

Khacan fe laiffa arracher le poignard de la main ; & dès qu'il eut lâché Noureddin, Noureddin fe jeta à fes piés, & les lui baifa pour marquer combien il fe repentoit de l'avoir offenfé. Noureddin, lui dit-il, remerciez votre mère, je vous pardonne à fa confidération. Je veux bien même vous donner la belle perfienne ; mais à condition que vous me promettrez par ferment de ne la pas regarder comme efclave, mais comme votre femme, c'eft-à-dire que vous ne la vendrez, & même que vous ne la répudierez jamais. Comme elle eft fage & qu'elle a de l'efprit & de la conduite infiniment plus que vous, je fuis perfuadé qu'elle modérera ces emportemens de jeuneffe qui font capables de vous perdre.

Noureddin n'eût ofé efpérer d'être traité avec une fi grand indulgence. Il remercia fon père avec toute la reconnoiffance imaginable, & lui fit de très-bon cœur le ferment qu'il fouhaitoit. Ils furent très-contens l'un de l'autre, la belle perfienne & lui, & le vifir fut très-fatisfait de leur bonne union.

Le vifir Khacan n'attendoit pas que le roi lui parlât de la commiffion qu'il lui avoit donnée; il avoit grand foin de l'en entretenir fouvent, & de lui marquer les difficultés qu'il trouvoit à s'en acquitter à la fatisfaction de fa majefté; il fut enfin le ménager avec tant d'adreffe, qu'infenfiblement il n'y fongea plus. Saouy néanmoins avoit fu quelque chofe de ce qui s'étoit paffé; mais Khacan étoit fi avant dans la faveur du roi, qu'il n'ofa hafarder d'en parler.

Il y avoit plus d'un an que cette affaire fi délicate s'étoit paffée plus heureufement que

ce

ce miniſtre ne l'avoit cru d'abord, lorſqu'il alla au bain, & qu'une affaire preſſante l'obligea d'en ſortir encore tout échauffé ; l'air qui étoit un peu froid, le frappa, & lui cauſa une fluxion ſur la poitrine, qui le contraignit de ſe mettre au lit avec une groſſe fièvre. La maladie augmenta : & comme il s'apperçut qu'il n'étoit pas loin du dernier moment de ſa vie, il tint ce diſcours à Noureddin qui ne l'abandonnoit pas. Mon fils, lui dit-il, je ne ſais ſi j'ai fait le bon uſage que je devois des grandes richeſſes que dieu m'a données ; vous voyez qu'elles ne me ſervent de rien pour me délivrer de la mort. La ſeule choſe que je vous demande en mourant, c'eſt que vous vous ſouveniez de la promeſſe que vous m'avez faite touchant la belle perſienne. Je meurs content avec la confiance que vous ne l'oublierez pas.

Ces paroles furent les dernières que le viſir Khacan prononça. Il expira peu de momens après, & il laiſſa un deuil inexprimable dans ſa maiſon, à la cour & dans la ville. Le roi le regretta comme un miniſtre ſage, zélé & fidèle, & toute la ville le pleura comme ſon protecteur & ſon bienfaiteur. Jamais on n'avoit vu de funérailles plus honorables à Balſora. Les viſirs, les émirs, & généralement tous les grands de la cour s'empreſsèrent de porter ſon cercueil fur les épaules, les uns après les autres, jufqu'au lieu de fa fépulture; & les plus riches jufqu'aux plus pauvres de la ville, l'y accompagnèrent en pleurs.

Noureddin donna toutes les marques de la grande affliction que la perte qu'il venoit de faire, devoit lui caufer; il demeura long-tems fans voir perfonne. Un jour enfin il permit qu'on laifsât entrer un de fes amis intimes. Cet ami tâcha de le confoler; & comme il le vit difpofé à l'écouter, il lui dit qu'après avoir rendu à la mémoire de fon père tout ce qu'il lui devoit, & fatisfait pleinement à tout ce que demandoit la bienféance, il étoit tems qu'il parût dans le monde, qu'il vît fes amis, & qu'il foutínt le rang que fa naiffance & fon mérite lui avoient acquis. Nous pécherions, ajoutat-il, contre les loix de la nature, & même contre les loix civiles, fi lorfque nos pères font morts, nous ne leur rendions pas les devoirs que la tendreffe exige de nous, & l'on nous regarderoit comme des infenfibles. Mais dès que nous nous en fommes acquittés, & qu'on ne peut nous en faire aucun reproche, nous fommes obligés de reprendre le même train qu'auparavant, & de vivre dans le monde de la manière qu'on y vit. Effuyez donc vos larmes, & reprenez cet air de gaieté qui a toujours infpiré la joie par-tout où vous vous êtes trouvé.

Le confeil de cet ami étoit très-raifonnable ; & Noureddin eut évité tous les malheurs qui lui arrivèrent , s'il l'eut fuivi dans toute la régularité qu'il demandoit. Il fe laiffa perfuader fans peine : il régala même fon ami ; & lorfqu'il voulut fe retirer , il le pria de revenir le lendemain , & d'amener trois ou quatre de leurs amis communs. Infenfiblement il forma une fociété de dix perfonnes à-peu-près de fon âge, il paffoit le tems avec eux en des feftins & des réjouiffances continuelles. Il n'y avoit pas même de jour qu'il ne les renvoyât chacun avec un préfent.

Quelquefois pour faire plus de plaifir à fes amis, Noureddin faifoit venir le belle perfienne; elle avoit la complaifance de lui obéir , mais elle n'approuvoit pas cette profufion exceffive. Elle lui en difoit fon fentiment en liberté : Je ne doute pas, lui difoit-elle , que le vifir votre père ne vous ait laiffé de grandes richeffes ; mais fi grandes qu'elles puiffent être , ne trouvez pas mauvais qu'une efclave vous repréfente que vous en verrez bientôt la fin , fi vous continuez de mener cette vie. On peut quelquefois régaler fes amis & fe divertir avec eux ; mais qu'on en faffe une coutume journalière ,

c'eſt courir le grand chemin de la dernière misère. Pour votre honneur & pour votre réputation, vous feriez beaucoup mieux de ſuivre
les traces de feu votre père, & de vous mettre en état de parvenir aux charges qui lui ont
acquis tant de gloire.

Noureddin écoutoit la belle perſienne en
riant ; & quand elle avoit achevé : Ma belle, re-
prenoit-il en continuant de rire, laiſſons-là ce
diſcours, ne parlons que de nous réjouir. Feu
mon père m'a toujours tenu dans une grande
contrainte : je ſuis bien-aiſe de jouir de la
liberté après laquelle j'ai tant ſoupiré avant ſa
mort. J'aurai toujours le tems de me réduire à
la vie réglée dont vous me parlez ; un homme
de mon âge doit ſe donner le loiſir de goûter
les plaiſirs de la jeuneſſe.

Ce qui contribua encore beaucoup à mettre les affaires de Noureddin en déſordre, fut
qu'il ne vouloit pas entendre parler de compter avec ſon maître-d'hôtel. Il le renvoyoit chaque fois qu'il ſe préſentoit avec ſon livre : Va,
va, lui diſoit-il, je me fie bien à toi : Aie
ſoin ſeulement que je faſſe toujours bonne
chère.

Vous êtes le maître, ſeigneur, reprenoit le
maître-d'hôtel, vous voudrez bien néanmoins
que je vous faſſe ſouvenir du proverbe qui dit,

que qui fait grande dépenſe & ne compte pas,
ſe trouve à la fin à la mendicité ſans s'en être
apperçu. Vous ne vous contentez pas de la dépenſe ſi prodigieuſe de votre table , vous donnez encore à toute main. Vos tréſors ne peuvent y ſuffire , quand ils feroient auſſi gros que
des montagnes. Va , te dis-je , lui répétoit Noureddin , je n'ai pas beſoin de tes leçons : continue de me faire manger , & ne te mets pas
en peine du reſte.

Les amis de Noureddin cependant étoient
fort aſſidus à ſa table , & ne manquoient pas
l'occaſion de profiter de ſa facilité. Ils le flattoient , ils le louoient , & faiſoient valoir juſqu'à la moindre de ſes actions les plus indifférentes. Sur-tout ils n'oublioient pas d'exalter
tout ce qui lui appartenoit , & ils y trouvoient
leur compte. Seigneur , lui diſoit l'un , je paſ-
fois l'autre jour par la terre que vous avez en
tel endroit ; rien n'eſt plus magnifique ni mieux
meublé que la maiſon ; c'eſt un paradis de dé-
lices que le jardin qui l'accompagne. Je ſuis
ravi qu'elle vous plaiſe , reprenoit Noureddin ;
qu'on m'apporte une plume , de l'encre & du
papier , & que je n'en entende plus parler ;
c'eſt pour vous , je vous la donne. D'autres
ne lui avoient pas plutôt vanté quelqu'une des
maiſons , des bains , & des lieux publics à loger

des étrangers , qui lui appartenoient, & lui rap-
portoient un gros revenu , qu'il leur en faifoit
une donation. La belle perfienne lui repréfen-
toit le tort qu'il fe faifoit ; au lieu de l'écouter , il continuoit de prodiguer ce qui lui reftoit à la première occafion.

Noureddin enfin ne fit autre chofe toute une
année que de faire bonne chère , fe donner du
bon tems , & fe divertir en prodiguant & diffi-
pant les grands biens que fes prédéceffeurs &
le bon vifir fon père avoient acquis ou con-
fervés avec beaucoup de foins & de peines.
L'année ne faifoit que de s'écouler , que l'on
frappa un jour à la porte de la falle où il étoit
à table. Il avoit renvoyé fes efclaves , & il s'y
étoit renfermé avec fes amis pour être en grande
liberté.

Un des amis de Noureddin voulut fe lever ;
mais Noureddin le devança , & alla ouvrir
lui - même. C'étoit fon maître - d'hôtel : &
Noureddin , pour écouter ce qu'il vouloit, s'a-
vança un peu hors de la falle & ferma la porte
à demi.

L'ami qui avoit voulu fe lever , & qui avoit
apperçu le maître-d'hôtel, curieux de favoir ce
qu'il avoit à dire à Noureddin , fut fe pofter
entre la portière & la porte , & entendit que
le maître - d'hôtel tint ce difcours : Seigneur ,

dit-il à fon maître, je vous demande mille pardons fi je viens vous interrompre au milieu de vos plaifirs. Ce que j'ai à vous communiquer, vous eft, ce me femble, de fi grande importance, que je n'ai pas cru devoir me difpenfer de prendre cette liberté. Je viens d'achever mes derniers comptes ; & je trouve que ce que j'avois prévu il y a long-tems, & dont je vous avois averti plufieurs fois, eft arrivé; c'eft-à-dire, feigneur, que je n'ai plus une maille de toutes les fommes que vous m'avez données pour faire votre dépenfe. Les autres fonds que vous m'aviez affignés, font auffi épuifés ; & vos fermiers & ceux qui vous devoient des rentes, m'ont fait voir fi clairement que vous avez tranfporté à d'autres ce qu'ils tenoient de vous, que je ne puis plus rien exiger d'eux fous votre nom. Voici mes comptes, examinez-les ; & fi vous fouhaitez que je continue de vous rendre mes fervices, affignez-moi d'autres fonds ; finon permettez-moi de me retirer. Noureddin fut tellement furpris de ce difcours, qu'il n'eut pas un mot à y répondre.

L'ami qui étoit aux écoutes & qui avoit tout entendu, rentra auffitôt & fit part aux autres amis de ce qu'il venoit d'entendre. C'eft à vous, leur dit-il en achevant, de profiter de cet avis: pour moi je vous déclare que c'eft aujourd'hui

le dernier jour que vous me verrez chez Noureddin. Si cela eſt, reprirent-ils, nous n'avons
plus affaire chez lui non plus que vous; il ne
nous y reverra pas auſſi davantage.

Noureddin revint en ce moment; & quelque bonne mine qu'il fît pour tâcher de remettre ſes conviés en train, il ne put néanmoins ſi bien diſſimuler, qu'ils ne s'apperçuſ-
ſent fort bien de la vérité de ce qu'ils venoient
d'apprendre. Il s'étoit à peine remis à ſa place,
qu'un de ſes amis ſe leva de la ſienne : Seigneur, lui dit-il, je ſuis bien fâché de ne pouvoir vous tenir compagnie plus long-tems; je
vous ſupplie de trouver bon que je m'en aille.
Quelle affaire vous oblige de nous quitter ſi-
tôt, reprit Noureddin ? Seigneur, reprit-il, ma
femme eſt accouchée aujourd'hui; vous n'ignorez pas que la préſence d'un mari eſt toujours
néceſſaire dans une pareille rencontre. Il fit une
grande révérence, & partit. Un moment après
un autre ſe retira ſur un autre prétexte. Les
autres firent la même choſe l'un après l'autre,
juſqu'à ce qu'il ne reſta pas un ſeul des dix
amis qui juſqu'alors avoient tenu ſi bonne compagnie à Noureddin.

Noureddin ne ſoupçonna rien de la réſolution que ſes amis avoient priſe de ne plus le
voir. Il alla à l'appartement de la belle per-

fienne , & il s'entretint feulement avec elle de la déclaration que fon maître-d'hôtel lui avoit faite , avec de grands témoignages d'un véritable repentir du défordre où étoient fes affaires.

Seigneur , lui dit la belle perfienne , permettez-moi de vous dire que vous n'avez voulu vous en rapporter qu'à votre propre fens ; vous voyez préfentement ce qui vous eft arrivé. Je ne me trompois pas lorfque je vous prédifois la trifte fin à laquelle vous deviez vous attendre. Ce qui me fait de la peine , c'eft que vous ne voyez pas tout ce qu'elle a de fâcheux. Quand je voulois vous en dire ma penfée ; Réjouiffons-nous, me difiez-vous , & profitons du bon tems que la fortune nous offre pendant qu'elle nous eft favorable , peut-être ne fera-t-elle pas toujours de fi bonne humeur. Mais je n'avois pas tort de vous répondre que nous étions nous-mêmes les artifans de notre bonne fortune par une fage conduite. Vous n'avez pas voulu m'écouter , & j'ai été contrainte de vous laiffer faire malgré moi.

J'avoue , repartit Noureddin , que j'ai tort de n'avoir pas fuivi les avis fi falutaires que vous me donniez avec votre fageffe admirable ; mais fi j'ai mangé tout mon bien, vous ne confidérez pas que ça été avec une élite d'amis que je connois depuis long-tems. Ils font honnétes & pleins de reconnoiffance ; je fuis fûr qu'ils ne m'abandonneront pas. Seigneur , répliqua la belle perfiennne , fi vous n'avez pas d'autre reffource qu'en la reconnoiffance de vos amis , croyez-moi , votre efpérance eft mal fondée , & vous m'en direz des nouvelles avec le tems.

Charmante perfienne , dit à cela Noureddin , j'ai meilleure opinion que vous du fecours qu'ils me donneront. Je veux les aller voir tous dès demain , avant qu'ils prennent la peine de venir à leur ordinaire , & vous me verrez revenir avec une bonne fomme d'argent , dont ils m'auront fecouru tous enfemble. Je changerai de vie comme j'y fuis réfolu , & je ferai profiter cet argent par quelque négoce.

Noureddin ne manqua pas d'aller le lendemain chez fes dix amis , qui demeuroient dans une méme rue; il frappa à la première porte qui fe préfenta , où demeuroit un des plus riches. Une efclave vint , & avant d'ouvrir , elle demanda qui frappoit. Dites à votre maître , répondit Noureddin , que c'eft Noureddin , fils du feu vifir Khacan. L'efclave ouvrit , l'introduifit dans une falle , & entra dans la chambre où étoit fon maître, à qui elle annonça que Noureddin venoit le voir. Noureddin ! reprit le maître avec un ton de mépris, & fi haut que Noureddin l'entendit avec un grand étonnement : Va, dis-lui que je n'y fuis pas ; & toutes les fois qu'il viendra, dis-lui la même chofe. L'efclave revint, & donna pour réponfe à Noureddin, qu'elle avoit cru que fon maître y étoit, mais qu'elle s'étoit trompée.

Noureddin fortit avec confufion : Ah le perfide ! le méchant homme, s'écria-t-il ! il me proteftoit hier que je n'avois pas un meilleur ami que lui, & aujourd'hui il me traite fi indignement ! Il alla frapper à la porte d'un autre ami, & cet ami lui fit dire la même chofe que le premier. Il eut la même réponfe chez le troifième, & ainfi des autres jufqu'au dixième, quoiqu'ils fuffent tous chez eux.

Ce fut alors que Noureddin rentra tout de bon en lui-même, & qu'il reconnut fa faute irréparable de s'être fondé fi facilement fur l'affiduité de ces faux amis à demeurer attachés à fa perfonne, & fur leurs proteftations d'amitié tout le tems qu'il avoit été en état de leur faire des régals fomptueux, & de les combler de largeffes & de bienfaits. Il eft bien vrai, dit-il en lui-même les larmes aux yeux, qu'un homme heureux comme je l'étois, reffemble à un arbre chargé de fruits ; tant qu'il y a du fruit fur l'arbre, on ne ceffe pas d'être à l'entour

& d'en cueillir ; dès qu'il n'y en a plus, on s'en
éloigne & on le laisse seul. Il se contraignit
tant qu'il fut hors de chez lui ; mais dès qu'il fut
rentré, il s'abandonna tout entier à son affliction, & alla le témoigner à la belle persienne.

Dès que la belle persienne vit paroître l'affligé Noureddin, elle se douta qu'il n'avoit pas
trouvé chez ses amis le secours auquel il s'étoit
attendu. Eh bien, seigneur, lui dit-elle, êtes-
vous présentement convaincu de la vérité de
ce que je vous avois prédit ? Ah, ma bonne,
s'écria-t-il, vous ne me l'aviez prédit que trop
véritablement ! pas un n'a voulu me reconnoître, me voir, me parler : jamais je n'eusse cru
devoir être traité si cruellement par des gens
qui m'ont tant d'obligations, & pour qui je
me suis épuisé moi-même. Je ne me possède
plus, & je crains de commettre quelqu'action
indigne de moi dans l'état déplorable & dans
le désespoir où je suis, si vous ne m'aidez de
vos sages conseils. Seigneur, reprit la belle persienne, je ne vois pas d'autre remède à votre
malheur, que de vendre vos esclaves & vos
meubles, & de subsister là-dessus jusqu'à ce
que le ciel vous montre quelqu'autre voie
pour vous tirer de la misère.

Le remède parut extrêmement dur à Noureddin ; mais qu'eût-il pu faire dans la néces-

fité de vivre où il étoit ? Il vendit première-
ment fes efclaves, bouches alors inutiles, qui
lui euffent fait une dépenfe beaucoup au-delà
de ce qu'il étoit en état de fupporter. Il vécut
quelque tems fur l'argent qu'il en fit ; & lorfqu'il vint à manquer, il fit porter fes meubles
à la place publique, où ils furent vendus beaucoup au-deffous de leur jufte valeur, quoiqu'il y en eût de très-précieux qui avoient
coûté des fommes immenfes. Cela le fit fubfifter
un long efpace de tems ; mais enfin ce fecours
manqua, & il ne lui reftoit plus de quoi faire
d'autre argent : il en témoigna l'excès de fa
douleur à la belle perfienne.

Noureddin ne s'attendoit pas à la réponfe que
lui fit cette fage perfonne : Seigneur, lui dit-
elle, je fuis votre efclave, & vous favez que
le feu vifir votre père m'a achetée dix mille
pièces d'or. Je fais bien que je fuis diminuée
de prix depuis ce tems-là ; mais auffi je fuis
perfuadée que je puis être encore vendue une
fomme qui n'en fera pas éloignée. Croyez-moi,
ne différez pas de me mener au marché, &
de me vendre ; avec l'argent que vous touche-
rez, qui fera très-confidérable, vous irez faire
le marchand en quelque ville où vous ne ferez
pas connu ; & par-là vous aurez trouvé le moyen
de vivre, finon dans une grande opulence,

d'une manière au moins à vous rendre heureux & content.

Ah, charmante & belle perſienne, s'écria Noureddin ! eſt-il poſſible que vous ayez pu concevoir cette penſée ! vous ai-je donné ſi peu de marques de mon amour, que vous me croyiez capable de cette lâcheté ? Et quand je l'aurois cette lâcheté indigne, pourrois-je le faire ſans être parjure, après le ſerment que j'ai fait à feu mon père de ne vous jamais vendre ? Je mourrois plutôt que d'y contrevenir, & que de me ſéparer d'avec vous que j'aime, je ne dis pas autant, mais plus que moi-même. En me faiſant une propoſition ſi déraiſonnable, vous me faites connoître qu'il s'en faut de beaucoup que vous m'aimiez autant que je vous aime.

Seigneur, reprit la belle perſienne, je ſuis convaincue que vous m'aimez autant que vous le dites ; & dieu connoît ſi la paſſion que j'ai pour vous, eſt inférieure à la vôtre, & combien j'ai eu de répugnance à vous faire la propoſition qui vous révolte ſi fort contre moi. Pour détruire la raiſon que vous m'apportez, je n'ai qu'à vous faire ſouvenir que la néceſſité n'a pas de loi. Je vous aime à un point qu'il n'eſt pas poſſible que vous m'aimiez davantage ; & je puis vous aſſurer que je ne

cefferai jamais de vous aimer de même, à
quelque maître que je puiffe appartenir : je
n'aurai pas même un plus grand plaifir au monde
que de me réunir avec vous dès que vos affaires vous permettront de me racheter, comme
je l'efpère. Voilà, je l'avoue, une néceffité
bien cruelle pour vous & pour moi : mais après
tout je ne vois pas d'autres moyens de nous
tirer de la misère vous & moi.

Noureddin, qui connoiffoit fort bien la vérité
de ce que la belle perfienne venoit de lui repréfenter, & qui n'avoit point d'autre reffource
pour éviter une pauvreté ignominieufe, fut contraint de prendre le parti qu'elle lui avoit pro-
pofé. Ainfi il la mena au marché où l'on vendoit les femmes efclaves, avec un regret qu'on
ne peut exprimer; il s'adreffa à un courtier
nommé Hagi Haffan. Hagi Haffan, lui dit-il,
voici une efclave que je veux vendre, vois, je
te prie, le prix qu'on en voudra donner.

Hagi Haffan fit entrer Noureddin & la belle
perfienne dans une chambre; & dès que la belle
perfienne eut ôté le voile qui lui cachoit le
vifage : Seigneur, dit Hagi Haffan à Noureddin avec admiration, me trompai-je ! n'eft-ce
pas l'efclave que le feu vifir votre père acheta
dix mille pièces d'or ? Noureddin lui affura que
c'étoit elle-même; & Hagi Haffan, en lui fai-

fant efpérer qu'il en tireroit une groſſe ſomme,
lui promit d'employer tout ſon art à la faire
acheter au plus haut prix qu'il lui feroit poſ-
fible.

Hagi Haſſan & Noureddin fortirent de la
chambre, & Hagi Haſſan y enferma la belle
perſienne. Il alla enſuite chercher les marchands;
mais ils étoient tous occupés à acheter des
efclaves grecques, afriquaines, tartares &
autres, & il fut obligé d'attendre qu'ils euſ-
fent fait leurs achats. Dès qu'ils eurent achevé &
qu'à - peu - près ils ſe furent tous raſſemblés :
Mes bons feigneurs, leur dit-il, avec une gaieté
qui paroiſſoit fur ſon viſage & dans ſes geſtes,
tout ce qui eſt rond, n'eſt pas noiſette : tout
ce qui eſt long, n'eſt pas figue : tout ce qui
eſt rouge, n'eſt pas chair, & tous les œufs ne
font pas frais. Je veux vous dire que vous avez
bien vu & bien acheté des efclaves en votre
vie, mais vous n'en avez jamais vu une feule
qui puiſſe entrer en comparaiſon avec celle que
je vous annonce. C'eſt la perle des efclaves :
venez, fuivez-moi, que je vous la faſſe voir.
Je veux que vous me diſiez vous-mêmes à quel
prix je dois la crier d'abord.

Les marchands fuivirent Hagi Haſſan, &
Hagi Haſſan leur ouvrit la porte dé la chambre
où étoit la belle perſienne. Ils la virent avec
furprife,

furprife, & ils convinrent tout d'une voix qu'on
ne pouvoit la mettre d'abord à un moindre
prix que de quatre mille pièces d'or. Ils fortirent de la chambre, & Hagi Haffan qui fortit
avec eux après avoir fermé la porte, cria à
haute voix, fans s'en éloigner : *A quatre mille
pièces d'or l'efclave perfienne.*

Aucun des marchands n'avoit encore parlé,
& ils fe confultoient eux-mêmes fur l'enchère
qu'ils y devoient mettre, lorfque le vifir Saouy
parut. Comme il eut apperçu Noureddin dans
la place : Apparemment, dit-il en lui-même,
que Noureddin fait encore de l'argent de quelques meubles (car il favoit qu'il en avoit vendu), & qu'il eft venu acheter une efclave. Il
s'avance, & Hagi Haffan cria une feconde fois :
A quatre mille pièces d'or l'efclave perfienne.

Ce haut prix fit juger à Saouy que l'efclave
devoit être d'une beauté toute particulière, &
auffitôt il eut une forte envie de la voir. Il
pouffa fon cheval droit à Hagi Haffan qui étoit
environné des marchands : Ouvre la porte, lui
dit-il, & fais-moi voir l'efclave. Ce n'étoit pas
la coutume de faire voir une efclave à un particulier, dès que les marchands l'avoient vue, &
qu'ils la marchandoient. Mais les marchands
n'eurent pas la hardieffe de faire valoir leur
droit contre l'autorité d'un vifir, & Hagi Haffan

ne put fe difpenfer d'ouvrir la porte, & de faire
figne à la belle perficnne de s'approcher, afin
que Saouy pût la voir fans defcendre de fon
cheval.

Saouy fut dans une admiration inexprimable,
quand il vit une efclave d'une beauté fi extraordinaire. Il avoit déjà eu affaire avec le courtier,
& fon nom ne lui étoit pas inconnu : Hagi
Haffan, lui dit-il, n'eft-ce pas à quatre mille
pièces d'or que tu la cries? Oui, feigneur, répondit-il, les marchands que vous voyez, font
convenus il n'y a qu'un moment, que je la criaffe
à ce prix-là. J'attends qu'ils en offrent davantage à l'enchère & au dernier mot. Je donnerai l'argent, reprit Saouy, fi perfonne n'en
offre davantage. Il regarda auffitôt les marchands
d'un œil qui marquoit affez qu'il ne prétendoit
pas qu'ils enchériffent. Il étoit fi redoutable à
tout le monde, qu'ils fe gardèrent bien auffi
d'ouvrir la bouche, même pour fe plaindre fur
ce qu'il entreprenoit fur leur droit.

Quand le vifir Saouy eut attendu quelque
tems, & qu'il vit qu'aucun des marchands n'en-
chériffoit : Hé bien, qu'attends-tu, dit-il à
Hagi Haffan? va trouver le vendeur, & conclus
le marché avec lui à quatre mille pièces d'or,
ou fache ce qu'il prétend faire. Il ne favoit pas
encore que l'efclave appartînt à Noureddin.

Hagi Haffan qui avoit déjà fermé la porte
de la chambre, alla s'aboucher avec Noureddin : Seigneur, lui dit - il, je fuis bien fâché
de venir vous annoncer une méchante nouvelle ;
votre efclave va être vendue pour rien. Pour
quelle raifon, reprit Noureddin ? Seigneur,
repartit Hagi Haffan, la chofe avoit pris d'a-
bord un fort bon train. Dès que les marchands
eurent vu votre efclave, ils me chargèrent fans
faire de façon, de la crier à quatre mille pièces
d'or. Je l'ai criée à ce prix-là, & auffitôt le vifir
Saouy eft venu, & fa préfence a fermé la bouche aux marchands que je voyois difpofés à la
faire monter au moins au même prix qu'elle
coûta au feu vifir votre père. Saouy ne veut
en donner que les quatre mille pièces d'or, &
c'eft bien malgré moi que je viens vous apporter une parole fi déraifonnable. L'efclave eft
à vous, mais je ne vous confeillerai jamais de
la lâcher à ce prix-là. Vous le connoiffez,
feigneur, & tout le monde le connoît. Outre
que l'efclave vaut infiniment davantage, il eft
affez méchant homme pour imaginer quelque
moyen de ne vous pas compter la fomme.

Hagi Haffan, répliqua Noureddin, je te fuis
obligé de ton confeil ; ne crains pas que je
fouffre que mon efclave foit vendue à l'ennemi de ma maifon. J'ai grand befoin d'argent,

mais j'aimerois mieux mourir dans la dernière pauvreté, que de permettre qu'elle lui soit livrée. Je te demande une seule chose; comme tu sais tous les usages & tous les détours, dis-moi seulement ce que je dois faire pour l'en empêcher.

Seigneur, répondit Hagi Hassan, rien n'est plus aisé. Faites semblant de vous être mis en colère contre votre esclave & d'avoir juré que vous l'amèneriez au marché, mais que vous n'avez pas entendu de la vendre, & que ce que vous en avez fait, n'a été que pour vous acquitter de votre serment. Cela satisfera tout le monde, & Saouy n'en aura rien à vous dire. Venez donc, & dans le moment que je la présenterai à Saouy, comme si c'étoit de votre consentement & que le marché fût arrêté, reprenez-la en lui donnant quelques coups & remenez-la chez vous. Je te remercie, lui dit Noureddin, tu verras que je suivrai ton conseil.

Hagi Hassan retourna à la chambre, il l'ouvrit & entra; & après avoir averti la belle persienne en deux mots de ne pas s'alarmer de ce qui alloit arriver, il la prit par le bras & l'amena au visir Saouy qui étoit toujours devant la porte; Seigneur, dit-il en la lui présentant, voilà l'esclave, elle est à vous; prenez-la.

Venez-ça impertinente, et revenez chez moi ?

Hagi Haffan n'avoit pas achevé ces paroles, que Noureddin s'étoit faifi de la belle perfienne ; il la tira à lui, en lui donnant un foufflet : Venez-çà impertinente, lui dit-il affez haut pour être entendu de tout le monde, & revenez chez moi. Votre méchante humeur m'avoit bien obligé de faire ferment de vous amener au marché, mais non pas de vous vendre. J'ai encore befoin de vous, & je ferai à tems d'en venir à cette extrémité, quand il ne me reftera plus autre chofe.

Le vifir Saouy fut dans une grande colère de cette action de Noureddin. Miférable débauché, s'écria-t-il, veux-tu me faire accroire qu'il te refte autre chofe à vendre que ton efclave ? Il pouffa fon cheval en même-tems droit à lui pour lui enlever la belle perfienne. Noureddin piqué au vif de l'affront que le vifir lui faifoit, ne fit que lâcher la belle perfienne & lui dire de l'attendre, & en fe jetant fur la bride du cheval, il le fit reculer trois ou quatre pas en arrière : Méchant barbon, dit-il alors au vifir, je te ravirois l'ame fur l'heure, fi je n'étois retenu par la confidération de tout le monde que voilà.

Comme le vifir Saouy n'étoit aimé de perfonne, & qu'au contraire il étoit haï de tout le monde, il n'y en avoit pas un de tous ceux

qui étoient préfens, qui n'eût été ravi que
Noureddin l'eût un peu mortifié. Ils lui témoignèrent par fignes & lui firent comprendre qu'il
pouvoit fe venger comme il lui plairoit, &
que perfonne ne fe mêleroit de leur querelle.

Saouy voulut faire un effort pour obliger
Noureddin de lâcher la bride de fon cheval ;
mais Noureddin qui étoit un jeune homme fort
& puiffant, enhardi par la bienveillance des
affiftans, le tira à bas du cheval au milieu du
ruiffeau, lui donna mille coups, & lui mit la
tête en fang contre le pavé. Dix efclaves qui
accompagnoient Saouy voulurent tirer le fabre
& fe jeter fur Noureddin, mais les marchands
fe mirent au-devant & les empêchèrent. Que
prétendez-vous faire, leur dirent-ils ? ne voyez-
vous pas que fi l'un eft vifir, l'autre eft fils de
vifir ? laiffez-les vuider leur différend entr'eux :
peut-être fe raccommoderont-ils un de ces
jours ; & fi vous aviez tué Noureddin, croyez-
vous que votre maître, tout puiffant qu'il eft,
pût vous garantir de la juftice ? Noureddin fe
laffa enfin de battre le vifir Saouy ; il le laffa
au milieu du ruiffeau, reprit la belle perfienne,
& retourna chez lui au milieu des acclamations du peuple qui le louoit de l'action qu'il
venoit de faire.

Saouy meurtri de coups fe releva à l'aide de

ſes gens avec bien de la peine, & il eut la dernière mortification de ſe voir tout gâté de
fange & de ſang. Il s'appuya ſur les épaules de
deux de ſes eſclaves, & dans cet état il alla
droit au palais, à la vue de tout le monde, avec
une confuſion d'autant plus grande que perſonne ne le plaignoit. Quand il fut ſous l'appartement du roi, il ſe mit à crier & à implorer ſa juſtice d'une manière pitoyable. Le roi
le fit venir, & dès qu'il parut, il lui demanda
qui l'avoit maltraité & mis dans l'état où il
étoit. Sire, s'écria Saouy, il ne faut qu'être
bien dans la faveur de votre majeſté, & avoir
quelque part à ſes ſacrés conſeils, pour être
traité de la manière indigne dont elle voit qu'on
vient de me traiter. Laiſſons-là ces diſcours,
reprit le roi, dites-moi ſeulement la choſe
comme elle eſt, & qui eſt l'offenſeur; je ſau-
rai bien le faire repentir s'il a tort.

Sire, dit alors Saouy, en racontant la choſe
tout à ſon avantage, j'étois allé au marché des
femmes eſclaves pour acheter moi-même une
cuiſinière dont j'ai beſoin; j'y ſuis arrivé, & j'ai
trouvé qu'on y crioit une eſclave à quatre mille
pièces d'or. Je me ſuis fait amener l'eſclave;
c'eſt la plus belle qu'on ait vue & qu'on puiſſe
jamais voir. Je ne l'ai pas eu plutôt conſidé-
rée avec une ſatisfaction extrême, que j'ai de-

X iv

mandé à qui elle appartenoit, & j'ai appris que Noureddin, fils du feu vifir Khacan, vouloit la vendre.

Votre majefté fe fouvient, fire, d'avoir fait compter dix mille pièces d'or à ce vifir, il y a deux ou trois ans, & de l'avoir chargé de vous acheter une efclave pour cette fomme. Il l'avoit employée à acheter celle-ci, mais au lieu de l'amener à votre majefté, il ne l'en jugea pas digne, il en fit préfent à fon fils. Depuis la mort du père, le fils a bu, mangé & diffipé tout ce qu'il avoit, & il ne lui eft refté que cette efclave qu'il s'étoit enfin réfolu de vendre, & que l'on vendoit en effet en fon nom. Je l'ai fait venir, & fans lui parler de la prévarication, ou plutôt de la perfidie de fon père envers votre majefté : Noureddin, lui ai-je dit le plus honnêtement du monde, les marchands, comme je l'apprends, ont mis d'abord votre efclave à quatre mille pièces d'or. Je ne doute pas qu'à l'envi l'un de l'autre ils ne la faffent monter à un prix beaucoup plus haut : croyez-moi, donnez-la-moi pour les quatre mille pièces d'or, & je vais l'acheter pour en faire un préfent au roi notre feigneur & maître, à qui j'en ferai bien votre cour. Cela vous vaudra infiniment plus que ce que les marchands pourroient vous en donner.

Au lieu de répondre, en me rendant honnêteté pour honnêteté, l'infolent m'a regardé fièrement : Méchant vieillard, m'a-t-il dit, je donnerois mon efclave à un juif pour rien, plutôt que de te la vendre. Mais Noureddin, ai-je repris fans m'échauffer, quoique j'en euffe un grand fujet, vous ne confidérez pas, quand vous parlez ainfi, que vous faites injure au roi, qui a fait votre père ce qu'il étoit, auffi-bien qu'il m'a fait ce que je fuis.

Cette remontrance qui devoit l'adoucir, n'a fait que l'irriter davantage ; il s'eft jeté auffi-tôt fur moi comme un furieux, fans aucune confidération de mon âge, encore moins de ma dignité, m'a jeté à bas de mon cheval, m'a frappé tout le tems qu'il lui a plu, & m'a mis en l'état où votre majefté me voit. Je la fupplie de confidérer que c'eft pour fes intérêts que je fouffre un affront fi fignalé. En achevant ces paroles, il baiffa la tête & fe tourna de côté pour laiffer couler fes larmes en abondance.

Le roi abufé & animé contre Noureddin par ce difcours plein d'artifice, laiffa paroître fur fon vifage des marques d'une grande colère ; il fe tourna du côté de fon capitaine des gardes qui étoit auprès de lui : Prenez quarante hommes de ma garde, lui dit-il, & quand vous

aurez mis la maison de Noureddin au pillage ,
& que vous aurez donné les ordres pour la rafer , amenez-le-moi avec son esclave.

Le capitaine des gardes n'étoit pas encore
hors de l'appartement du roi , qu'un huissier de
la chambre qui entendit donner cet ordre , avoit
déja pris le devant. Il s'appeloit Sangiar , & il
avoit été autrefois esclave du visir Khacan , qui
l'avoit introduit dans la maison du roi , où il
s'étoit avancé par degrés.

Sangiar plein de reconnoissance pour son ancien maître , & de zèle pour Noureddin qu'il
avoit vu naître , & qui connoissoit depuis long-
tems la haine de Saouy contre la maison de Khacan , n'avoit pu entendre l'ordre sans frémir.
L'action de Noureddin , dit-il en lui-même ,
ne peut pas être aussi noire que Saouy l'a racon-
tée ; il a prévenu le roi , & le roi va faire
mourir Noureddin sans lui donner le tems de
se justifier. Il fit une diligence si grande ,
qu'il arriva assez à tems pour l'avertir de ce
qui venoit de se passer chez le roi , & lui donner lieu de se sauver avec la belle persienne.
Il frappa à la porte d'une manière qui obligea Noureddin , qui n'avoit plus de domestique il y avoit long-tems , de venir ouvrir lui-
même sans différer, Mon cher seigneur , lui dit
Sangiar , il n'y a plus de sûreté pour vous

à Balfora ; partez & fauvez-vous fans perdre un moment.

Pourquoi cela , reprit Noureddin , qu'y a-t-il qui m'oblige fi fort de partir ? Partez , vous dis-je , repartit Sangiar , & emmenez votre efclave avec vous. En deux mots , Saouy vient de faire entendre au roi , de la manière qu'il a voulu , ce qui s'eft paffé entre vous & lui ; & le capitaine des gardes vient après moi avec quarante foldats , fe faifir de vous & d'elle. Prenez ces quarante pièces d'or pour vous aider à chercher un afyle : je vous en donnerois davantage fi j'en avois fur moi. Excufez-moi fi je ne m'arrête pas davantage ; je vous laiffe malgré moi pour votre bien & pour le mien , par l'intérêt que j'ai que le capitaine des gardes ne me voie pas. Sangiar ne donna à Noureddin que le tems de le remercier , & fe retira.

Noureddin alla avertir la belle perfienne de la néceffité où ils étoient l'un & l'autre de s'éloigner dans le moment ; elle ne fit que mettre fon voile , & ils fortirent de la maifon : ils eurent le bonheur non-feulement de fortir de la ville fans que perfonne s'apperçût de leur évafion , mais même d'arriver à l'embouchure de l'Euphrate qui n'étoit pas éloignée , & de s'embarquer fur un bâtiment prêt à lever l'ancre.

En effet, dans le tems qu'ils arrivèrent, le capitaine étoit sur le tillac au milieu des paſſagers : Enfans, leur demandoit-il, êtes-vous tous ici ? quelqu'un de vous a-t-il encore affaire, ou a-t-il oublié quelque choſe à la ville ? à quoi chacun répondit qu'ils y étoient tous, & qu'il pouvoit faire voile quand il lui plairoit. Noureddin ne fut pas plutôt embarqué, qu'il demanda où le vaiſſeau alloit, & il fut ravi d'apprendre qu'il alloit à Bagdad. Le capitaine fit lever l'ancre, mit à la voile, & le vaiſſeau s'éloigna de Balſora avec un vent très-favorable.

Voici ce qui ſe paſſa à Balſora pendant que Noureddin échappoit à la colère du roi avec la belle perſienne.

Le capitaine des gardes arriva à la maiſon de Noureddin & frappa à la porte. Comme il vit que perſonne n'ouvroit, il la fit enfoncer & auſſitôt ſes ſoldats entrèrent en foule ; ils cherchèrent par tous les coins & recoins, & ils ne trouvèrent ni Noureddin ni ſon eſclave. Le capitaine des gardes fit demander & demanda lui-même aux voiſins s'ils ne les avoient pas vus. Quand ils les euſſent vus, comme il n'y en avoit pas un qui n'aimât Noureddin, il n'y en avoit pas un qui eût rien dit qui pût lui faire tort. Pendant que l'on pilloit & que

l'on rasoit la maison, il alla porter cette nouvelle au roi. Qu'on les cherche en quelqu'endroit qu'ils puissent être, dit le roi, je veux
les avoir.

Le capitaine des gardes alla faire de nouvelles perquisitions, & le roi renvoya le visir
Saouy avec honneur : Allez, lui dit-il, retournez chez vous, & ne vous mettez pas en peine
du châtiment de Noureddin ; je vous vengerai
moi-même de son insolence.

Afin de mettre tout en usage, le roi fit encore crier dans toute la ville, par les crieurs
publics, qu'il donneroit mille pièces d'or à
celui qui lui amèneroit Noureddin & son esclave, & qu'il feroit punir sévèrement celui qui
les auroit cachés. Mais quelque soin qu'il prît
& quelque diligence qu'il fît faire, il ne lui
fut pas possible d'en avoir aucune nouvelle ; &
le visir Saouy n'eut que la consolation de voir
que le roi avoit pris son parti.

Noureddin & la belle persienne cependant
avançoient & faisoient leur route avec tout le
bonheur possible. Ils abordèrent enfin à Bagdad ; & dès que le capitaine, joyeux d'avoir
achevé son voyage, eut apperçu la ville : Enfans, s'écria-t-il en parlant aux passagers, réjouissez-vous, la voilà, cette grande & merveilleuse ville, où il y a un concours général

& perpétuel de tous les endroits du monde.
Vous y trouverez une multitude de peuple innombrable, & vous n'y aurez pas le froid in-
supportable de l'hiver, ni les chaleurs excef-
fives de l'été ; vous y jouirez d'un printems
qui dure toujours avec fes fleurs, & avec les
fruits délicieux de l'automne.

Quand le bâtiment eut mouillé un peu au-
deffous de la ville, les paffagers fe débarquèrent
& fe rendirent chacun où ils devoient loger.
Noureddin donna cinq pièces d'or pour fon
paffage, & fe débarqua auffi avec la belle perfienne. Mais il n'étoit jamais venu à Bagdad,
& il ne favoit où aller prendre logement. Ils
marchèrent long-tems le long des jardins qui
bordoient le Tigre, & ils en côtoyèrent un
qui étoit formé d'une belle & longue muraille.
En arrivant au bout, ils détournèrent par une
longue rue bien pavée, où ils apperçurent la
porte du jardin avec une belle fontaine auprès.

La porte qui étoit très-magnifique, étoit
fermée, avec un veftibule ouvert, où il y
avoit un fopha de chaque côté. Voici un endroit fort commode, dit Noureddin à la belle
perfienne ; la nuit approche, & nous avons
mangé avant de nous débarquer ; je fuis d'avis
que nous y paffions la nuit, & demain matin,
nous aurons le tems de chercher à nous loger ;

qu'en dites-vous? Vous savez, seigneur, répondit la belle persienne, que je ne veux que ce que vous voulez; ne passons pas plus outre si vous le souhaitez ainsi. Ils burent chacun un coup à la fontaine, & montèrent sur un des deux sophas, où ils s'entretinrent quelque tems. Le sommeil les prit enfin, & ils s'endormirent au murmure agréable de l'eau.

Le jardin appartenoit au calife, & il y avoit au milieu un grand pavillon qu'on appeloit le pavillon des peintures, à cause que son principal ornement étoit des peintures à la persienne, de la main de plusieurs peintres de Perse que le calife avoit fait venir exprès. Le grand & superbe sallon que ce pavillon formoit, étoit éclairé par quatre-vingts fenêtres, avec un lustre à chacune, & les quatre-vingts lustres ne s'allumoient que lorsque le calife y venoit passer la soirée, que le tems étoit si tranquille qu'il n'y avoit pas un souffle de vent. Ils faisoient alors une très-belle illumination qu'on appercevoit bien loin à la campagne de ce côté-là, & d'une grande partie de la ville.

Il ne demeuroit qu'un concierge dans ce jardin, & c'étoit un vieil officier fort âgé, nommé Scheich Ibrahim, qui occupoit ce poste où le calife l'avoit mis lui-même par récompense. Le calife lui avoit bien recommandé de

n'y pas laisser entrer toutes sortes de personnes,
& sur-tout de ne pas souffrir qu'on s'assît &
qu'on s'arrêtât sur les deux sophas qui étoient
à la porte en-dehors, afin qu'ils fussent toujours propres, & châtier ceux qu'il y trouveroit.

Une affaire avoit obligé le concierge de sortir, & il n'étoit pas encore revenu. Il revint
enfin, & il arriva assez de jour pour s'appercevoir d'abord que deux personnes dormoient sur
un des sophas, l'un & l'autre la tête sous un
linge, pour être à l'abri des cousins. Bon, dit
Scheich Ibrahim en lui-même, voilà des gens
qui contreviennent à la défense du calife; je
vais leur apprendre le respect qu'ils lui doivent.
Il ouvrit la porte sans faire de bruit; & un
moment après, il revint avec une grosse canne
à la main, le bras retroussé. Il alloit frapper
de toute sa force sur l'un & sur l'autre; mais
il se retint. Scheich Ibrahim, se dit-il à lui-
même, tu vas les frapper, & tu ne considères
pas que ce sont peut-être des étrangers qui ne
savent où aller loger, & qui ignorent l'intention du calife; il est mieux que tu saches auparavant qui ils sont. Il leva le linge qui leur
couvroit la tête avec une grande précaution,
& il fut dans la dernière admiration de voir
un jeune homme si bien fait & une jeune femme

f

fi belle. Il éveilla Noureddin en le tirant un peu par les piés.

Noureddin leva auſſitôt la tête ; & dès qu'il eut vu un vieillard à longue barbe blanche à ſes piés , il ſe leva ſur ſon ſéant , ſe coulant ſur les genoux ; & en lui prenant la main qu'il baiſa : Bon père , lui dit-il , que dieu vous conſerve ; ſouhaitez - vous quelque choſe ? Mon fils , reprit Scheich Ibrahim , qui êtes - vous ? d'où êtes - vous ? Nous ſommes des étrangers qui ne faiſons que d'arriver , repartit Noureddin , & nous voulions paſſer ici la nuit juſqu'à demain. Vous ſeriez mal ici , répliqua Scheich Ibrahim ; venez , entrez , je vous donnerai à coucher plus commodément , & la vue du jardin qui eſt très - beau , vous réjouira pendant qu'il fait encore un peu de jour. Et ce jardin eſt-il à vous , lui demanda Noureddin ? Vraiment oui , c'eſt à moi , reprit Scheich Ibrahim en ſouriant ; c'eſt un héritage que j'ai eu de mon père ; entrez , vous dis-je , vous ne ſerez pas fâché de le voir.

Noureddin ſe leva en témoignant à Scheich Ibrahim combien il lui étoit obligé de ſon honnêteté , & entra dans le jardin avec la belle perſienne. Scheich Ibrahim ferma la porte ; & en marchant devant eux , il les mena en un endroit d'où ils virent à-peu-près la diſpoſition, la grandeur & la beauté du jardin d'un coup d'œil.

Noureddin avoit vu d'affez beaux jardins à Balfora, mais il n'en avoit pas encore vu de comparables à celui-ci. Quand il eut bien tout confidéré, & qu'il fe fut promené dans quelques allées, il fe tourna du côté du concierge qui l'accompagnoit, & lui demanda comment il s'appeloit. Dès qu'il lui eut répondu qu'il s'appeloit Scheich Ibrahim : Scheich Ibrahim, lui dit-il, il faut avouer que voici un jardin merveilleux ; dieu vous y conferve long-tems. Nous ne pouvons affez vous remercier de la grâce que vous nous avez faite de nous faire voir un lieu fi digne d'être vu ; il eft jufte que nous vous en témoignions notre reconnoiffance par quelqu'endroit. Tenez, voilà deux pièces d'or, je vous prie de nous faire chercher quelque chofe pour manger, que nous nous réjouiffions enfemble.

A la vue des deux pièces d'or, Scheich Ibrahim qui aimoit fort ce métal, fourit en fa barbe ; il les prit, & en laiffant Noureddin & la belle perfienne pour aller faire la commiffion, car il étoit feul : Voilà de bonnes gens, dit-il en lui-même avec bien de la joie ; je me ferois fait un grand tort à moi-même fi j'euffe eu l'imprudence de les maltraiter & de les chaffer. Je les régalerai en prince avec la dixième partie de cet argent, & le refte me demeurera pour ma peine.

Pendant que Scheich Ibrahim alla acheter de quoi fouper autant pour lui que pour fes hôtes, Noureddin & la belle perfienne fe promenèrent dans le jardin, & arrivèrent au pavillon des peintures qui étoit au milieu. Ils s'arrêtèrent d'abord à contempler fa ftructure admirable, fa grandeur & fa hauteur; & après qu'ils en eurent fait le tour en le regardant de tous les côtés, ils montèrent à la porte du fallon par un grand efcalier de marbre blanc; mais ils la trouvèrent fermée.

Noureddin & la belle perfienne ne faifoient que de defcendre de l'efcalier, lorfque Scheich Ibrahim arriva chargé de vivres. Scheich Ibrahim, lui dit Noureddin avec étonnement, ne nous avez-vous pas dit que ce jardin vous appartient? Je l'ai dit, reprit Scheich Ibrahim, & je le dis encore : pourquoi me faites-vous cette demande ? Et ce fuperbe pavillon, repartit Noureddin, eft à vous auffi? Scheich Ibrahim ne s'attendoit pas à cette autre demande, & il en parut un peu interdit. Si je dis qu'il n'eft pas à moi, dit-il en lui-méme, ils me demanderont auffitôt comment il fe peut faire que je fois maître du jardin, & que je ne le fois point

du pavillon? Comme il avoit bien voulu fein-
dre que le jardin étoit à lui, il feignit la même
chose à l'égard du pavillon. Mon fils, repartit-il, le pavillon ne va pas sans le jardin; l'un
& l'autre m'appartiennent. Puisque cela est,
reprit alors Noureddin, & que vous voulez
bien que nous soyons vos hôtes cette nuit,
faites-nous, je vous en supplie, la grâce de
nous en faire voir le dedans; à juger du dehors,
il doit être d'une magnificence extraordinaire.

Il n'eut pas été honnête à Scheich Ibrahim
de refuser à Noureddin la demande qu'il faifoit, après les avances qu'il avoit déjà faites.
Il considéra de plus que le calife n'avoit pas
envoyé l'avertir comme il avoit de coutume,
& ainsi qu'il ne viendroit pas ce soir-là, & qu'il
pouvoit même y faire manger ses hôtes, &
manger lui-même avec eux. Il posa les vivres
qu'il avoit apportés sur le premier degré de
l'escalier, & alla chercher la clé dans le logement où il demeuroit; il revint avec de la lumière, & il ouvrit la porte.

Noureddin & la belle persienne entrèrent
dans le sallon, & ils le trouvèrent si surprenant,
qu'ils ne pouvoient se lasser d'en admirer la
beauté & la richesse. En effet, sans parler des
peintures, les sofas étoient magnifiques; & avec
les lustres qui pendoient à chaque fenêtre, il

y avoit encore entre chaque croifée un bras
d'argent chacun avec fa bougie; & Noureddin
ne put voir tous ces objets fans fe reffouvenir
de la fplendeur dans laquelle il avoit vécu, &
fans en foupirer.

Scheich Ibrahim cependant apporta les vivres, prépara la table fur un fofa; & quand
tout fut prêt, Noureddin, la belle perfienne &
lui s'affirent & mangèrent enfemble. Quand ils
eurent achevé, & qu'ils eurent lavé les mains,
Noureddin ouvrit une fenêtre & appela la belle
perfienne. Approchez, lui dit-il, & admirez
avec moi la belle vue & la beauté du jardin au
clair de lune qu'il fait; rien n'eft plus charmant. Elle s'approcha, & ils jouirent enfemble
de ce fpectacle, pendant que Scheich Ibrahim
ôtoit la table.

Quand Scheich Ibrahim eut fait, & qu'il fut
venu rejoindre fes hôtes, Noureddin lui demanda s'il n'avoit pas quelque boiffon dont il
voulût bien les regaler. Quelle boiffon voudriez-vous, reprit Scheich Ibrahim? eft-ce du
forbet? j'en ai du plus exquis; mais vous favez
bien, mon fils, qu'on ne boit pas le forbet
après le foupé.

Je le fais bien, repartit Noureddin, ce n'eft
pas du forbet que nous vous demandons; c'eft
une autre boiffon: je m'étonne que vous ne

Y iij

m'entendiez pas. C'eſt donc du vin dont vous voulez parler, répliqua Scheich Ibrahim ? Vous l'avez deviné, lui dit Noureddin ; ſi vous en avez, obligez-nous de nous en apporter une bouteille. Vous ſavez qu'on en boit après ſoupé pour paſſer le tems juſqu'à ce qu'on ſe couche.

Dieu me garde d'avoir du vin chez moi, s'écria Scheich Ibrahim, & même d'approcher d'un lieu où il y en auroit ! Un homme comme moi, qui a fait le pélerinage de la Mecque qua- tre fois, a renoncé au vin pour toute ſa vie.

Vous nous feriez pourtant un grand plaiſir de nous en trouver, reprit Noureddin, & ſi cela ne vous fait pas de peine, je vais vous en- ſeigner un moyen, ſans que vous entriez au ca- baret, & ſans que vous mettiez la main à ce qu'il contiendra. Je le veux bien à cette condition, repartit Scheich Ibrahim : dites-moi ſeulement ce qu'il faut que je faſſe.

Nous avons vu un âne attaché à l'entrée de votre jardin, dit alors Noureddin ; c'eſt à vous apparemment, & vous devez vous en ſervir dans le beſoin. Tenez, voilà encore deux pièces d'or ; prenez l'âne avec ſes paniers, & allez au premier cabaret, ſans vous en approcher qu'au- tant qu'il vous plaira ; donnez quelque choſe au premier paſſant, & priez-le d'aller juſqu'au cabaret avec l'âne, d'y prendre deux cruches de vin, que l'on mettra, l'une dans un panier, & l'autre dans l'autre, & de vous ramener l'âne après qu'il aura payé le vin de l'argent que vous lui aurez donné. Vous n'aurez qu'à chaffer l'âne devant vous jufqu'ici, & nous prendrons les cruches nous-mêmes dans les paniers. De cette manière, vous ne ferez rien qui doive vous faire la moindre répugnance.

Les deux autres pièces d'or que Scheich Ibrahim venoit de recevoir, firent un puiffant effet fur fon efprit. Ah, mon fils, s'écria-t-il quand Noureddin eut achevé, que vous l'entendez bien ! fans vous, je ne me fuffe jamais avifé de ce moyen pour vous faire avoir du vin fans fcrupule. Il les quitta pour aller faire la commiffion, & il s'en acquitta en peu de tems. Dès qu'il fut de retour, Noureddin defcendit, tira les cruches des paniers, & les porta au fallon

Scheich Ibrahim remena l'âne à l'endroit où il l'avoit pris ; & lorfqu'il fut revenu : Scheich Ibrahim, lui dit Noureddin, nous ne pouvons affez vous remercier de la peine que vous avez bien voulu prendre ; mais il nous manque encore quelque chofe. Et quoi, reprit Scheich Ibrahim ? que puis-je faire encore pour votre fervice ? Nous n'avons pas de taffes, repartit Noureddin, & quelques fruits nous racommoderoient bien, fi vous en aviez. Vous n'avez

Y iv

qu'à parler, répliqua Scheich Ibrahim, il ne vous manquera rien de tout ce que vous pouvez souhaiter.

Scheich Ibrahim defcendit, & en peu de tems, il leur prépara une table couverte de belles porcelaines remplies de plufieurs fortes de fruits, avec des taffes d'or & d'argent à choifir ; & quand il leur eut demandé s'ils avoient befoin de quelqu'autre chofe, il fe retira fans vouloir refter, quoiqu'ils l'en priaffent avec beaucoup d'inftance.

Noureddin & la belle perfienne fe remirent à table, & ils commencèrent par boire chacun un coup ; ils trouvèrent le vin excellent. Hé bien, ma belle, dit Noureddin à la belle perfienne, ne fommes-nous pas les plus heureux du monde de ce que le hafard nous a amenés dans un lieu fi agréable & fi charmant ? Réjouiffons-nous & remettons-nous de la mauvaife chère de notre voyage. Mon bonheur peut-il être plus grand, que de vous avoir d'un côté & la taffe de l'autre ? Ils burent plufieurs autres fois, s'entretenant agréablement, & en chantant chacun leur chanfon.

Comme ils avoient la voix parfaitement belle l'un & l'autre, particulièrement la belle perfienne, leur chant attira Scheich Ibrahim, qui les entendit long-tems de deffus le perron

avec un grand plaisir, sans se faire voir. Il se fit
voir enfin en mettant la tête à la porte : Courage, seigneur, dit-il à Noureddin qu'il croyoit
déjà ivre ; je suis ravi de vous voir dans cette
joie.

Ah, Scheich Ibrahim, s'écria Noureddin en
se tournant de son côté, que vous êtes un brave
homme, & que nous vous sommes obligés !
Nous n'oserions vous prier de boire un coup;
mais ne laissez pas d'entrer. Venez, approchez-
vous, & faites-nous au moins l'honneur de nous
tenir compagnie. Continuez, continuez, reprit
Scheich Ibrahim, je me contente du plaisir d'entendre vos belles chansons ; & en disant ces
paroles, il disparut.

La belle persienne s'apperçut que Scheich
Ibrahim s'étoit arrêté sur le perron, & elle en
avertit Noureddin. Seigneur, ajouta-t-elle, vous
voyez qu'il témoigne une aversion pour le vin ;
je ne désespérerois pas de lui en faire boire si
vous vouliez faire ce que je vous dirois. Et
quoi, demanda, Noureddin ? vous n'avez qu'à
dire, je ferai ce que vous voudrez. Engagez-
le seulement à entrer & à demeurer avec nous,
dit-elle ; quelque tems après, versez à boire &
présentez-lui la tasse ; s'il vous refuse, buvez,
& ensuite faites semblant de dormir, je ferai
le reste.

Noureddin comprit l'intention de la belle perfienne ; il appela Scheich Ibrahim qui reparut à la porte. Scheich Ibrahim, lui dit-il, nous fommes vos hôtes, & vous nous avez accueillis le plus obligeamment du monde ; voudriez-vous nous refuſer la prière que nous vous faiſons de nous honorer de votre compagnie ? Nous ne vous demandons pas que vous buviez, mais ſeulement de nous faire le plaiſir de vous voir.

Scheich Ibrahim ſe laiſſa perſuader ; il entra, & s'aſſit ſur le bord du ſofa qui étoit le plus près de la porte. Vous n'êtes pas bien là, & nous ne pouvons avoir l'honneur de vous voir, dit alors Noureddin, approchez-vous, je vous en ſupplie, & aſſeyez-vous auprès de madame, elle le voudra bien. Je ferai donc ce qu'il vous plaît, dit Scheich Ibrahim : il s'approcha, & en ſouriant du plaiſir qu'il alloit avoir d'être près d'une ſi belle perſonne, il s'aſſit à quelque diſtance de la belle perſienne. Noureddin la pria de chanter une chanſon en conſidération de l'honneur que Scheich Ibrahim leur faiſoit, & elle en chanta une qui le ravit en extaſe.

Quand la belle perſienne eut achevé de chanter, Noureddin verſa du vin dans une taſſe, & préſenta la taſſe à Scheich Ibrahim. Scheich Ibrahim, lui dit-il, buvez un coup à notre ſanté,

je vous en prie. Seigneur , reprit-il en se retirant en arrière , comme s'il eût eu horreur
de voir feulement du vin , je vous fupplie de
m'excufer ; je vous ai déjà dit que j'ai renoncé
au vin il y a long-tems. Puifqu'abfolument
vous ne voulez pas boire à notre fanté , dit
Noureddin , vous aurez donc pour agréable que
je boive à la vôtre.

Pendant que Noureddin buvoit , la belle perfienne coupa la moitié d'une pomme , & en la
préfentant à Scheich Ibrahim : Vous n'avez pas
voulu boire , lui dit-elle , mais je ne crois pas
que vous faffiez la même difficulté de goûter
de cette pomme qui eft excellente. Scheich
Ibrahim ne put la refufer d'une fi belle main ; il
la prit avec une inclination de tête , & la porta
à la bouche. Elle lui dit quelques douceurs là-
deffus , & Noureddin cependant fe renverfa fur
le fofa , & fit femblant de dormir. Auffitôt la
belle perfienne s'avança vers Scheich Ibrahim ;
& en lui parlant fort bas : Le voyez-vous ,
dit-elle , il n'en agit pas autrement toutes les
fois que nous nous réjouiffons enfemble ; il n'a
pas plutôt bu deux coups , qu'il s'endort &
me laiffe feule ; mais je crois que vous voudrez bien me tenir compagnie pendant qu'il
dormira.

La belle perfienne prit une taffe , & elle la

remplit de vin ; & en la préfentant à Scheich
Ibrahim : Prenez , lui dit-elle , & buvez à
ma fanté ; je vais vous faire raifon. Scheich
Ibrahim fit de grandes difficultés , & il la pria
bien fort de vouloir l'en difpenfer ; mais elle
le preffa fi vivement , que vaincu par fes charmes
& par fes inftances , il prit la taffe & but fans
rien laiffer.

Le bon vieillard aimoit à boire le petit coup ;
mais il avoit honte de le faire devant des gens
qu'il ne connoiffoit pas. Il alloit au cabaret en
cachette comme beaucoup d'autres , & il n'avoit
pas pris les précautions que Noureddin lui
avoit enfeignées pour aller acheter le vin. Il
étoit allé le prendre fans façon chez un caba-
retier où il étoit très-connu : la nuit lui avoit
fervi de manteau , & il avoit épargné l'argent
qu'il eût dû donner à celui qu'il eût chargé
de faire la commiffion , felon la leçon de Noureddin.

Pendant que Scheich Ibrahim achevoit de
manger la moitié de pomme après qu'il eut bu,
la belle perfienne lui emplit une autre taffe ,
ţu'il prit avec bien moins de difficulté : il n'en
fit aucune à la troifième. Il buvoit enfin la quatrième, lorfque Noureddin ceffa de faire femblant
de dormir ; il fe leva fur fon féant , & en le regardant avec un grand éclat de rire : Ha , ha ,

Scheidh Ibrahim, lui dit-il, je vous y surprends ; vous m'avez dit que vous aviez renoncé au vin, & vous ne laissez pas d'en boire.

Scheich Ibrahim ne s'attendoit pas à cette surprise, & la rougeur lui en monta un peu au visage. Cela ne l'empêcha pas néanmoins d'achever de boire ; & quand il eut fait : Seigneur, dit-il en riant, s'il y a péché dans ce que j'ai fait, il ne doit pas tomber sur moi, c'est sur madame : quel moyen de ne pas se rendre à tant de grâces !

La belle persienne qui s'entendoit avec Noureddin, prit le parti de Scheich Ibrahim. Scheich Ibrahim, lui dit-elle, laissez-le dire, & ne vous contraignez pas : continuez d'en boire & réjouissez-vous. Quelques momens après, Noureddin se versa à boire & en versa ensuite à la belle persienne. Comme Scheich Ibrahim vit que Noureddin ne lui en versoit pas, il prit une tasse & la lui présenta ; & moi, dit-il, prétendez-vous que je ne boive pas aussi-bien que vous ?

A ces paroles de Scheich Ibrahim, Noureddin & la belle persienne firent un grand éclat de rire ; Noureddin lui versa à boire, & ils continuèrent de se réjouir, de rire & de boire jusqu'à près de minuit. Environ ce tems-là, la belle persienne s'avisa que la table n'étoit éclairée que d'une chandelle. Scheich Ibrahim, dit-elle au bon vieillard de concierge, vous ne nous avez apporté qu'une chandelle, & voilà tant de belles bougies ; faites-nous, je vous prie, le plaifir de les allumer, que nous y voyions clair.

Scheich Ibrahim ufa de la liberté que donne le vin, lorfqu'on en a la tête échauffée ; & afin de ne pas interrompre un difcours dont il entretenoit Noureddin : Allumez-les vous-même, dit-il à cette belle perfonne ; cela convient mieux à une jeuneffe comme vous ; mais prenez garde de n'en allumer que cinq ou fix, & pour caufe, cela fuffira. La belle perfienne fe leva, alla prendre une bougie qu'elle vint allumer à la chandelle qui étoit fur la table, & elle alluma les quatre-vingts bougies, fans s'arrêter à ce que Scheich Ibrahim lui avoit dit.

Quelque tems après, pendant que Scheich Ibrahim entretenoit la belle perfienne fur un autre fujet, Noureddin à fon tour le pria de vouloir bien allumer quelques luftres. Sans prendre garde que toutes les bougies étoient allumées, il faut, reprit Scheich Ibrahim, que vous foyez bien pareffeux, ou que vous ayez moins de vigueur que moi, fi vous ne pouvez les allumer vous-même. Allez, allumez-les, mais n'en allumez que trois. Au lieu de n'en

allumer que ce nombre, il les alluma tous, &
ouvrit les quatre-vingts fenêtres, à quoi Scheich
Ibrahim, attaché à s'entretenir avez la belle
perfienne, ne fit pas de réflexion.

Le calife Haroun Alrafchid n'étoit pas encore retiré alors ; il étoit dans un fallon de
fon palais qui avançoit jufqu'au Tigre, & qui
avoit vue du côté du jardin & du pavillon des
peintures. Par hafaid il ouvrit une fenêtre de
ce côté-là, & il fut extrêmement étonné de
voir le pavillon tout illuminé, & d'autant plus,
qu'à la grande clarté, il crut d'abord que le
feu étoit dans la ville. Le grand-vifir Giafar
étoit encore avec lui, & il n'attendoit que le
moment que le calife fe retirât pour retourner
chez lui. Le calife l'appela dans une grande
colère : Vifir négligent, s'écria-t-il, viens ça,
approche-toi, regarde le pavillon des peintures,
& dis-moi pourquoi il eft illuminé à l'heure
qu'il eft, que je n'y fuis pas ?

Le grand-vifir trembla de frayeur à cette
nouvelle, de la crainte qu'il eut que cela ne
fût. Il s'approcha, & il trembla davantage dès
qu'il eut vu que ce que le calife lui avoit dit,
étoit vrai. Il falloit cependant un prétexte pour
l'appaifer. Commandeur des croyans, lui dit-il,
je ne puis dire autre chofe là-deffus à votre
majefté, finon qu'il y a quatre ou cinq jours

que Scheich Ibrahim vint se présenter à moi: il me témoigna qu'il avoit dessein de faire une assemblée des ministres de sa mosquée, pour une certaine cérémonie qu'il étoit bien-aise de faire sous l'heureux règne de votre majesté. Je lui demandai ce qu'il souhaitoit que je fisse pour son service en cette rencontre, sur quoi il me supplia d'obtenir de votre majesté qu'il lui fût permis de faire l'assemblée & la cérémonie dans le pavillon. Je le renvoyai en lui disant qu'il le pouvoit faire, & que je ne manquerois pas d'en parler à votre majesté : je lui demande pardon de l'avoir oublié. Scheich Ibrahim apparemment, poursuivit-il, a choisi ce jour pour la cérémonie, & en régalant les ministres de sa mosquée, il a voulu sans doute leur donner le plaisir de cette illumination.

Giafar, reprit le calife d'un ton qui marquoit qu'il étoit un peu appaisé, selon ce que tu viens de me dire, tu as commis trois fautes qui ne sont point pardonnables. La première, d'avoir donné à Scheich Ibrahim la permission de faire cette cérémonie dans mon pavillon ; un simple concierge n'est pas un officier assez considérable pour mériter tant d'honneur : la seconde, de ne m'en avoir point parlé : & la troisième, de n'avoir pas pénétré dans la véritable intention de ce bon-homme. En effet, je suis persuadé qu'il n'en a pas eu d'autre que de voir s'il n'obtiendroit pas une gratification pour l'aider à faire cette dépense. Tu n'y as pas songé, & je ne lui donne pas le tort de se venger de ne l'avoir pas obtenue, par la dépense plus grande de cette illumination.

Le grand-visir Giafar, joyeux de ce que le calife prenoit la chose sur ce ton, se chargea avec plaisir des fautes qu'il venoit de lui reprocher, & il avoua franchement qu'il avoit tort de n'avoir pas donné quelques pièces d'or à Scheich Ibrahim. Puisque cela est ainsi, ajouta le calife en souriant, il est juste que tu sois puni de ces fautes ; mais la punition en sera légère. C'est que tu passeras le reste de la nuit, comme moi, avec ces bonnes gens que je suis bien-aise de voir. Pendant que je vais prendre un habit de bourgeois, vas te déguiser de même avec Mesrour, & venez tous deux avec moi. Le visir Giafar voulut lui représenter qu'il étoit tard, & que la compagnie se seroit retirée avant qu'il fût arrivé ; mais il repartit qu'il vouloit y aller absolument. Comme il n'étoit rien de ce que le visir lui avoit dit, le visir fut au désespoir de cette résolution : mais il falloit obeir, & ne pas répliquer.

Le calife sortit donc de son palais déguisé en bourgeois, avec le grand-visir Giafar &

Mesrour, chef des eunuques, & marcha par les rues de Bagdad, jusqu'à ce qu'il arriva au jardin. La porte étoit ouverte par la négligence de Scheich Ibrahim, qui avoit oublié de la fermer en revenant d'acheter du vin. Le calife en fut scandalisé : Giafar, dit-il au grand-visir, que veut dire que la porte est ouverte à l'heure qu'il est ? seroit-il possible que ce fût la coutume de Scheich Ibrahim de la laisser ainsi ouverte la nuit ? j'aime mieux croire que l'embarras de la fête lui a fait commettre cette faute.

Le calife entra dans le jardin : & quand il fut arrivé au pavillon, comme il ne vouloit pas monter au sallon avant de savoir ce qui s'y passoit, il consulta avec le grand-visir s'il ne devoit pas monter sur des arbres qui en étoient plus près, pour s'en éclaircir. Mais en regardant la porte du sallon, le grand-visir s'apperçut qu'elle étoit entr'ouverte, & l'en avertit. Scheich Ibrahim l'avoit laissée ainsi, lorsqu'il s'étoit laissé persuader d'entrer & de tenir compagnie à Noureddin & à la belle persienne.

Le calife abandonna son premier dessein, il monta à la porte du sallon sans faire de bruit ; & la porte étoit entr'ouverte, de manière qu'il pouvoit voir ceux qui étoient dedans sans être vu. Sa surprise fut des plus grandes, quand il

eut apperçu une dame d'une beauté fans égale,
& un jeune homme des mieux fait, avec Scheich
Ibrahim affis à table avec eux. Scheich Ibrahim tenoit la taffe à la main : Ma belle dame,
difoit-il à la belle perfienne, un bon buveur
ne doit jamais boire fans chanter la chanfon-
nette auparavant. Faites-moi l'honneur de m'é-
couter, en voici une des plus jolies.

Scheich Ibrahim chanta, & le calife en fut
d'autant plus étonné, qu'il avoit ignoré jufqu'a-
lors qu'il bût du vin, & qu'il l'avoit cru un
homme fage & pofé, comme il le lui avoit
toujours paru. Il s'éloigna de la porte avec la
même précaution qu'il s'en étoit approché, &
vint au grand-vifir Giafar qui étoit fur l'efcalier, quelques degrés au-deffous du perron :
Monte, lui dit-il, & vois fi ceux qui font-là
dedans, font des miniftres de mofquée, comme
tu as voulu me le faire croire.

Du ton dont le calife prononça ces paroles,
le grand-vifir connut fort bien que la chofe
alloit mal pour lui. Il monta, & en regardant par
l'ouverture de la porte, il trembla de frayeur
pour fa perfonne, quand il eut vu les mêmes
trois perfonnes dans la fituation & dans l'état
où ils étoient. Il revint au calife tout confus,
& il ne fut que lui dire. Quel défordre, lui
dit le calife, que des gens ayent la hardieffe

Z ij

de venir se divertir dans mon jardin & dans
mon pavillon; que Scheich Ibrahim leur donne
entrée, les souffre, & se divertisse avec eux!
Je ne crois pas néanmoins que l'on puisse voir
un jeune homme & une jeune dame mieux faits
& mieux assortis. Avant de faire éclater ma
colère, je veux m'éclaircir davantage, & savoir
qui ils peuvent être, & à quelle occasion ils
sont ici. Il retourna à la porte pour les obser-
ver encore, & le visir qui le suivit, demeura
derrière lui pendant qu'il avoit les yeux sur
eux. Ils entendirent l'un & l'autre que Scheich
Ibrahim disoit à la belle persienne : Mon aimable dame, y a-t-il quelque chose que vous
puissiez souhaiter pour rendre notre joie de
cette soirée plus accomplie ? Il me semble,
reprit la belle persienne, que tout iroit bien
si vous aviez ici un instrument dont je puisse
jouer, & que vous voulussiez me l'apporter.
Madame, reprit Scheich Ibrahim, savez-vous
jouer du luth? Apportez, lui dit la belle persienne, je vous le ferai voir.

Sans aller bien loin de sa place, Scheich
Ibrahim tira un luth d'une armoire, & le présenta à la belle persienne, qui commença à le
mettre d'accord. Le calife cependant se tourna
du côté du grand-visir Giafar; Giafar lui dit-il,
la jeune dame va jouer du luth; si elle joue bien,

je lui pardonnerai, de même qu'au jeune homme pour l'amour d'elle : pour toi, je ne laisserai pas de te faire pendre. Commandeur des croyans, reprit le grand-vifir ; si cela est ainsi, je prie donc dieu qu'elle joue mal. Pourquoi cela, reprit le calife ? Plus nous ferons de monde, répliqua le grand-vifir, plus nous aurons lieu de nous consoler de mourir en belle & bonne compagnie. Le calife qui aimoit les bons mots, se mit à rire de cette repartie ; & en se retournant du côté de l'ouverture de la porte, il prêta l'oreille pour entendre jouer la belle persienne.

La belle persienne préludoit déjà d'une manière qui fit comprendre d'abord au calife qu'elle jouoit en maître. Elle commença ensuite de chanter un air, & elle accompagna sa voix qu'elle avoit admirable, avec le luth, & elle le fit avec tant d'art & de perfection, que le calife en fut charmé.

Dès que la belle persienne eut achevé de chanter, le calife descendit de l'escalier, & le vifir Giafar le suivit. Quand il fut au bas : De ma vie, dit-il au vifir, je n'ai entendu une plus belle voix, ni mieux jouer du luth ; Isaac (1), que je croyois le plus habile joueur qu'il y eût

(1) C'étoit un excellent joueur de luth qui vivoit à Bagdad sous le règne de ce calife.

au monde, n'en approche pas. J'en suis si content, que je veux entrer pour l'entendre jouer devant moi : il s'agit de savoir de quelle manière je le ferai.

Commandeur des croyans, reprit le grand-visir, si vous y entrez & que Scheich Ibrahim vous reconnoisse, il en mourra de frayeur. C'est aussi ce qui me fait de la peine, repartit le calife; & je serois fâché d'être cause de sa mort, après tant de tems qu'il me sert. Il me vient une pensée qui pourra me réussir : demeure ici avec Mesrour, & attendez dans la première allée que je revienne.

Le voisinage du Tigre avoit donné lieu au calife d'en détourner assez d'eau pardessus une grande voûte bien terrassée, pour former une belle pièce d'eau, où ce qu'il y avoit de plus beau poisson dans le Tigre venoit se retirer. Les pêcheurs le savoient bien, & ils eussent fort souhaité d'avoir la liberté d'y pêcher ; mais le calife avoit défendu expressément à Scheich Ibrahim de souffrir qu'aucun en approchât. Cette même nuit néanmoins un pêcheur qui passoit devant la porte du jardin depuis que le calife y étoit entré, & qui l'avoit laissée ouverte comme il l'avoit trouvée, avoit profité de l'occasion, & s'étoit coulé dans le jardin jusqu'à la pièce d'eau.

Ce pêcheur avoit jeté ſes ſilets, & il étoit
près de les tirer au moment que le calife, qui
après la négligence de Scheich Ibrahim, s'étoit
douté de ce qui étoit arrivé & vouloit profiter
de cette conjonćture pour ſon deſſein, vint au
même endroit. Nonobſtant ſon déguiſement, le
pêcheur le reconnut, & ſe jeta auſſitôt à ſes piés
en lui demandant pardon, & en s'excuſant ſur
ſa pauvreté. Relève-toi & ne crains rien, reprit
le calife, tire ſeulement tes ſilets, que je voye
le poiſſon qu'il y aura.

Le pêcheur raſſuré exécuta promptement ce
que le calife ſouhaitoit, & il amena cinq ou ſix
beaux poiſſons, dont le calife choiſit les deux
plus gros, qu'il fit attacher enſemble par la tête
avec un brin d'arbriſſeau. Il dit enſuite au pêcheur: Donne-moi ton habit, & prens le mien.
L'échange ſe fit en peu de momens; & dès que
le calife fut habillé en pêcheur, juſqu'à la chauſ-
ſure & le turban : Prends tes ſilets, dit-ii au
pêcheur, & va faire tes affaires.

Quand le pêcheur fut parti, fort content de
ſa bonne fortune, le calife prit les deux poiſſons à la main, & alla retrouver le grand-viſir
Giafar & Meſrour. Il s'arrêta devant le grand-
viſir, & le grand-viſir ne le reconnut pas. Que
demandes-tu, lui dit-il ? va, paſſe ton chemin.
Le calife ſe mit auſſitôt à rire, & le grand-

vifir le reconnut. Commandeur des croyans,
s'écria-t-il, eſt-il poſſible que ce ſoit vous? je
ne vous reconnoiſſois pas, & je vous demande
mille pardons de mon incivilité. Vous pouvez
entrer préſentement dans le ſallon, ſans craindre que Scheich Ibrahim vous reconnoiſſe.
Reſtez donc encore ici, lui dit-il & à Meſrour,
pendant que je vais faire mon perſonnage.

Le calife monta au ſallon, & frappa à la
porte. Noureddin qui l'entendit le premier, en
avertit Scheich Ibrahim, & Scheich Ibrahim
demanda qui c'étoit. Le calife ouvrit la porte;
& en avançant ſeulement un pas dans le ſallon
pour ſe faire voir : Scheich Ibrahim, répondit-
il, je ſuis le pêcheur Kerim : comme je me ſuis
apperçu que vous régaliez de vos amis, & que
j'ai péché deux beaux poiſſons dans le moment,
je viens vous demander ſi vous n'en avez pas
beſoin.

Noureddin & la belle perſienne furent ravis
d'entendre parler de poiſſon. Scheich Ibrahim,
dit auſſitôt la belle perſienne, je vous prie,
faites-nous le plaiſir de le faire entrer, que nous
voyions ſon poiſſon. Scheich Ibrahim n'étoit
plus en état de demander au prétendu pêcheur
comment ni par où il étoit venu, il ſongea
ſeulement à plaire à la belle perſienne. Il tourna
donc la tête du côté de la porte avec bien de

la peine, tant il avoit bu, & dit en bégayant au calife, qu'il prenoit pour un pêcheur : Approche, bon voleur de nuit, approche qu'on te voye.

Le calife s'avança en contrefaisant parfaitement bien toutes les manières d'un pêcheur, & présenta les deux poissons. Voilà de fort beau poisson, dit la belle persienne ; j'en mangerois volontiers, s'il étoit cuit & bien accommodé. Madame a raison, reprit Scheich Ibrahim, que veux-tu que nous fassions de ton poisson, s'il n'est accommodé ? Va, accommode-le toi-même, & apporte-le-nous ; tu trouveras de tout dans ma cuisine.

Le calife revint trouver le grand-visir Giafar. Giafar, lui dit-il, j'ai été fort bien reçu, mais ils demandent que le poisson soit accommodé. Je vais l'accommoder, reprit le grand-visir ; cela sera fait dans un moment. J'ai si fort à cœur, repartit le calife, de venir à bout de mon dessein, que j'en prendrai bien la peine moi-même. Puisque je fais si bien le pêcheur, je puis bien faire aussi le cuisinier : je me suis mêlé de la cuisine dans ma jeunesse, & je ne m'en suis pas mal acquitté. En disant ces paroles, il avoit pris le chemin du logement de Scheich Ibrahim, & le grand-visir & Mesrour le suivoient,

Ils mirent la main à l'œuvre tous trois ; & quoique la cuisine de Scheich Ibrahim ne fût pas grande, comme néanmoins il n'y manquoit rien des choses dont ils avoient besoin, ils eurent bientôt accommodé le plat de poisson. Le calife le porta ; & en le servant, il mit aussi un ...... devant chacun, afin qu'ils s'en servissent, s'ils ...... Ils mangèrent d'un grand appétit, Noureddin & la belle persienne particulièrement ; & le calife demeura debout devant eux.

Quand ils eurent achevé, Noureddin regarda le calife : Pêcheur, lui dit-il, on ne peut pas manger de meilleur poisson, & tu nous as fait le plus grand plaisir du monde. Il mit la main dans son sein en même-tems, & il en tira sa bourse où il y avoit trente pièces d'or, le reste des quarante que Sangiar, huissier du roi de Balfora, lui avoit données avant son départ. Prends, lui dit-il ; je t'en donnerois davantage si j'en avois ; je t'eusse mis à l'abri de la pauvreté, si je t'eusse connu avant que j'eusse dépensé mon patrimoine : ne laisse pas de le recevoir d'aussi bon cœur que si le présent étoit beaucoup plus considérable.

Le calife prit la bourse, & en remerciant Noureddin, comme il sentit que c'étoit de l'or qui étoit dedans : Seigneur, lui dit-il, je ne

puis aflez vous remercier de votre libéralité.
On eft bien heureux d'avoir affaire à d'honnè-
tes gens comme vous : mais avant de me retirer, j'ai une prière à vous faire, que je vous
fupplie de m'accorder. Vo'là un luth qui me
fait connoître que madame en fait jouer. Si vous
pouviez obtenir d'elle qu'elle me fît la grâce
d'en jouer une feule pièce, je m'en retour-
nerois le plus content du monde ; c'eft un inf-
trument que j'aime paffionnément.

Belle perfienne, dit auffitôt Noureddin en
s'adreffant à elle, je vous demande cette grâce,
j'efpère que vous ne me la refuferez pas. Elle
prit le luth ; & après l'avoir accordé en peu
de momens, elle joua & chanta un air qui enleva le calife. En achevant, elle continua de
jouer fans chanter ; & elle le fit avec tant de
force & d'agrément, qu'il fut ravi comme en
extafe.

Quand la belle perfienne eut ceffé de jouer :
Ah, s'écria le calife, quelle voix ! quelle main !
& quel jeu ! A-t-on jamais mieux chanté, mieux
joué du luth ? Jamais on n'a rien vu ni entendu
de pareil.

Noureddin accoutumé de donner ce qui lui
appartenoit à tous ceux qui en faifoient les
louanges : Pêcheur, reprit-il, je vois bien que
tu t'y connois ; puifqu'elle te plaît fi fort, c'eft

à toi, & je t'en fais préfent. En même-tems
il fe leva, prit fa robe qu'il avoit quittée, &
il voulut partir & laiffer le calife, qu'il ne connoiffoit que pour un pêcheur, en poffeffion de
la belle perfienne.

La belle perfienne extrêmement étonnée de
la libéralité de Noureddin, le retint. Seigneur,
lui dit-elle en le regardant tendrement, où
prétendez-vous donc aller ? remettez-vous à
votre place, je vous en fupplie, & écoutez ce
que je vais jouer & chanter. Il fit ce qu'elle
fouhaitoit ; & alors en touchant le luth, & en
le regardant les larmes aux yeux, elle chanta
des vers qu'elle fit fur le champ, & elle lui
reprocha vivement le peu d'amour qu'il avoit
pour elle, puifqu'il l'abandonnoit fi facilement
à Kerim, & avec tant de dureté ; elle vouloit
dire, fans s'expliquer davantage, à un pêcheur
tel que Kerim, qu'elle ne connoiffoit pas pour
le calife, non plus que lui. En achevant, elle
pofa le luth près d'elle, & porta fon mouchoir
au vifage pour cacher fes larmes qu'elle ne
pouvoit retenir.

Noureddin ne répondit pas un mot à ces
reproches, & il marqua par fon filence, qu'il ne
fe repentoit pas de la donation qu'il avoit faite.
Mais le calife furpris de ce qu'il venoit d'entendre, lui dit : Seigneur, à ce que je vois,

cette dame fi belle, fi rare, fi admirable, dont
vous venez de me faire préfent avec tant de
générofité, eft votre efclave, & vous êtes fon
maître. Cela eft vrai, Kerim, reprit Noureddin,
& tu ferois beaucoup plus étonné que tu le
parois, fi je te racontois toutes les difgraces
qui me font arrivées à fon occafion. Eh, de
grâce, feigneur, repartit le calife, en s'acquit-
tant toujours fort bien du perfonnage du pêcheur, obligez-moi de me faire part de votre
hiftoire.

Noureddin qui venoit de faire pour lui d'autres chofes de plus grande conféquence, quoiqu'il ne le regardât que comme pêcheur, voulut bien avoir encore cette complaifance. Il
lui raconta toute fon hiftoire, à commencer
par l'achat que le vifir fon père avoit fait de
la belle perfienne pour le roi de Balfora, &
n'omit rien de ce qu'il avoit fait, & de tout
ce qui lui étoit arrivé, jufqu'à fon arrivée à
Bagdad avec elle, & jufqu'au moment qu'il lui
parloit.

Quand Noureddin eut achevé : Et préfentement où allez-vous, demanda le calife ? Où je
vais, répondit-il, où dieu me conduira. Si vous
me croyez, reprit le calife, vous n'irez pas
plus loin : il faut au contraire que vous retourniez à Balfora. Je vais vous donner un mot de

lettre que vous donnerez au roi, de ma part; vous verrez qu'il vous recevra fort bien dès qu'il l'aura lue, & que perfonne ne vous dira mot.

Kerim, repartit Noureddin, ce que tu me dis, eft bien fingulier : jamais on n'a dit qu'un pêcheur comme toi ait eu correfpondance avec un roi. Cela ne doit pas vous étonner, répliqua le calife, nous avons fait nos études enfemble fous les mêmes maîtres, & nous avons toujours été les meilleurs amis du monde. Il eft vrai que la fortune ne nous a pas été également favorable; elle l'a fait roi, & moi pêcheur; mais cette inégalité n'a pas diminué notre amitié. Il a voulu me tirer hors de mon état avec tous les emprefsemens imaginables. Je me fuis contenté de la confidération qu'il a de ne me rien refufer de tout ce que je lui demande pour le fervice de mes amis : laiffez-moi faire, & vous en verrez le fuccès.

Noureddin confentit à ce que le calife voulut; & comme il y avoit dans le falion de tout ce qu'il falloit pour écrire, le calife écrivit cette lettre au roi de Balfora, au haut de laquelle, prefque fur l'extrémité du papier, il ajouta cette formule en très-petits caractères : *Au nom de Dieu très-miféricordieux*, pour marquer qu'il vouloit être obéi abfolument.

LETTRE

Du Calife Haroun Alrafchid, au Roi de Balfora.

« Haroun Alrafchid, fils de Mahdi, en-
» voye cette lettre au Mohammed Zinebi, fon
» coufin. Dès que Noureddin, fils du vifir Kha-
» can, porteur de cette lettre, te l'aura ren-
» due, que tu l'auras lue, à l'inftant dépouille-
» toi du manteau royal, mets-le-lui fur les
» épaules, & le fais affeoir à ta place, & n'y
» manque pas. Adieu ».

Le calife plia & cacheta la lettre, & fans
dire à Noureddin ce qu'elle contenoit : Tenez,
lui dit-il, & allez vous embarquer inceffamment fur un bâtiment qui va partir bientôt,
comme il en part un chaque jour à la même
heure ; vous dormirez quand vous ferez embarqué. Noureddin prit la lettre, & partit avec le
peu d'argent qu'il avoit fur lui quand l'huiffier
Sangiar lui avoit donné fa bourfe, & la belle
perfienne, inconfolable de fon départ, fe tira
à part fur le fofa, & fondit en pleurs.

A peine Noureddin étoit forti du fallon, que
Scheich Ibrahim qui avoit gardé le filence pendant tout ce qui venoit de fe paffer, regarda
le calife, qu'il prenoit toujours pour le pêcheur

Kerim : Ecoute , Kerim , lui dit-il , tu nous es
venu apporter ici deux poiſſons qui valent bien
vingt pièces de monnoie de cuivre au plus ;
& pour cela on t'a donné une bourſe & une
eſclave ; penſes-tu que tout cela ſera pour toi ?
Je te déclare que je veux avoir l'eſclave par
moitié. Pour ce qui eſt de la bourſe , montre-
moi ce qu'il y a dedans ; ſi c'eſt de l'argent ,
tu en prendras une pièce pour toi ; & ſi c'eſt
de l'or , je te prendrai tout , & je te donnerai
quelques pièces de cuivre qui me reſtent dans
ma bourſe.

Pour bien entendre ce qui va ſuivre , dit ici
Scheherazade en s'interrompant , il eſt à remarquer qu'avant de porter au ſallon le plat de
poiſſon accommodé , le califie avoit chargé le
grand-viſir Giafar d'aller en diligence juſqu'au
palais, pour lui amener quatre valets-de-chambre avec un habit , & de venir attendre de
l'autre côté du pavillon , juſqu'à ce qu'il frap-
pât des mains par une des fenêtres Le grand-
viſir s'étoit acquitté de cet ordre ; & lui &
Mefrour , avec les quatre valets-de-chambre ,
attendoient au lieu marqué qu'il donnât le
ſignal.

Je reviens à mon diſcours , ajouta la ſultane. Le calife , toujours ſous le perſonnage
du pêcheur , repondit hardiment à Scheich
Ibrahim :

Ibrahim : Scheich Ibrahim , je ne fais pas ce qu'il y a dans la bourfe ; argent ou or , je le partagerai avec vous par moitié de très-bon cœur; pour ce qui eſt de l'efclave , je veux l'avoir à moi feul. Si vous ne voulez pas vous en tenir aux conditions que je vous propofe , vous n'aurez rien.

Scheich Ibrahim emporté de colère à cette infolence , comme il la regardoit dans un pêcheur à fon égard , prit une des porcelaines qui étoient fur la table , & la jeta à la tête du calife. Le calife n'eut pas de peine à éviter la porcelaine jetée par un homme pris de vin ; elle alla donner contre le mur où elle fe brifa en plufieurs morceaux. Scheich Ibrahim plus emporté qu'auparavant , après avoir manqué fon coup , prend la chandelle qui étoit fur la table , fe lève en chancelant , & defcend par un efcalier dérobé pour aller chercher une canne.

Le calife profita de ce tems-là , & frappa des mains à une des fenêtres. Le grand-vifir , Mefrour , & les quatre valets-de-chambre furent à lui en un moment , & les valets-de-chambre lui eurent bientôt ôté l'habit de pêcheur , & mis celui qu'ils lui avoient apporté. Ils n'avoient pas encore achevé , & ils étoient occupés autour du calife qui étoit aſſis fur le trône qu'il avoit dans le fallon, que Scheich Ibrahim animé par l'intérêt, rentra avec une groffe canne à la main, dont il fe promettoit de bien régaler le prétendu pêcheur. Au lieu de le rencontrer des yeux, il apperçut fon habit au milieu du fallon, & il vit le calife affis fur fon trône, avec le grand-vifir & Mefrour à fes côtés. Il s'arrêta à ce fpectacle, & douta s'il étoit éveillé ou s'il dormoit. Le calife fe mit à rire de fon étonnement : Scheich Ibrahim, lui dit-il, que veux-tu ? que cherches-tu ?

Scheich Ibrahim, qui ne pouvoit plus douter que ce ne fût le calife, fe jeta auffitôt à fes piés, la face & fa longue barbe contre terre : Commandeur des croyans, s'écria-t-il, votre vil efclave vous a offenfé, il implore votre clémence, & vous en demande mille pardons. Comme les valets-de-chambre eurent achevé de l'habiller en ce moment, il lui dit en defcendant de fon trône : Leve-toi, je te pardonne.

Le calife s'adreffa enfuite à la belle perfienne, qui avoit fufpendu fa douleur dès qu'elle fe fut apperçue que le jardin & le pavillon appartenoient à ce prince, & non pas à Scheich Ibrahim, comme Scheich Ibrahim l'avoit diffimulé, & que c'étoit lui-même qui s'étoit déguifé en pêcheur. Belle perfienne, lui dit-il, levez-vous & fuivez-moi. Vous devez connoître qui je fuis, après ce que vous venez de voir, & que je ne fuis pas d'un rang à me prévaloir du préfent que Noureddin m'a fait de votre perfonne avec une générofité qui n'a point de pareille. Je l'ai envoyé à Balfora pour y être roi, & je vous y enverrai pour être reine, dès que je lui aurai fait tenir les dépêches néceffaires pour fon établiffement. Je vais en attendant vous donner un appartement dans mon palais, où vous ferez traitée felon votre mérite.

Ce difcours raffura & confola la belle perfienne par un endroit bien fenfible, & elle fe dédommagea pleinement de fon affliction, par la joie d'apprendre que Noureddin qu'elle aimoit paffionnément, venoit d'être élevé à une fi haute dignité. Le calife exécuta la parole qu'il venoit de lui donner : il la recommanda même à Zobéïde fa femme, après qu'il lui eut fait part de la confidération qu'il venoit d'avoir pour Noureddin.

Le retour de Noureddin à Balfora fut plus heureux & plus avancé de quelques jours qu'il n'eût été à fouhaiter pour fon bonheur. Il ne vit ni parent ni ami en arrivant ; il alla droit au palais du roi, & le roi donnoit audience. Il

fendit la preffe en tenant la lettre, la main
élevée; on lui fit place, & il la préfenta. Le
roi la reçut, l'ouvrit, & changea de couleur
en la lifant. Il la baifa par trois fois; & il
alloit exécuter l'ordre du calife, lorfqu'il
s'avifa de la montrer au vifir Saouy, ennemi
irréconciliable de Noureddin.

Saouy qui avoit reconnu Noureddin, & qui
cherchoit en lui-même avec grande inquiétude
à quel deffein il étoit venu, ne fut pas moins
furpris que le roi, de l'ordre que la lettre
contenoit. Comme il n'y étoit pas moins in-
téreffé, il imagina en un moment le moyen
de l'éluder. Il fit femblant de ne l'avoir pas
bien lue; & pour la lire une feconde fois, il
fe tourna un peu de côté, comme pour chercher un meilleur jour. Alors, fans que perfonne
s'en apperçût & fans qu'il y parût, à moins de
regarder de bien près, il arracha adroitement
la formule du haut de la lettre, qui marquoit
que le calife vouloit être obéi abfolument,
la porta à la bouche & l'avala.

Après une fi grande méchanceté, Saouy fe
tourna du côté du roi, lui rendit la lettre; &
en parlant bas : Hé bien, fire, lui demanda-t-il,
quelle eft l'intention de votre majefté? De faire
ce que le calife me commande, répondit le roi.
Gardez-vous-en bien, fire, reprit le méchant

vifir ; c'eft bien-là l'écriture du calife, mais la formule n'y eft pas. Le roi l'avoit fort bien remarquée ; mais dans le trouble où il étoit, il s'imagina qu'il s'étoit trompé quand il ne la vit plus.

Sire, continua le vifir, il ne faut pas douter que le calife n'ait accordé cette lettre à Noureddin, fur les plaintes qu'il lui eft allé faire contre votre majefté & contre moi, pour fe débarraffer de lui ; mais il n'a pas entendu que vous exécutiez ce qu'elle contient. De plus, il eft à confidérer qu'il n'a pas envoyé un exprès avec la patente, fans quoi elle eft inutile. On ne dépofe pas un roi comme votre majefté, fans cette formalité : un autre que Noureddin pourroit venir de même avec une fauffe lettre ; cela ne s'eft jamais pratiqué. Sire, votre majefté peut s'en repofer fur ma parole, & je prends fur moi tout le mal qui peut en arriver.

Le roi Zinebi fe laiffa perfuader, & abandonna Noureddin à la difcrétion du vifir Saouy, qui l'emmena chez lui avec main-forte. Dès qu'il fut arrivé, il lui fit donner la baftonnade, jufqu'à ce qu'il demeura comme mort ; & dans cet état il le fit porter en prifon, où il commanda qu'on le mît dans le cachot le plus obfcur & le plus profond, avec ordre au geolier de ne lui donner que du pain & de l'eau.

Quand Noureddin, meurtri de coups, fut revenu à lui, & qu'il se vit dans ce cachot, il poussa des cris pitoyables en déplorant son malheureux sort. Ah, pécheur, s'écria-t-il, que tu m'as trompé, & que j'ai été facile à te croire! pouvois-je m'attendre à une destinée si cruelle, après le bien que je t'ai fait! Dieu te bénisse néanmoins; je ne puis croire que ton intention ait été mauvaise, & j'aurai patience jusqu'à la fin de mes maux.

L'affligé Noureddin demeura dix jours entiers dans cet état, & le visir Saouy n'oublia pas qu'il l'y avoit fait mettre. Résolu de lui faire perdre la vie honteusement, il n'osa l'entreprendre de son autorité. Pour réussir dans son pernicieux dessein, il chargea plusieurs de ses esclaves de riches présens, & alla se présenter au roi à leur tête : Sire, lui dit-il avec une malice noire, voilà ce que le nouveau roi supplie votre majesté de vouloir bien agréer à son avènement à la couronne.

Le roi comprit ce que Saouy vouloit lui faire entendre. Quoi! reprit-il, ce malheureux vit-il encore? je croyois que tu l'eusses fait mourir. Sire, repartit Saouy, ce n'est pas à moi qu'il appartient de faire ôter la vie à personne ;

c'eſt à votre majeſté. Va, répliqua le roi, fais-
lui couper le cou, je t'en donne la permiſſion.
Sire, dit alors Saouy, je ſuis infiniment obligé
à votre majeſté de la juſtice qu'elle me rend.
Mais comme Noureddin m'a fait ſi publiquement l'affront qu'elle n'ignore pas, je lui demande en grâce de vouloir bien que l'exécution s'en faſſe devant le palais, & que les crieurs
aillent l'annoncer dans tous les quartiers de la
ville, afin que perſonne n'ignore que l'offenſe
qu'il m'a faite, aura été pleinement réparée.
Le roi lui accorda ce qu'il demandoit ; & les
crieurs en faiſant leur devoir, répandirent une
triſteſſe générale dans toute la ville. La mémoire
toute récente des vertus du père, fit qu'on
n'apprît qu'avec indignation qu'on alloit faire
mourir le fils ignominieuſement, à la ſollicita-
tion & par la méchanceté du viſir Saouy.

Saouy alla en priſon en perſonne, accompagné d'une vingtaine de ſes eſclaves, miniſtres de ſa cruauté. On lui amena Noureddin, &
il le fit monter ſur un méchant cheval ſans
ſelle. Dès que Noureddin ſe vit livré entre les
mains de ſon ennemi : Tu triomphes, lui dit-
il, & tu abuſes de ta puiſſance ; mais j'ai confiance ſur la vérité de ces paroles d'un de nos
livres : *Vous jugez injuſtement, & dans peu
vous ſerez jugé vous-même.* Le viſir Saouy qui

A a iv

triomphoit véritablement en lui-même : Quoi,
infolent, reprit-il, tu ofes m'infulter encore ?
Va, je te le pardonne; il arrivera ce qu'il pourra,
pourvu que je t'aie vu couper le cou à la vue
de tout Balfora. Tu dois favoir auffi ce que dit
un autre de nos livres : *Qu'importe de mourir le
lendemain de la mort de fon ennemi ?*

Ce miniftre implacable dans fa haine & dans
fon inimitié, environné d'une partie de fes efclaves armés, fit conduire Noureddin devant lui
par les autres, & prit le chemin du palais. Le
peuple fut fur le point de fe jeter fur lui, & il
l'eût lapidé, fi quelqu'un eût commencé de
donner l'exemple. Quand il l'eut mené jufqu'à
la place du palais, à la vue de l'appartement
du roi, il le laiffa entre les mains du bourreau,
& il alla fe rendre près du roi qui étoit déjà
dans fon cabinet, prêt à repaître fes yeux avec
lui du fanglant fpeĉacle qui fe préparoit.

La garde du roi & les efclaves du vifir
Saouy qui faifoient un grand cercle autour de
Noureddin, eurent beaucoup de peine à contenir la populace, qui faifoit tous les efforts
poffibles, mais inutilement, pour les forcer,
les rompre & l'enlever. Le bourreau s'approcha de lui : Seigneur, lui dit-il, je vous fupplie de me pardonner votre mort; je ne fuis
qu'un efclave, & je ne puis me difpenfer de

faire mon devoir ; à moins que vous n'ayez
befoin de quelque chofe, mettez-vous, s'il
vous plaît, en état ; le roi va me commander
de frapper.

Dans ce moment fi cruel, quelque perfonne
charitable, dit le défolé Noureddin, en tournant la tête à droite & à gauche, ne voudroit-
elle pas me faire la grâce de m'apporter de
l'eau pour étancher ma foif ? On en apporta
un vafe à l'inftant, que l'on fit paffer jufqu'à
lui de main en main. Le vifir Saouy qui s'apperçut de ce retardement, cria au bourreau de
la fenêtre du cabinet du roi où il étoit : Qu'attends-tu, frappe. A ces paroles barbares &
pleines d'inhumanité, toute la place retentit de
vives imprécations contre lui ; & le roi, jaloux
de fon autorité, n'approuva pas cette hardieffe
en fa préfence, comme il le fit paroître en
criant que l'on attendît. Il en eut une autre
raifon ; c'eft qu'en ce moment il leva les yeux
vers une grande rue qui étoit devant lui, & qui
aboutiffoit à la place, & qu'il apperçut au milieu une troupe de cavaliers qui accouroient à
toute bride. Vifir, dit-il auffitôt à Saouy,
qu'eft-ce que cela ? regarde. Saouy qui fe douta
de ce que ce pouvoit être, preffa le roi de
donner le fignal au bourreau. Non, reprit le
roi, je veux favoir auparavant qui font ces

cavaliers. C'étoit le grand-vifir Giafar avec fa
fuite, qui venoit de Bagdad en perfonne, de
la part du calife.

Pour favoir le fujet de l'arrivée de ce miniftre à Balfora, nous remarquerons qu'après
le départ de Noureddin avec la lettre du calife,
le calife ne s'étoit pas fouvenu le lendemain,
ni même plufieurs jours après, d'envoyer un
exprès avec la patente dont il avoit parlé à la
belle perfienne. Il étoit dans le palais intérieur
qui étoit celui des femmes; & en paffant devant un appartement, il entendit une très-belle
voix, il s'arrêta; & il n'eut pas plutôt entendu
quelques paroles qui marquoient de la douleur
pour une abfence, qu'il demanda à un officier
des eunuques qui le fuivoit, qui étoit la femme
qui demeuroit dans l'appartement, & l'officier
répondit que c'étoit l'efclave du jeune feigneur
qu'il avoit envoyé à Balfora pour être roi à
la place de Mohammed Zinebi.

Ah, pauvre Noureddin, fils de Khacan,
s'écria auffitôt le calife, je t'ai bien oublié!
Vîte, ajouta-t-il, qu'on me faffe venir Giafar
inceffamment. Ce miniftre arriva. Giafar, lui
dit le calife, je ne me fuis pas fouvenu d'envoyer la patente pour faire reconnoître Noureddin roi de Balfora. Il n'y a pas de tems pour
la faire expédier; prends du monde & des

chevaux de poſte, & rends-toi à Balſora en
diligence. Si Noureddin n'eſt plus au monde,
& qu'on l'ait fait mourir, fais pendre le viſir
Saouy ; s'il n'eſt pas mort, amène-le-moi avec
le roi & ce viſir.

Le grand-viſir Giafar ne ſe donna que le tems
qu'il falloit pour monter à cheval, & il partit
auſſitôt avec un bon nombre d'officiers de ſa
maiſon. Il arriva à Balſora de la manière & dans
le tems que nous avons remarqués. Dès qu'il
entra dans la place, tout le monde s'écarta pour
lui faire place, en criant grâce pour Noureddin ; & il entra dans le palais du même train
juſqu'à l'eſcalier, où il mit pié à terre.

Le roi de Balſora qui avoit reconnu le premier miniſtre du calife, alla au-devant de lui
& le reçut à l'entrée de ſon appartement. Le
grand-viſir demanda d'abord ſi Noureddin vivoit encore, & s'il vivoit, qu'on le fît venir.
Le roi répondit qu'il vivoit, & donna ordre
qu'on l'amenât : comme il parut bientôt, mais
lié & garotté, il le fit délier & mettre en liberté, & commanda qu'on s'aſſurât du viſir
Saouy, & qu'on le liât des mêmes cordes.

Le grand-viſir Giafar ne coucha qu'une nuit
à Balſora ; il repartit le lendemain ; & ſelon
l'ordre qu'il avoit, il emmena avec lui Saouy,
le roi de Balſora, & Noureddin. Quand il fut

arrivé à Bagdad, il les préfenta au calife ; &
après qu'il lui eut rendu compte de fon voyage,
& particulièrement de l'état où il avoit trouvé
Noureddin, & du traitement qu'on lui avoit
fait par le confeil & l'animofité de Saouy, le
calife propofa à Noureddin de couper la tête
lui-même au vifir Saouy. Commandeur des
croyans, reprit Noureddin, quelque mal que
m'ait fait ce méchant homme, & qu'il ait tâché de faire à feu mon père, je m'eftimerois
le plus infâme de tous les hommes, fi j'avois
trempé mes mains dans fon fang. Le calife lui
fut bon gré de fa générofité, & il fit faire cette
juftice par la main du bourreau.

Le calife voulut renvoyer Noureddin à Balfora pour y régner ; mais Noureddin le fupplia
de vouloir l'en difpenfer. Commandeur des
croyans, reprit-il, la ville de Balfora me fera
déformais dans une averfion fi grande après
ce qui m'y eft arrivé, que j'ofe fupplier votre
majefté d'avoir pour agréable que je tienne le
ferment que j'ai fait de n'y retourner de ma
vie. Je mettrois toute ma gloire à lui rendre mes fervices près de fa perfonne, fi elle
avoit la bonté de m'en accorder la grâce. Le
calife le mit au nombre de fes courtifans les
plus intimes, lui rendit la belle perfienne, &
lui fit de fi grands biens, qu'ils vécurent enfem-

ble jufqu'à la mort, avec tout le bonheur qu'ils pouvoient fouhaiter.

Pour ce qui eft du roi de Balfora, le calife fe contenta de lui avoir fait connoître combien il devoit être attentif au choix qu'il faifoit des vifirs, & le renvoya dans fon royaume.

HISTOIRE

De Beder, Prince de Perfe, & de Giauhare, Princeffe du royaume de Samandal.

LA Perfe eft une partie de la terre de fi grande étendue, que ce n'eft pas fans raifon que fes anciens rois ont porté le titre fuperbe de rois des rois. Autant qu'il y a de provinces, fans parler de tous les autres royaumes qu'ils avoient conquis, autant il y avoit de rois. Ces rois ne leur payoient pas feulement de gros tributs, ils leur étoient même auffi foumis que les gouverneurs le font aux rois de tous les autres royaumes.

Un de ces rois qui avoit commencé fon règne par d'heureufes & de grandes conquêtes, régnoit il y avoit de longues années, avec un bonheur & une tranquillité qui le rendoient le plus fatisfait de tous les monarques. Il n'y avoit

qu’un feul endroit par où il s’eftimoit malheureux, c’eft qu’il étoit fort âgé, & que de toutes
fes femmes il n’y en avoit pas une qui lui eût
donné un prince pour lui fuccéder après fa
mort. Il en avoit cependant plus de cent, toutes
logées magnifiquement & féparément, avec des
femmes efclaves pour les fervir, & des eunuques pour les garder. Malgré tous ces foins à
les rendre contentes & à prévenir leurs défirs,
aucune ne rempliffoit fon attente. On lui en
amenoit fouvent des pays les plus éloignés ; &
il ne fe contentoit pas de les payer fans faire
de prix dès qu’elles lui agréoient, il combloit
encore les marchands d’honneurs, de bienfaits
& de bénédictions pour en attirer d’autres,
dans l’efpérance qu’enfin il auroit un fils de
quelqu’une. Il n’y avoit pas auffi de bonnes
œuvres qu’il ne fît pour fléchir le ciel. Il faifoit des aumônes immenfes aux pauvres, de
grandes largeffes aux plus dévots de fa religion, & de nouvelles fondations toutes royales en leur faveur, afin d’obtenir par leurs prières ce qu’il fouhaitoit fi ardemment.

Un jour que felon la coutume pratiquée
tous les jours par les rois fes prédéceffeurs,
lorfqu’ils étoient de réfidence dans leur capitale, il tenoit l’affemblée de fes courtifans,
où fe trouvoient tous les ambaffadeurs & tous

les étrangers de diſtinction qui étoient à ſa
cour, où l'on s'entretenoit non pas de nouvelles qui regardoient l'état, mais de ſciences,
d'hiſtoire, de littérature, de poéſie, & de toute
autre choſe capable de recréer l'eſprit agréablement; ce jour-là, dis-je, un eunuque vint
lui annoncer qu'un marchand, qui venoit d'un
pays très-éloigné avec une eſclave qu'il lui
amenoit, demandoit la permiſſion de la lui faire
voir. Qu'on le faſſe entrer & qu'on le place,
dit le roi, je lui parlerai après l'aſſemblée. On
introduiſit le marchand, & on le plaça dans
un endroit d'où il pouvoit voir le roi à ſon
aiſe, & l'entendre parler familièrement avec
ceux qui étoient le plus près de ſa perſonne.

Le roi en uſoit ainſi avec tous les étrangers
qui devoient lui parler, & il le faiſoit exprès,
afin qu'ils s'accoutumaſſent à le voir, & qu'en
le voyant parler aux uns & aux autres avec
familiarité & avec bonté, ils priſſent la confiance
de lui parler de même, ſans ſe laiſſer ſurpren-
dre par l'éclat & la grandeur dont il étoit environné, capable d'ôter la parole à ceux qui n'y
auroient pas été accoutumés. Il le pratiquoit
même à l'égard des ambaſſadeurs; d'abord il
mangeoit avec eux, & pendant le repas, il
s'informoit de leur ſanté, de leur voyage, &
des particularités de leur pays. Cela leur don-

noit de l'affurance auprès de fa perfonne, &
enfuite il leur donnóit audience.

Quand l'affemblée fut finie, que tout le
monde fe fut retiré, & qu'il ne refta plus que
le marchand, le marchand fe profterna devant
le trône du roi, la face contre terre, & lui
fouhaita l'accompliffement de tous fes défirs.
Dès qu'il fe fut relevé, le roi lui demanda s'il
étoit vrai qu'il lui eût amené une efclave,
comme on le lui avoit dit, & fi elle étoit
belle.

Sire, répondit le marchand, je ne doute
pas que votre majefté n'en ait de très-belles,
depuis qu'on lui en cherche dans tous les endroits du monde avec tant de foin; mais je puis
affurer fans craindre de trop prifer ma mar-
chandife, qu'elle n'en a pas encore vu une qui
puiffe entrer en concurrence avec elle, fi l'on
confidère fa beauté, fa belle taille, fes agrémens, & toutes les perfections dont elle eft
partagée. Où eft-elle, reprit le roi? amène-la-
moi. Sire, repartit le marchand, je l'ai laiffée
entre les mains d'un officier de vos eunuques;
votre majefté peut commander qu'on la faffe
venir.

On amena l'efclave; & dès que le roi la vit,
il en fut charmé à la confidérer feulement par
fa taille belle & dégagée. Il entra auffitôt dans

un

un cabinet où le marchand le fuivit avec quelques eunuques. L'efclave avoit un voile de
fatin rouge rayé d'or, qui lui cachoit le vifage.
Le marchand le lui ôta, & le roi de Perfe vit
une dame qui furpaffoit en beauté toutes celles
qu'il avoit alors & qu'il avoit jamais eues. Il en
devint paffionnément amoureux dès ce moment,
& il demanda au marchand combien il la vouloit vendre.

Sire, répondit le marchand, j'en ai donné
mille pièces d'or à celui qui me l'a vendue,
& je compte que j'en ai débourfé autant depuis trois ans que je fuis en voyage pour arriver à votre cour. Je me garderai bien de la
mettre à prix à un fi grand monarque : je fupplie votre majefté de la recevoir en préfent fi
elle lui agrée Je. te fuis obligé, reprit le roi',
ce n'eft pas ma coutume d'en ufer ainfi avec
les marchands qui viennent de fi loin dans la
vue de me faire plaifir : je vais te faire compter dix mille pièces d'or, feras-tu content?

Sire, repartit le marchand, je me fuffe ef-
timé très-heureux fi votre majefté eût bien
voulu l'accepter pour rien ; mais je n'ofe refufer une fi grande libéralité ; je ne manquerai
pas de la publier dans mon pays & dans tous
les lieux par où je pafferai. La fomme lui fut
comptée ; & avant qu'il fe retirât, le roi le

fit revêtir en fa préfence d'une robe de brocard d'or.

Le roi fit loger la belle efclave dans l'appartement le plus magnifique après le fien, & lui
affigna plufieurs matrones & autres femmes efclaves pour la fervir, avec ordre de lui faire
prendre le bain, de l'habiller d'un habit le
plus magnifique qu'elles puffent trouver, & de
fe faire apporter les plus beaux colliers de perles & les diamans les plus fins, & autres pierreries les plus riches, afin qu'elle choisît elle-
même ce qui lui conviendroit le mieux.

Les matrones officieufes, qui n'avoient autre attention que de plaire au roi, furent elles-
mêmes ravies en admiration de la beauté de
l'efclave. Comme elles s'y connoiffoient parfaitement bien : Sire, lui dirent-elles, fi votre majefté a la patience de nous donner feulement
trois jours, nous nous engageons de la lui faire
voir alors fi fort au-deffus de ce qu'elle eft préfentement, qu'elle ne la reconnoîtra plus. Le
roi eut bien de la peine à fe priver fi long-
tems du plaifir de la poffeder entièrement. Je
le veux bien, reprit-il, mais à la charge que vous
me tiendrez votre promeffe.

La capitale du roi de Perfe étoit fituée dans
une île, & fon palais qui étoit très-fuperbe,
étoit bâti fur le bord de la mer. Comme fon

appartement avoit vue fur cet élément, celui
de la belle efclave, qui n'étoit pas éloigné du
fien, avoit auffi la même vue ; & elle étoit
d'autant plus agréable, que la mer battoit
prefqu'au pié des murailles.

Au bout des trois jours, la belle efclave parée & ornée magnifiquement, étoit feule dans
fa chambre affife fur un fofa, & appuyée à une
des fenêtres qui regardoit la mer, lorfque le
roi, averti qu'il pouvoit la voir, y entra. L'efclave qui entendit que l'on marchoit dans fa
chambre d'un autre air que les femmes qui l'a-
voient fervie jufqu'alors, tourna auffitôt la tête
pour voir qui c'étoit. Elle reconnut le roi ;
mais fans en témoigner la moindre furprife, fans
même fe lever pour lui faire la civilité & pour
le recevoir, comme s'il eut été la perfonne du
monde la plus indifférente, elle fe remit à la
fenêtre comme auparavant.

Le roi de Perfe fut extrêmement étonné de
voir qu'une efclave fi belle & fi bien faite, fût
fi peu ce que c'étoit que le monde. Il attribua
ce défaut à la mauvaife éducation qu'on lui avoit
donnée, & au peu de foin qu'on avoit pris de
lui apprendre les premières bienféances. Il s'a-
vança vers elle jufqu'à la fenêtre, où nonobftant la manière & la froideur avec laquelle elle
venoit de le recevoir, elle fe laiffa regarder,

admirer, & même careſſer & embraſſer autant
qu'il le ſouhaita.

Entre ces careſſes & ces embraſſemens, ce
monarque s'arrêta pour la regarder, ou plutôt
pour la dévorer des yeux. Ma toute belle, ma
charmante, ma raviſſante, s'écria-t-il, dites-
moi, je vous prie, d'où vous venez, d'où ſont
& qui ſont l'heureux père & l'heureuſe mère
qui ont mis au monde un chef-d'œuvre de la
nature auſſi ſurprenant que vous êtes ? Que je
vous aime & que je vous aimerai ! Jamais je
n'ai ſenti pour femme ce que je ſens pour vous :
j'en ai cependant bien vues, & j'en vois encore
un grand nombre tous les jours ; mais jamais
je n'ai vu tant de charmes tout à la fois qui
m'enlèvent à moi-même pour me donner tout
à vous. Mon cher cœur, ajoutoit-il, vous ne
me répondez rien ; vous ne me faites même
connoître par aucune marque que vous ſoyez
ſenſible à tant de témoignages que je vous
donne de mon amour extrême ; vous ne détour-
nez pas même vos yeux pour donner aux miens
le plaiſir de les rencontrer & de vous convain-
cre qu'on ne peut pas aimer plus que je vous
aime. Pourquoi gardez-vous ce grand ſilence
qui me glace ? d'où vient ce ſérieux, ou plutôt
cette triſteſſe qui m'afflige ? Regrettez-vous votre pays, vos parens, vos amis ? hé quoi ! un roi

de Perſe qui vous aime, qui vous adore, n'eſt-il pas capable de vous conſoler & de vous tenir lieu de toute choſe au monde ?

Quelques proteſtations d'amour que le roi de Perſe fît à l'eſclave, & quoi qu'il pût dire pour l'obliger d'ouvrir la bouche & de parler, l'eſclave demeura dans un froid ſurprenant, les yeux toujours baiſſés, ſans les lever pour le regarder, & ſans proférer une ſeule parole.

Le roi de Perſe ravi d'avoir fait une acquiſition dont il étoit ſi content, ne la preſſa pas davantage, dans l'eſpérance que le bon traitement qu'il lui feroit, la feroit changer. Il frappa des mains, & auſſitôt pluſieurs femmes entrèrent, à qui il commanda de faire ſervir le ſoupé. Dès que l'on eut ſervi : Mon cœur, dit-il à l'eſclave, approchez-vous, & venez ſouper avec moi. Elle ſe leva de la place où elle étoit ; & quand elle fut aſſiſe vis-à-vis du roi, le roi la ſervit avant qu'il commençât de manger, & la ſervit de même à chaque plat pendant le repas. L'eſclave mangea comme lui, mais toujours les yeux baiſſés, ſans répondre un ſeul mot chaque fois qu'il lui demandoit ſi les mets étoient de ſon goût.

Pour changer de diſcours, le roi lui demanda comment elle s'appeloit, ſi elle étoit contente de ſon habillement, des pierreries dont elle étoit

ornée, ce qu’elle penfoit de fon appartement
& de l’ameublement, & fi la vue de la mer la
divertifloit ; mais fur toutes ces demandes, elle
garda le même filence , dont il ne favoit plus
que penfer. Il s’imagina que peut-être elle étoit
muette. Mais, difoit-il en lui-même, feroit-il
poffible que dieu eût formé un créature fi belle,
fi parfaite & fi accomplie, & qu’elle eût un fi
grand défaut ? Ce feroit un grand dommage :
avec cela, je ne pourrois m’empêcher de l’aimer comme je l’aime.

Quand le roi fe fut levé de table, il fe lava
les mains d’un côté , pendant que l’efclave fe
les lavoit de l’autre. Il prit ce tems-là pour demander aux femmes qui lui préfentoient le baffin & la ferviette, fi elle leur avoit parlé. Celle
qui prit la parole, lui répondit : Sire, nous ne
l’avons ni vu ni entendu parler plus que votre
majefté vient de le voir elle-même. Nous lui
avons rendu nos fervices dans le bain, nous
l’avons peignée, coëffée, habillée dans fa chambre, & jamais elle n’a ouvert la bouche pour
nous dire, cela eft bien, je fuis contente. Nous
lui demandions, madame, n’avez-vous befoin
de rien ? fouhaitez-vous quelque chofe ? demandez, commandez-nous. Nous ne favons fi
c’eft mépris, affliction, bêtife, ou qu’elle foit
muette : nous n’avons pu tirer d’elle une feule

parole ; c'eſt tout ce que nous pouvons dire à votre majeſté.

Le roi de Perſe fut plus ſurpris qu'auparavant ſur ce qu'il venoit d'entendre. Comme il crut que l'eſclave pouvoit avoir quelque ſujet d'affliction , il voulut eſſayer de la réjouir ; pour cela, il fit une aſſemblée de toutes les dames de ſon palais. Elles vinrent , & celles qui ſavoient jouer des inſtrumens , en jouèrent , & les autres chantèrent ou dansèrent , ou firent l'un & l'autre tout à la fois : elles jouèrent enfin à pluſieurs ſortes de jeux qui réjouirent le roi. L'eſclave ſeule ne prit aucune part à tous ces divertiſſemens ; elle demeura dans ſa place toujours les yeux baiſſés , & avec une tranquillité dont toutes les dames ne furent pas moins ſurpriſes que le roi. Elles ſe retirèrent chacune à ſon appartement , & le roi qui demeura ſeul , coucha avec la belle eſclave.

Le lendemain , le roi de Perſe ſe leva plus content qu'il ne l'avoit été de toutes les femmes qu'il eût jamais vues , ſans en excepter aucune , & plus paſſionné pour la belle eſclave que le jour d'auparavant. Il le fit bien paroître ; en effet , il réſolut de ne s'attacher uniquement qu'à elle , & il exécuta ſa réſolution. Dès le même jour , il congédia toutes ſes autres femmes avec les riches habits , les pierreries & les

B b iv

bijoux qu'elles avoient à leur ufage, & chacune
une groffe fomme d'argent, libres de fe marier
à qui bon leur fembleroit, & il ne retint que
les matrones & autres femmes âgées, néceffaires pour être auprès de la belle efclave. Elle
ne lui donna pas la confolation de lui dire un
feul mot pendant une année entière : il ne laiffà
pas cependant d'être très-affidu auprès d'elle,
avec toutes les complaifances imaginables, &
de lui donner les marques les plus fignalées
d'une paffion très-violente.

L'année étoit écoulée, & le roi affis un jour
près de fa belle, lui proteftoit que fon amour
au lieu de diminuer, augmentoit tous les jours
avec plus de force. Ma reine, lui difoit-il, je
ne puis deviner ce que vous en penfez ; rien
n'eft plus vrai cependant, & je vous jure que
je ne fouhaite plus rien depuis que j'ai le bonheur de vous pofféder. Je fais état de mon
royaume, tout grand qu'il eft, moins que d'un
atôme, lorfque je vous vois, & que je puis
vous dire mille fois que je vous aime. Je ne
veux pas que mes paroles vous obligent de le
croire ; mais vous ne pouvez en douter après le
facrifice que j'ai fait à votre beauté du grand
nombre de femmes que j'avois dans mon palais.
Vous pouvez vous en fouvenir ; il y a un an
paffé que je les renvoyai toutes, & je m'en

repens auffi peu au moment que je vous en
parle, qu'au moment que je ceffai de les voir,
& je ne m'en repentirai jamais. Rien ne manqueroit à ma fatisfaction, à mon contente-
ment & à ma joie, fi vous me difiez feulement
un mot pour me marquer que vous m'en avez
quelqu'obligation. Mais comment pourriez-
vous me le dire, fi vous êtes muette? hélas!
je ne crains que trop que cela ne foit. Et quel
moyen de ne le pas craindre après un an entier que je vous prie mille fois chaque jour
de me parler, & que vous gardez un filence fi
affligeant pour moi? S'il n'eft pas poffible que
j'obtienne de vous cette confolation, faffe le
ciel au moins que vous me donniez un fils pour
me fuccéder après ma mort. Je me fens vieillir
tous les jours, & dès-à-préfent j'aurois befoin
d'en avoir un pour m'aider à foutenir le plus
grand poids de ma couronne. Je reviens au
grand défir que j'ai de vous entendre parler :
quelque chofe me dit en moi-même que vous
n'êtes pas muette. Hé de grâce, madame, je
vous en conjure, rompez cette longue obftination, dites-moi un mot feulement, après
quoi je ne me foucie plus de mourir.

A ce difcours, la belle efclave qui, felon
fa coutume, avoit écouté le roi, toujours les
yeux baiffés, & qui ne lui avoit pas feulement

donné lieu de croire qu'elle étoit muette, mais
même qu'elle n'avoit jamais ri de fa vie, fe
mit à fourire. Le roi de Perfe s'en apperçut avec
une furprife qui lui fit faire une exclamation de
joie ; & comme il ne douta pas qu'elle ne voulût
parler, il attendit ce moment avec une attention
& avec une impatience qu'on ne peut exprimer.

La belle efclave enfin rompit un fi long
filence, & elle parla. Sire, dit-elle, j'ai tant
de chofes à dire à votre majefté, en rompant
mon filence, que je ne fais par où commencer. Je crois néanmoins qu'il eft de mon devoir de la remercier d'abord de toutes les grâces
& de tous les honneurs dont elle m'a com-
blée, & de demander au ciel qu'il la faffe
profpérer, qu'il détourne les mauvaifes inten-
tions de fes ennemis, & ne permette pas qu'elle
meure après m'avoir entendu parler, mais lui
donne une longue vie. Après cela, fire, je
ne puis vous donner une plus grande fatisfaction qu'en vous annonçant que je fuis groffe :
je fouhaite avec vous que ce foit un fils. Ce
qu'il y a, Sire, ajouta-t-elle, c'eft que fans
ma groffeffe (je fupplie votre majefté de prendre ma fincérité en bonne part) j'étois réfolue de ne jamais vous aimer, auffi-bien que de
garder un filence perpétuel, & que préfentement je vous aime autant que je le dois.

Le roi de Perſe ravi d'avoir entendu parler la belle eſclave, & lui annoncer une nouvelle qui l'intéreſſoit ſi fort, l'embraſſa tendrement. Lumière éclatante de mes yeux, lui dit-il, je ne pouvois recevoir une plus grande joïe que celle dont vous venez de me combler. Vous m'avez parlé, & vous m'avez annoncé votre groſſeſſe ; je ne me ſens pas moi-même après ces deux ſujets de me rejouir que je n'attendois pas.

Dans le tranſport de joïe où étoit le roi de Perſe, il n'en dit pas davantage à la belle eſclave ; il la quitta, mais d'une manière à faire connoître qu'il alloit revenir bientôt. Comme il vouloit que le ſujet de ſa joïe fût rendu public, il l'annonça à ſes officiers, & fit appeler ſon grand-viſir. Dès qu'il fut arrivé, il le chargea de diſtribuer cent mille pièces d'or aux miniſtres de ſa religion, qui faiſoient vœu de pauvreté, aux hôpitaux & aux pauvres, en action de grâces à dieu ; & ſa volonté fut exécutée par les ordres de ce miniſtre.

Cet ordre donné, le roi de Perſe vint retrouver la belle eſclave. Madame, lui dit-il, excuſez-moi ſi je vous ai quittée ſi bruſquement ; vous m'en avez donné l'occaſion vous-même ; mais vous voudrez bien que je remette à vous entretenir une autre fois ; je déſire de ſavoir de vous des choſes d'une conſéquence beau-

coup plus grande. Dites-moi , je vous en fupplie , ma chère ame, quelle raifon fi forte vous
avez eue de me voir , de m'entendre parler ,
de manger & de coucher avec moi chaque jour
toute une année , & d'avoir eu cette conftance
inébranlable , je ne dis point de ne pas ouvrir
la bouche pour me parler , mais même de ne
pas donner à comprendre que vous entendiez
fort bien tout ce que je vous difois. Cela
me paffe , & je ne comprends pas comment
vous avez pu vous contraindre jufqu'à ce point;
il faut que le fujet en. foit bien extraordinaire.

Pour fatisfaire la curiofité du roi de Perfe :
Sire, reprit cette belle perfonne , être efclave,
être éloignée de fon pays , avoir perdu l'efpérance d'y retourner jamais, avoir le cœur percé
de douleur de me voir féparée pour toujours
d'avec ma mère , mon frère , nos parens, mes
connoiffances , ne font-ce pas des motifs affez
grands pour avoir gardé le filence que votre
majefté trouve fi étrange ? L'amour de la pa-
trie n'eft pas moins naturel que l'amour paternel , & la perte de la liberté eft infupportable
à quiconque n'eft pas affez dépourvu de bon
fens pour n'en pas connoître le prix. Le corps
peut bien être affujetti à l'autorité d'un maître
qui a la force & la puiffance en main ; mais

la volonté ne peut pas être maîtrisée, elle eſt toujours à elle-même ; votre majeſté en a vu un exemple en ma perſonne. C'eſt beaucoup que je n'aie pas imité une infinité de malheureux & de malheureuſes que l'amour de la liberté réduit à la triſte réſolution de ſe procurer la mort en mille manières, par une liberté qui ne peut lui être ôtée.

Madame, reprit le roi de Perſe, je ſuis perſuadé de ce que vous me dites ; mais il m'avoit ſemblé juſqu'à préſent qu'une perſonne belle, bien faite, de bon ſens, & de bon eſprit comme vous, madame, eſclave par ſa mauvaiſe deſtinée, devoit s'eſtimer heureuſe de trouver un roi pour maître.

Sire, repartit la belle eſclave, quelque eſclave que ce ſoit, comme je viens de le dire à votre majeſté, un roi ne peut maîtriſer ſa volonté. Comme elle parle néanmoins d'une eſclave capable de plaire à un monarque & de s'en faire aimer, ſi l'eſclave eſt d'un état inférieur, qu'il n'y ait pas de proportion, je veux croire qu'elle peut s'eſtimer heureuſe dans ſon malheur. Quel bonheur cependant ? elle ne laiſſera pas de ſe regarder comme une eſclave arrachée d'entre les bras de ſon père & de ſa mère, & peut-être d'un amant qu'elle ne laiſſera pas d'aimer toute ſa vie. Mais ſi la même eſclave ne cède en rien au roi qui l'a acquife, que votre majefté elle-mème juge de la rigueur de fon fort, de fa misère, de fon affliction, de fa douleur, & de quoi elle peut être capable.

Le roi de Perfe étonné de ce difcours : Quoi, madame, répliqua-t-il, feroit-il poffible, comme vous me le faites entendre, que vous fuffiez d'un fang royal ? Eclairciffez-moi de grâce là-deffus, & n'augmentez pas davantage mon impatience. Apprenez-moi qui font l'heureux père & l'heureufe mère d'un fi grand prodige de beauté, qui font vos frères, vos fœurs, vos parens, & fur-tout comment vous vous appelez ?

Sire, dit alors la belle efclave, mon nom eft (1) Guinare de la Mer ; mon père qui eft mort, étoit un des plus puiffans rois de la mer, & en mourant, il laiffa fon royaume à un frère que j'ai, nommé (2) Saleh, & à la reine ma mère. Ma mère eft auffi princeffe, fille d'un autre roi de la mer, très-puiffant. Nous vivions tranquillement dans notre royaume, & dans une paix profonde, lorfqu'un ennemi envieux de notre bonheur, entra dans

_____

(1) Guinare fignifie en perfien, Rofe, ou fleur de grenadier.

(2) Saleh, ce mot fignife bon, en arabe.

nos états avec une puissante armée, pénétra jusqu'à notre capitale, s'en empara, & ne nous donna que le tems de nous sauver dans un lieu impénétrable & inaccessible, avec quelques officiers fidèles qui ne nous abandonnèrent pas.

Dans cette retraite, mon frère ne négligea pas de songer au moyen de chasser l'injuste possesseur de nos états; & dans cet intervalle, il me prit un jour en particulier : Ma sœur, me dit-il, les événemens des moindres entreprises sont toujours très-incertains; je puis succomber dans celle que je médite pour rentrer dans nos états; & je serois moins fâché de ma disgrace que de celle qui pourroit vous arriver. Pour la prévenir & vous en préserver, je voudrois bien vous voir mariée auparavant; mais dans le mauvais état où sont nos affaires, je ne vois pas que vous puissiez vous donner à aucun de nos princes de la mer. Je souhaiterois que vous puissiez vous résoudre d'entrer dans mon sentiment, qui est que vous épousiez un prince de la terre; je suis près d'y employer tous mes soins : de la beauté dont vous êtes, je suis sûr qu'il n'y en a pas un, si puissant qu'il soit, qui ne fût ravi de vous faire part de sa couronne.

Ce discours de mon frère me mit dans une grande colère contre lui. Mon frère, lui dis-je,

du côté de mon père & de ma mère, je deſ-
cends comme vous de rois & de reines de la
mer, ſans aucune alliance avec les rois de la
terre ; je ne prétends pas me méſallier non plus
qu'eux, & j'en ai fait le ſerment dès que j'ai
eu aſſez de connoiſſance pour m'appercevoir de
la nobleſſe & de l'ancienneté de notre maiſon :
l'état où nous ſommes réduits, ne m'obligera
pas de changer de réſolution ; & ſi vous avez à
périr dans l'exécution de votre deſſein, je ſuis
prête à périr avec vous plutôt que de ſuivre
un conſeil que je n'attendois pas de votre part.

Mon frère entêté de ce mariage, qui ne me
convenoit pas, à mon ſens, voulut me repréſenter qu'il y avoit des rois de la terre qui ne
céderoient pas à ceux de la mer ; cela me mit
dans une colère & dans un emportement contre lui qui m'attirèrent des duretés de ſa part,
dont je fus piquée au vif. Il me quitta auſſi peu
ſatisfait de moi que j'étois mal ſatisfaite de lui.
Dans le dépit où j'étois, je m'élançai au fond
de la mer, & j'allai aborder à l'île de la Lune.

Nonobſtant le cuiſant mécontentement qui
m'avoit obligée de venir me jeter dans cette
île, je ne laiſſois pas d'y vivre aſſez contente,
& je me retirois dans des lieux écartés où
j'étois commodément. Mes précautions néanmoins n'empêchèrent pas qu'un homme de
quelque

quelque diſtinction, accompagné de domeſti-
ques, ne me ſurprît comme je dormois, & ne
m'emmenât chez lui. Il me témoigna beaucoup
d'amour, & il n'oublia rien pour me perſuader
d'y correſpondre. Quand il vit qu'il ne gagnoit
rien par la douceur, il crut qu'il réuſſiroit mieux
par la force; mais je le fis ſi bien repentir de
ſon inſolence, qu'il réſolut de me vendre, & il
me vendit au marchand qui m'a amenée & vendue à votre majeſté. C'étoit un homme ſage,
doux & humain, & dans le long voyage qu'il
me fit faire, il ne me donna que des ſujets
de me louer de lui.

Pour ce qui eſt de votre majeſté, continua
la princeſſe Gulnare, ſi elle n'eût eu pour moi
toutes les conſidérations dont je lui ſuis obligée; ſi elle ne m'eût donné tant de marques
d'amour, avec une ſincérité dont je n'ai pu
douter; que ſans héſiter elle n'eût pas chaſſé
toutes ſes femmes, je ne feins pas de le dire,
que je ne ſerois pas demeurée avec elle. Je
me ſerois jetée dans la mer par cette fenêtre,
où elle m'aborda la première fois qu'elle me
vit dans cet appartement, & je ſerois allée
retrouver mon frère, ma mère & mes parens.
J'euſſe même perſévéré dans ce deſſein, & je
l'euſſe exécuté, ſi après un certain tems j'euſſe
perdu l'eſpérance d'une groſſeſſe. Je me garde-

rois bien de le faire dans l'état où je suis : en effet, quoi que je puffe dire à ma mère & à mon frère, jamais ils ne voudroient croire que j'eufle été efclave d'un roi comme votre majefté, & jamais aufli ils ne reviendroient de la faute que j'aurois commife contre mon honneur de mon confentement. Avec cela, fire, foit un prince, ou une princeffe que je mette au monde, ce fera un gage qui m'obligera de ne me féparer jamais d'avec votre majefté : j'efpère aufli qu'elle ne me regardera plus comme une efclave, mais comme une princeffe qui n'eft pas indigne de fon alliance.

C'eft ainfi que la princeffe Gulnare acheva de fe faire connoître & de raconter fon hiftoire au roi de Perfe. Ma charmante, mon adorable princeffe, s'écria alors ce monarque, quelles merveilles viens-je d'entendre ! quelle ample matière à ma curiofité, de vous faire des queftions fur des chofes fi inouies ! Mais auparavant je dois bien vous remercier de votre bonté, & de votre patience à éprouver la fincérité & la conftance de mon amour. Je ne croyois pas pouvoir aimer plus que je vous aimois. Depuis que je fais cependant que vous êtes une fi grande princeffe, je vous aime mille fois davantage. Que dis-je ! princeffe : madame, vous ne l'êtes plus; vous êtes ma reine, & reine

de Perfe, comme j'en fuis le roi, & ce titre
va bientôt retentir dans tout mon royaume.
Dès demain, madame, il retentira dans ma
capitale avec des réjouiffances non encore vues,
qui feront connoître que vous l'êtes, & ma
femme légitime. Cela feroit fait il y a long-
tems, fi vous m'euffiez tiré plutôt de mon
erreur, puifque dès le moment que je vous ai
vue, j'ai été dans le même fentiment qu'aujourd'hui, de vous aimer toujours, & de ne
jamais aimer que vous.

En attendant que je me fatisfaffe moi-même
pleinement, & que je vous rende tout ce qui
vous eft dû, je vous fupplie, madame, de
m'inftruire plus particulièrement de ces états
& de ces peuples de la mer qui me font inconnus. J'avois bien entendu parler d'hommes
marins; mais j'avois toujours pris ce que l'on
m'en avoit dit pour des contes & des fables.
Rien n'eft plus vrai cependant, après ce que
vous m'en dites; & j'en ai une preuve bien
certaine en votre perfonne, vous qui en êtes,
& qui avez bien voulu être ma femme, & cela
par un avantage, dont un autre habitant de la
terre ne peut fe vanter que moi. Il y a une
chofe qui me fait de la peine, & fur laquelle
je vous fupplie de m'éclaircir : c'eft que je ne
puis comprendre comment vous pouvez vivre,

agir ou vous mouvoir dans l'eau fans vous noyer. Il n'y a que certaines gens parmi nous, qui ont l'art de demeurer fous l'eau ; ils y périroient néanmoins s'ils ne s'en retiroient au bout d'un certain tems , chacun felon leur adreſſe & leurs forces.

Sire , répondit la reine Gulnare , je fatisferai votre majeſté avec bien du plaifir. Nous marchons au fond de la mer , de même que l'on marche fur la terre , & nous refpirons dans l'eau, comme on refpire dans l'air. Ainfi au lieu de nous fuffoquer , comme elle vous fuffoque, elle contribue à notre vie. Ce qui eſt encore bien remarquable , c'eſt qu'elle ne mouille pas nos habits , & que quand nous venons fur la terre, nous en fortons fans avoir befoin de les fécher. Notre langage ordinaire eſt le même que celui dans lequel l'écriture gravée fur le fceau du grand prophète Salomon , fils de David , eſt conçue.

Je ne dois pas oublier que l'eau ne nous empéche pas auſſi de voir dans la mer : nous y avons les yeux ouverts fans en fouffrir aucune incommodité. Comme nous les avons excellens, nous ne laiſſons pas nonobſtant la profondeur de la mer, d'y voir auſſi clair que l'on voit fur la terre. il en eſt de même de la nuit ; la lune nous éclaire , & les planètes & les étoiles

ne nous font pas cachées. J'ai déjà parlé de
nos royaumes : comme la mer eſt beaucoup plus
ſpacieuſe que la terre, il y en a auſſi en plus
grand nombre, & de beaucoup plus grands.
Ils ſont diviſés en provinces, & dans chaque
province il y a pluſieurs grandes villes très-
peuplées. Il y a enfin une infinité de nations,
de mœurs & de coutumes différentes, comme
ſur la terre.

Les palais des rois & des princes ſont ſu-
perbes & magnifiques : il y en a de marbre de
différentes couleurs, de cryſtal de roche, dont
la mer abonde, de nacre de perle, de corail
& d'autres matériaux plus précieux. L'or, l'argent, & toutes ſortes de pierreries y ſont en plus
grande abondance que ſur la terre. Je ne parle
pas des perles ; de quelque groſſeur qu'elles
ſoient ſur la terre, on ne les regarde pas dans
nos pays, il n'y a que les moindres bourgeoi-
ſes qui s'en parent.

Comme nous avons une agilité merveilleuſe
& incroyable parmi nous de nous tranſporter
où nous voulons en moins de rien, nous n'a-
vons beſoin, ni de chars, ni de montures.
Il n'y a pas de roi néanmoins, qui n'ait ſes écu-
ries & ſes haras de chevaux marins ; mais ils
ne s'en ſervent ordinairement que dans les divertiſſemens, dans les fêtes, & dans les réjouiſ-

fances publiques. Les uns après les avoir bien
exercés, fe plaifent à les monter, & faire paroître leur adreffe dans les courfes. D'autres
les attelent à des chars de nacre de perle, ornés de mille coquillages de toute forte de couleurs les plus vives. Ces chars font à découvert
avec un trône, où les rois font affis lorfqu'ils
fe font voir à leurs fujets. Ils font adroits à les
conduire eux-mêmes, & ils n'ont pas befoin
de cochers. Je paffe fous filence une infinité
d'autres particularités très-curieufes, touchant
les pays marins, ajouta la reine Gulnare, qui
feroit un très-grand plaifir à votre majefté,
mais elle voudra bien que je remette à l'entretenir plus à loifir, pour lui parler d'une autre
chofe qui eft préfentement de plus d'importance.
Ce que j'ai à lui dire, fire, c'eft que les couches
des femmes de mer font différentes des couches
des femmes de terre ; & j'ai un fujet de craindre
que les fages-femmes de ce pays ne m'accou-
chent mal. Comme votre majefté n'y a pas
moins d'intérêt que moi, fous fon bon plaifir
je trouve à propos, pour la sûreté de mes
couches, de faire venir la reine ma mère avec
des coufines que j'ai, & en même-tems le roi
mon frère, avec qui je fuis bien-aife de me
réconcilier. Ils feront ravis de me revoir dès
que je leur aurai raconté mon hiftoire, & qu'ils

auront appris que je fuis femme du puiffant roi
de Perfe. Je fupplie votre majefté de me le
permettre ; ils feront bien - aifes auffi de lui
rendre leurs refpects, & je puis lui promettre
qu'elle aura de la fatisfaction de les voir.

Madame, reprit le roi de Perfe, vous êtes la
maîtreffe ; faites ce qu'il vous plaira, je tâcherai de les recevoir avec tous les honneurs qu'ils
méritent. Mais je voudrois bien favoir par
quelle voie vous leur ferez favoir ce que vous
défirez d'eux, & quand ils pourront arriver ,
afin que je donne ordre aux préparatifs pour
leur réception , & que j'aille moi-même au-
devant d'eux. Sire , repartit la reine Gulnare ,
il n'eft pas befoin de ces cérémonies ; ils feront ici dans un moment , & votre majefté
verra de quelle manière ils arriveront. Elle n'a
qu'à entrer dans ce petit cabinet , & regarder
par la jaloufie.

Quand le roi de Perfe fut entré dans le cabinet , la reine Gulnare fe fit apporter une caffolette avec du feu par une de fes femmes qu'elle
renvoya , en lui difant de fermer la porte.
Lorfqu'elle fut feule , elle prit un morceau de
bois d'aloës dans une boîte. Elle le mit dans
la caffolette ; & dès qu'elle vit paroître la fumée , elle prononça des paroles inconnues au
roi de Perfe, qui obfervoit avec une grande

attention tout ce qu’elle faifoit ; & elle n’avoit pas encore achevé, que l’eau de la mer fe troubla. Le cabinet où étoit le roi, étoit difpofé de manière qu’il s’en apperçut au travers de la jaloufie, en regardant du côté des fenêtres qui étoient fur la mer.

La mer enfin s’entr’ouvrit à quelque diftance ; & auffitôt il s’en éleva un jeune homme bien fait & de belle taille, avec la mouftache de verd de mer. Une dame déjà fur l’âge, mais d’un air majeftueux, s’en éleva de même un peu derrière lui, avec cinq jeunes dames qui ne cédoient en rien à la beauté de la reine Gulnare.

La reine Gulnare fe préfenta auffitôt à une des fenêtres, & elle reconnut le roi fon frère, la reine fa mère & fes parentes, qui la reconnurent de même. la troupe s’avança comme portée fur la furface de l’eau, fans marcher ; & quand ils furent tous fur le bord, ils s’élancèrent légèrement l’un après l’autre fur la fenêtre où la reine Gulnare avoit paru, & d’où elle s’étoit retirée pour leur faire place. Le roi Saleh, la reine fa mère, & fes parentes l’embrafsèrent avec beaucoup de tendreffe & les larmes aux yeux, à mefure qu’ils entrèrent.

Quand la reine Gulnare les eut reçus avec tout l’honneur poffible, & qu’elle leur eut fait prendre place fur le fofa, la reine fa mère prit

la parole : Ma fille , lui dit-elle , j'ai bien de la
joie de vous revoir, après une fi longue abfence ,
& je fuis sûre que votre frère & vos parentes
n'en ont pas moins que moi. Votre éloignement,
fans en avoir rien dit à perfonne , nous a jetés
dans une affliction inexprimable , & nous ne
pourrions vous dire combien nous en avons
verfé de larmes. Nous ne favons autre chofe
du fujet qui peut vous avoir obligée de prendre un parti fi furprenant , que ce que votre
frère nous a rapporté de l'entretien qu'il avoit
eu avec vous. Le confeil qu'il vous donna alors ,
lui avoit paru avantageux pour votre établiffement, dans l'état où vous étiez auffi-bien que
nous. Il ne falloit pas vous alarmer fi fort , s'il
ne vous plaifoit pas , & vous voudrez bien que
je vous dife que vous avez pris la chofe tout
autrement que vous ne le deviez. Mais laiffons-
là ce difcours qui ne feroit que renouveller des
fujets de douleur & de plainte , que vous devez oublier avec nous : & faites-nous part de
tout ce qui vous eft arrivé depuis un fi long
tems que nous ne vous avons vue , & de l'é-
tat où vous étes préfentement ; fur toute chofe
marquez-nous fi vous étes contente.

La reine Gulnare fe jeta auffitôt aux piés
de la reine fa mère ; & après qu'elle lui eut
baifé la main en fe relevant ; Madame , reprit-

elle, j'ai commis une grande faute, je l'avoue, & je ne fuis redevable qu'à votre bonté, du pardon que vous voulez bien m'en accorder. Ce que j'ai à vous dire, pour vous obéir, vous fera connoître que c'eft en vain bien fouvent qu'on a de la répugnance pour de certaines chofes. J'ai éprouvé par moi-même que la chofe à quoi ma volonté étoit la plus oppofée, eft juftement celle où ma deftinée m'a conduite malgré moi. Elle lui raconta tout ce qui lui étoit arrivé depuis que le dépit l'avoit portée à fe lever du fond de la mer pour venir fur la terre. Lorfqu'elle eut achevé en marquant qu'enfin elle avoit été vendue au roi de Perfe, chez qui elle fe trouvoit : Ma fœur, lui dit le roi fon frère, vous avez grand tort d'avoir fouffert tant d'indignités, & vous ne pouvez vous plaindre qu'à vous-même. Vous aviez le moyen de vous en délivrer, & je m'étonne de votre patience à demeurer fi long-tems dans l'efclavage : levez-vous, & revenez avec nous au royaume que j'ai reconquis fur le fier ennemi qui s'en étoit emparé.

Le roi de Perfe qui entendit ces paroles du cabinet où il étoit, en fut dans la dernière alarme : Ah, dit-il en lui-même, je fuis perdu & ma mort eft certaine, fi ma reine, fi ma Gulnare écoute un confeil fi pernicieux ! Je ne puis

plus vivre fans elle, & l'on m'en veut priver!
La reine Gulnare ne le laiffa pas long-tems dans
la crainte où il étoit.

Mon frère, reprit-elle en fouriant, ce que
je viens d'entendre, me fait mieux comprendre
que jamais, combien l'amitié que vous avez
pour moi, eft fincère. Je ne pus fupporter le
confeil que vous me donniez de me marier à
un prince de la terre. Aujourd'hui, peu s'en
faut que je ne me mette en colère contre vous
de celui que vous me donnez, de quitter l'engagement que j'ai avec le plus puiffant & le
plus renommé de tous les princes. Je ne parle
pas de l'engagement d'une efclave avec un maître : il nous feroit aifé de lui reftituer les dix
mille pièces d'or que je lui ai coûtées ; je parle
de celui d'une femme avec un mari, & d'une
femme qui ne peut fe plaindre d'aucun fujet de
mécontentement de fa part. C'eft un monarque
religieux, fage, modéré, qui m'a donné les
marques d'amour les plus effentielles. Il ne
pouvoit pas m'en donner une plus fignalée, que
de congédier dès les premiers jours que je fus
à lui, le grand nombre de femmes qu'il avoit,
pour ne s'attacher qu'à moi uniquement. Je
fuis fa femme, & il vient de me déclarer reine
de Perfe pour participer à fes confeils. Je dis
de plus, que je fuis groffe, & que fi j'ai le

bonheur, avec la faveur du ciel, de lui donner un fils, ce fera un autre lien qui m'attachera à lui plus inféparablement.

Ainfi, mon frère, pourfuivit la reine Gulnare, bien loin de fuivre votre confeil, toutes ces confidérations, comme vous le voyez, ne m'obligent pas feulement d'aimer le roi de Perfe autant qu'il m'aime, mais même de demeurer & de paffer ma vie avec lui, plus par reconnoiffance que par devoir. J'efpère que ni ma mère, ni vous avec mes bonnes coufines, vous ne défapprouverez pas ma réfolution, non plus que l'alliance que j'ai faite fans l'avoir cherchée, qui fait honneur également aux monarques de la mer & de la terre. Excufez-moi fi je vous ai donné la peine de venir ici du plus profond des ondes pour vous en faire part, & avoir le bonheur de vous voir après une fi longue féparation.

Ma fœur, reprit le roi Saleh, la propofition que je vous ai faite de revenir avec nous fur le récit de vos aventures, que je n'ai pu entendre fans douleur, n'a été que pour vous marquer combien nous vous aimons tous, combien je vous honore en particulier, & que rien ne nous touche davantage que tout ce qui peut contribuer à votre bonheur. Par ces mêmes motifs, je ne puis en mon particulier, qu'approuver une réfolution fi raifonnable & fi digne de vous , après ce que vous venez de nous dire de la perfonne du roi de Perfe votre époux, & des grandes obligations que vous lui avez. Pour ce qui eft de la reine votre mère & la mienne, je fuis perfuadé qu'elle n'eft pas d'un autre fentiment.

Cette princeffe confirma ce que le roi fon fils venoit d'avancer : Ma fille , reprit-elle en s'adreffant auffi à la reine Gulnare , je fuis ravie que vous foyez contente , & je n'ai rien à ajouter à ce que le roi votre frère vient de vous témoigner. Je ferois la première à vous condamner fi vous n'aviez toute la reconnoiffance que vous devez pour un monarque qui vous aime avec tant de paffion , & qui a fait de fi grandes chofes pour vous.

Autant que le roi de Perfe , qui étoit dans le cabinet , avoit été affligé par la crainte de perdre la reine Gulnare , autant il eut de joie de voir qu'elle étoit réfolue de ne le pas abandonner. Comme il ne pouvoit plus douter de fon amour après une déclaration fi authentique, il l'en aima mille fois davantage , & il fe promit bien de lui en marquer fa reconnoiffance par tous les endroits qu'il lui feroit poffible.

Pendant que le roi de Perfe s'entretenoit ainfi avec un plaifir incroyable , la reine Gulnare avoit frappé des mains , & avoit commandé à

des efclaves qui étoient entrés auffitôt, de fervir la collation. Quand elle fut fervie, elle invita la reine fa mère, le roi fon frère & fes
parentes de s'approcher & de manger. Mais ils
eurent tous la même penfée, que fans en avoir
demandé la permiffion, ils fe trouveroient dans
le palais d'un puiffant roi, qui ne les avoit jamais vus, & qui ne les connoiffoit pas, & qu'il
y auroit une grande incivilité de manger à fa
table fans lui. La rougeur leur en monta au
vifage ; & de l'émotion où ils étoient, ils jetèrent des flammes par les narines & par la bouche, avec des yeux enflammés.

Le roi de Perfe fut dans une frayeur inexprimable à ce fpectacle, auquel il ne s'attendoit pas, & dont il ignoroit la caufe. La reine
Gulnare qui fe douta de ce qui en étoit, &
qui avoit compris l'intention de fes parens, ne
fit que leur marquer, en fe levant de fa place,
qu'elle alloit revenir. Elle paffa au cabinet, où
elle raffura le roi par fa préfence : Sire, lui dit-
elle, je ne doute pas que votre majefté ne
foit bien contente du témoignage que je viens
de rendre des grandes obligations dont je lui
fuis redevable. Il n'a tenu qu'à moi de m'a-
bandonner à leurs défirs, & de retourner avec
eux dans nos états ; mais je ne fuis pas capable d'une ingratitude dont je me condamnerois

la première. Ah ! ma reine , s'écria le roi de
Perfe , ne parlez pas des obligations que vous
m'avez , vous ne m'en avez aucune. Je vous
en ai moi-même de fi grandes , que jamais je
ne pourrai vous en témoigner affez de reconnoiffance. Je n'avois pas cru que vous m'ai-
maffiez au point que je vois que vous m'aimez : vous venez de me le faire connoître de
la manière la plus éclatante. Eh ! fire , reprit la
reine Gulnare , pouvois-je en faire moins que
ce que je viens de faire ! Je n'en fais pas encore
affez après tous les honneurs que j'ai reçus ,
après tant de bienfaits dont vous m'avez com-
blée , après tant de marques d'amour auxquelles
il n'eft pas poffible que je fois infenfible.

Mais , fire , ajouta la reine Gulnare , laiffons-
là ce difcours pour vous affurer de l'amitié fincère dont la reine ma mère & le roi mon
frère vous honorent. Ils meurent de l'envie de
vous voir , & de vous en affurer eux-mêmes.
J'ai même penfé me faire une affaire avec eux ,
en voulant leur donner la collation avant de
leur procurer cet honneur. Je fupplie donc votre majefté de vouloir bien entrer , & de les
honorer de votre préfence.

Madame , repartit le roi de Perfe , j'aurai un
grand plaifir de faluer des perfonnes qui vous
appartiennent de fi près : mais ces flammes que

j'ai vu fortir de leurs narines & de leur bouche, me donnent de la frayeur. Sire, répliqua la reine en riant, ces flammes ne doivent
pas lui faire la moindre peine : elles ne figni-
fient autre chofe que leur répugnance à manger de fes biens dans fon palais, qu'elle ne
les honore de fa préfence, & ne mange avec
eux.

Le roi de Perfe raffuré par ces paroles, fe
leva de fa place & entra dans la chambre avec
la reine Gulnare ; & la reine Gulnare le préfenta à la reine fa mère, au roi fon frère & à
fes parentes, qui fe profternèrent auffitôt la
face contre terre. Le roi de Perfe courut auffitôt à eux, les obligea de fe relever, & les
embraffa l'un après l'autre. Après qu'ils fe furent tous affis, le roi Saleh prit la parole : Sire,
dit-il au roi de Perfe, nous ne pouvons affez
témoigner notre joie à votre majefté de ce
que la reine Gulnare, ma fœur, dans fa difgrace, a eu le bonheur de fe trouver fous
la protection d'un monarque fi puiffant. Nous
pouvons l'affurer qu'elle n'eft pas indigne du
haut rang où il lui a fait l'honneur de l'élever.
Nous avons toujours eu une fi grande amitié
& tant de tendreffe pour elle, que nous n'a-
vons pu nous réfoudre de l'accorder à aucun des puiffans princes de la mer, qui nous
l'avoient

l'avoient demandée en mariage avant même
qu'elle fût en âge. Le ciel vous la réfervoit,
fire, & nous ne pouvons mieux le remercier
de la faveur qu'il lui a faite, qu'en lui demandant d'accorder à votre majefté la grâce de
vivre de longues années avec elle, avec toute
forte de profpérités & de fatisfactions.

Il falloit bien, reprit le roi de Perfe, que
le ciel me l'eût réfervée, comme vous le re-
marquez. En effet, la paffion ardente dont je
l'aime, me fait connoître que je n'avois jamais
rien aimé avant de l'avoir vue. Je ne puis affez
témoigner de reconnoiffance à la reine fa mère,
ni à vous, prince, ni à toute votre parenté,
de la générofité avec laquelle vous confentez
de me recevoir dans une alliance qui m'eft fi
glorieufe. En achevant ces paroles, il les invita de fe mettre à table, & il s'y mit auffi avec
la reine Gulnare. La collation achevée, le roi
de Perfe s'entretint avec eux bien avant dans
la nuit ; & lorfqu'il fut tems de fe retirer, il
les conduifit lui-même chacun à l'appartement
qu'il leur avoit fait préparer.

Le roi de Perfe régala fes illuftres hôtes par
des fêtes continuelles, dans lefquelles il n'oublia rien de tout ce qui pouvoit faire paroître
fa grandeur & fa magnificence, & infenfiblement il les engagea de demeurer à la cour

jufqu'aux couches de la reine. Dès qu'elle en
fentit les approches, il donna ordre à ce que
rien ne lui manquât de toutes les chofes dont
elle pouvoit avoir befoin dans cette conjoncture. Elle accoucha enfin, & elle mit au monde
un fils, avec une grande joie de la reine fa
mère qui l'accoucha, & qui alla le préfenter
au roi dès qu'il fut dans fes premiers langes
qui étoient magnifiques.

Le roi de Perfe reçut ce préfent avec une
joie qu'il eft plus aifé d'imaginer que d'exprimer. Comme le vifage du petit prince fon fils
étoit plein & éclatant de beauté, il ne crut
pas pouvoir lui donner un nom plus convena-
ble que celui de (1) Beder. En action de grâces au ciel, il affigna de grandes aumônes aux
pauvres, il fit fortir les prifonniers hors des
prifons, il donna la liberté à tous fes efclaves
de l'un & de l'autre fexe, & il fit diftribuer
de groffes fommes aux miniftres & aux dévots
de fa religion. Il fit auffi de grandes largeffes
à fa cour & au peuple, & l'on publia par fon
ordre des réjouiffances de plufieurs jours par
toute la ville.

Après que la reine Gulnare fut relevée de
fes couches, un jour que le roi de Perfe, la

_____

(1) Pleine lune en arabe.

reine Gulnare, la reine fa mère, le roi Saleh fon frère, & les princeſſes leurs parentes, s'entretenoient enſemble dans la chambre de la reine, la nourrice y entra avec le petit prince Beder qu'elle portoit entre ſes bras. Le roi Saleh ſe leva auſſitôt de ſa place, courut au petit prince ; & après l'avoir pris d'entre les bras de la nourrice dans les ſiens, il ſe mit à le baiſer & à le careſſer avec de grandes démonſtrations de tendreſſe. Il fit pluſieurs tours par la chambre en jouant, en le tenant en l'air entre les mains ; & tout-d'un-coup, dans le tranſport de ſa joie, il s'élança par une fenêtre qui étoit ouverte, & ſe plongea dans la mer avec le prince.

Le roi de Perſe qui ne s'attendoit pas à ce ſpectacle, pouſſa des cris épouvantables, dans la croyance qu'il ne reverroit plus le prince ſon cher fils, ou s'il avoit à le revoir, qu'il ne le reverroit que noyé. Peu s'en fallut qu'il ne rendît l'ame au milieu de ſon affliction, de ſa douleur, & de ſes pleurs. Sire, lui dit la reine Gulnare d'un viſage & d'un ton aſſuré à le raſſurer lui-même, que votre majeſté ne craigne rien. Le petit prince eſt mon fils, comme il eſt le vôtre, & je ne l'aime pas moins que vous l'aimez : vous voyez cependant que je n'en ſuis pas alarmée ; je ne le dois pas être auſſi.

En effet, il ne court aucun rifque, & vous verrez bientôt reparoître le roi fon oncle, qui le rapportera fain & fauf. Quoiqu'il foit né de votre fang, par l'endroit néanmoins qu'il m'appartient, il ne laiffe pas d'avoir le même avantage que nous, de pouvoir vivre également dans la mer & fur la terre. La reine fa mère & les princeffes fes parentes lui confirmèrent la même chofe ; mais leurs difcours ne firent pas un grand effet pour le guérir de fa frayeur: il ne lui fut pas poffible d'en revenir tout le tems que le prince Beder ne parut plus à fes yeux.

La mer enfin fe troubla, & l'on vit bientôt le roi Saleh qui s'en éleva avec le petit prince entre les bras, & qui, en fe foutenant en l'air, rentra par la même fenêtre qu'il étoit forti. Le roi de Perfe fut ravi, & dans une grande admiration de revoir le prince Beder auffi tranquille que quand il avoit ceffé de le voir. Le roi Saleh lui demanda : Sire, votre majefté n'at-elle pas eu une grande peur, quand elle m'a vu plonger dans la mer avec le prince mon neveu ? Ah, prince, reprit le roi de Perfe, je ne puis vous l'exprimer ! je l'ai cru perdu dès ce moment, & vous m'avez redonné la vie en me le rapportant. Sire, repartit le roi Saleh, je m'en étois douté, mais il n'y avoit pas le moindre fujet de crainte. Avant de me plonger, j'avois prononcé fur lui les paroles myftérieufes qui étoient gravées fur le fceau du grand roi Salomon, fils de David. Nous pratiquons la même chofe à l'égard de tous les enfans qui nous naiffent dans les régions du fond de la mer ; & en vertu de ces paroles, ils reçoivent le même privilège que nous avons par-deffus les hommes qui demeurent fur la terre. De ce que votre majefté vient de voir, elle peut juger de l'avantage que le prince Beder a acquis par fa naiffance, du côté de la reine Gulnare ma fœur. Tant qu'il vivra & toutes les fois qu'il le voudra, il lui fera libre de fe plonger dans la mer, & de parcourir les vaftes empires qu'elle renferme dans fon fein.

Après ces paroles, le roi Saleh qui avoit déjà remis le petit prince Beder entre les bras de fa nourrice, ouvrit une caiffe qu'il étoit allé prendre dans fon palais dans le peu de tems qu'il avoit difparu, & qu'il avoit apportée remplie de trois cens diamans gros comme des œufs de pigeon, d'un pareil nombre de rubis d'une groffeur extraordinaire, d'autant de verges d'émeraudes de la longueur d'un demi-pié, & de trente filets ou colliers de perles, chacun de dix. Sire, dit-il au roi de Perfe en lui faifant préfent de cette caiffe, lorfque nous avons été appelés par la reine ma fœur, nous ignorions en quel endroit de la terre elle étoit, & qu'elle eût l'honneur d'être l'époufe d'un fi grand monarque : c'eft ce qui a fait que nous fommes arrivés les mains vuides. Comme nous ne pouvons témoigner notre reconnoiffance à votre majefté, nous la fupplions d'en agréer cette foible marque en confidération des faveurs fingulières qu'il lui a plu de lui faire, auxquelles nous ne prenons pas moins de part qu'elle-même.

On ne peut exprimer quelle fut la furprife du roi de Perfe, quand il vit tant de richeffes renfermées dans un fi petit efpace. Hé quoi, prince, s'écria-t-il, appelez-vous une foible marque de votre reconnoiffance, lorfque vous ne me devez rien, un préfent d'un prix ineftimable? Je vous déclare encore une fois que vous ne m'êtes redevables de rien, ni la reine votre mère, ni vous : je m'eftime trop heureux du confentement que vous avez donné à l'alliance que j'ai contractée avec vous. Madame, dit-il à la reine Gulnare en fe tournant de fon côté, le roi votre frère me met dans une confufion dont je ne puis revenir ; & je le fupplierois de trouver bon que je refufe fon préfent, fi je ne craignois qu'il ne s'en offenfât : priez-le d'agréer que je me difpenfe de l'accepter.

Sire, repartit le roi Saleh, je ne fuis pas furpris que votre majefté trouve le préfent extraordinaire : je fais qu'on n'eft pas accoutumé fur la terre à voir des pierreries de cette qualité, & en fi grand nombre tout à la fois. Mais fi elle favoit que je fais où font les minières d'où on les tire, & qu'il eft en ma difpofition d'en faire un tréfor plus riche que tout ce qu'il y en a dans les tréfors des rois de la terre, elle s'étonneroit que nous ayons pris la hardieffe de lui faire un préfent de fi peu de chofe. Auffi nous vous fupplions de ne le pas regarder par cet endroit, mais par l'amitié fincère qui nous oblige de vous l'offrir, & de ne nous pas donner la mortification de ne pas le recevoir de même. Des manières fi honnêtes obligèrent le roi de Perfe de l'accepter, & il lui en fit de grands remercîmens, de même qu'à la reine fa mère.

Quelques jours après, le roi Saleh témoigna au roi de Perfe, que la reine fa mère, les princeffes fes parentes, & lui, n'auroient pas un plus grand plaifir que de paffer toute leur vie à fa cour ; mais comme il y avoit longtems qu'ils étoient abfens de leur royaume, & que leur préfence y étoit néceffaire, ils le prioient de trouver bon qu'ils priffent congé de lui & de la reine Gulnare. Le roi de Perfe

leur marqua qu’il étoit bien fâché de ce qu’il
n’étoit pas en son pouvoir de leur rendre la
même civilité, d’aller leur rendre visite dans
leurs états. Mais comme je suis persuadé, ajouta-t-il, que vous n’oublierez pas la reine Gulnare, & que vous la viendrez voir de tems
en tems, j’espère que j’aurai l’honneur de vous
revoir plus d’une fois.

Il y eut beaucoup de larmes répandues de
part & d’autre dans leur séparation. Le roi Saleh se sépara le premier ; mais la reine sa mère
& les princesses furent obligées, pour le suivre, de s’arracher en quelque manière des em-
brassemens de la reine Gulnare, qui ne pouvoit
se résoudre de les laisser partir. Dès que cette
troupe royale eut disparu, le roi de Perse ne
put s’empêcher de dire à la reine Gulnare :
Madame, j’eusse regardé comme un homme qui
eût voulu abuser de ma crédulité, celui qui
eût entrepris de me faire passer pour véritables
les merveilles dont j’ai été témoin, depuis le
moment que votre illustre famille a honoré mon
palais de sa présence. Mais je ne puis démentir
mes yeux : je m’en souviendrai toute ma vie,
& je ne cesserai de bénir le ciel de ce qu’il
vous a adressée à moi préférablement à tout
autre prince.

Le petit prince Beder fut nourri & élevé

dans le palais, fous les yeux du roi & de la reine de Perfe, qui le virent croître & augmenter en beauté avec une grande fatisfaction. Il leur en donna beaucoup davantage à mefure qu'il avança en âge, par fon enjouement continuel, par fes manières agréables en tout ce qu'il faifoit, & par les marques de la juffeffe & de la vivacité de fon efprit en tout ce qu'il difoit ; cette fatisfaction leur étoit d'autant plus fenfible, que le roi Salch fon oncle, la reine fa grand'mère, & les princeffes fes coufines, venoient fouvent en prendre leur part. On n'eut point de peine à lui apprendre à lire & à écrire, & on lui enfeigna avec la même facilité toutes les fciences qui convenoient à un prince de fon rang.

Quand le prince de Perfe eut atteint l'âge de quinze ans, il s'acquittoit déjà de tous fes exercices, infiniment avec plus d'adreffe & de bonne grâce que fes maîtres. Avec cela il étoit d'une fageffe & d'une prudence admirable. Le roi de Perfe qui avoit reconnu en lui, prefque dès fa naiffance, ces vertus fi néceffaires à un monarque, qui l'avoit vu s'y fortifier jufqu'alors, & qui d'ailleurs s'appercevoit tous les jours des grandes infirmités de la vieilleffe, ne voulut pas attendre que fa mort lui donnât lieu de le mettre en poffeffion du royaume. Il n'eut pas

de peine à faire confentir fon confeil à ce qu'il
fouhaitoit là-deffus ; & les peuples apprirent fa
réfolution avec d'autant plus de joie, que le
prince Beder étoit digne de les commander.
En effet, comme il y avoit long-tems qu'il
paroiffoit en public, ils avoient eu tout le loifir
de remarquer qu'il n'avoit pas cet air dédai-
gneux, fier & rebutant, fi familier à la plupart
des autres princes, qui regardent tout ce qui
eft au-deffous d'eux, avec une hauteur & un
mépris infupportable. Ils favoient au contraire,
qu'il regardoit tout le monde avec une bonté
qui invitoit à s'approcher de lui ; qu'il écoutoit
favorablement ceux qui avoient à lui parler,
qu'il leur répondoit avec une bienveillance qui
lui étoit particulière, & qu'il ne refufoit rien
à perfonne, pour peu que ce qu'on lui demandoit, fût jufte.

Le jour de la cérémonie fut arrêté ; & ce
jour-là au milieu de fon confeil, qui étoit plus
nombreux qu'à l'ordinaire, le roi de Perfe, qui
d'abord s'étoit affis fur fon trône, en defcendit, ôta fa couronne de deffus fa tête, la mit
fur celle du prince Beder ; & après l'avoir aidé
à monter à fa place, il lui baifa la main pour
marquer qu'il lui remettoit toute fon autorité
& tout fon pouvoir, après quoi il fe mit au-
deffous de lui, au rang des vifirs & des émirs.

Auſſitôt les viſirs, les émirs, & tous les officiers principaux vinrent ſe jeter aux piés du nouveau roi, & lui prêtèrent le ferment de fidélité, chacun dans ſon rang. Le grand-viſir fit enſuite le rapport de pluſieurs affaires importantes, ſur leſquelles il prononça avec une ſageſſe qui fit l'admiration de tout le conſeil. Il dépoſa enſuite pluſieurs gouverneurs convaincus de malverſation, & en mit d'autres à leur place, avec un diſcernement ſi juſte & ſi équitable, qu'il s'attira les acclamations de tout le monde, d'autant plus honorables, que la flatterie n'y avoit aucune part. Il ſortit enſuite du conſeil; & accompagné du roi ſon père, il alla à l'appartement de la reine Gulnare. La reine ne le vit pas plutôt avec la couronne ſur la tête, qu'elle courut à lui & l'embraſſa avec beaucoup de tendreſſe, en lui ſouhaitant un règne de longue durée.

La première année de ſon règne, le roi Beder s'acquitta de toutes les fonctions royales avec une grande aſſiduité. Sur toutes choſes il prit un grand ſoin de s'inſtruire de l'état des affaires, & de tout ce qui pouvoit contribuer à la félicité de ſes ſujets. L'année ſuivante, après qu'il eut laiſſé l'adminiſtration des affaires à ſon conſeil, ſous le bon plaiſir de l'ancien roi ſon père, il ſortit de la capitale ſous

prétexte de prendre le divertiſſement de la chaſſe ; mais c'étoit pour parcourir toutes les provinces du royaume , afin d'y corriger les abus ,
d'établir le bon ordre & la diſcipline par-tout,
& ôter aux princes ſes voiſins mal intentionnés
l'envie de rien entreprendre contre la ſûreté &
la tranquillité de ſes états , en ſe faiſant voir
ſur les frontières.

Il ne fallut pas moins de tems qu'une année
entière à ce jeune roi pour exécuter un deſſein
ſi digne de lui. Il n'y avoit pas long-tems qu'il
étoit de retour , que le roi ſon père tomba
malade ſi dangereuſement , que d'abord il connut lui-même qu'il n'en relèveroit pas. Il attendit le dernier moment de ſa vie avec une
grande tranquillité ; & l'unique ſoin qu'il eut ,
fut de recommander aux miniſtres & aux ſeigneurs de la cour du roi ſon fils , de perſiſter
dans la fidélité qu'ils lui avoient jurée , & il
n'y en eut pas un qui n'en renouvellât le ſerment avec autant de bonne volonté que la première fois. Il mourut enfin avec un regret très-
ſenſible du roi Beder & de la reine Gulnare ,
qui firent porter ſon corps dans un ſuperbe
mauſolée avec une pompe proportionnée à ſa
dignité.

Après que les funérailles furent achevées ,
le roi Beder n'eut pas de peine à ſuivre la cou-

tume en Perfe de pleurer les morts un mois
entier, & de ne voir perfonne tout ce tems-
là. Il eût pleuré fon père toute fa vie, s'il eût
écouté l'excès de fon affliction, & s'il eût été
permis à un grand roi de s'y abandonner tout
entier. Dans cet intervalle, la reine, mère de
la reine Gulnare, & le roi Saleh avec les princeffes leurs parentes, arrivèrent, & prirent une
grande part à leur affliction avant de leur parler de fe confoler.

Quand le mois fut écoulé, le roi ne put fe
difpenfer de donner entrée à fon grand-vifir &
à tous les feigneurs de fa cour, qui le fupplic-
rent de quitter l'habit de deuil, de fe faire voir
à fes fujets, & de reprendre le foin des affaires
comme auparavant. Il témoigna d'abord une
fi grande répugnance à les écouter, que le
grand-vifir fut obligé de prendre la parole,
& de lui dire : Sire, il n'eft pas befoin de repréfenter à votre majefté qu'il n'appartient qu'à
des femmes de s'opiniâtrer à demeurer dans un
deuil perpétuel. Nous ne doutons pas qu'elle
n'en foit très-perfuadée, & que ce n'eft pas
fon intention de fuivre leur exemple. Nos larmes ni les vôtres ne font pas capables de re-
donner la vie au roi votre père, quand nous
ne cefferions de pleurer toute notre vie. Il a
fubi la loi commune à tous les hommes, qui

les foumet au tribut indifpenfable de la mort.
Nous ne pouvons cependant dire abfolument
qu'il foit mort, puifque nous le revoyons en
votre facrée perfonne. Il n'a pas douté lui-
même en mourant qu'il ne dût revivre en vous :
c'eft à votre majefte à faire voir qu'il ne s'eft
pas trompé.

Le roi Beder ne put réfifter à des inftances
fi preffantes : il quitta l'habit de deuil dès ce
moment; & après qu'il eut repris l'habillement
& les ornemens royaux, il commença de pourvoir aux befoins de fon royaume & de fes fujets, avec la même attention qu'avant la mort
du roi fon père. Il s'en acquitta avec une approbation univerfelle; & comme il étoit exact
à maintenir l'obfervation des ordonnances de
fes prédéceffeurs, les peuples ne s'apperçurent
pas d'avoir changé de maître.

Le roi Saleh qui étoit retourné dans fes états
de la mer avec la reine fa mère & les princeffes, dès qu'il eut vu que le roi Beder avoit
repris le gouvernement, revint feul au bout
d'un an, & le roi Beder & la reine Gulnare
furent ravis de le revoir. Un foir au fortir de
table, après qu'on eut deffervi & qu'on les
eut laiffés feuls, ils s'entretinrent de plufieurs
chofes.

Infenfiblement le roi Saleh tomba fur les

louanges du roi fon neveu, & témoigna à la reine fa fœur combien il étoit fatisfait de la fageffe avec laquelle il gouvernoit, qui lui avoit acquis une fi grande réputation, non-feulement auprès des rois fes voifins, mais même jufqu'aux royaumes les plus éloignés. Le roi Beder qui ne pouvoit entendre parler de fa perfonne fi avantageufement, & ne vouloit pas auffi par bienféance impofer filence au roi fon oncle, fe tourna de l'autre côté & fit femblant de dormir, en appuyant fa tête fur un couffin qui étoit derrière lui.

Des louanges qui ne regardoient que la conduite merveilleufe & l'efprit fupérieur en toutes chofes du roi Beder, le roi Saleh paffa à celles du corps, & il en parla comme d'un prodige qui n'avoit rien de femblable fur la terre, ni dans tous les royaumes de deffous les eaux de la mer, dont il eût connoiffance. Ma fœur, s'écria-t-il tout d'un coup, tel qu'il eft fait, & tel que vous le voyez vous-même, je m'étonne que vous n'ayez pas encore fongé à le marier. Si je ne me trompe, cependant il eft dans fa vingtième année; & à cet âge il n'eft pas permis à un prince comme lui d'être fans femme. Je veux y penfer moi-même, puifque vous n'y penfez pas, & lui donner pour époufe une princeffe de nos royaumes qui foit digne de lui.

Mon frère, reprit la reine Gulnare, vous me faites souvenir d'une chofe dont je vous avoue que je n'ai pas eu la moindre penfée jufqu'à préfent. Comme il n'a pas encore témoigné qu'il eût aucun penchant pour le mariage, je n'y avois pas fait attention moi-même, & je fuis bien-aife que vous vous foyez avifé de m'en parler. Comme j'approuve fort de lui donner une de nos princeffes, je vous prie de m'en donner quelqu'une, mais fi belle & fi accomplie, que le roi mon fils foit forcé de l'aimer.

J'en fais une, repartit le roi Saleh, en parlant bas; mais avant de vous dire qui elle eft, je vous prie de voir fi le roi mon neveu dort, je vous dirai pourquoi il eft bon que nous prenions cette précaution. La reine Gulnare fe retourna; & comme elle vit Beder dans la fituation où il étoit, elle ne douta nullement qu'il ne dormît profondément. Le roi Beder cependant, bien loin de dormir, redoubla fon attention pour ne rien perdre de ce que le roi fon oncle avoit à dire avec tant de fecret. Il n'eft pas befoin que vous vous contraigniez, dit la reine au roi fon frère, vous pouvez parler librement fans craindre d'etre entendu.

Il n'eft pas à propos, reprit le roi Saleh, que le roi mon neveu ait fitôt connoiffance de ce

que

que j'ai à vous dire. L'amour, comme vous le
favez, fe prend quelquefois par l'oreille, & il
n'eft pas néceffaire qu'il aime de cette manière
celle que j'ai à vous nommer. En effet, je vois
de grandes difficultés à furmonter, non pas du
côté de la princeffe, comme je l'efpère, mais du
côté du roi fon père. Je n'ai qu'à vous nommer
la princeffe (1) Giauhare & le roi de Samandal.

Que dites-vous, mon frère, repartit la reine
Gulnare, la princeffe Giauhare n'eft-elle pas encore mariée? Je me fouviens de l'avoir vue peu
de tems avant que je me féparaffe d'avec vous,
elle avoit environ dix-huit mois, & dès-lors
elle étoit d'une beauté furprenante. Il faut
qu'elle foit aujourd'hui la merveille du monde,
fi fa beauté a toujours augmenté depuis ce tems-
là. Le peu d'âge qu'elle a plus que le roi mon
fils, ne doit pas nous empêcher de faire nos
efforts pour lui procurer un parti fi avantageux.
Il ne s'agit que de favoir les difficultés que vous
y trouvez, & de les furmonter.

Ma fœur, répliqua le roi Saleh, c'eft que le
roi de Samandal eft d'un vanité fi infupportable, qu'il fe regarde au-deffus de tous les autres rois, & qu'il y a peu d'apparence de pouvoir entrer en traité avec lui fur cette alliance.

---

(1) Giauhare, en arabe, fignifie pierre précieufe.

J'irai moi-même néanmoins lui faire la demande
de la princesse sa fille ; & s'il nous refuse, nous
nous adresserons ailleurs où nous serons écou-
tés plus favorablement. C'est pour cela, comme
vous le voyez, ajouta-t-il, qu'il est bon que
le roi mon neveu ne sache rien de notre dessein, que nous ne soyons certains du consentement du roi de Samandal , de crainte que
l'amour de la princesse Giauhare ne s'empare
de son cœur, & que nous ne puissions réussir
à la lui obtenir. Ils s'entretinrent encore quelque tems sur le même sujet ; & avant de se séparer , ils convinrent que le roi Saleh retour-
neroit incessamment dans son royaume , & feroit la demande de la princesse Giauhare au
roi de Samandal pour le roi de Perse.

La reine Gulnare & le roi Saleh qui croyoient
que le roi Beder dormoit véritablement, l'éveil-
lèrent quand ils voulurent se retirer ; & le roi
Beder réussit fort bien à faire semblant de se
réveiller, comme s'il eût dormi d'un profond
sommeil. Il étoit vrai cependant qu'il n'avoit pas
perdu un mot de leur entretien, & que le por-
trait qu'ils avoient fait de la princesse Giauhare, avoit enflammé son cœur d'une passion
qui lui étoit toute nouvelle. Il se forma une
idée de sa beauté, si avantageuse, que le désir
de la posséder lui fit passer toute la nuit dans

des inquiétudes qui ne lui permirent pas de fermer l'œil un moment.

Le lendemain le roi Saleh voulut prendre congé de la reine Gulnare & du roi son neveu. Le jeune roi de Perse qui savoit bien que le roi son oncle ne vouloit partir sitôt que pour aller travailler à son bonheur, sans perdre de tems, ne laissa pas de changer de couleur à ce discours. Sa passion étoit déjà si forte, qu'elle ne lui permettoit pas de demeurer sans voir l'objet qui la causoit, aussi long-tems qu'il jugeoit qu'il en mettroit à traiter de son mariage. Il prit la résolution de le prier de vouloir bien l'emmener avec lui ; mais comme il ne vouloit pas que la reine sa mère en sût rien, afin d'avoir occasion de lui en parler en particulier, il l'engagea à demeurer encore ce jour-là pour être d'une partie de chasse avec lui le jour suivant, résolu de profiter de cette occasion pour lui déclarer son dessein.

La partie de chasse se fit, & le roi Beder se trouva seul plusieurs fois avec son oncle ; mais il n'eut pas la hardiesse d'ouvrir la bouche pour lui dire un mot de ce qu'il avoit projeté. Au plus fort de la chasse, que le roi Saleh s'étoit séparé d'avec lui, & qu'aucun de ses officiers ni de ses gens n'étoit resté près de lui, il mit pié à terre près d'un ruisseau ; &

après qu'il eut attaché son cheval à un arbre, qui faisoit un très-bel ombrage le long du ruisseau avec plusieurs autres qui le bordoient, il se coucha à demi sur le gazon, & donna un cours libre à ses larmes, qui coulèrent en abondance, accompagnées de soupirs & de sanglots. Il demeura long-tems dans cet état, abîmé dans ses pensées, sans proférer une seule parole.

Le roi Saleh cependant qui ne vit plus le roi son neveu, fut dans une grande peine de savoir où il étoit, & il ne trouvoit personne qui lui en donnât des nouvelles. Il se sépara d'avec les autres chasseurs ; & en le cherchant, il l'apperçut de loin. Il avoit remarqué dès le jour précédent, & encore plus clairement le même jour, qu'il n'avoit pas son enjouement ordinaire, qu'il étoit rêveur contre sa coutume, & qu'il n'étoit pas prompt à répondre aux demandes qu'on lui faisoit ; ou s'il y répondoit, qu'il ne le faisoit pas à propos. Mais il n'avoit pas eu le moindre soupçon de la cause de ce changement. Dès qu'il le vit dans la situation où il étoit, il ne douta pas qu'il n'eût entendu l'entretien qu'il avoit eu avec la reine Gulnare, & qu'il ne fût amoureux. Il mit pié à terre assez loin de lui ; après qu'il eut attaché son cheval à un arbre, il prit un grand détour,

& s'en approcha fans faire de bruit, fi près, qu'il lui entendit prononcer ces paroles.

Aimable princeffe du royaume de Saman‑dal, s'écrioit‑il, on ne m'a fait fans doute qu'une foible ébauche de votre incomparable beauté. Je vous tiens encore plus belle, préférable‑ment à toutes les princeffes du monde, que le foleil n'eft beau préférablement à la lune, & à tous les autres enfemble. J'irois dès ce moment vous offrir mon cœur, fi je favois où vous trou‑ver : il vous appartient, & jamais princeffe ne le poffédera que vous.

Le roi Saleh n'en voulut pas entendre da‑vantage ; il s'avança, & en fe faifant voir au roi Beder : A ce que je vois, mon neveu, lui dit‑il, vous avez entendu ce que nous difions avant‑hier de la princeffe Giauhare, la reine votre mère & moi. Ce n'étoit pas notre inten‑tion, & nous avons cru que vous dormiez. Mon cher oncle, reprit le roi Beder, je n'en ai pas perdu une parole, & j'en ai éprouvé l'effet que vous aviez prévu & que vous n'avez pu éviter. Je vous avois retenu exprès, dans le def‑fein de vous parler de mon amour avant votre départ ; mais la honte de vous faire un aveu de ma foibleffe, fi c'en eft une d'aimer une princeffe fi digne d'être aimée, m'a fermé la bouche. Je vous fupplie donc, par l'amitié que

E e iij

vous avez pour un prince qui a l'honneur d'être
votre allié de si près, d'avoir pitié de moi,
& de ne pas attendre à me procurer la vue de
la divine Giauhare, que vous ayez obtenu le
consentement du roi son père, pour notre
mariage, à moins que vous n'aimiez mieux que
je meure d'amour pour elle avant de la voir.

Ce discours du roi de Perse embarrassa fort le
roi Saleh : le roi Saleh lui représenta combien
il lui étoit difficile qu'il lui donnât la satisfaction qu'il demandoit ; qu'il ne pouvoit le faire
sans l'emmener avec lui ; & comme sa présence
étoit nécessaire dans son royaume, que tout
étoit à craindre s'il s'en absentoit, il le conjura
de modérer sa passion jusqu'à ce qu'il eût mis
les choses en état de pouvoir le contenter, en
l'assurant qu'il y alloit employer toute la diligence possible, & qu'il viendroit lui en rendre
compte dans peu de jours. Le roi de Perse
n'écouta pas ces raisons : Oncle cruel, repartit-il, je vois bien que vous ne m'aimez pas
autant que je me l'étois persuadé, & que vous
aimez mieux que je meure, que de m'accorder
la première prière que je vous ai faite de ma
vie.

Je suis près de faire voir à votre majesté,
répliqua le roi Saleh, qu'il n'y a rien que je ne
veuille faire pour vous obliger ; mais je ne puis

vous emmener avec moi que vous n'en ayez
parlé à la reine votre mère : que diroit-elle de
vous & de moi? je le veux bien fi elle y confent, & je joindrai mes prières aux vôtres.
Vous n'ignorez pas, reprit le roi de Perfe,
que la reine ma mère ne voudra jamais que je
l'abandonne, & cette excufe me fait mieux
connoître la dureté que vous avez pour moi.
Si vous m'aimez autant que vous voulez que je
le croye, il faut que vous retourniez en votre
royaume dès ce moment, & que vous m'em-
meniez avec vous.

Le roi Saleh forcé de céder à la volonté du
roi de Perfe, tira une bague qu'il avoit au
doigt, où étoient gravés les mêmes noms myf-
térieux de dieu, que fur le fceau de Salomon,
qui avoient fait tant de prodiges par leur vertu. En la lui préfentant : Prenez cette bague,
dit-il, mettez-la à votre doigt, & ne craignez
ni les eaux de la mer, ni fa profondeur. Le roi
de Perfe prit la bague ; & quand il l'eut mife
au doigt : Faites comme moi, lui dit encore
le roi Saleh ; & en même-tems ils s'élevèrent
en l'air légèrement, en avançant vers la mer
qui n'étoit pas éloignée, où ils fe plongèrent.

Le roi marin ne mit pas beaucoup de tems
à arriver à fon palais avec le roi de Perfe fon
neveu, qu'il mena d'abord à l'appartement de

la reine, à qui il le préfenta. Le roi de Perfe
baifa la main de la reine fa grand-mère, & la
reine l'embraffa avec une grande démonftration
de joie. Je ne vous demande pas des nouvelles
de votre fanté, lui dit-elle, je vois que vous
vous portez bien, & j'en fuis ravie; mais je
vous prie de m'en apprendre de celles de la
reine Gulnare votre mère & ma fille. Le roi
de Perfe fe garda bien de lui dire qu'il étoit
parti fans prendre congé d'elle, il l'affura au
contraire qu'il l'avoit laiffée en parfaite fanté,
& qu'elle l'avoit chargé de lui bien faire fes
complimens. La reine lui préfenta enfuite les
princeffes; & pendant qu'elle lui donna lieu de
s'entretenir avec elles, elle entra dans un cabinet avec le roi Saleh, qui lui apprit l'amour
du roi de Perfe pour la princeffe Giauhare, fur
le feul récit de fa beauté, & contre fon intention; qu'il l'avoit amené fans avoir pu s'en défendre, & qu'il alloit avifer aux moyens de la
lui procurer en mariage.

Quoique le roi Saleh, à proprement parler,
fût innocent de la paffion du roi de Perfe, la
reine néanmoins lui fut fort mauvais gré d'a-
voir parlé de la princeffe Giauhare devant lui
avec fi peu de précaution. Votre imprudence
n'eft point pardonnable, lui dit-elle; efpérez-
vous que le roi de Samandal, dont le caractère

vous eſt ſi connu, aura plus de conſidération pour
vous que pour tant d'autres rois à qui il a re-
fuſé ſa fille avec un mépris ſi éclatant ? Voulez-vous qu'il vous renvoye avec la même confuſion ?

Madame , reprit le roi Saleh , je vous ai
déjà marqué que c'eſt contre mon intention que
le roi mon neveu a entendu ce que j'ai raconté
de la beauté de la princeſſe Giauhare à la princeſſe ma ſœur. La faute eſt faite , & nous devons ſonger qu'il l'aime très-paſſionnément ,
& qu'il mourra d'affliction & de douleur ſi nous
ne la lui obtenons , en quelque manière que ce
ſoit. Je ne dois y rien oublier , puiſque c'eſt
moi , quoique innocemment , qui ai fait le mal,
& j'employerai tout ce qui eſt en mon pouvoir pour y apporter le remède. J'eſpère , madame , que vous approuverez ma réſolution
d'aller trouver moi-même le roi de Samandal,
avec un riche préſent de pierreries , & lui demander la princeſſe ſa fille pour le roi de Perſe
votre petit-fils. J'ai quelque confiance qu'il
ne me refuſera pas , & qu'il agréera de s'al-
lier avec un des plus puiſſans monarques de la
terre.

Il eut été à ſouhaiter , reprit la reine , que
nous n'euſſions pas été dans la néceſſité de faire
cette demande , dont il n'eſt pas sûr que nous

ayons un fuccès auffi heureux que nous le
fouhaiterions ; mais comme il s'agit du repos
& de la fatisfaction du roi mon petit-fils , j'y
donne mon confentement : fur toutes chofes ,
puifque vous connoiffiez l'humeur du roi de
Samandal , prenez garde , je vous en fupplie ,
de lui parler avec tous les égards qui lui font
dus , & d'une manière fi obligeante , qu'il ne
s'en offenfe pas.

La reine prépara le préfent elle-même , & le
compofa de diamans , de rubis , d'émeraudes ,
& de files de perles , & les mit dans une caffette
fort riche & fort propre. Le lendemain le roi Saleh prit congé d'elle & du roi de Perfe , & partit avec une troupe choifie & peu nombreufe
de fes officiers & de fes gens. Il arriva bientôt au royaume , à la capitale , & au palais
du roi de Samandal ; & le roi de Samandal ne
différa pas de lui donner audience, dès qu'il
eut appris fon arrivée. Il fe leva de fon trône
dès qu'il le vit paroître , & le roi Saleh qui
voulut bien oublier ce qu'il étoit pour quelques momens, fe profterna à fes piés, en lui
fouhaitant l'accompliffement de tout ce qu'il
pouvoit défirer. Le roi de Samandal fe baiffa
auffitôt pour le faire relever , & après qu'il
lui eut fait prendre place auprès de lui , il lui
dit qu'il étoit le bien-venu , & lui demanda

s'il y avoit quelque chofe qu'il pût faire pour fon fervice.

Sire, répondit le roi Saleh, quand je n'aurois pas d'autres motifs que celui de rendre mes refpects à un prince des plus puiffans qu'il y ait au monde, & fi diftingué par fa fageffe & par fa valeur, je ne marquerois que foiblement à votre majefté combien je l'honore. Si elle pouvoit pénétrer jufqu'au fond de mon cœur, elle connoîtroit la grande vénération dont il eft rempli pour elle, & le défir ardent que j'ai de lui donner des témoignages de mon attachement. En difant ces paroles, il prit la caffette des mains d'un de fes gens, l'ouvrit; & en la lui préfentant, il le fupplia de vouloir bien l'agréer.

Prince, reprit le roi de Samandal, vous ne faites pas un préfent de cette confidération, que vous n'ayez une demande proportionnée à me faire. Si c'eft quelque chofe qui dépende de mon pouvoir, je me ferai un très-grand plaifir de vous l'accorder. Parlez, & dites-moi librement en quoi je puis vous obliger.

Il eft vrai, fire, repartit le roi Saleh, que j'ai une grâce à demander à votre majefté, & je me gardorois bien de la lui demander, s'il n'étoit en fon pouvoir de me la faire. La chofe

dépend d'elle si absolument, que je la deman-
derois en vain à tout autre. Je la lui demande
donc avec toutes les instances possibles, & je la
supplie de ne me la pas refuser. Si cela est ainsi,
répliqua le roi de Samandal, vous n'avez qu'à
m'apprendre ce que c'est, & vous verrez de
quelle manière je sais obliger quand je le
puis.

Sire, lui dit alors le roi Saleh, après la
confiance que votre majesté veut bien que je
prenne sur sa bonne volonté, je ne dissimule-
rai pas davantage que je viens la supplier
de nous honorer de son alliance, par le mariage de la princesse Giauhare, son honorable
fille, & de fortifier par-là la bonne intelligence qui unit les deux royaumes depuis si long-
tems.

A ce discours, le roi de Samandal fit de
grands éclats de rire, en se laissant aller à la
renverse sur le coussin où il avoit le dos ap-
puyé, & d'une manière injurieuse au roi Saleh : Roi Saleh, lui dit-il d'un air de mépris, je
m'étois imaginé que vous étiez un prince d'un
bon sens, sage & avisé; & votre discours au
contraire me fait connoître combien je me suis
trompé. Dites-moi, je vous prie, où étoit votre esprit quand vous vous êtes formé une chi-
mère aussi grande que celle dont vous venez

de me parler? Avez-vous bien pu concevoir
feulement la penfée d'afpirer au mariage d'une
princeffe fille d'un roi auffi grand & auffi puiffant que je le fuis? Vous deviez mieux confidérer auparavant la grande diftance qu'il y a
de vous à moi, & ne pas venir perdre en
un moment l'eftime que je faifois de votre perfonne.

Le roi Saleh fut extrêmement offenfé d'une
réponfe fi outrageante, & il eut bien de la peine
à retenir fon jufte reffentiment : Que dieu,
fire, reprit-il avec toute la modération poffible, récompenfe votre majefté comme elle le
mérite ; elle voudra bien que j'aye l'honneur
de lui dire que je ne demande pas la princeffe
fa fille en mariage pour moi. Quand cela feroit,
bien loin que votre majefté dût s'en offenfer,
ou la princeffe elle-même, je croirois faire
beaucoup d'honneur à l'un & à l'autre. Votre
majefté fait bien que je fuis un des rois de la
mer, comme elle ; que les rois mes prédéceffeurs ne cédent en rien par leur ancienneté à
aucune des autres familles royales, & que le
royaume que je tiens d'eux, n'eft pas moins
floriffant ni moins puiffant que de leur tems. Si
elle ne m'eût pas interrompu, elle eut bientôt
compris que la grâce que je lui demande, ne
me regarde pas, mais le jeune roi de Perfe,

mon neveu, dont la puissance & la grandeur, non plus que les qualités personnelles, ne doivent pas lui être inconnues. Tout le monde reconnoît que la princesse Giauhare est la plus belle personne qu'il y ait sous les cieux ; mais il n'est pas moins vrai que le jeune roi de Perse est le prince le mieux fait & le plus accompli qu'il y ait sur la terre & dans tous les royaumes de la mer, & les avis ne sont point partagés là-dessus. Ainsi, comme la grâce que je demande, ne peut tourner qu'à une grande gloire pour elle & pour la princesse Giauhare, elle ne doit pas douter que le consentement qu'elle donnera à une alliance si proportionnée, ne soit suivi d'une approbation universelle. La princesse est digne du roi de Perse, & le roi de Perse n'est pas moins digne d'elle. Il n'y a ni roi ni prince au monde qui puisse le lui disputer.

Le roi de Samandal n'eût pas donné le loisir au roi Saleh de lui parler si long-tems, si l'emportement où il le mit, lui en eût laissé la liberté. Il fut encore du tems sans prendre la parole, après qu'il eut cessé, tant il étoit hors de lui-même. Il éclata enfin par des injures atroces & indignes d'un grand roi. Chien, s'écria-t-il, tu oses me tenir ce discours, & proférer seulement le nom de ma fille devant moi ?

penses-tu que le fils de ta sœur Gulnare puisse
entrer en comparaison avec ma fille ? Qui es-tu,
toi ? qui étoit ton père ? qui est ta sœur ? & qui
est ton neveu ? Son père n'étoit-il pas un chien,
& fils de chien comme toi ? Qu'on arrête l'in-
solent, & qu'on lui coupe le cou.

Les officiers en petit nombre qui étoient
autour du roi de Samandal, se mirent aussitôt
en devoir d'obéir ; mais comme le roi Saleh
étoit dans la force de son âge, léger & dispos,
il s'échappa avant qu'ils eussent tiré le sabre,
& il gagna la porte du palais, où il trouva
mille hommes de ses parens & de sa maison,
bien armés & bien équipés, qui ne faisoient que
d'arriver. La reine sa mère avoit fait réflexion
sur le peu de monde qu'il avoit pris avec lui ; &
comme elle avoit préssenti la mauvaise réception que le roi de Samandal pouvoit lui faire,
elle les avoit envoyés, & priés de faire grande
diligence. Ceux de ses parens qui se trouvèrent
à la tête, se surent bon gré d'être arrivés si
à propos, quand ils le virent venir avec ses gens
qui le suivoient dans un grand désordre, & qu'on
le poursuivoit. Sire, s'écrièrent-ils au moment
qu'il les joignoit, de quoi s'agit-il ? Nous voici
prêts à vous venger, vous n'avez qu'à commander.

Le roi Saleh leur raconta la chose en peu

de mots, fe mit à la tête d'une groffe troupe,
pendant que les autres reftèrent à la porte dont
ils fe faifirent, & retourna fur fes pas. Comme
le peu d'officiers & de gardes qui l'avoient pour-
fuivi, s'étoient diffipés, il rentra dans l'appartement du roi de Samandal, qui fut d'abord
abandonné des autres, & arrêté en même-tems.
Le roi Saleh laiffa du monde fuffifamment auprès de lui pour s'affurer de fa perfonne, & il
alla d'appartement en appartement, en cherchant celui de la princeffe Giauhare. Mais au
premier bruit, cette princeffe s'étoit élancée
à la furface de la mer, avec les femmes qui
s'étoient trouvées auprès d'elle, & s'étoit fau-
vée dans une île déferte.

Comme ces chofes fe paffoient au palais du
roi de Samandal, des gens du roi Saleh qui
avoient pris la fuite dès les premières menaces
de ce roi, mirent la reine fa mère dans une
grande alarme en lui annonçant le danger où
ils l'avoient laiffé. Le jeune roi Beder qui étoit
préfent à leur arrivée, en fut d'autant plus
alarmé, qu'il fe regarda comme la première
caufe de tout le mal qui en pouvoit arriver.
Il ne fe fentit pas affez de courage pour foutenir la préfence de la reine fa grand-mère,
après le danger où étoit le roi Saleh à fon occafion. Pendant qu'il la vit occupée à donner
les

les ordres qu'elle jugea néceſſaires dans cette conjoncture, il s'élança au fond de la mer ; & comme il ne ſavoit quel chemin prendre pour retourner au royaume de Perſe, il ſe ſauva dans la même ile où la princeſſe Giauhare s'étoit ſauvée.

Comme ce prince étoit hors de lui-même, il alla s'aſſeoir au pié d'un grand arbre qui étoit environné de pluſieurs autres. Dans le tems qu'il reprenoit ſes eſprits, il entendit que l'on parloit, il prêta auſſitôt l'oreille ; mais comme il étoit un peu trop éloigné pour rien comprendre de ce que l'on diſoit, il ſe leva, & en s'avançant, ſans faire de bruit, du côté d'où venoit le ſon des paroles, il apperçut entre des feuillages une beauté dont il fut ébloui. Sans doute, dit-il en lui-même en s'arrêtant, & en la conſidérant avec admiration, que c'eſt la princeſſe Giauhare, que la frayeur a peut-être obligée d'abandonner le palais du roi ſon père : ſi ce n'eſt pas elle, elle ne mérite pas moins que je l'aime de toute mon ame. Il ne s'arrêta pas davantage, il ſe fit voir ; & en approchant de la princeſſe avec une profonde révérence : Madame, lui dit-il, je ne puis aſſez remercier le ciel de la faveur qu'il me fait aujourd'hui d'offrir à mes yeux ce qu'il voit de plus beau : il ne pourroit m'arriver un plus grand bonheur que l'occasion de vous faire offre de mes très-humbles services. Je vous supplie, madame, de l'accepter : une personne comme vous ne se trouve pas dans cette solitude sans avoir besoin de secours.

Il est vrai, seigneur, reprit la princesse Giauhare d'un air fort triste, qu'il est très-extraordinaire à une dame de mon rang de se trouver dans l'état où je suis. Je suis princesse, fille du roi de Samandal, & je m'appelle Giauhare. J'étois tranquillement dans son palais dans mon appartement, lorsque tout-à-coup j'ai entendu un bruit effroyable. On est venu m'annoncer aussitôt que le roi Saleh, je ne sais pour quel sujet, avoit forcé le palais, & s'étoit saisi du roi mon père, après avoir fait main-basse sur tous ceux de sa garde qui lui avoient fait résistance. Je n'ai eu que le tems de me sauver & de chercher ici un asile contre sa violence.

Au discours de la princesse, le roi Beder eut de la confusion d'avoir abandonné la reine sa grand-mère si brusquement, sans attendre l'éclaircissement de la nouvelle qu'on lui avoit apportée. Mais il fut ravi que le roi son oncle se fût rendu maître de la personne du roi de Samandal ; il ne douta pas en effet que le roi de Samandal ne lui accordât la princesse pour avoir fa liberté. Adorable princeffe, reprit-il, votre douleur eft très-jufte; mais il eft aifé de la faire ceffer avec la captivité du roi votre père. Vous en tomberez d'accord lorfque vous faurez que je m'appelle Beder, que je fuis roi de Perfe, & que le roi Saleh eft mon oncle. Je puis bien vous affurer qu'il n'a aucun deffein de s'emparer des états du roi votre père. Il n'a d'autre but que d'obtenir que j'aye l'honneur & le bonheur d'être fon gendre, en vous recevant de fa main pour époufe. Je vous avois déjà abandonné mon cœur fur le feul récit de votre beauté & de vos charmes. Loin de m'en repentir, je vous fupplie de le recevoir, & d'être perfuadée qu'il ne brûlera jamais que pour vous. J'ofe efpérer que vous ne le refuferez pas, & que vous confidèrerez qu'un roi qui eft forti de fes états uniquement pour venir vous l'offrir, mérite de la reconnoiffance. Souffrez donc, belle princeffe, que j'aye l'honneur d'aller vous préfenter à mon oncle. Le roi votre père n'aura pas fitôt donné fon confentement à notre mariage, qu'il le laiffera maître de fes états comme auparavant.

La déclaration du roi Beder ne produifit pas l'effet qu'il en avoit attendu. La princeffe ne l'avoit pas plutôt apperçu, qu'à fa bonne mine, à fon air, & à la bonne grâce avec laquelle il

l'avoit abordée, elle l'avoit regardé comme
une perſonne qui ne lui eût pas déplu. Mais
dès qu'elle eut appris par lui-même qu'il étoit
la cauſe du mauvais traitement qu'on venoit
de faire au roi ſon père, de la douleur qu'elle
en avoit, de la frayeur qu'elle en avoit eue
elle-même par rapport à ſa propre perſonne,
& de la néceſſité où elle avoit été réduite
de prendre la fuite, elle le regarda comme un
ennemi avec qui elle ne devoit pas avoir de
commerce. D'ailleurs, quelque diſpoſition
qu'elle eût à conſentir elle-même au mariage
qu'il déſiroit, comme elle jugea qu'une des
raiſons que le roi ſon père pouvoit avoir de
rejeter cette alliance, c'étoit que le roi Beder étoit né d'un roi de la terre, elle étoit
réſolue de ſe ſoumettre entièrement à ſa volonté ſur cet article. Elle ne voulut pas néanmoins témoigner rien de ſon reſſentiment; elle
imagina ſeulement un moyen de ſe délivrer
adroitement des mains du roi Beder; & en faiſant ſemblant de le voir avec plaiſir : Seigneur,
reprit-elle avec toute l'honnêteté poſſible, vous
êtes donc fils de la reine Gulnare, ſi célebre
par ſa beauté ſinguliere? J'en ai bien de la joie,
& je ſuis ravie de voir en vous un prince ſi
digne d'elle. Le roi mon père a grand tort de
s'oppoſer ſi fortement à nous unir enſemble. Il

ne vous aura pas plutôt vu, qu'il n'héfitera pas de nous rendre heureux l'un & l'autre. En difant ces paroles, elle lui préfenta la main pour marque d'amitié.

Le roi Beder crut qu'il étoit au comble de fon bonheur; il avança la main, & prenant celle de la princeffe, il fe baiffa pour la baifer par refpeet. La princeffe ne lui en donna pas le tems. *Téméraire*, lui dit-elle en le repouffant & en lui crachant au vifage faute d'eau, *quitte cette forme d'homme, & prends celle d'une oifeau blanc, avec le bec & les piés rouges.* Dès qu'elle eut prononcé ces paroles, le roi Beder fut changé en oifeau de cette forme, avec autant de mortification que d'étonnement. Prenez-le, dit-elle auffitôt à une de fes femmes, & portez-le dans l'île sèche. Cette île n'étoit qu'un rocher affreux où il n'y avoit pas une goutte d'eau.

La femme prit l'oifeau, & en exécutant l'ordre de la princeffe Giauhare, elle eut compaffion de la deftinée du roi Beder. Ce feroit dommage, dit-elle en elle-même, qu'un prince fi digne de vivre, mourût de faim & de foif. La princeffe fi bonne & fi douce, fe repentira peut-être elle-même d'un ordre fi cruel, quand elle fera revenue de fa grande colère; il vaut mieux que je le porte dans un lieu où il puiffe mourir de fa belle mort. Elle le porta dans une île

bien peuplée, & elle le laiffa dans une campagne très-agréable, plantée de toute forte d'arbres fruitiers, & arrofée de plufieurs ruiffeaux.

Revenons au roi Saleh. Après qu'il eut cherché lui-même la princeffe Giauhare, & qu'il
l'eut fait chercher par tout le palais fans la
trouver, il fit enfermer le roi de Samandal dans
fon propre palais fous bonne garde; & quand
il eut donné les ordres néceffaires pour le gouvernement du royaume à fon abfence, il vint
rendre compte à la reine fa mère de l'action
qu'il venoit de faire. Il demanda où étoit le
roi fon neveu en arrivant, & il apprit avec une
grande furprife & beaucoup de chagrin qu'il
avoit difparu. On eft venu nous apprendre, lui
dit la reine, le grand danger où vous étiez au
palais du roi de Samandal, & pendant que je
donnois des ordres pour vous envoyer d'autres
fecours ou pour vous venger, il a difparu. Il
faut qu'il ait été épouvanté d'apprendre que
vous étiez en danger, & qu'il n'ait pas cru
qu'il fût en sûreté avec nous.

Cette nouvelle affligea extrêmement le roi
Saleh, qui fe repentit alors de la trop grande
facilité qu'il avoit eue de condefcendre au défir
du roi Beder, fans en parler auparavant à la
reine Gulnare. Il envoya après lui de tous les
côtés; mais quelques diligences qu'il pût faire,

on ne lui en apporta aucune nouvelle ; & au lieu
de la joie qu'il s'étoit déjà faite d'avoir si fort
avancé un mariage qu'il regardoit comme son
ouvrage, la douleur qu'il eut de cet incident
auquel il ne s'attendoit pas, en fut plus mor-
tifiante. En attendant qu'il apprît de ses nouvelles, bonnes ou mauvaises, il laissa son royaume sous l'administration de la reine sa mère,
& alla gouverner celui du roi de Samandal,
qu'il continua de faire garder avec beaucoup
de vigilance, quoiqu'avec tous les égards dûs
à son caractère.

Le même jour que le roi Saleh étoit parti
pour retourner au royaume de Samandal, la
reine Gulnare, mère du roi Beder, arriva chez
la reine sa mère. Cette princesse ne s'étoit pas
étonnée de n'avoir pas vu revenir le roi son
fils le jour de son départ. Elle s'étoit imaginée
que l'ardeur de la chasse, comme cela lui étoit
arrivé quelquefois, l'avoit emporté plus loin
qu'il ne se l'étoit proposé. Mais quand elle vit
qu'il n'étoit pas revenu le lendemain, ni le
jour d'après, elle en fut dans une alarme dont il
étoit aisé de juger par la tendresse qu'elle avoit
pour lui. Cette alarme fut beaucoup plus grande, quand elle eut appris des officiers qui l'a-
voient accompagné, & qui avoient été obligés
de revenir après l'avoir cherché long-tems lui

& le roi Saleh son oncle, sans les avoir trouvés,
qu'il falloit qu'il leur fut arrivé quelque chose
de fâcheux, ou qu'ils fussent ensemble en quelqu'endroit qu'ils ne pouvoient deviner; qu'ils
avoient bien trouvé leurs chevaux, mais que
pour leurs personnes, ils n'en avoient eu aucune nouvelle, quelques diligences qu'ils eussent
faites pour en apprendre. Sur ce rapport elle
avoit pris le parti de dissimuler & de cacher
son affliction, & elle les avoit chargés de retourner sur leurs pas & de faire encore leurs
diligences. Pendant ce tems-là elle avoit pris
son parti; & sans rien dire à personne, & après
avoir dit à ses femmes qu'elle vouloit être seule, elle s'étoit plongée dans la mer pour s'é-
claircir sur le soupçon qu'elle avoit que le roi
Saleh pouvoit avoir emmené le roi de Perse
avec lui.

Cette grande reine eut été reçue par la reine
sa mère avec un grand plaisir, si dès qu'elle
l'eut apperçue, elle ne se fût doutée du sujet
qui l'avoit amenée. Ma fille, lui dit-elle, ce
n'est pas pour me voir que vous venez ici,
je m'en apperçois bien. Vous venez me demander des nouvelles du roi votre fils; & celles
que j'ai à vous en donner, ne font capables
que d'augmenter votre affliction, aussi-bien que
la mienne. J'avois eu une grande joie de le voir

arriver avec le roi fon oncle ; mais je n'eus pas plutôt appris qu'il étoit parti fans vous en avoir parlé, que je pris part à la peine que vous en fouffririez. Elle lui fit enfuite le récit du zèle avec lequel le roi Saleh étoit allé faire lui-même la demande de la princeffe Giauhare, & de ce qui en étoit arrivé, jufqu'à ce que le roi Beder avoit difparu. J'ai envoyé du monde après lui, ajouta-t-elle, & le roi mon fils, qui ne fait que de repartir pour aller gouverner le royaume de Samandal, a fait auffi fes diligences de fon côté : ça été fans fuccès, jufqu'à préfent; mais il faut efpérer que nous le reverrons lorfque nous ne l'attendrons pas.

La défolée Gulnare ne fe paya pas d'abord de cette efpérance ; elle regarda le roi fon cher fils comme perdu, & elle pleura amèrement, en mettant toute la faute fur le roi fon frère. La reine fa mère lui fit confidérer la néceffité qu'il y avoit qu'elle fit des efforts pour ne pas fuccomber à fa douleur. Il eft vrai, lui dit-elle, que le roi votre frère ne devoit pas vous parler de ce mariage avec fi peu de précaution, ni confentir jamais à amener le roi mon petit-fils, fans vous en avertir auparavant. Mais comme il n'y a pas de certitude que le roi de Perfe foit péri abfolument, vous ne devez rien négliger pour lui conferver fon royaume. Ne perdez

donc pas de tems, retournez à votre capitale,
votre préfence y eft néceffaire ; & il ne vous
fera pas difficile de tenir toutes chofes dans
l'état paifible où elles font, en faifant publier
que le roi de Perfe a été bien-aife de venir
nous voir.

Il ne falloit pas moins qu'une raifon auffi
forte que celle-là, pour obliger la reine Gulnare de s'y rendre : elle prit congé de la reine
fa mère, & elle fut de retour au palais de la
capitale de Perfe avant qu'on fe fut apperçu
qu'elle s'en étoit abfentée. Elle dépécha auffitôt des gens pour rappeler les officiers qu'elle
avoit renvoyés à la quéte du roi fon fils, &
leur annoncer qu'elle favoit où il étoit, & qu'on
le verroit bientôt. Elle en fit auffi répandre le
bruit par toute la ville, & elle gouverna toutes chofes de concert avec le premier miniftre
& le confeil, avec la même tranquillité que fi
le roi Beder eût été préfent.

Pour revenir au roi Beder , que la femme
de la princeffe Giauhare avoit porté & laiffé
dans l'ile , comme nous l'avons dit , ce monarque fut dans un grand étonnement quand il fe
vit feul & fous la forme d'un oifeau. Il s'eftima
d'autant plus malheureux dans cet état , qu'il
ne favoit où il étoit, ni en quelle partie du
monde le royaume de Perfe étoit fitué. Quand

il l'eut su, & qu'il eut affez connu la force de fes aîles pour hafarder à traverfer tant de mers, & à s'y rendre, qu'eût-il gagné autre chofe, que de fe trouver dans la même peine & dans la même difficulté où il étoit, d'être connu non pas pour roi de Perfe, mais même pour un homme ? Il fut contraint de demeurer où il étoit, de vivre de la même nourriture que les oifeaux de fon efpèce, & de paffer la nuit fur un arbre.

Au bout de quelques jours, un payfan fort adroit à prendre des oifeaux aux filets, arriva à l'endroit où il étoit, & eut une grande joie quand il eut apperçu un fi bel oifeau, d'une efpèce qui lui étoit inconnue, quoiqu'il y eût de longues années qu'il chaffoit aux filets. il employa toute l'adreffe dont il étoit capable, & il prit fi bien fes mefures qu'il prit l'oifeau : ravi d'une fi bonne capture, qui felon l'eftime qu'il en fit, devoit lui valoir plus que beaucoup d'autres oifeaux enfemble de ceux qu'il prenoit ordinairement, à caufe de la rareté, il le mit dans une cage & le porta à la ville. Dès qu'il fut arrivé au marché, un bourgeois l'arrêta, & lui demanda combien il vouloit vendre l'oifeau.

Au lieu de répondre à cette demande, le payfan demanda au bourgeois à fon tour, ce

qu'il en prétendoit faire quand il l'auroit acheté.
Bon-homme, reprit le bourgeois, que veux-
tu que j'en fasse, si je ne le fais rôtir pour le
manger ? Sur ce pié-là, repartit le paysan, vous
croiriez l'avoir bien acheté si vous m'en aviez
donné la moindre pièce d'argent. Je l'estime
bien davantage ; & ce ne seroit pas pour vous
quand vous m'en donneriez une pièce d'or. Je
suis bien vieux ; mais depuis que je me connois, je n'en ai pas encore vu un pareil. Je vais
en faire un présent au roi, il en connoîtra mieux
le prix que vous.

Au lieu de s'arrêter au marché, le payfan
alla au palais où il s'arrêta devant l'appartement
du roi. Le roi étoit près d'une fenêtre d'où il
voyoit tout ce qui se passoit dans la place. Comme il eut apperçu le bel oiseau, il envoya un
officier des eunuques avec ordre de le lui acheter. L'officier vint au payfan, & lui demanda
combien il vouloit le vendre. Si c'est pour
sa majesté, reprit le payfan, je la supplie
d'agréer que je lui en fasse un présent, & je
vous prie de le lui porter. L'officier porta l'oiseau au roi, & le roi le trouva si particulier,
qu'il chargea l'officier de porter dix pièces d'or
au payfan, qui se retira très-content ; après quoi
il mit l'oiseau dans une cage magnifique, & lui
donna du grain & de l'eau dans des vases précieux.

Le roi qui étoit près de monter à cheval pour aller à la chaffe, & qui n'avoit pas eu le tems de bien voir l'oifeau, fe le fit apporter dès qu'il fut de retour. L'officier apporta la cage ; & afin de le mieux confidérer, le roi l'ouvrit lui-même, & prit l'oifeau fur fa main. En le regardant avec grande admiration, il demanda à l'officier s'il l'avoit vu manger. Sire, reprit l'officier, votre majefté peut voir que le vafe de fa mangeaille eft encore plein, & je n'ai pas remarqué qu'il y ait touché. Le roi dit qu'il falloit lui en donner de plufieurs fortes, afin qu'il choisît celle qui lui conviendroit.

Comme on avoit déjà mis la table, on fervit dans le tems que le roi prefcrivit cet ordre ; dès qu'on eut pofé les plats, l'oifeau battit des aîles, s'échappa de la main du roi, vola fur la table, où il fe mit à béqueter fur le pain & fur les viandes, tantôt dans un plat & tantôt dans un autre : le roi en fut fi furpris, qu'il envoya l'officier des eunuques avertir la reine de venir voir cette merveille. L'officier raconta la chofe à la reine en peu de mots, & la reine vint auffitôt. Mais dès qu'elle eut vu l'oifeau, elle fe couvrit le vifage de fon voile, & voulut fe retirer. Le roi étonné de cette action, d'autant plus qu'il n'y avoit que des eunuques dans la chambre , & des femmes qui l'avoient suivie, lui demanda la raison qu'elle avoit d'en user ainsi.

Sire , répondit la reine , votre majesté n'en sera pas étonnée , quand elle aura appris que cet oiseau n'est pas un oiseau comme elle se l'imagine , & que c'est un homme. Madame , reprit le roi plus étonné qu'auparavant , vous voulez vous railler de moi sans doute ? Vous ne me persuaderez pas qu'un oiseau soit un homme. Sire , dieu me garde de me railler de votre majesté. Rien n'est plus vrai que ce que j'ai l'honneur de lui dire , & je l'assure que c'est le roi de Perse qui se nomme Beder , fils de la célèbre Gulnare , princesse d'un des plus grands royaumes de la mer, neveu de Saleh , roi de ce royaume , & petit-fils de la reine Farasche , mère de Gulnare & de Saleh ; & c'est la princesse Giauhare , fille du roi Samandal , qui l'a ainsi métamorphosé. Afin que le roi n'en pût pas douter , elle lui raconta comment & pourquoi la princesse Giauhare s'étoit ainsi vengée du mauvais traitement que le roi Saleh avoit fait au roi de Samandal son père.

Le roi eut d'autant moins de peine à ajouter foi à tout ce que la reine lui raconta de cette histoire, qu'il savoit qu'elle étoit une magicienne des plus habiles qu'il y eût jamais eu

au monde ; & que comme elle n'ignoroit rien
de tout ce qui s'y paſſoit, il étoit d'abord informé par ſon moyen des mauvais deſſeins des
rois ſes voiſins contre lui , & les prévenoit. Il
eut compaſſion du roi de Perſe , & il pria la
reine avec inſtance de rompre l'enchantement
qui le retenoit ſous cette forme.

La reine y conſentit avec beaucoup de plaiſir : Sire , dit-elle au roi , que votre majeſté
prenne la peine d'entrer dans ſon cabinet avec
l'oiſeau , je lui ferai voir en peu de momens
un roi digne de la conſidération qu'elle a pour
lui. L'oiſeau qui avoit ceſſé de manger , pour
être attentif à l'entretien du roi & de la reine,
ne donna pas au roi la peine de le prendre ;
il paſſa le premier dans le cabinet , & la reine
y rentra bientôt après avec un vaſe plein d'eau
à la main. Elle prononça ſur le vaſe des paroles inconnues au roi , juſqu'à ce que l'eau commençât à bouillonner ; elle en prit auſſitôt dans
la main , & en la jetant ſur l'oiſeau : « Par la
» vertu des paroles ſaintes & myſtérieuſes que
» je viens de prononcer , dit-elle , & au nom
» du créateur du ciel & de la terre , qui reſ-
» fuſcite les morts , & maintient l'univers dans
» ſon état , quitte cette forme d'oiſeau , & re-
» prens celle que tu as reçue de ton créateur ».

La reine avoit à peine achevé ces paroles,

qu'au lieu de l'oiseau, le roi vit paroître un
jeune prince de belle taille, dont le bel air &
la bonne mine le charmèrent. Le roi Beder se
prosterna d'abord, & rendit grâces à dieu de
celle qu'il venoit de lui faire. Il prit la main
du roi en se relevant, & la baisa, pour lui
marquer sa parfaite reconnoissance; mais le roi
l'embrassa avec bien de la joie, & lui témoigna combien il avoit de satisfaction de le voir.
Il voulut aussi remercier la reine; mais elle étoit
déjà retirée à son appartement. Le roi le fit
mettre à table avec lui, & après le repas, il
le pria de lui raconter comment la princesse
Giauhare avoit eu l'inhumanité de transformer en
oiseau un prince aussi aimable qu'il l'étoit, & le
roi de Perse le satisfit d'abord. Quand il eut achevé, le roi indigné du procédé de la princesse,
ne put s'empêcher de la blâmer. Il étoit loua-
ble à la princesse de Samandal, reprit-il, de
n'être pas insensible au traitement qu'on avoit
fait au roi son père; mais qu'elle ait poussé la
vengeance à un si grand excès contre un prince
qui ne devoit pas en être accusé, c'est de quoi
elle ne se justifiera jamais auprès de personne.
Mais laissons ce discours, & dites-moi en quoi
je puis vous obliger davantage.

Sire, repartit le roi Beder, l'obligation
que j'ai à votre majesté, est si grande, que je
devrois

devrois demeurer toute ma vie auprès d'elle
pour lui en témoigner ma reconnoiffance ; mais
puifqu'elle ne met pas de bornes à fa générofité ,
je la fupplie de vouloir bien m'accorder un de
fes vaiffeaux pour me remener en Perfe , où
je crains que mon abfence , qui n'eft déjà que
trop longue , n'ait caufé du défordre , & même que la reine ma mère à qui j'ai caché mon
départ , ne foit morte de douleur , dans l'incertitude où elle doit avoir été de ma vie ou
de ma mort.

Le roi lui accorda ce qu'il demandoit de la
meilleure grâce du monde ; & fans différer , il
donna l'ordre pour l'équipement d'un vaiffeau
le plus fort & le meilleur voilier qu'il eût dans
fa flotte nombreufe. Le vaiffeau fut bientôt fourni de tous fes agrès , de matelots , de foldats,
de provifions & de munitions néceffaires ; & dès
que le vent fut favorable , le roi Beder s'y
embarqua après avoir pris congé du roi , & l'a-
voir remercié de tous les bienfaits dont il lui
étoit redevable.

Le vaiffeau mit à la voile avec le vent en
pouppe , qui le fit avancer confidérablement
dans fa route dix jours fans difcontinuer ; l'onzième jour, il devint un peu contraire ; il augmenta , & enfin il fut fi violent, qu'il caufa une
tempête furieufe. Le vaiffeau ne s'écarta pas

Tome IX.   G g

feulement de fa route, il fut encore fi fortement agité, que tous fes mâts fe rompirent,
& que porté au gré du vent, il donna fur une
sèche, & s'y brifa.

la plus grande partie de l'équipage fut fub-
mergée d'abord ; des autres, les uns fe fièrent
à la force de leurs bras pour fe fauver à la nage,
& les autres fe prirent à quelque pièce de bois,
ou à une planche. Beder fut des derniers ; &
emporté tantôt par les courans, & tantôt par
les vagues, dans une grande incertitude de fa
deftinée, il s'apperçut enfin qu'il étoit près de
terre, & peu loin d'une ville de grande apparence. Il profita de ce qui lui reftoit de force
pour y aborder, & il arriva enfin fi près du
rivage, où la mer étoit tranquille, qu'il toucha
le fond. Il abandonna auffitôt la pièce de bois
qui lui avoit été d'un fi grand fecours. Mais
en s'avançant dans l'eau pour gagner la grève,
il fut fort furpris de voir accourir de toutes
parts des chevaux, des chameaux, des mulets, des ânes, des bœufs, des vaches, des
taureaux & d'autres animaux qui bordèrent le
rivage, & fe mirent en état de l'empêcher d'y
mettre le pié. Il eut toutes les peines du monde
à vaincre leur obftination & à fe faire paffage.
Quand il en fut venu à bout, il fe mit à l'abri
de quelques rochers, jufqu'à ce qu'il eût un

peu repris haleine, & qu'il eût féché fon habit
au foleil.

Lorfque ce prince voulut s'avancer pour entrer dans la ville, il eut encore la même difficulté avec les mêmes animaux, comme s'ils
euffent voulu le détourner de fon deffein, &
lui faire comprendre qu'il y avoit du danger
pour lui.

Le roi Beder entra dans la ville, & il vit
plufieurs rues belles & fpacieufes, mais avec
un grand étonnement de ce qu'il ne rencon-
troit perfonne. Cette grande folitude lui fit
confidérer que ce n'étoit pas fans fujet que tant
d'animaux avoient fait tout ce qui étoit en
leur pouvoir pour l'obliger de s'en éloigner plutôt que d'entrer. En avançant néanmoins, il
remarqua plufieurs boutiques ouvertes, qui lui
firent connoître que la ville n'étoit pas auffi dé-
peuplée qu'il fe l'étoit imaginé. Il s'approcha
d'une de ces boutiques où il y avoit plufieurs
fortes de fruits expofés en vente d'une manière
fort propre, & falua un vieillard qui y étoit
affis.

Le vieillard qui étoit occupé à quelque chofe, leva la tête; & comme il vit un jeune
homme qui marquoit quelque chofe de grand,
il lui demanda d'un air qui témoignoit beaucoup de furprife, d'où il venoit, & quelle
G g ij

occasion l'avoit amené. Le roi Beder le satisfit en peu de mots , & le vieillard lui demanda
encore s'il n'avoit rencontré personne en son
chemin. Vous êtes le premier que j'aye vu ,
repartit le roi , & je ne puis comprendre qu'une
ville si belle & de tant d'apparence , soit dé-
serte comme elle l'est. Entrez , ne demeurez
pas davantage à la porte , répliqua le vieillard,
peut-être vous en arriveroit-il quelque mal. Je
satisferai votre curiosité à loisir , & je vous dirai la raison pourquoi il est bon que vous preniez cette précaution.

Le roi Beder ne se le fit pas dire deux fois, il
entra & s'assit près du vieillard ; mais comme le
vieillard avoit compris par le récit de sa dis-
grâce, que le prince avoit besoin de nourriture ,
il lui présenta d'abord de quoi reprendre des
forces ; & quoique le roi Beder l'eût prié de
lui expliquer pourquoi il avoit pris la précaution de le faire entrer, il ne voulut néanmoins
lui rien dire qu'il n'eût achevé de manger ; c'est
qu'il craignoit que les choses fâcheuses qu'il
avoit à lui dire , ne l'empéchassent de manger
tranquillement. En effet, quand il vit qu'il ne
mangeoit plus : Vous devez bien remercier dieu,
lui dit-il , de ce que vous êtes venu jusques
chez moi sans aucun accident. Eh , pour quel
sujet ? reprit le roi Beder effrayé & alarmé.

Il faut que vous fachiez, repartit le vieillard, que cette ville s'appelle *la ville des enchante-mens*, & qu'elle est gouvernée, non pas par un roi, mais par une reine ; & cette reine, qui est la plus belle personne de son sexe dont on ait jamais entendu parler, est aussi magicienne, mais la plus infigne & la plus dangereufe que l'on puisse connoître. Vous en ferez con-vaincu quand vous faurez que tous ces chevaux, ces mulets, & ces autres animaux que vous avez vus, font autant d'hommes comme vous & comme moi, qu'elle a ainsi métamorphofés par fon art diabolique. Autant de jeunes gens bien faits comme vous qui entrent dans la ville, elle a des gens apostés qui les arrêtent, & qui, de gré ou de force, les conduifent devant elle. Elle les reçoit avec un accueil des plus obli-geant, elle les caresse, elle les régale, elle les loge magnifiquement, & elle leur donne tant de facilités pour leur perfuader qu'elle les aime, qu'elle n'a pas de peine à y réussir ; mais elle ne les laisse pas jouir long-tems de leur bon-heur prétendu ; il n'y en a pas un qu'elle ne métamorphofe en quelqu'animal ou en quel-qu'oifeau au bout de quarante jours, felon qu'elle le juge à propos. Vous m'avez parlé de tous ces animaux qui fe font préfentés pour vous empêcher d'aborder à terre & d'entrer

Gg iij

dans la ville ; c'eſt qu'ils ne pouvoient vous faire comprendre d'une autre manière le danger auquel vous vous expoſiez, & qu'ils faiſoient ce qui éto't en leur pouvoir pour vous en détourner.

Ce diſcours affligea très-fenſiblement le jeune roi de Perſe. Hélas, s'écria-t-il, à quelle extrémité fuis-je réduit par ma mauvaiſe deſtinée ! Je fuis à peine délivré d'un enchantement dont j'ai encore horreur, que je me vois expoſé à quelqu'autre plus terrible. Cela lui donna lieu de raconter ſon hiſtoire au vieillard plus au long, de lui parler de ſa naiſſance, de ſa qualité, de ſa paſſion pour la princeſſe de Samandal, & de la cruauté qu'elle avoit eue de le changer en oiſeau, au moment qu'il venoit de la voir, & de lui faire la déclaration de ſon amour.

Quand ce prince eut achevé par le bonheur qu'il avoit eu de trouver une reine qui avoit rompu cet enchantement, & par des témoignages de la peur qu'il avoit de retomber dans un plus grand malheur, le vieillard qui voulut le raſſurer : Quoique ce que je vous ai dit de la reine magicienne & de ſa méchanceté, lui dit-il, ſoit véritable, cela ne doit pas néanmoins vous donner la grande inquiétude où je vois que vous en êtes. Je fuis aîné de toute la ville, je ne fuis pas même inconnu

à la reine, & je puis dire qu’elle a beaucoup
de confidération pour moi. Ainfi c’eft un grand
bonheur pour vous que votre bonne fortune
vous ait adreflé à moi plutôt qu’à un autre.
Vous êtes en fûreté dans ma maifon, où je vous
confeille de demeurer, fi vous l’agréez ainfi :
pourvu que vous ne vous en écartiez pas, je vous
garantis qu’il ne vous arrivera rien qui puiffe
vous donner fujet de vous plaindre de ma mauvaife foi. De la forte, il n’eft pas befoin que
vous vous contraigniez en quoi que ce foit.

Le roi Beder remercia le vieillard de l’hof-
pitalité qu’il exerçoit envers lui, & de la protection qu’il lui donnoit avec tant de bonne
volonté. Il s’affit à l’entrée de la boutique; &
il n’y parut pas plutôt, que fa jeuneffe & fa
bonne mine attirèrent les yeux de tous les paf-
fans. Plufieurs s’arrêtèrent même, & firent compliment au vieillard fur ce qu’il avoit acquis
un efclave fi bien fait, comme ils fe l’imagi-
noient. Et ils en paroiffoient d’autant plus furpris, qu’ils ne pouvoient comprendre qu’un fi
beau jeune homme eût échappé à la diligence
de la reine. Ne croyez pas que ce foit un efclave,
leur difoit le vieillard; vous favez que je ne fuis
ni affez riche, ni de condition, pour en avoir
de cette conféquence. C’eft mon neveu, fils
d’un frère que j’avois, qui eft mort; & comme

je n'ai pas d'enfans, je l'ai fait venir pour me
tenir compagnie. Ils se réjouirent avec lui de
la satisfaction qu'il devoit avoir de son arrivée;
mais en même-tems ils ne purent s'empêcher
de lui témoigner la crainte qu'ils avoient que
la reine ne le lui enlevât. Vous la connoissez,
lui disoient-ils, & vous ne devez pas ignorer
le danger auquel vous vous êtes exposé, après
tous les exemples que vous en avez. Quelle
douleur seroit la vôtre, si elle lui faisoit le
même traitement qu'à tant d'autres que nous
savons !

Je vous suis bien obligé, reprenoit le vieillard, de la bonne amitié que vous me témoi-
gnez, & de la part que vous prenez à mes
intérêts, & je vous en remercie avec toute la
reconnoissance qu'il m'est possible. Mais je me
garderai de penser même que la reine voulût
me faire le moindre déplaisir, après toutes les
bontés qu'elle ne cesse d'avoir pour moi. Au
cas qu'elle en apprenne quelque chose, & qu'elle
m'en parle, j'espère qu'elle ne songera pas seulement à lui, dès que je lui aurai marqué qu'il
est mon neveu.

Le vieillard étoit ravi d'entendre les louanges qu'on donnoit au jeune roi de Perse : il y
prenoit part comme si véritablement il eût été
son propre fils, & il conçut pour lui une amitié

qui augmenta à mesure que le séjour qu'il fit
chez lui, lui donna lieu de le mieux connoître.
Il y avoit environ un mois qu'ils vivoient ensemble, lorsqu'un jour le roi Beder étant assis à
l'entrée de la boutique à son ordinaire, la reine
Labe, c'est ainsi que s'appeloit la reine magicienne, vint passer devant la maison du vieillard avec grande pompe. Le roi Beder n'eut
pas plutôt apperçu la tête des gardes qui marchoient devant elle, qu'il se leva, rentra dans la
boutique, & demanda au vieillard son hôte ce
que cela signifioit. C'est la reine qui va passer,
reprit-il, mais demeurez & ne craignez rien.

Les gardes de la reine Labe, habillés d'un
habit uniforme, couleur de pourpre, montés
& équipés avantageusement, passèrent en quatre files, le sabre haut, au nombre de mille;
& il n'y eut pas un officier qui ne saluât le
vieillard en passant devant sa boutique. Ils furent suivis d'un pareil nombre d'eunuques, habillés de brocard & mieux montés, dont les
officiers lui firent le même honneur. Après eux,
autant de jeunes demoiselles, presque toutes
également belles, richement habillées & ornées
de pierreries, venoient à pié d'un pas grave,
avec la demi-pique à la main; & la reine Labe
paroissoit au milieu d'elles sur un cheval tout
brillant de diamans, avec une selle d'or & une

houffe d'un prix ineftimable. Les jeunes demoi-
felles faluèrent auffi le vieillard à mefure qu'elles
paffoient ; & la reine frappée de la bonne mine
du roi Beder, s'arrêta devant la boutique. Abdallah, lui dit-elle, c'eft ainfi qu'il s'appeloit,
dites-moi, je vous prie, eft-ce à vous cet efclave fi bien fait & fi charment ? Y a-t-il long-
tems que vous avez fait cette acquifition ?

Avant de répondre à la reiné, Abdallah fe
profterna contre terre, & en fe relevant : Madame, lui dit-il, c'eft mon neveu, fils d'un frère
que j'avois, qui eft mort il n'y a pas long-
tems. Comme je n'ai pas d'enfans, je le regarde
comme mon fils, & je l'ai fait venir pour ma
confolation, & pour recueillir après ma mort
le peu de bien que je laifferai.

La reine Labe, qui n'avoit encore vu perfonne de comparable au roi Beder, & qui venoit de concevoir une forte paffion pour lui,
fongea fur ce difcours à faire en forte que le
vieillard le lui abandonnât. Bon père, reprit-
elle, ne voulez-vous pas bien me faire l'amitié
de m'en faire un préfent ? Ne me refufez pas,
je vous en prie : je jure par le feu & par la
lumière, que je le ferai fi grand & fi puiffant,
que jamais particulier au monde n'aura fait une
fi haute fortune. Quand j'aurois le deffein de
faire mal à tout le genre humain, il fera le feul

à qui je me garderai bien d'en faire. J'ai confiance que vous m'accorderez ce que je vous demande, plus fur l'amitié que je fais que vous avez pour moi, que fur l'eftime que je fais & que j'ai toujours faite de votre perfonne.

Madame, reprit le bon Abdallah, je fuis infiniment obligé à votre majefté de toutes les bontés qu'elle a pour moi, & de l'honneur qu'elle veut faire à mon neveu. Il n'eft pas digne d'approcher d'une fi grande reine : je fupplie votre majefté de trouver bon qu'il s'en difpenfe.

Abdallah, répliqua la reine, je m'étois fluttée que vous m'aimiez davantage ; & je n'euffe jamais cru que vous duffiez me donner une marque fi évidente du peu d'état que vous faites de mes prières. Mais je jure encore une fois par le feu & par la lumière, & même par ce qu'il y a de plus facré dans ma religion, que je ne pafferai pas outre, que je n'aye vaincu votre opiniâtreté. Je comprens fort bien ce qui vous fait de la peine; mais je vous promets que vous n'aurez pas le moindre fujet de vous repentir de m'avoir obligée fi fenfiblement.

Le vieillard Abdallah eut une mortification inexprimable par rapport à lui & par rapport au roi Beder, d'être forcé de céder à la volonté de la reine : Madame, reprit-il, je ne

veux pas que votre majefté ait lieu d'avoir fi
mauvaife opinion du refpeét que j'ai pour elle,
ni de mon zèle pour contribuer à tout ce qui
peut lui faire plaifir. J'ai une confiance entière
fur fa parole, & je ne doute pas qu'elle ne me
la tienne. Je la fupplie feulement de différer à
faire un fi grand bonheur à mon neveu, jufqu'au premier jour qu'elle repaffera. Ce fera
donc demain, repartit la reine; & en difant ces
paroles, elle baiffa la tête pour lui marquer
l'obligation qu'elle lui avoit, & reprit le chemin de fon palais.

Quand la reine Labe eut achevé de paffer
avec toute la pompe qui l'accompagnoit : Mon
fils, dit le bon Abdallah au roi Beder, qu'il
s'étoit accoutumé d'appeler ainfi, afin de ne le
pas faire connoître en parlant de lui en public;
je n'ai pu, comme vous l'avez vu vous-même,
refufer à la reine ce qu'elle m'a demandé avec
la vivacité dont vous avez été témoin; afin de
ne lui pas donner lieu d'en venir à quelque violence d'éclat ou fecrète, en employant fon art
magique, & de vous faire, autant par dépit contre vous que contre moi, un traitement plus
cruel & plus fignalé, qu'à tous ceux dont elle
a pu difpofer jufqu'à préfent, comme je vous
en ai déjà entretenu. J'ai quelque raifon de
croire qu'elle en ufera bien, comme elle me

l'a promis, par la confidération toute particulière qu'elle a pour moi. Vous l'avez pu remarquer vous-même par celle de toute fa cour,
& par les honneurs qui m'ont été rendus. Elle
feroit bien maudite du ciel, fi elle me trom-
poit ; mais elle ne me tromperoit pas impuné-
ment, & je faurois bien m'en venger.

Ces affurances, qui paroiffoient fort incer-
taines, ne firent pas un grand effet fur l'efprit
du roi Beder. Après tout ce que vous m'avez
raconté des méchancetés de cette reine, reprit-
il, je ne vous diffimule pas combien je redoute
de m'approcher d'elle. Je méprirerois peut-être
tout ce que vous m'en avez pu dire, & je me
laifferois éblouir par l'éclat de la grandeur qui
l'environne, fi je ne favois déjà par expérience
ce que c'eft que d'être à la difcrétion d'une
magicienne. L'état où je me fuis trouvé par
l'enchantement de la princeffe Giauhare, & dont
il femble que je n'ai été délivré que pour rentrer prefqu'auffitôt dans un autre, me la fait
regarder avec horreur. Ses larmes l'empêchèrent d'en dire davantage, & firent connoître
avec quelle répugnance il fe voyoit dans la
néceffité fatale d'être livré à la reine Labe.

Mon fils, repartit le vieillard Abdallah, ne
vous affligez pas : j'avoue qu'on ne peut pas
faire un grand fondement fur les promeffes &

même fur les fermens d'une reine fi pernicieu-
fe. Je veux bien que vous fachiez que tout fon
pouvoir ne s'étend pas jufqu'à moi. Elle ne
l'ignore pas ; & c'eft pour cela, préférablement
à toute autre chofe, qu'elle a tant d'égards pour
moi. Je faurai bien l'empêcher de vous faire
le moindre mal, quand elle feroit affez perfide
pour ofer entreprendre de vous en faire. Vous
pouvez vous fier à moi ; & pourvu que vous
fuiviez exactement les avis que je vous donnerai avant que je vous abandonne à elle, je vous
fuis garant qu'elle n'aura pas plus de puiffance
fur vous que fur moi.

La reine magicienne ne manqua pas de paffer le lendemain devant la boutique du vieillard Abdallah, avec la même pompe que le
jour d'auparavant, & le vieillard l'attendoit
avec un grand refpect. Bon père, lui dit-elle
en s'arrêtant, vous devez juger de l'impatience
où je fuis d'avoir votre neveu auprès de moi,
par mon exactitude à venir vous faire fouvenir de vous acquitter de votre promeffe. Je
fais que vous êtes homme de parole, & je ne
veux pas croire que vous ayez changé de fentiment.

Abdallah qui s'étoit profterné dès qu'il avoit
vu que la reine s'approchoit, fe releva quand
elle eut ceffé de parler ; & comme il ne vou-

loit pas que perſonne entendît ce qu'il avoit
à lui dire, il s'avança avec reſpect juſqu'à la
tête de ſon cheval, & en lui parlant bas : Puiſ-
ſante reine, dit-il, je ſuis perſuadé que votre
majeſté ne prend pas en mauvaiſe part la difficulté que je fis de lui confier mon neveu dès
hier : elle doit avoir compris elle-même le
motif que j'en ai eu. Je veux bien le lui abandonner aujourd'hui, mais je la ſupplie d'avoir
pour agréable de mettre en oubli tous les ſe-
crets de cette ſcience merveilleuſe qu'elle poſ-
ſède au ſouverain degré. Je regarde mon neveu comme mon propre fils, & votre majeſté
me mettroit au déſeſpoir, ſi elle en uſoit avec
lui d'une autre manière qu'elle a eu la bonté
de me le promettre.

Je vous le promets encore, repartit la reine,
& je vous répète par le même ſerment qu'hier,
que vous & lui aurez tout ſujet de vous louer
de moi. Je vois bien que je ne vous ſuis pas
encore aſſez connue, ajouta-t-elle, vous ne
m'avez vue juſqu'à préſent que le viſage cou-
vert ; mais comme je trouve votre neveu digne
de mon amitié, je veux vous faire voir que
je ne ſuis pas indigne de la ſienne. En diſant
ces paroles, elle laiſſa voir au roi Beder qui
s'étoit approché avec Abdallah, une beauté
incomparable ; mais le roi Beder en fut peu

touché. En effet, ce n'est pas affez d'être belle,
dit-il en lui-même, il faut que les actions
foient aussi régulières que la beauté est accomplie.

Dans le tems que le roi Beder faisoit ces réflexions les yeux attachés sur la reine Labe, le
vieillard Abdallah se tourna de son côté, & en
la prenant par la main, il le lui présenta: Le
voilà, madame, lui dit-il; je supplie votre majesté encore une fois de se souvenir qu'il est
mon neveu, & de permettre qu'il vienne me voir
quelquefois. La reine le lui promit; & pour
lui marquer sa reconnoissance, elle lui fit donner un sac de mille pièces d'or qu'elle avoit
fait apporter. Il s'excusa d'abord de le recevoir; mais elle voulut absolument qu'il l'accep-
tât, & il ne put s'en dispenser. Elle avoit fait
amener un cheval aussi richement harnaché que
le sien, pour le roi de Perse. On le lui présenta; & pendant qu'il mettoit le pié à l'étrier:
J'oubliois, dit la reine à Abdallah, de vous
demander comment s'appelle votre neveu.
Comme il lui eut répondu qu'il se nommoit
Beder (*Pleine Lune*): On s'est mépris, reprit-
elle, on devoit plutôt le nommer Schems
(*Soleil*).

Dès que le roi Beder fut monté à cheval, il
voulut prendre son rang derrière la reine; mais
elle

elle le fit avancer à sa gauche, & voulut qu'il marchât à côté d'elle. Elle regarda Abdallah, & après lui avoir fait une inclination, elle reprit sa marche.

Au lieu de remarquer sur le visage du peuple une certaine satisfaction accompagnée de respect à la vue de sa souveraine, le roi Beder s'apperçut au contraire qu'on la regardoit avec mépris, & même que plusieurs faisoient mille imprécations contr'elle. La magicienne, disoient quelques-uns, a trouvé un nouveau sujet d'exercer sa méchanceté : le ciel ne délivrera-t-il jamais le monde de sa tyrannie ? Pauvre étranger, s'écrioient d'autres, tu es bien trompé, si tu crois que ton bonheur durera long-tems : c'est pour rendre ta chûte plus assommante qu'on t'éleve si haut ! Ces discours lui firent connoître que le vieillard Abdallah lui avoit dépeint la reine Labe telle qu'elle étoit en effet, mais comme il ne dépendoit plus de lui de se tirer du danger où il étoit, il s'abandonna à la providence, & à ce qu'il plairoit au ciel de décider de son sort.

La reine magicienne arriva à son palais ; & quand elle eut mis pié à terre, elle se fit donner la main par le roi Beder, & entra avec lui, accompagnée de ses femmes & des officiers de ses eunuques. Elle lui fit voir elle-même tous les appartemens, où il n'y avoit qu'or maffif, pierreries, & que meubles d'une magnificence fingulière. Quand elle l'eut mené dans fon cabinet, elle s'avança avec lui fur un balcon, d'où elle lui fit remarquer un jardin d'une beauté enchantée. Le roi Beder louoit tout ce qu'il voyoit avec beaucoup d'efprit, d'une manière néanmoins qu'elle ne pouvoit fe douter qu'il fût autre chofe que le neveu du vieillard Abdallah. Ils s'entretinrent de plufieurs chofes indifférentes, jufqu'à ce qu'on vînt avertir la reine que l'on avoit fervi.

La reine & le roi Beder fe levèrent, & allèrent fe mettre à table. La table étoit d'or maffif, & les plats de la même matière. Ils mangèrent, & ils ne burent prefque pas jufqu'au deffert; mais alors la reine fe fit emplir fa coupe d'or d'excellent vin; & après qu'elle eut bu à la fanté du roi Beder, elle la fit remplir fans la quitter, & la lui préfenta. Le roi Beder la reçut avec beaucoup de refpect; & par une inclination de tête fort bas, il lui marqua qu'il buvoit réciproquement à fa fanté.

Dans le même tems dix femmes de la reine Labe entrèrent avec des inftrumens, dont elles firent un agréable concert avec leurs voix, pendant qu'ils continuèrent de boire bien avant dans la nuit. A force de boire, enfin ils s'é-

chauffèrent si fort l'un & l'autre, qu'insensiblement le roi Beder oublia que la reine étoit
magicienne, & qu'il ne la regarda plus que
comme la plus belle reine qu'il y eût au monde.
Dès que la reine se fut apperçue qu'elle l'avoit
amené au point qu'elle souhaitoit, elle fit signe
aux eunuques & à ses femmes de se retirer. Ils
obéirent, & le roi Beder & elle couchèrent ensemble.

Le lendemain la reine & le roi Beder allèrent au bain dès qu'ils furent levés; & au sortir
du bain, les femmes qui y avoient servi le roi,
lui présentèrent du linge blanc & un habit des
plus magnifiques. La reine, qui avoit pris aussi
un autre habit plus magnifique que celui du
jour d'auparavant, vint le prendre, & ils allèrent ensemble à son appartement. On leur
servit un bon repas, après quoi ils passèrent la journée agréablement à la promenade
dans le jardin, & à plusieurs sortes de diver-
tissemens.

La reine Labe traita & régala le roi Beder de
cette manière pendant quarante jours, comme
elle avoit coutume d'en user envers tous ses amans.
La nuit du quarantième qu'ils étoient couchés,
comme elle croyoit que le roi Beder dormoit,
elle se leva sans faire de bruit : mais le roi Beder qui étoit éveillé, & qui s'apperçut qu'elle

avoit quelque deſſein, fit ſemblant de dormir, & fut attentif à ſes actions. Lorſqu'elle fut levée, elle ouvrit une caſſette, d'où elle tira une boîte pleine d'une certaine poudre jaune. Elle prit de cette poudre, & en fit une traînée au travers de la chambre. Auſſitôt cette traînée ſe changea en un ruiſſeau d'une eau très-claire, au grand étonnement du roi Beder. Il en trembla de frayeur; & il ſe contraignit davantage à faire ſemblant qu'il dormoit, pour ne pas donner à connoître à la magicienne qu'il fût éveillé.

La reine Labe puiſa de l'eau du ruiſſeau dans un vaſe, & en verſa dans un baſſin où il y avoit de la farine, dont elle fit une pâte qu'elle pétrit fort long-tems : elle y mit enfin de certaines drogues qu'elle prit en différentes boîtes ; & elle en fit un gâteau qu'elle mit dans une tourtière couverte. Comme avant toute choſe elle avoit allumé un grand feu, elle tira de la braiſe, mit la tourtière deſſus ; & pendant que le gâteau cuiſoit, elle remit les vaſes & les boîtes dont elle s'étoit ſervie, en leur lieu, & à de certaines paroles qu'elle prononça, le ruiſſeau qui couloit au milieu de la chambre, diſparut. Quand le gâteau fut cuit, elle l'ôta de deſſus la braiſe & le porta dans un cabinet, après quoi elle revint coucher avec le roi Beder, qui fut fi bien diffimuler, qu'elle n'eut pas le moindre foupçon qu'il eût rien vu de tout ce qu'elle venoit de faire.

Le roi Beder, à qui les plaifirs & les divertiffemens avoient fait oublier le bon vieillard Abdallah, fon hôte, depuis qu'il l'avoit quitté, fe fouvint de lui, & crut qu'il avoit befoin de fon confeil, après ce qu'il avoit vu faire à la reine Labe pendant la nuit. Dès qu'il fut levé, il témoigna à la reine le défir qu'il avoit de l'aller voir, & la fupplia de vouloir bien le lui permettre. Hé quoi, mon cher Beder, reprit la reine, vous ennuyez-vous déjà, je ne dis pas de demeurer dans un palais fi fuperbe, & où vous devez trouver tant d'agrémens, mais de la compagnie d'une reine qui vous aime fi paffionnément, & qui vous en donne tant de marques ?

Grande reine, reprit le roi Beder, comment pourrois-je m'ennuyer de tant de grâces & de tant de faveurs dont votre majefté a la bonté de me combler ? Bien loin de cela, madame, je demande cette permiffion plutôt pour rendre compte à mon oncle des obligations infinies que j'ai à votre majefté, que pour lui faire connoître que je ne l'oublie pas. Je ne défavoue pas néanmoins que c'eft en partie pour cette raifon : comme je fais qu'il m'aime avec

tendreſſe , & qu'il y a quarante jours qu'il ne
m'a vu , je ne veux pas lui donner lieu de
penſer que je n'y correſpons pas , en demeurant plus long-tems ſans le voir. Allez, repartit la reine , je le veux bien ; mais vous ne ferez pas long-tems à revenir , ſi vous vous ſou-
venez que je ne puis vivre ſans vous. Elle lui
fit donner un cheval richement harnaché , &
il partit.

Le vieillard Abdallah fut ravi de revoir le
roi Beder ; ſans avoir égard à ſa qualité , il
l'embraſſa tendrement , & le roi Beder l'embraſſa de même , afin que perſonne ne doutât
qu'il ne fût ſon neveu. Quand ils ſe furent affis : Hé bien , demanda Abdallah au roi , comment vous êtes-vous trouvé , & comment vous
trouvez-vous encore avec cette infidelle , cette
magicienne ?

Juſqu'à préſent , reprit le roi Beder , je puis
dire qu'elle a eu pour moi toutes ſortes d'é-
gards imaginables, & qu'elle a eu toute la conſidération & tout l'empreſſement poſible pour
mieux me perſuader qu'elle m'aime parfaitement.
Mais j'ai remarqué une choſe cette nuit qui
me donne un juſte ſujet de ſoupçonner que tout
ce qu'elle en a fait, n'eſt que diſſimulation. Dans
le tems qu'elle croyoit que je dormois profondément , quoique je fuſſe éveillé , je m'ap-

perçus qu'elle s'éloigna de moi avec beaucoup
de précaution , & qu'elle se leva. Cette précaution fit qu'au lieu de me rendormir , je
m'attachai à l'obferver, en feignant cependant
que je dormois toujours. En continuant fon
difcours, il lui raconta comment & avec quelles
circonftances il lui avoit vu faire le gâteau ; &
en achevant : Jufqu'alors , ajouta-t-il, j'avoue
que je vous avois prefqu'oublié, avec tous les
avis que vous m'aviez donnés de fes méchancetés ; mais cette action me fait craindre qu'elle
ne tienne ni les paroles qu'elle vous a données, ni fes fermens fi folemnels. J'ai fongé à
vous auffitôt, & je m'eftime heureux de ce qu'elle
m'a permis de vous venir voir avec plus de facilité que je ne m'y étois attendu.

Vous ne vous êtes pas trompé , repartit le
vieillard Abdallah avec un fouris qui marquoit
qu'il n'avoit pas cru lui-même qu'elle dût en ufer
autrement ; rien n'eft capable d'obliger la perfide de fe corriger. Mais ne craignez rien , je fais
le moyen de faire en forte que le mal qu'elle
veut vous faire , retombe fur elle. Vous êtes
entré dans le foupçon fort à propos , & vous
ne pouviez mieux faire que de recourir à moi.
Comme elle ne garde pas fes amans plus de
quarante jours , & qu'au lieu de les renvoyer
honnêtement, elle en fait autant d'animaux dont

elle remplit ſes forêts , ſes parcs & la campagne, je pris dès hier les meſures pour empêcher
qu'elle ne vous faſſe le même traitement. Il y a
trop long-tems que la terre porte ce monſtre,
il faut qu'elle ſoit traitée elle-même comme elle
le mérite.

En achevant ces paroles , Abdallah mit deux
gâteaux entre les mains du roi Beder , & lui
dit de les garder pour en faire l'uſage qu'il alloit
entendre. Vous m'avez dit , continua-t-il , que
la magicienne a fait un gâteau cette nuit; c'eſt
pour vous en faire manger , n'en doutez pas ;
mais gardez-vous bien d'en goûter. Ne laiſſez
pas cependant d'en prendre quand elle vous en
préſentera , & au lieu d'en mettre à la bouche ,
faites en ſorte de manger à la place , d'un des
deux que je viens de vous donner , ſans qu'elle
s'en apperçoive. Dès qu'elle aura cru que vous
aurez avalé du ſien , elle ne manquera pas d'entreprendre de vous métamorphoſer en quelque
animal. Elle n'y réuſſira pas , & elle tournera
la choſe en plaiſanterie , comme ſi elle n'eût
voulu le faire que pour rire & vous faire un peu
de peur, pendant qu'elle en aura un dépit mortel dans l'ame , & qu'elle s'imaginera d'avoir
manqué en quelque choſe dans la compoſition
de ſon gâteau. Pour ce qui eſt de l'autre gâteau , vous lui en ferez préſent , & vous la preſ-

ferez d'en manger. Elle en mangera, quand ce
ne feroit que pour vous faire voir qu'elle ne
fe méfie pas de vous, après le fujet qu'elle
vous aura donné de vous méfier d'elle. Quand elle
en aura mangé, prenez un peu d'eau dans le
creux de la main, & en la lui jettant au vifage, dites-lui : *Quitte cette forme, & prens celle
d'un tel ou tel animal* qu'il vous plaira, & venez avec l'animal, je vous dirai ce qu'il faudra
que vous faffiez.

Le roi Beder marqua au vieillard Abdallah
en des termes les plus expreffifs, combien il
lui étoit obligé de l'intérêt qu'il prenoît à empêcher qu'une magicienne fi dangereufe n'eût
le pouvoir d'exercer fa méchanceté contre lui;
& après qu'il fe fut encore entretenu quelque
tems avec lui, il le quitta & retourna au palais. En arrivant il apprit que la magicienne
l'attendoit dans le jardin avec grande impatience.
Il alla la chercher, & la reine Labe ne l'eut
pas plutôt apperçu, qu'elle vint à lui avec grand
empreffement. Cher Beder, lui dit-elle, on a
grande raifon de dire que rien ne fait mieux
connoître la force & l'excès de l'amour, que l'é-
loignement de l'objet que l'on aime. Je n'ai pas
eu de repos depuis que je vous ai perdu de
vue, & il me femble qu'il y a des années que
je ne vous ai pas vu; pour peu que vous euf-

fiez différé, je me préparois à vous aller chercher moi-même.

Madame, reprit le roi Beder, je puis affurer votre majesté que je n'ai pas eu moins d'impatience de me rendre auprès d'elle ; mais je
n'ai pu refuser quelques momens d'entretien à
un oncle qui m'aime, & qui ne m'avoit pas vu
depuis si long-tems. Il vouloit me retenir ; mais
je me suis arraché à sa tendresse pour venir où
l'amour m'appeloit ; & de la collation qu'il m'a-
voit préparée, je me suis contenté d'un gâteau
que je vous ai apporté. Le roi Beder qui avoit
enveloppé l'un des deux gâteaux dans un mouchoir fort propre, le développa, & en le lui
préfentant : Le voilà, madame, ajouta-t-il,
je vous supplie de l'agréer.

Je l'accepte de bon cœur, repartit la reine
en le prenant, & j'en mangerai avec plaisir
pour l'amour de vous & de votre oncle mon
bon ami ; mais auparavant je veux que pour
l'amour de moi vous mangiez de celui-ci, que
j'ai fait pendant votre abfence. Belle reine,
lui dit le roi Beder en le recevant avec refpect, des mains comme celles de votre majesté
ne peuvent rien faire que d'excellent, & elle
me fait une faveur, dont je ne puis affez lui
témoigner ma reconnoiffance.

Le roi Beder fubftitua adroitement à la place

du gâteau de la reine, l'autre que le vieillard
Abdallah lui avoit donné, & il en rompit un
morceau qu'il porta à la bouche. Ah, reine,
s'écria-t-il en le mangeant, je n'ai jamais rien
goûté de plus exquis ! Comme ils étoient près
d'un jet-d'eau, la magicienne qui vit qu'il avoit
avalé le morceau, & qu'il en alloit manger un
autre, puisa de l'eau du baffin dans le creux
de fa main, & en la lui jetant au vifage : *Malheureux*, lui dit-elle, *quitte cette figure d'homme, & prens celle d'un vilain cheval borgne &
boiteux.*

Ces paroles ne firent pas d'effet, & la magicienne fut extrêmement étonnée de voir le
roi Beder dans le même état, & donner feulement une marque de grande frayeur. La rougeur lui en monta au vifage ; & comme elle
vit qu'elle avoit manqué fon coup : Cher Beder, lui dit-elle, ce n'eft rien, remettez-vous,
je n'ai pas voulu vous faire de mal, je l'ai fait
feulement pour voir ce que vous en diriez.
Vous pouvez juger que je ferois la plus miférable & la plus exécrable de toutes les femmes,
fi je commettois une action fi noire, je ne dis
pas feulement après les fermens que j'ai faits,
mais même après les marques d'amour que je
vous ai données.

Puiffante reine, repartit le roi Beder, quel-

que perfuadé que je fois que votre majefté ne
l'a fait que pour fe divertir, je n'ai pu néanmoins me garantir de la furprife : quel moyen
auffi de s'empêcher de n'avoir pas au moins
quelqu'émotion à des paroles capables de faire
un changement fi étrange ? Mais, madame,
laiffons-là ce difcours, & puifque j'ai mangé
de votre gâteau, faites-moi la grâce de goûter
du mien.

La reine Labe, qui ne pouvoit mieux fe
juftifier qu'en donnant cette marque de confiance au roi de Perfe, rompit un morceau du
gâteau & le mangea. Dès qu'elle l'eut avalé,
elle parut toute troublée & elle demeura comme
immobile. Le roi Beder ne perdit pas de tems,
il prit de l'eau du même baffin, & en la lui
jetant au vifage : *Abominable magicienne*, s'é-
cria-t-il, *fors de cette figure*, *& change-toi en
cavale*.

Au même moment, la reine Labe fut changée en une très-belle cavale ; & fa confufion
fut fi grande de fe voir ainfi métamorphofée,
qu'elle répandit des larmes en abondance. Elle
baiffa la tête jufqu'aux piés du roi Beder,
comme pour le toucher de compaffion. Mais
quand il eût voulu fe laiffer fléchir, il n'étoit
pas en fon pouvoir de réparer le mal qu'il lui
avoit fait. Il mena la cavale à l'écurie du palais,

où il la mit entre les mains d'un palfrenier pour la faire feller & brider ; mais de toutes les brides que le palfrenier préfenta à la cavale, pas une ne fe trouva propre. Il fit feller & brider deux chevaux, un pour lui & l'autre pour le palfrenier, & il fe fit fuivre par le palfrenier jufques chez le vieillard Abdallah avec la cavale à la main.

Abdallah qui apperçut de loin le roi Beder & la cavale, ne douta pas que le roi Beder n'eût fait ce qu'il lui avoit recommandé. Maudite magicienne, dit-il auffitôt en lui-même avec joie, le ciel enfin t'a châtiée comme tu le méritois. Le roi Beder mit pié à terre en arrivant, & entra dans la boutique d'Abdallah, qu'il embraffa en le remerciant de tous les fervices qu'il lui avoit rendus. Il lui raconta de quelle manière le tout s'étoit paffé, & lui marqua qu'il n'avoit pas trouvé de bride propre pour la cavale. Abdallah qui en avoit une à tout cheval, en brida la cavale lui-même ; & dès que le roi Beder eut renvoyé le palfrenier avec les deux chevaux : Sire, lui dit-il, vous n'avez pas befoin de vous arrêter davantage en cette ville, montez la cavale & retournez en votre royaume. La feule chofe que j'ai à vous recommander, c'eft qu'au cas que vous veniez à vous défaire de la cavale, de vous bien

garder de la livrer avec la bride. Le roi Beder
lui promit qu'il s'en souviendroit ; & après qu'il
lui eut dit adieu, il partit.

Le jeune roi de Perse ne fut pas plutôt hors
de la ville, qu'il ne se sentit pas de la joie
d'être délivré d'un si grand danger, & d'avoir
à sa disposition la magicienne, qu'il avoit eu
un si grand sujet de redouter. Trois jours après
son départ il arriva à une grande ville. Comme
il étoit dans le fauxbourg, il fut rencontré par
un vieillard de quelque considération qui alloit
à pié à une maison de plaisance qu'il y avoit.
Seigneur, lui dit le vieillard en s'arrêtant, ose-
rois-je vous demander de quel côté vous venez ?
Il s'arrêta aussitôt pour le satisfaire ; & comme
le vieillard lui faisoit plusieurs questions, une
vieille survint qui s'arrêta pareillement, & se
mit à pleurer en regardant la cavale avec de
grands soupirs.

Le roi Beder & le vieillard interrompirent
leur entretien, pour regarder la vieille, & le
roi Beder lui demanda quel sujet elle avoit de
pleurer. Seigneur, reprit-elle c'est que votre
cavale ressemble si parfaitement à une que mon
fils avoit & que je regrete encore pour l'amour
de lui, que je croirois que c'est la même si
elle n'étoit morte. Vendez-la-moi, je vous en
supplie, je vous la payerai ce qu'elle vaut ;

& avec cela, je vous en aurai une très-grande obligation.

Bonne-mère, repartit le roi Beder, je suis fâché de ne pouvoir vous accorder ce que vous demandez; ma cavale n'eſt pas à vendre. Ah, Seigneur, inſiſta la vieille, ne me refuſez pas, je vous en conjure au nom de dieu ! Nous mourrions de déplaiſir mon fils & moi, ſi vous ne nous accordiez pas cette grâce. Bonne mère, répliqua le roi Beder, je vous l'accorderois très· volontiers, ſi je m'étois déterminé à me défaire d'une ſi bonne cavale; mais quand cela feroit, je ne crois pas que vous en vouluſſiez donner mille pièces d'or; car en ce cas-là je ne l'eſtime-rois pas moins. Pourquoi ne les donnerois-je pas, repartit la vieille ? vous n'avez qu'à donner votre conſentement à la vente, je vais vous les compter.

Le roi Beder qui voyoit que la vieille étoit habillée aſſez pauvrement, ne put s'imaginer qu'elle fût en état de trouver une ſi groſſe ſomme. Pour éprouver ſi elle tiendroit le mar-ché; Donnez-moi l'argent, lui dit-il, la cavale eſt à vous. Auſſitôt la vieille détacha une bourſe qu'elle avoit autour de ſa ceinture, & en la lui préſentant : Prenez la peine de deſcendre, lui dit-elle, que nous comptions ſi la ſomme y eſt; au cas qu'elle n'y ſoit pas, j'aurai bientôt trouvé le reſte, ma maiſon n'eſt pas loin.

L'étonnement du roi Beder fut extrême, quand il vit la bourſe : Bonne mère, reprit-il, ne voyez-vous pas que ce que je vous en ai dit, n'eſt que pour rire ? je vous répète que ma cavale n'eſt pas à vendre.

Le vieillard qui avoit été témoin de tout cet entretien, prit alors la parole : Mon fils, dit-il au roi Beder, il faut que vous ſachiez une choſe, que je vois bien que vous ignorez, c'eſt qu'il n'eſt pas permis en cette ville de mentir en aucune manière, ſous peine de mort. Ainſi vous ne pouvez vous diſpenſer de prendre l'argent de cette bonne-femme, & de lui livrer votre cavale, puiſqu'elle vous en donne la ſomme que vous avez demandée. Vous ferez mieux de faire la choſe ſans bruit, que de vous expoſer au malheur qui pourroit vous en arriver.

Le roi Beder bien affligé de s'etre engagé dans cette méchante affaire avec tant d'inconſidération, mit pié à terre avec un grand regret. La vieille fut prompte à ſe ſaiſir de la bride & à débrider la cavale, & encore plus à prendre dans la main de l'eau d'un ruiſſeau qui couloit au milieu de la rue, & de la jeter ſur la cavale, avec ces paroles : *Ma fille, quittez cette forme étrangère, & reprenez la vôtre.* Le changement ſe fit en un moment ; & le roi Beder

qui

qui s'évanouit dès qu'il vit paroître la reine
Labe devant lui, fût tombé par terre, fi le
vieillard ne l'eût retenu.

La vieille qui étoit mère de la reine Labe,
& qui l'avoit inftruite de tous ies fecrets de la
magie, n'eut pas plutôt embraffé fa fille, pour
lui témoigner fa joie, qu'en un inftant elle fit
paroître par un fifflement un génie hideux, &
d'une grandeur gigantefque. Le génie prit auffitôt le roi Beder fur une épaule, embraffa la
vieille & la reine magicienne de l'autre, & les
tranfporta en peu de momens au palais de la
reine Labe, dans la ville des enchantemens.

La reine magicienne en furie fit de grands
reproches au roi Beder, dès qu'elle fut de retour dans fon palais : Ingrat, lui dit-elle, c'eft
donc ainfi que ton indigne oncle & toi, vous
m'avez donné des marques de reconnoiffance,
après tout ce que j'ai fait pour vous : je vous
ferai fentir à l'un & à l'autre ce que vous méritez. Elle ne lui en dit pas davantage ; mais elle
prit de l'eau, & en la lui jetant au vifage :
Sors de cette figure, dit-elle, *& prens celle de*
vilain hibou. Ces paroles furent fuivies de l'effet ; & auffitôt elle commanda à une de fes
femmes d'enfermer le hibou dans une cage, &
de ne lui donner ni à boire ni à manger.

La femme emporta la cage ; & fans avoir

égard à l'ordre de la reine Labe , elle y mit
de la mangeaille & de l'eau ; & cependant
comme elle étoit amie du vieillard Abdallah,
elle envoya l'avertir fecrètement de quelle manière la reine venoit de traiter fon neveu , &
de fon deffein de les faire périr l'un & l'autre ,
afin qu'il donnât ordre à l'en empécher , & qu'il
fongeât à fa propre confervation.

Abdallah vit bien qu'il n'y avoit pas de mé-
nagement à prendre avec la reine Labe. Il ne
fit que fiffler d'une certaine manière , & auffitôt
un grand génie à quatre aîles fe fit voir devant
lui , & lui demanda pour quel fujet il l'avoit
appelé. L'Eclair , lui dit-il , (c'eft ainfi que s'appeloit ce génie) , il s'agit de conferver la vie
du roi Beder , fils de la reine Gulnare. Va au palais de la magicienne , & tranfporte inceffamment à la capitale de Perfe la femme pleine
de compaffion à qui elle a donné la cage en
garde , afin qu'elle informe la reine Gulnare du
danger où eft le roi fon fils , & du befoin qu'il
a de fon fecours ; prens garde de ne la pas
épouvanter en te préfentant devant elle , & dis-
lui bien de ma part ce qu'elle doit faire.

L'Eclair difparut , & paffa en un inftant au
palais de la magicienne. Il inftruifit la femme,
il l'enleva dans l'air , & la tranfporta à la capitale
de Perfe , où il la pofa fur le toît en terraffe

qui répondoit à l'appartement de la reine Gulnare. La femme defcendit par l'efcalier qui y
conduifoit, & elle trouva la reine Gulnare &
la reine Farache fa mère qui s'entrenoient du
trifte fujet de leur affliction commune. Elle leur
fit une profonde révérence ; & par le récit
qu'elle leur fit, elles connurent le befoin que
le roi Beder avoit d'être fecouru promptement.

A cette nouvelle la reine Gulnare fut dans
un tranfport de joie, qu'elle marqua en fe levant de fa place & en embraffant l'obligeante
femme, pour lui témoigner combien elle lui
étoit obligée du fervice qu'elle venoit de lui
rendre. Elle fortit auffitôt, & commanda qu'on
fît jouer les trompettes, tymbales & les tambours du palais, pour annoncer à toute la
ville que le roi de Perfe arriveroit bientôt. Elle
revint, & elle trouva le roi Saleh fon frère,
que la reine Farache avoit déjà fait venir par
une certaine fumigation. Mon frère, lui dit-
elle, le roi votre neveu mon cher fils, eft
dans la ville des enchantemens, fous la puiffance
de la reine Labe. C'eft à vous, c'eft à moi,
d'aller le délivrer ; il n'y a pas de tems à perdre.

Le roi Saleh affembla une puiffante armée des
troupes de fes états marins, qui s'éleva bientôt
de la mer. Il appela même à fon fecours les
génies fes alliés, qui parurent avec une autre

armée plus nombreufe que la fienne. Quand les
deux armées furent jointes, il fe mit à la tête
avec la reine Farache, la reine Gulnare & les
princeffes, qui voulurent avoir part dans l'action.
Ils s'élevèrent dans l'air, & ils fondirent bientôt
fur le palais & fur la ville des enchantemens,
où la reine magicienne, fa mère, & tous les adorateurs du feu furent détruits en un clin-d'œil.

La reine Gulnare s'étoit fait fuivre par la
femme de la reine Labe, qui étoit venue lui
annoncer la nouvelle de l'enchantement & de
l'emprifonnement du roi fon fils; & elle lui avoit
recommandé de n'avoir pas d'autre foin dans
la mêlée, que d'aller prendre la cage & de la
lui apporter. Cet ordre fut exécuté comme elle
l'avoit fouhaité. Elle ouvrit la cage elle-même,
elle tira le hibou dehors; & en jettant fur lui
de l'eau qu'elle fe fit apporter : *Mon cher fils*,
dit-elle, *quittez cette figure étrangère, & prenez
celle d'homme qui eft la vôtre.*

Dans le moment la reine Gulnare ne vit plus
le vilain hibou; elle vit le roi Beder fon fils,
elle l'embraffa auffitôt avec un excès de joie :
ce qu'elle n'étoit pas en état de dire par fes paroles, dans le tranfport où elle étoit, fes larmes
y fuppléèrent d'une manière qui l'exprimoit avec
beaucoup de force. Elle ne pouvoit fe réfoudre à le quitter, & il fallut que la reine Farache

le lui arrachât à son tour. Après elle, il fut
embraſſé de même par le roi ſon oncle, & par
les princeſſes ſes parentes.

Le premier ſoin de la reine Gulnare fut de
faire chercher le vieillard Abdallah, à qui elle
étoit obligée du recouvrement du roi de Perſe.
Dès qu'on le lui eut amené : L'obligation que
je vous ai, lui dit-elle, eſt ſi grande, qu'il n'y
a rien que je ne ſois prête de faire pour vous
en marquer ma reconnoiſſance ; faites connoître vous-même en quoi je le puis, vous ſerez
ſatisfait. Grande reine, reprit-il, ſi la dame que
je vous ai envoyée, veut bien conſentir à la
foi de mariage que je lui offre, & que le roi
de Perſe veuille bien me ſouffrir à ſa cour, je
conſacre de bon cœur le reſte de mes jours à
ſon ſervice. La reine Gulnare ſe tourna auſſitôt
du côté de la dame, qui étoit préſente ; & comme
la dame fit connoître par une honnête pudeur
qu'elle n'avoit pas de répugnance pour ce mariage, elle leur fit prendre la main l'un à l'autre, & le roi de Perſe & elle prirent le ſoin de
leur fortune.

Ce mariage donna lieu au roi de Perſe, de
prendre la paroles en l'adreſſant à la reine ſa
mère : Madame, dit-il en ſouriant, je ſuis ravi
du mariage que vous venez de faire, il en reſte
un auquel vous devriez bien ſonger. La reine

Gulnare ne comprit pas d'abord de quel mariage il entendoit parler : elle y penfa un moment ; & dès qu'elle l'eut compris : C'eft du
vôtre dont vous voulez parler, reprit-elle, j'y
confens très-volontiers. Elle regarda auffitôt
les fujets marins du roi fon frère, & les génies qui étoient préfens : Partez, dit-elle, &
parcourez tous les palais de la mer & de la terre,
& venez nous donner avis de la princeffe la
plus belle & la plus digne du roi mon fils, &
que vous aurez remarquée.

Madame, reprit le roi Beder, il eft inutile
de prendre toute cette peine. Vous n'ignorez
pss fans doute que j'ai donné mon cœur à la
princeffe de Samandal fur le fimple récit de fa
beauté : je l'ai vûe, & je ne me fuis pas re-
penti du préfent que je lui ai fait. En effet il
ne peut pas y avoir ni fur la terre ni fous les
ondes, une princeffe qu'on puiffe lui comparer.
Il eft vrai que fur la déclaration que je lui ai
faite, elle m'a traité d'une manière qui eut pu
éteindre la flamme de tout autre amant moins
embrâfé que moi de fon amour. Mais elle eft
excufable ; & elle ne pouvoit me traiter moins
rigoureufement, après l'emprifonnement du roi
fon père, dont je ne laiffois pas d'être la
caufe, quoiqu'innocent. Peut-être que le roi de
Samandal aura changé de fentiment, & qu'elle

n'aura plus de répugnance à m'aimer & à me donner la foi dès qu'elle y aura confenti.

Mon fils, repliqua la reine Gulnare, s'il n'y a que la princeffe Giauhare au monde capable de vous rendre heureux, ce n'eft pas mon intention de m'oppofer à votre union, s'il eft poffible qu'elle fe faffe. Le roi votre oncle n'a qu'à faire venir le roi de Samandal, & nous aurons bientôt appris s'il eft toujours auffi peu traitable qu'il l'a été.

Quelqu'étroitement que le roi de Samandal eût été gardé jufqu'alors depuis fa captivité par les ordres du roi Saleh, il avoit toujours été traité néanmoins avec beaucoup d'égards, & il s'étoit apprivoifée avec les officiers qui le gardoient. Le roi Saleh fe fit apporter un réchaud avec du feu, & il y jeta une certaine compofition en prononçant des paroles myftérieufes. Dès que la fumée commença à s'élever, le palais s'ébranla, & l'on vit bientôt paroître le roi de Samandal avec les officiers du roi Saleh qui l'accompagnoient. Le roi de Perfe fe jeta auffitôt à fes piés, & en demeurant le genou en terre : Sire, dit-il, ce n'eft plus le roi Saleh qui demande à votre majefté l'honneur de fon alliance pour le roi de Perfe ; c'eft le roi de Perfe lui-même qui la fupplie de lui faire cette grâce. Je ne puis me perfuader qu'elle veuille être la caufe de la mort d'un roi qui ne peut plus vivre, s'il ne vit avec l'aimable princeffe Giauhare.

Le roi de Samandal ne fouffrit pas plus long-tems que le roi de Perfe demeurât à fes piés. Il l'embraffa, & en l'obligeant de fe relever : Sire, repartit-il, je ferois bien fâché d'avoir contribué en rien à la mort d'un monarque fi digne de vivre. S'il eft vrai qu'une vie fi précieufe ne puiffe fe conferver fans la poffeffion de ma fille, vivez, fire, elle eft à vous. Elle a toujours été très-foumife à ma volonté, je ne crois pas qu'elle s'y oppofe. En achevant ces paroles, il chargea un de fes officiers, que le roi Saleh avoit bien voulu qu'il eût auprès de lui, d'aller chercher la princeffe Giauhare, & de l'amener inceffamment.

La princeffe Giauhare étoit toujours reftée où le roi de Perfe l'avoit rencontrée. L'officier l'y trouva, & on le vit bientôt de retour avec elle & avec fes femmes. Le roi de Samandal embraffa la princeffe : Ma fille, lui dit-il, je vous ai donné un époux ; c'eft le roi de Perfe que voilà, le monarque le plus accompli qu'il y ait aujourd'hui dans tout l'univers : la préférence qu'il vous a donnée par-deffus toutes les autres princeffes, nous oblige vous & moi de lui en marquer notre reconnoiffance.

Sire, reprit la princesse Giauhare, votre majesté sait bien que je n'ai jamais manqué à la déférence que je devois à tout ce qu'elle a exigé de mon obéissance. Je suis encore prête d'obéir; & j'espère que le roi de Perse voudra bien oublier le mauvais traitement que je lui ai fait : je le crois assez équitable pour ne l'imputer qu'à la nécessité de mon devoir.

Les nôces furent célébrées dans le palais de la ville des enchantemens, avec une solemnité d'autant plus grande, que tous les amans de la reine magicienne, qui avoient repris leur première forme au moment qu'elle avoit cessé de vivre, & qui en étoient venus faire leurs remercîmens au roi de Perse, à la reine Gulnare & au roi Saleh, y assistèrent. Ils étoient tous fils de rois, ou d'une qualité très-distinguée.

Le roi Saleh enfin conduisit le roi de Samandal dans son royaume, & le remit en possession de ses états. Le roi de Perse au comble de ses désirs, partit & retourna à la capitale de Perse avec la reine Gulnare, & la reine Farache & les princesses; & la reine Farache & les princesses y demeurèrent jusqu'à ce que le roi Saleh vint les prendre & les ramena en son royaume sous les flots de la mer.

Fin du neuvième Volume.

TABLE

DES CONTES,

TOME NEUVIÈME.

Fin de la Table.

Imprimé en France
FROC022045230919
22214FR00011B/103/P